12.13

U0720449

朱成山 李慧 著

从城祭到国祭

江苏人民出版社

图书在版编目（CIP）数据

从城祭到国祭 / 朱成山, 李慧著. —— 南京：江苏
人民出版社, 2018.11
ISBN 978-7-214-22709-6

Ⅰ. ①从… Ⅱ. ①朱… ②李… Ⅲ. ①纪实文学－作
品集－中国－当代 Ⅳ. ①I25

中国版本图书馆CIP数据核字（2018）第236482号

书　　名	从城祭到国祭	
作　　者	朱成山　李　慧	
责任编辑	汪意云　曾　偲	
装帧设计	徐立权	
出版发行	江苏人民出版社	
出版社地址	南京市湖南路1号A楼，邮编：210009	
出版社网址	http://www.jspph.com	
排　　版	江苏凤凰制版有限公司	
印　　刷	江苏凤凰通达印刷有限公司	
开　　本	718毫米×1 000毫米　1/16	
印　　张	24	
字　　数	300千字	
版　　次	2018年12月第1版　2018年12月第1次印刷	
书　　号	ISBN 978-7-214-22709-6	
定　　价	60.00元	

江苏人民出版社图书若有印装错误可向出版社调换。

目 录

序 章

公元 2017 年 12 月 13 日，南京市河西新城江东门，从上午 8 时 30 分起，海内外社会各界人士陆续进入侵华日军南京大屠杀遇难同胞纪念馆，并按照预定方案站在集会广场上各自队列的位置上。

我从 2 号门进入广场内。据说此次国家公祭从现场环境布置到仪式流程，都严格按照 2014 年 12 月 13 日首次南京大屠杀死难者国家公祭仪式操办。而我时任侵华日军南京大屠杀遇难同胞纪念馆馆长，有幸参与了集会广场的建设，筹办了那次国家公祭仪式，对所有细节均了如指掌。因此，虽然时隔数年，仍感到仿佛如昨。

广场外围呈船头形状的灰色墙头上，插上了一面面蓝底白字的国家公祭幡，围合成一个特定的公祭场所，容纳着约万名参与国家公祭的各界人士。集会广场中央高高的国旗杆上，鲜艳的五星红旗已经降下一半，表达着举国上下对死难同胞的哀悼。正前方新搭建的国家公祭台中间，国家公祭鼎显得十分突出，"卅万亡灵，饮恨江城，日月惨淡，寰宇震惊"，公祭鼎上字字血泪，控诉着日本侵略者的残暴行径，把苦难记忆刻写在每一个中国人的心灵深处。国家公祭台南北两端呈十字架造型，上部有"1937.12.13—1938.1"字样的标志碑，以及设计成"倒下的 300000 人"的钟架与和平大钟，当天显得更有特殊的含义和意境；黑色大理石贴面的灾难之墙上，"南京大屠杀死难者国家公祭仪式"（以下简称"国家公祭仪式"）14 个大字特别引人注目。

南京大屠杀 80 周年国家公祭现场　新华社图片

　　2017 年正值南京大屠杀惨案发生 80 周年，也是第四次在此时此地举办国家公祭仪式。根据第十二届全国人大常委会第七次会议通过的将 12 月 13 日设立为南京大屠杀死难者国家公祭日的决定，"逢五逢十"应该是"大祭"，此次国家公祭的规格肯定要高于 2015 年和 2016 年。我默默地想着，不由得将眼光扫向周围的人群，看见了一张张我熟悉的面孔。

　　站在我身边的专家学者团队里，有中国第二历史档案馆馆长马振犊研究员、南京大学历史学院院长张生教授、南京师范大学宣传部长张连红教授和历史系经盛鸿教授、江苏省档案馆徐立刚研究员、南京社会科学院原副院长曾向东研究员、南京市档案馆夏蓓研究员、南京市民间抗日战争纪念馆馆长吴先斌等，还有上海师范大学苏智良教授、上海交通大学程兆奇教授、沈阳九·一八历史博物馆馆长范丽红等外省市的专家。他们都是长期致力于南京大屠杀史等相关抗日战争史研究，撰写并公开发表或出版过许多论文专著，在国内外有一定影响力的学者。

　　我看到了从外地专程来宁参加国家公祭仪式的特殊人群，他们是当年审判日本战犯的中方法官的亲属，如从北京市来的远东国际军事法庭国际大法官梅汝璈的儿子梅小璈，从上海市来的远东国际军事法庭中国检察官向哲濬的儿子向隆万，从江西省九江市来的中国南京审判战犯军事法庭审判员、乙级战犯谷寿夫案主审法官叶在增的大儿子叶于康、二儿子叶于飞、三儿子叶于龙和孙辈叶恕兵、叶树雯等等。他们代表已经逝去的父辈，维护南京大屠杀案审判的正义性、合法性，对否定南京大屠杀真相的日本右翼势力表示坚决反对。

我走近南京大屠杀幸存者和南京大屠杀遗属的队列，与南京大屠杀幸存者代表夏淑琴、常志强、陈德寿、刘民生、葛道荣等老人家一一握手。他们年逾八旬，因为我过去多次请他们参与各种场合的证言会，邀请其去北京、上海、杭州、合肥等城市参加展览开幕式或者接受电视访谈，有的还与我一道去过日本、美国、韩国等国作证或者诉讼，彼此都很熟悉。他们对我也很热情，如同见了亲人一般。他们是历史的见证人，同时对从 2014 年起年年举行国家公祭感到无比欣慰。

在不远处的外国友人队列里，我见到了日本华侨、日中友好促进会秘书长林伯耀先生，日本东史郎案支援委员会秘书长山内小夜子和久米悠子女士，神户与南京心连心会会长宫内阳子女士，日本名古屋市"两个观音"促进会代表长冈进先生和叶山裕子女士，日本熊本县日中友协秘书长樱井政美，美国洛杉矶和平与博爱纪念馆馆长刘祥，美国飞虎队纪念馆馆长许绍理，美国爱国华侨鲁照宁等一批国际友人。他们的到来，使国家公祭仪式具有国际性和世界意义。

在南侧围墙边的记者席上，一大批中外记者架起了摄像机和照相机，准备留下历史的瞬间，把此次国家公祭的消息以最快速度向全世界传递和报道。他们中间，有新华社政治处副处长霍小光、新华社江苏分社副总编辑蔡玉高、中央人民广播电台记者徐成忠、日本共同社驻北京分社社长辰己等一批新闻界朋友。

在会场北侧远处《古城大灾难》组合雕塑下面，两辆卡车上载着一排排鸽笼，3000 只和平鸽安静地在笼内栖息，它们将会在仪式上作为和平象征物被放飞于蓝天白云之上。

　　近处，有从北京专程来宁的国家仪仗队和解放军军乐团，他们已经在现场整装待命，负责在国家公祭台上持枪、献花圈和演奏国歌、安魂曲。只有国家举行的公祭，才可能有国家仪仗队和军乐团出场，目的是更有仪式感。

　　9时50分，进入国家公祭仪式的正式运转环节，全场约一万名各界代表胸前佩戴着白花，安然肃立，静待仪式的开始。

　　9时58分，中共中央总书记、国家主席、中央军委主席习近平等党和国家领导人步入会场，站在各界代表方阵前，与大家一起参加庄严的国家公祭仪式。我再次亲眼看到习总书记伟岸的身材、和蔼可亲的面容，不由得内心一阵激动。

　　中国人民解放军三军仪仗队18名礼兵肩枪齐步行进至公祭台两侧伫立。铿锵有力、整齐划一的步调，无不显示了国威和庄严。

　　10时，中央政治局委员、中共中央宣传部部长黄坤明宣布国家公祭仪式开始，军乐团演奏《义勇军进行曲》，全场高唱中华人民共和国国歌，"把我们的血肉，筑成我们新的长城……"歌声嘹亮激昂，响彻云霄。此时此刻唱起国歌，我感到内心有一种力量在升腾。是呀，中华民族曾经落后挨打，才导致南京大屠杀那样的国难国耻发生。今天，我们中国正在进行伟大的民族复兴，历史的悲剧一去不复返了。

　　10时，全场向南京大屠杀死难同胞默哀。位于《古城的灾难》雕塑高大而残破的城墙顶端的警报器被拉响，一阵阵凄厉的警报声扣人心弦。同一时间，耳畔传来了响彻南京全城的阵阵防空警报声。汽车、火车、轮船齐鸣，行人就地默哀。

　　军乐团演奏起《国家公祭献曲》，中国人民解放军三军仪仗队礼兵抬起8个花圈，缓步走上了国家公祭台，将花圈敬献于灾难之墙前。乐声舒缓、低沉、哀恸，礼兵们踢腿的动作沉重缓慢又整齐一致，寄托了人们沉痛的哀思，现场气氛不禁凝重了起来。

　　会场南侧墙边站立了80名来自南京市第一中学的学生们，他们代表着南京市青少年连续4年在公祭仪式上朗读《和平宣言》："巍巍金陵，滔滔大江，钟山风雨，千秋芬芳……"我清楚地记得，3年前一中首次领受这一重要而光荣的任务时，专门请我到校为这些热血的孩子们讲过课。校方把这项活动当作一堂特殊的历史课，让孩子们在参与中接受爱国主义的教育。今天，孩子们深情朗读的声音里，既有沉重的悲愤又不乏坚定的信念，既有激昂的控诉又有庄严的和平祈愿。

紧接着，全国政协主席俞正声发表讲话。他说，今天，我们在这里隆重举行南京大屠杀死难者国家公祭仪式，为的是深切缅怀南京大屠杀死难者，缅怀惨遭日本侵略者杀戮的所有死难同胞，缅怀为中国人民抗日战争胜利献出生命的革命先烈和民族英雄，缅怀同中国人民携手抗击日本侵略者献出生命的国际战士和国际友人，宣示中国人民铭记历史、缅怀先烈、珍爱和平、开创未来的坚定立场，庄严表达走和平发展道路的崇高愿望。

俞正声指出，只有正确认识历史，才能更好开创未来。战争是一面镜子，能够让人更好地认识和平的珍贵。日本军国主义发动的侵华战争，给中国人民造成巨大灾难，也给日本人民带来巨大伤害。中日两国要从两国人民根本利益出发，更加珍惜来之不易的和平，共同为人类和平作出贡献。

俞正声强调，和平需要国际社会共同努力，需要大家一起坦诚面对历史。为了和平，世界各国人民要同心协力，共同维护以联合国宪章宗旨和原则为核心的国际秩序和国际体系，共同推进人类和平与发展的崇高事业。

俞正声的讲话赢得了现场观众的掌声。

仪式的最后，东南大学校长张广军、徐工集团董事长王民、江阴市华西村党委书记吴协恩、南京晨光集团责任有限公司伺服机构总装测试部装配调试工王南石、驻宁部队某防化旅军人雷湘君、南京一中高三学生周孟为等工、农、兵、科、学、企共6人，猛烈地撞响了和平大钟。铛……铛……铛！随着和平大钟每五秒钟被撞响一次，3000羽和平鸽凌空飞翔，再次警示人们不忘历史、珍爱和平。

国家公祭仪式结束后，我们目送着习近平总书记等党和国家领导人走进纪念馆展厅，参观了"南京大屠杀史实展"。随后，习近平总书记在展厅里亲切会见了夏淑琴等南京大屠杀幸存者代表，以及为中国人民抗日战争胜利作出贡献的国际友人亲属代表。

事后，我问及南京大屠杀幸存者夏淑琴有何感受时，这位88岁老妈妈激动地说："时隔3年，第二次被习近平总书记接见，他还记得当时一起为国家公祭鼎揭幕的事，真的太荣幸了！"

我脑海里突然浮现3年前的今天，我幸福地站在习总书记伟岸的身边72分钟，向他作汇报讲解时的情景。他对南京大屠杀历史的了解和关注程度，深深地令我敬佩和感动。他用深沉厚重的语调询问了我68个问题，至今仍历历在目。

国家公祭活动已经举办了4年，首次举办是在2014年。可实现国家公祭的过程并不简单，经历了20年的地方实践与民间推动，个中细节点点滴滴，宛如涓涓细流汇流成川，方才于2014年有了令人欣慰的结果。

这20年来，好像冥冥之中始终有股力量推动着我努力将"城祭"上升为"国祭"，直到达到预期的目的。每当谈及此事，我不禁百感交集、仰天微笑。

连续20年举办南京大屠杀遇难同胞悼念活动，也成为一段珍贵的历史。我作为遇难同胞纪念馆馆长，身兼此项活动的倡导者、呐喊者、组织者、参

2014年12月13日，南京大屠杀死难者国家公祭仪式在侵华日军南京大屠杀遇难同胞纪念馆隆重举行。当日是首个南京大屠杀死难者国家公祭日　新华社记者谢环驰摄

2015 年 12 月 13 日，第二次国家公祭现场

与者之一的多重角色，经历了 20 次活动的全过程，留下了一串串漫长的、珍贵的记忆。

抚今追昔，我眼前重现出一幕幕难忘的画面——广场上黑压压的悼念人群、和平巡游时烛光的灯流、幸存者回忆时悲伤的泪水、我与日本右翼势力交锋时激烈的庭辩、东史郎执著的忏悔、丹麦女王插下的芬芳玫瑰……

一副副熟悉难忘的面孔、一件件刻骨铭心的往事，围绕着 30 万遇难同胞的亡灵，与遇难同胞纪念馆产生了千丝万缕的联系……

这些经历与记忆不仅仅是我个人的，也属于浴火重生的南京城，更属于饱经忧患又奋起腾飞的中华民族。在此，我将从"城祭"到"国祭"的回顾变成文字，奉献给读者。

2016 年 12 月 13 日，第三次国家公祭现场

第一章

举城哀恸南京首祭

俗话说："世上无难事，只怕有心人。"有些事，只要是为国为民，只要你敢想敢做，虽然有一定难度，有些曲折，甚至要经历一些痛苦和磨难，但最终还是能够成功。

南京公祭活动从设想到承办，再到坚持20年，就是这样一个成功事例。

一、南京有座遇难同胞纪念馆

一九七九年那是一个春天，
有一位老人在中国的南海边画了一个圈，
神话般地崛起座座城，
奇迹般聚起座座金山。
春雷啊唤醒了长城内外，
春晖啊暖透了大江两岸，
啊，中国，中国，
你迈开了气壮山河的新步伐，
走进万象更新的春天。

这首名为《春天的故事》歌曲在中国家喻户晓，这是改革时代的主旋律，这是亿万中国人民的心声。歌唱家以婉转甜美的声音，深情地歌颂了中国改革开放的总设计师邓小平，以及党的十一届三中全会作出中国实行改革开放战略决策所带来的新变化。这一系列变化不仅仅限于经济领域，更深入到思想意识、社会科学、文化教育等各个层面，对亿万人民的生活与精神面貌产生了巨大影响。其中包括在改革开放的大环境下，中国大地上新建了一批具有重要历史价值的博物馆、纪念馆。

不经历寒冬，怎么知晓春风的和煦温暖？在改革春风的吹拂下，沉睡的大地渐渐苏醒，中国各行各业蓬勃新生。人民重新审视国家的历史，思考民族的命运。

虽然半个多世纪过去了，但在南京市民中，依然流传着侵华日军南京大屠杀的血腥故事，压抑着气愤难平的集体情绪，保留着惨痛的城市记忆。南京大屠杀是南京人永远无法忘却的一页，南京大屠杀的历史事实与现实生活中的民族情感相互缠绕、共存共生。

然而，1982年，发生了日本文部省（现文部科学省）修改教科书事件，即把日本中学教科书中的"侵略中国"改为"进入中国"，企图篡改历史，否认日本曾经在二战时期侵略加害中国人的事实。这一事件激起了南京大屠杀幸存者、遗属们，以及北京、无锡等外省外地一些爱国民众的愤怒，他们纷纷要求把"血写的历史铭刻在南京的土地上"。

邓小平这位目光睿智、性格坚毅的老人说："日本岸信介（日本前首相）要搞满洲建国之碑，我们就要到处搞日本侵略之碑，以教育广大人民，教育子孙后代。"

1983年12月13日，即南京大屠杀遇难同胞46周年祭之际，人们在南京大屠杀江东门集体屠杀及遇难同胞丛葬地遗址的泥土中，郑重地埋下了一块奠基石，侵华日军南京大屠杀遇难同胞纪念馆（以下简称"遇难同胞纪念馆"）正式开工建设了。与此同时，在燕子矶、煤炭港、草鞋峡、中山码头、上新河、汉中门、武定门、东郊、北极阁、清凉山等大屠杀及遇难者丛葬地遗址上，陆续建起了侵华日军南京大屠杀遇难同胞纪念碑。经过20个月时间的努力，遇难同胞纪念馆建设工程终于完成了。

1985年2月，邓小平来到南京，执笔写下了一行遒劲有力的大字："侵华日军南京大屠杀遇难同胞纪念馆"。同年 8 月 15 日，这座中国抗战系列第一座博物（纪念）馆正式开放，成为悼念南京大屠杀遇难者、展陈南京大屠杀历史的专门场所。邓小平的手书被镌刻在馆内高大的花岗岩石壁上面，庄严、凝重。

对于南京大屠杀历史的回顾、认识、铭记、悼念与这位老人的决策息息相关。在许多重要事件的转折点上，伟大人物的意志与魄力起到了关键性的作用。邓小平为遇难同胞纪念馆题写馆名，为遇难同胞纪念馆筹建提供了新的动力。今天的人们也许不太理解，这意味着中国对于历史的回顾反思，对于国民的警示教育，对于同胞的生命珍视，又提升到了一个新的境界。

我是土生土长的南京人，我对南京大屠杀这段历史的认知起初来自于祖辈的讲述。

　　我的爷爷 1937 年时曾经在南京新街口的银行工作过，这家银行现在仍在南京闹市区新街口街心广场东北侧被原样保存着。我小的时候，经常跟着爷爷去那家银行里拿退休工资。爷爷曾告诉我，南京大屠杀时，他从银行跑回老家南京市郊区六合县，该县位于长江的北面，一条长江保住了不少人的生命。但爷爷在回南京城内上班时，仍然看到了许多遇难者的尸体。他告诉我，当年大江（指长江）里漂着数不清的尸体，惨极了。他们银行所在地新街口广场，也有人被日本人杀死在那里。

祖辈关于南京大屠杀的回忆与讲述，在我的心里深深地扎下了根。后来，我在南京军区服役期间，有一位战友叫徐志耕，我读过他写的《南京大屠杀》报告文学，主要是对南京大屠杀幸存者的采访，加深了对南京大屠杀这段历史的了解。

1992 年 5 月，一个偶然的机遇，我从南京市级机关调任遇难同胞纪念馆副馆长。从新岗位工作的第一天开始，我就觉得应当为这段历史尽心、尽职、尽责。特别是 1993 年 5 月我被任命为馆长后，我越来越感觉肩负的责任重大。"在一个多月的时间里，那么多人被杀，平均每 12 秒就有一个生

《南京大屠杀》报告文学作者徐志耕在侵华日军南京大屠杀遇难同胞纪念馆

命消失，这是怎样的惨案？"夜不能寐之际，我经常这样反问自己。

二、广岛和平集会的启示

1994 年 8 月，我和南京大屠杀幸存者夏淑琴，应日本一民间组织"铭心会"的邀请，访问日本东京、千叶、横滨、神奈川、广岛、京都、大阪等城市，参加缅怀亚太地区战争遇难者活动，进行南京大屠杀历史演讲和证言集会。这是战后南京大屠杀幸存者第一次登上日本国土，面对加害国的民众，讲述亲身经历的灾难故事，控诉日本侵略军的残暴行径。

那也是我第一次去日本，人们大凡对第一次经历总是记忆强烈而深刻，我对日本自然也产生了从未有过的认知。突出的印象是，8 月的日本完全没有岛国那分特有的清凉和宁静。这不仅是指那年持续炎热的气温（据说创下了百年的新纪录），主要是感觉到每年的 8 月，随着"8·15"投降日（日本叫"战败日"）的临近，日本人对战争与和平的态度，总是会引起沸沸扬扬的议论，成为全社会关注的热点。

历史是一位饱经沧桑的老人，它既昭示着人类辉煌的过去，也告诉人们昨天之不幸。怎样看待半个世纪前的这场战争？不同的人们基于不同的立场，有着不同的评说。对于曾经加害于亚洲太平洋地区各国的日本人来说，这场战争更是各种势力激烈争论的焦点。

"铭心会"全名为"悼念亚太地区战争牺牲者，把他们铭刻在心委员会"，发起人及秘书长名为上杉聪，是一位蓄着小胡子的日本普通中学教师。"铭心会"于 1985 年成立后，很快波及东京、大阪、京都、广岛等 17 个地区。每年 8 月 15 日前后，他们都要派出代表，从日本到中国的南京、马来西亚的文律镇、韩国的首尔等城市举行集会，谴责战争，缅怀受害者，吸取历史的教训。此次，铭心会邀请我和夏淑琴来日本，就是要我们参加在日本 7 座城市举办的 7 场集会，把南京大屠杀历史的真相告诉更多的日本人。

8 月 4 日晚 9 时，日航 782 次班机稳稳地降落在日本东京成田国际空港，我们刚走出机舱门口，一眼看见日本 NHK 电视台记者举着写有我们名字的小牌子，扛着摄像机迎候着。我正感觉诧异时，摄像机的镜头便对准了我们。当我领着夏淑琴出现在到达厅出口处，没想到一下子又被日本共同社、日本东京新闻等一大批日本记者给团团包围住，还没有等我们反应过来，"咔嚓咔嚓"一盏盏镁光灯闪闪发亮，原来是上杉聪故意向日本各家媒体走漏了风声，我和夏淑琴成了新闻人物，上了日本各大报纸和广播电视。此时的小胡子还连连自言自语："不会是做梦吧，我真的把朱馆长和夏女士邀请来日本了吗？"

作为第一位踏上日本国土讲述南京大屠杀历史的幸存者，夏淑琴向日本人讲述了什么样的历史故事呢？

夏淑琴，南京中山陵园的退休职工，一位曾经被侵华日军戳了三刀、背着伤疤过了半个多世纪的历史证人。此次，她来到日本，面对着当年曾经加害于她的日本旧军人，面对着祈求和平的当今日本人，面对着日本记者的闪光灯，撩起衣服，亮出伤疤，诉说起她一家 9 口人有 7 口人惨遭杀害的往事：

那是 1937 年 12 月 13 日的上午，一群日本兵把位于南京中华门新路口 5 号的夏家大门敲得山响，夏父刚开门，凶恶的日本兵便举枪把他打倒在门前。夏母正怀抱着几个月大的女婴站在院内，日兵立即冲了上去，摔死了婴儿，轮奸并杀害了夏母。

另一群日本兵冲进屋内，夏淑琴年迈的外公、外婆用孱弱的身体守护着躲在床上被子里的 4 个外孙女。日兵不由分说，"呼""呼"两枪，将两位老人打死在床前。夏淑琴的大姐年仅 15 岁，被疯狂的日兵从床上拖起按在饭桌上轮奸，事毕后又将外婆的拐杖捅进她的下身，将她活

1994 年 8 月 7 日，作者朱成山和南京大屠杀幸存者夏淑琴在日本广岛集会上

活地折磨致死。夏的 13 岁的二姐也难逃厄运，被日兵剥光衣服，按在床上轮奸致死，下身也被野蛮的日兵塞进一个花露水瓶子。

夏淑琴及妹妹吓得哇哇大哭，夏淑琴被日军从左膀和后背捅了 3 刀，昏死过去。等到夏淑琴醒来之后，发现一家 9 口人仅剩下 8 岁的自己和 4 岁的妹妹还活着。

夏淑琴，仅仅是南京大屠杀 1000 多位仍然健在的幸存者中的一位（1994 年幸存者的数字）。夏家的遭遇，仅仅是南京大屠杀历史的一个缩影。

面对历史证人的血泪控诉，许多日本人醒悟到侵华战争太残酷了，日本军队的暴行禽兽不如，日本军国主义欠下了中国人民一笔血债。在京都集会时，有位 30 多岁的妇女流着泪说："像我这样受过大学教育的人，今天才第一次知道当年日军在国外干了那么多坏事，像我一样不知道历史真相的日本青年人肯定还有很多。"在广岛，一位挂着双拐的日本老人与我们同台控诉战争给人民带来的灾难。她叫诏田铃子，当年广岛遭受原子弹袭击时，诏田正值 21 岁的青春年华，却被战争残酷地夺去了双腿，她家里另有 5 口人丧失了生命。这位广岛市"原爆被害者协会"副会长对我说，看到贵馆编印的《侵华日军南京大屠杀暴行照片集》后，她每次在集会时都会说："日本人既是战争受害者，同时又是加害者。"

把历史的真相原原本本地告诉日本人民，为了和平而控诉，这就是历史证人的最大心愿，也是我们此行去日本的目的所在。此行引起了日本舆论界、教育界、历史学界的广泛注意和积极反响。

日本的三大报纸《朝日新闻》《每日新闻》《读卖新闻》跟踪采访，NHK、朝日电视、《东京时报》（英文版）、《中国新闻》《中央新闻》等 20 多家媒体连发 40 多篇报道。日本众议院院长土井多贺子女士在议长官邸接见了我和夏淑琴，我们还与 20 多位日本国会、县、市议员进行交流。一时间，南京大屠杀成了日本举国关注的话题。

8 月 7 日上午，我们从横滨乘坐新干线到达广岛。在列车上，上杉聪先生指着手中几份报纸上醒目的整版报道对我们介绍说，8 月 6 日是广岛每年一度的原爆纪念日，首相、参议长、众议长等日本国家领导人都悉数到广岛参加国家公祭日。战后，除了 1951 年因朝鲜战争的爆发中断外，其他每年都举办广岛原爆公祭活动，已连续举办了 40 多次，集会人数最多年份达 11 万多人，而且每次都会邀请各国领导人前来参加。8 月 9 日，日本国家领导人还将全班人马抵达长崎，参加那里的原爆公祭集会。而长崎的原爆集会，同样也是一年一度，从未停止过。

上杉聪先生的一番话，给我留下了深刻的印象。我非常急切地希望到广岛现场去亲眼看一看，亲身感受一番。

到达广岛市后，我们在上杉聪的陪同下走进了广岛和平公园，参观了广岛原爆资料陈列馆。广岛原爆和平集会虽然已经结束，但到处是熙熙攘攘的参观人群，会场的标牌还在，特别是成堆成堆的鲜花，像小山一样堆了好几处，现场仍然能够感受到集会规模之大，公祭活动之隆重。

此情此景，从内心而言，对我产生了强大的刺激。我想，日本作为加害国，却如此长期大规模、高规格地公祭广岛和长崎的原爆遇难者，向全世界诉说和塑造战争者受害的形象，据说还把广岛原爆残骸建筑物模型陈列在联合国总部大楼内，到处宣扬日本是世界上唯一被爆国。难怪有人说，广岛一颗原子弹爆炸，改变了整个日本国民的心态。

在第二次世界大战中，中国作为被侵略对象，国家的经济命脉、物产资源、文化遗存等受到了重大的破坏，四万万同胞经受了苦难的命运、作出了巨大的牺牲。而南京大屠杀是二战史上与奥斯维辛屠杀、广岛原爆齐名的三个特大惨案之一，更是人类文明史上的悲剧。可是，战后直至今天，我们为这一历史惨案做过些什么？为遇难同胞做过什么？

我心中郁闷难平，南京与广岛两座城市对比，中日两个国家对比，我们虽然背负沉重的历史，却缺少隆重的纪念与庄严的哀悼，这实在愧对先人，愧对历史，愧对30多万遇难者的冤魂呀！

我将此次赴日本的经历，写成了一篇长篇通讯，以《不能忘记的历史——南京大屠杀幸存者访日纪行》为题，分别发表在《工人日报》和《扬子晚报》上。

三、精心筹办首次南京公祭

回到南京之后，日本广岛之行的强烈感受一直在我的脑海里挥之不去，并且随着时间的推移愈发强烈。说不清是源于强烈的历史责任感，还是源于愤愤不平的个人情绪，我开始游说各级领导，特别是我的顶头上司——时任南京市委常委、宣传部长的陈安吉先生（遇难同胞纪念馆从成立之时起，一直隶属于中共南京市委宣传部管辖）。

说实话，我的提议和游说在当时的时代背景下是非常大胆的，因为，当时国内还没有任何一座城市举办过此类活动。我主动找到省、市外事部门寻求支持，并通过他们得到外交部的首肯。同时，陈部长也被我多次的述说所打动，带着我一起向江苏省委常委、宣传部长进行专题汇报，得到了支持和肯定。

最终，南京大屠杀遇难同胞悼念活动得到江苏省和南京市的正式批准，这件事使我喜出望外、激动万分。于是，我开始思考如何组织悼念活动了。

由于是国内第一次举办城市公祭活动，没有先例可以参照。正像人们常说的，第一位吃螃蟹者往往不易。我与南京市委宣传部外宣处处长吴海山、副处长朱同芳等同志策划了好几套方案，有的活动事项被领导否决了，有的自己认为不甚理想。

现在想起来，当年最为成功的设想，就是鸣放防空警报和武警战士敬献花圈仪式。我们提出了在悼念活动中鸣放防空警报的方案，以此警示人们不忘南京大屠杀的历史。

想法虽然有了，但现实可操作性如何？市人防办公室的意见怎样？我担心给兄弟单位带来工作困难，于是抱着试试看的想法与市人防办的负责同志沟通。结果大出意外，市人防办一直想找个适当的机会、合适的理由，试一试全南京市的人防警报，看看一旦需要时能否拉得响、拉得好。

两家单位想法一拍即合，当时没有想到的是，这一拉就成为每年12月13日的固定动作，成为一个有影响力的项目，并且后来被沈阳、长春、哈尔滨、抚顺等城市效仿。

中国武警是担负国家赋予的国家内部安全保卫任务的部队，只有在极少数的任务或场合中才能动用。我们当时设想，由武警战士向遇难同胞敬献花圈，并且成为每年悼念活动中的重要内容，这显示了悼念活动的规格与地位。所以，由武警战士敬献花圈这一想法也是非常大胆的。值得庆幸的是这得到了上级领导的批准。

此后，每年12月12日下午，武警战士们都要准时来到馆里现场操练，为的是保证执行任务时中国武警的形象和荣誉。为了动作整齐划一，虽然过程枯燥，他们不厌其烦地练习，即使是下雨天，照样一丝不苟，不放弃操练，谁也没有怨言。为了把花圈抬到台上后，在放置花圈时的一瞬间做到整齐划一，他们竟然想出了一个特别的办法——让一位武警战士在场地对面的高处，拿着一面小绿旗指挥。

20年里，执行任务的武警江苏总队南京市支队国旗护卫队更换了许多战士，但精神面貌没变，好的传统没丢，每次都能圆满完成任务。战士们橄榄绿的礼服、整齐划一的动作、庄严的仪容，为仪式增添了肃穆的气氛，他们向世人展示了一种凝固的美。这份由武警战士们共同演绎的美，经过媒体的广泛传播，已经在全世界广为流传，同时也成了南京集会始终保持的特殊文化符号。

关于集会的名称问题，确实费了一番周折。第一种方案是年份＋主题的模式，即"1994年悼念南京大屠杀遇难同胞仪式"；第二种方案是次数＋主题的模式，即"第一次悼念南京大屠杀遇难同胞仪式"；第三种是参与者＋主题的模式，即"南京社会各界人士悼念侵华日军南京大屠杀遇难同胞仪式"。后来在报领导审批时，认为第三种模式较好，这个名称虽然长一些，字数多一些，但意思比较明确，而且"南京"不仅仅包括南京市，它涵盖南京社会的方方面面，包括江苏省级机关。

悼念活动的程序也是反复讨论的重要事项——由谁来主持仪式？出席领导与嘉宾是谁？谁在仪式上讲话？经过一番上上下下的协调，最终统一了认识，决定邀请南京市政协主席来主持仪式，由南京市长代表南京市人民政府讲话，江苏省和南京市五套班子各派一名副职参加，还邀请了南京军区、

2013年12月13日，"悼念侵华日军南京大屠杀30万同胞遇难76周年仪式暨南京国际和平集会"中，武警战士向遇难同胞敬献花圈

侵华日军南京大屠杀北极阁附近遇难同胞纪念碑

江苏省军区、南京空军部队派代表参加。此外，江苏省及南京市各民主党派和人民团体的负责人、省市有关部门负责人以及部分老同志也参加了悼念仪式。为了突出历史的传承作用，专门设计了特邀抗日老战士代表甄申和青少年代表戴宁益在仪式上讲话。

　　主会场设在遇难同胞纪念馆内，南京各处的遇难同胞纪念碑前要不要同时举办仪式？怎样举办？由谁来举办？此事也被一一提上了议事日程。因为1983年12月13日南京市在城西江东门南京大屠杀遇难同胞丛葬地立碑建馆的同时，以南京市人民政府的名义，由所在区县人民政府负责，先后在中山码头、燕子矶、草鞋峡、煤炭港、上新河、汉中门、武定门、花神庙、普德寺、清凉山、北极阁、东郊丛葬地等处，建立了侵华日军南京大屠杀遇难同胞纪念碑。为此，由南京市委办公厅和南京市委宣传部出面，协调这些纪念碑所在地，如玄武区在北极阁、下关区在中山码头、栖霞区在燕子矶、雨花台区在普德寺等处纪念碑前设立分会场，由所在地的区县负责举办悼念仪式，并且与南京市的活动同步。

四、隆重举办首次"城祭"

1994年12月13日上午，古都金陵，城西江东门。初冬的寒风在空中旋转，天色阴沉沉的，大地仿佛被一层薄霜冻住了，到处笼罩着一片凄凉、肃杀之气。

墓地广场上断壁残垣，砾石累累，枯树秃丫，荒草萋萋，花岗岩浮雕墙上的人物似乎正在撕心裂肺地呐喊。遗骨陈列室里的森森白骨，无声诉说着惨痛的冤屈。

遇难同胞纪念馆的悼念广场上，悬挂起一条蓝底白字的巨大条幅，上面印着23个黑体大字："南京各界人士悼念侵华日军南京大屠杀遇难同胞仪式"。条幅在石墙前四季不凋的翠柏簇拥下，显得格外的庄严肃穆。

10时整，悼念仪式正式开始。

呜呜，呜呜呜——凄厉的防空警报声响彻南京上空，南京市民们纷纷放下手中的事情，或低头沉思默哀，或举目仰望苍穹。他们都知道，这是一个特殊的日子，57年前的今天，侵华日军开始了惨绝人寰的屠杀，将美丽的古城金陵变为恐怖血腥的人间地狱。

呜呜，呜呜呜——尖锐的防空警报声刺痛了南京人民的心灵。来自机关、学校、部队、工人、农民等社会各界的代表，以及南京大屠杀幸存者和遇难者遗属代表胸佩着小白花，肃立在石墙前的小广场上，向南京大屠杀遇难同胞集体低头默哀，表达对死难同胞的哀悼之情，警醒人们不要忘记南京大屠杀的惨痛历史。

呜呜，呜呜呜——低沉的汽笛声音划破长江江面和南京铁路沿线，从停泊在南京港和航行在长江南京段的所有轮船上响起，从停靠在南京火车站内和行进在南京段铁路的火车上响起，提醒人们勿忘国耻，警示人们铭记振兴中华。

仪式现场安魂曲乐声低徊、催人泪下。3000羽和平鸽冲天而起，象征着将和平的希望放飞在广袤天空之上。仪式结束后，人们绕行遇难同胞纪念馆一周时纷纷将胸前的小白花解下来，系在馆内的护栏或者松柏上，以此寄托对南京大屠杀遇难同胞的哀思。

悼念活动引起社会各界和媒体的广泛共鸣。新华社、人民日报、中央电视台等中央媒体，以及江苏省和南京市各家报纸、广播、电视等，均进行了集中的大规模报道。下面是刊载于 1994 年 12 月 14 日《南京日报》第 1 版的一篇报道：

勿忘历史惨案　争取和平发展

我市各界人士隆重举行仪式

悼念南京大屠杀遇难同胞

昨天上午，当千余只和平鸽从江东门侵华日军南京大屠杀遇难同胞纪念馆展翅腾飞的时候，全市人民对 57 年前 30 万遇难同胞的深切悼念和对当今世界和平的热爱向往，全都捎上了无垠的长空。

57 年前的昨天，侵华日军攻占南京，对无辜平民和已放下武器的士兵进行了为期六周的大规模血腥屠杀。这一震惊中外的惨案，受害人数之多、持续时间之长、杀人手段之残酷，均为人类文明史上所罕见。

昨天，我市各界人士和驻宁部队官兵近千人，在江东门纪念馆举行隆重仪式，悼念在惨案中遇难的同胞。南京市主要领导在悼念仪式上说，今天我们深切悼念南京大屠杀惨案中的遇难同胞，就是要高举爱国、和平的旗帜，使我们的子孙后代永远不要忘记被侵略、被屠杀、被奴役的惨痛历史，牢记"落后就要挨打"的教训，用我们的全部精力和智慧建设祖国、振兴中华，并和世界各国人民一道，反对侵略战争，为世界和平与发展贡献力量。他强调说，在深切悼念侵华日军南京大屠杀遇难同胞的时候，我们更要珍惜今天来之不易的和平环境。要在党中央的领导下，沿着邓小平同志建设有中国特色社会主义理论和党的基本路线指引的方向，继续发扬自强不息的民族精神，抓住机遇，开拓进取，艰苦奋斗，扎实工作，夺取两个文明建设的新胜利。

在昨天悼念仪式上发言的还有抗日老战士代表甄申和青少年代表戴宁益。

驻宁部队的负责人阎琢、宫化清、孙玉海等，省市领导俞兴德、张

1994 年 12 月 13 日，"南京各界人士悼念侵华日军南京大屠杀遇难同胞仪式"活动现场

耀华、段绪申、徐英锐、章臣桓、张晔、林积松、姚志炳、陈安吉、郑凤翔、沈道齐等出席了昨天的悼念仪式。省市各民主党派和人民团体的负责人，省市有关部门负责人以及部分老同志也参加了悼念仪式。

昨天，我市的北极阁、五台山、中山码头、燕子矶、普德寺等处也同时举行了悼念遇难同胞的活动。（作者　余安民、朱同芳、王如钢、许见梅）

这次祭奠仪式虽然简单朴实，但是意义重大。自中华人民共和国成立以来，在 1994 年南京公祭之前，还没有哪一座城市用群众集会的方式悼念抗战期间遇难的同胞，包括经历细菌战、化学战，成为"慰安妇"、劳工等各种惨遭日军杀害的同胞。公众悼念仪式的缺失，对于民族情感或多或少是一种缺憾。始自 1994 年的南京各界人士悼念侵华日军南京大屠杀遇难同胞仪式，开启了为战争牺牲者、遇难者进行集会悼念活动的先河。

第二章

将"城祭"坚持下去

很多事，难在坚持，贵在坚持。

南京的"城祭"活动，正是因为坚持了 20 年，才在海内外具有一定的影响力。

一、举步犹豫东风来

南京首次成功举办遇难同胞公祭活动，既有我内心的冲动与激情，更有省、市领导的支持，顺应了广大人民爱国热情等多种因素。但在 1994 年首次举办活动时，大家心里并没有底数：今年终于办成了，明年这项活动能不能继续办下去？我们采取什么样的方式坚持下来？上级领导和社会各界怎么看待和评价这件事情？

从我的内心来说，十分希望南京的遇难同胞悼念活动能像日本广岛和长崎两市那样一直做下去。我认为，只有连续数年地坚持举办，并且有固定的时间、固定的地点、固定的内涵，一项重大活动才能站稳脚跟，成为一个地方的活动品牌。

我心里清楚地知道，这毕竟不是遇难同胞纪念馆内部建设的事，它涉及到社会方方面面，其产生的影响力不仅在馆内，甚至不仅仅在南京市和江苏省范围内。

一个偶然的机会，我得知一个信息，这使我无比兴奋，对坚持举办悼念活动增添了无限的信心。那是 1995 年 2 月的一天，我在遇难同胞纪念馆里，接待了一位来自北京的领导。在我为其提供讲解服务之后，他直截了当地说，南京的遇难同胞悼念活动通过央视新闻联播，进入了中央领导同志的视野，得到中央高层领导的关注和肯定。江苏省委主要领导也对此表示大力支持。首次举办活动，就获得了中央高层和省委主要领导的重视，我们这些活动的提议者和组织者，增添了内心的成就感，也增强了继续坚持办下去并办得更好的决心和动力。

二、再办夯实"城祭"地位

1995 年正值中国人民抗日战争暨世界反法西斯战争胜利 50 周年。8 月 15 日，陈焕友书记率领中共江苏省委、省人大、省政府、省政协、省纪委等五套班子的，以及南京市委、市人大、市政府、市政协、市纪委等五套班子的主要负责人，还邀请了驻宁部队的领导，在遇难同胞纪念馆内隆重举办了纪念活动。

是年 12 月 13 日，陈焕友书记再次带领上述领导和江苏省暨南京市社会各界人士来到遇难同胞纪念馆内，参加了悼念南京大屠杀 30 万遇难同胞周年仪式。仪式名称也改为"江苏省暨南京市各界人士悼念侵华日军南京大屠杀遇难同胞仪式"，这个名称后来被反复使用了 6 次。一年时间内，江苏省暨南京市范围内的最高党政军领导，两次悉数出席同一个单位组织的重大活动，这在江苏省的历史上是不多见的。1995 年的悼念南京大屠杀 30 万遇难同胞活动是第二次在宁举办，但出席领导的规格与参加人数的规模大大地超过了首届。宣传力度也是从未有过的强劲，一共有 73 家海内外媒体现场报道，世界上 8 大通讯社，除了塔斯社外，7 大通讯社都派记者前来采访发稿，其悼念活动的影响力遍及全球，成为当年一条爆炸性的国际新闻。下面是在 1995 年 12 月 14 日《人民日报》第 4 版上刊登的记者现场采写的一则消息：

1995 年 12 月 13 日，"江苏省暨南京市各界人士悼念侵华日军南京大屠杀遇难同胞仪式"活动现场

江苏省暨南京各界集会

遇难同胞纪念馆二期工程完工

今天，在庄严肃穆的南京江东门侵华日军南京大屠杀遇难同胞纪念馆，江苏省和南京市各界人士举行隆重仪式，悼念 58 年前遇难的 30 万同胞。

江苏省、南京市、南京军区、江苏省军区、武警江苏总队的领导及抗日老战士、各民主党派、工商联等各界人士 6000 余人参加悼念活动。

58 年前的今天，侵华日军攻陷南京，随即在这座拥有灿烂文化的古城里，对手无寸铁的平民进行了长达 6 个星期的血腥屠杀，遇难者达 30 万之众，震惊中外，惨绝人寰。为了记住这惨痛的历史，江东门

纪念馆（即遇难同胞纪念馆）于今年 6 月在社会各界的支持下，用 500
多万元捐助款，进行了二期改造工程，包括标志碑、祭奠墙、大门等的
新建和史料陈列厅等的改造，现已完工。具有断壁残垣建筑风格的纪念
馆门墙、复原了的"万人坑"、刻着 3000 个死难者姓名的祭奠墙、巨型
油画《南京大屠杀·1937·12·燕子矶》以及刻有兰州部队诗人王久辛
长诗《狂雪——为南京 30 万遇难者招魂》的铜诗碑等，都使纪念馆具
有强烈的感染力，为今天的仪式增色不少。

（记者　孙健　周舰）

也在这一天，细雨过后，正在江苏省视察的杨尚昆同志专程来到遇难
同胞纪念馆祭奠遇难亡灵。杨尚昆同志在省市领导陈焕友、郑斯林、顾浩、
王宏民、胡序建、周振华、汪正生、陈安吉等陪同下，来到位于南京西郊的
遇难同胞纪念馆，凭吊惨遭侵华日军杀害的 30 多万同胞亡灵。在纪念馆内，
杨尚昆同志先后在鱼雷营遇难同胞纪念碑、中山码头遇难同胞纪念碑以及刚
揭碑的遇难者名单墙前悼念了遇难同胞，随后参观了新扩建的南京大屠杀史
料陈列馆。我有幸为杨尚昆等领导讲解，亲耳听到杨尚昆同志在参观凭吊过
程中说，这是人类历史上最野蛮的暴行，是一场空前的劫难。抗日战争虽然
胜利 50 周年了，但我们要记住这个历史的教训，要明白一个道理，落后是
要挨打的，我们一定要把国家建设得繁荣富强。他十分关心纪念馆的建设
工作，希望纪念馆今后多加强有关揭露侵华日军罪行的史料宣传，充分发挥
纪念馆的职能作用，对广大人民群众特别是青少年进行爱国主义教育。杨
尚昆同志的到访使得第二次南京公祭活动盛况空前，通过媒体的广泛传播，
南京一下子进入了海内外人士的视野，吸引了很多有识之士的关注和热情
支持。

三、大小年公祭设计成规范

1994 年、1995 年间连续两次成功举办南京公祭活动，得到了各级领导

的赞扬、各界群众的热烈响应,起到了警示世人勿忘历史、倡导爱国自强、宣扬世界和平的作用。精心设计的活动可以创造社会影响力,而这种影响力更能推动事业的发展。连续两年成功举办"城祭",为今后的遇难同胞悼念活动铺平了道路,南京公祭因此固定了下来。

每到 12 月 13 日这一天,南京上空就会响起市民们熟悉的警报声,提醒着人们贫弱没有尊严,一定要居安思危。

每到这一天,江苏省、南京市领导和社会各界群众,便会聚集在遇难同胞纪念馆里,为正义呐喊,为和平加油。

遇难同胞纪念馆虽然只是一家市属的文博单位,但因为一年一度的悼念活动而在海内外产生了非常高的知名度。遇难同胞纪念馆以此为东风,在场馆建设、文物征集与陈列、学术研究、对外交流等方面齐头并进,各项事业蓬勃发展。

在南京市委、市政府的领导下,在全馆同志的携手努力下,遇难同胞纪念馆被团中央命名为首批"全国青少年爱国主义教育基地",获得了由中共中央总书记江泽民题写的铜牌,这是遇难同胞获得的第一块全国荣誉的匾牌,被镶嵌在大门口的立柱上。目前,遇难同胞纪念馆已经成为北京中关村中学、西安交通大学、安徽工业大学、中国科技大学等全国 100 多所中学和大学的教育基地,特别是上海市西中学等上海市的 10 多所重点高中,均将遇难同胞纪念馆列为每年必到的爱国主义教育基地。

1995 年的公祭活动,由于在时间上恰逢中国人民抗日战争暨世界反法西斯战争 50 周年,因此活动组织的规格更高,产生的影响力更大。也许是为了保持这项公益性活动能够持久进行,江苏省暨南京市领导层取得了这样一个共识,即公祭活动分"大小年"两种方式。

何为"大小年"? 即逢五周年或逢十周年谓之"大年",其他年份为"小年"。比方说,每逢抗日战争胜利和南京大屠杀死难者祭的五周年或十周年的年份,如 1995、2000、2005、2010、2015 年为纪念抗日战争胜利年,1997、2002、2007、2012、2017 年为南京大屠杀死难者地方公祭大年,其余年份为"小年"。

每逢"大年"时,江苏省暨南京市五套班子的正职领导都会出席活动,参与活动的社会各界人士保持在 1 万人左右；而每逢"小年"，则由江苏省暨南京市五套班子的副职领导参加，集会总人数控制在 5000 人左右。

四、南京公祭的文化价值

14 年抗战，既是中国人的抗争史，也是中国人的苦难史，而南京大屠杀则是国人记忆里挥之不去的阴影。

中国传统文化里有一种乐感文化，追求团圆的结局、回避激烈的悲剧冲突。曾经有许多人认为，南京大屠杀是中国人丢脸的事情，是一块伤疤，有什么必要屡屡被提起呢？正因如此，我们在很长一段时间里，对南京大屠杀历史选择了回避和沉默。南京公祭活动的建立是对历史纪念活动的创新与创造，是对历史资源的深度发掘与解读，也是对历史负责任的人文关怀与对策。

历史是什么？在我看来，历史是一种厚重的文化。关于文化有多种解释，一般是指戏剧、文学、书籍、广播、电视、报纸、杂志、博物馆等等，西方的美国人叫它"高文化"，东方的中国人叫它"纯文化"，博物馆就是属于"纯文化"或"高文化"的范畴。任何事情都是发展的，文化的概念也在发展变化，现在普遍是指政治、经济、军事等人类社会中无所不包的广义的文化。如果从观念的学术层面来看文化是什么呢？美国哈佛大学两位教授，一个是塞缪尔·亨廷顿，一个叫劳伦斯·哈里森，在他俩合著的《文化的重要作用》中，简明扼要地这样定义："文化就是一种态度和价值观。"

历史文化是什么？历史文化是一本教科书，它教会人们从历史中吸取有价值的东西，明确现代人的正确政策、策略和方法，开拓未来发展的正确途径。

南京大屠杀的历史正是这样的一种文化。为了不可忘却的纪念，人们应当在公祭中学习历史，在反思中传承历史文化。因此，南京公祭不是单纯的祭奠亡灵的活动，这项活动具有以下内涵深刻的文化价值：

悲剧文化价值。不可否认的是，中国的文化排斥悲剧文化，喜好歌功颂德、树碑立传。但悲剧往往更能打动人，给人一种向上的力量。譬如国际上的奥斯维辛、珍珠港、广岛和长崎等都是悲剧文化，人家不仅很重视，而且重视的程度比我们想象的要高得多。例如波兰，早在1947年就把奥斯维辛、马伊达内克等5个集中营开辟为国家级博物馆，并以国家立法的形式把它们保护起来，至今仍然不变。美国珍珠港的亚利桑那纪念馆，直接由美国国家公园管理处管辖，战后一直是国家出资保护和利用的。

人类警示文化价值。南京大屠杀对人类有普遍的警示意义，人类不应该付诸屠杀、暴力、血腥和恐怖。每年的遇难同胞悼念活动，在回顾历史的时候，也在警示世人不要让历史悲剧重演。

和平教育文化价值。不论是甲午战争，还是南京大屠杀，历史永远翻过了那惨痛的一页。我们今天展示历史的目的，不是为了历史去展示历史，而是为了现在和将来的和平生存与发展。中国的现代化建设需要有一个和平的环境、和谐的世界，各民族之间应该不要诉诸武力，而应该相互尊重、和平相处。因此，遇难同胞纪念馆在设计理念中涵盖了"历史·和平"4个字，既充分展示南京大屠杀的历史，又把和平作为重要展示内容和建馆目的。

爱国主义教育的文化价值。南京大屠杀历史本身就是一部生动的爱国主义教育的教材。它们揭示的道理很浅显：国家不强，老百姓的生命就没有保障；国防不强，就可能导致民族的灾难。

第三章
二期工程扩展祭场

南京大屠杀的历史是一本教科书，需要一个载体来更加充分地展示。在20世纪80年代，建馆、立碑、编史被提上了议事日程。

此后，扩馆、征集文物、史料研究、举办各种活动的逐步开展，也给遇难同胞纪念馆事业的快速发展提供了基础和机遇。

一、历史选择了江东门

遇难同胞纪念馆展示的是我国抗日战争时期一个震惊中外、惨绝人寰的特大惨案；是日军侵华期间一例最集中、最突出、最有代表性的暴行；是战后经过远东国际军事法庭判定的第二次世界大战史上一桩典型案件；是国家贫弱人民遭殃的一段刻骨铭心的国耻和苦难记忆；是中华民族裸露的并值得子孙后代永久牢记遭受外敌侵略和奴役的一道历史伤痕；是一本对外进行国际和平交流和对内进行爱国主义教育的教科书。

1982年，日本文部省将中学历史教科书中"侵略"中国，改为"进入"中国，妄图以此篡改侵略历史，激起了我国人民的愤怒，人们纷纷以各种方式，抗议日本政府否认侵华史实的卑劣做法。与此同时，南京大屠杀的幸存者和遇难者遗属，以及南京大学、北京大学等高校的师生，有的上书中央领导，有的给江苏省和南京市领导写信，要求尽快建馆立碑，"把南京大屠杀血的历史铭刻在南京的土地上"。

1985 年 8 月 15 日，侵华日军南京大屠杀遇难同胞纪念馆建成开馆，这是我国抗战类的第一座专题纪念馆

　　建馆首先要选址。历史上的江东门是南京城郊区的小镇。镇东边有条江东河，江东河岸是一片杂草丛生的土坡和坑坑洼洼的小水塘，东北角落有一座国民党建造的陆军模范监狱。

　　据史料记载，1937 年 12 月 16 日，侵华日军将囚禁在陆军监狱的一万多名被俘的中国军人，以及从城西一带抓获的居民，从监狱内分批驱赶出来，在东至大士茶亭西到江东河约一华里范围内，用机枪扫射，实行集体屠杀，遇难同胞的遗体暴尸一个多月后，大约在 1938 年 1 月左右，被红卍字会就近收埋于江东门两大土坑（水塘）和一条壕沟（中国军队为抵抗日军挖掘的战壕）内，故称江东门万人坑遗址。为了选址，南京市文管会（市文物局前身）派专人在此试探发掘，很快发掘出大量遗骨，白骨森森，与历史记载相互印证。经多方征求意见，遂决定在江东门建馆，并于 1983 年 12 月 13 日，即南京大屠杀遇难同胞遇难 46 周年之际，在江东门举行立奠基仪式，正式迈开了建馆的脚步。

正当南京建馆立碑编史工作蓬勃展开的时候，1985 年 2 月，邓小平同志来南京考察。在东郊 5 号宾馆内认真听取了江苏省委副书记柳林同志和南京市市长张耀华同志关于南京筹建南京大屠杀遇难同胞纪念馆工作情况的汇报后，邓小平同志十分高兴，欣然命笔，在一张长 1.2 米、宽 0.6 米的宣纸上，题写了"侵华日军南京大屠杀遇难同胞纪念馆"16 个大字，字体刚劲有力，错落有致，表达了邓小平同志对筹建该馆肯定和支持的态度。

邓小平同志亲笔为纪念馆题词的消息传至正在建馆立碑编史的建筑师、工人和历史学家耳中，人们倍受鼓舞。为了赶在抗战胜利 40 周年之际建成开馆，这个项目是以"南京市第一个深圳速度"命名、被列入"1985 年南京市十大建设工程"，并由市长张耀华同志亲自担任总指挥。为了按时建好这个有意义的工程，张市长几十次亲临现场指挥，就连大年初一也没有休息，和工人们一起奋战在工地上。

人们互相支持、通力协作，终于在 1985 年 8 月 15 日，侵华日军南京大屠杀遇难同胞纪念馆和 13 处遇难同胞纪念碑全部建成，正式对外开放。

该馆的建筑特色享誉海内外，由中国科学院院士、东南大学建筑研究所所长齐康教授主持设计。齐教授打破了通常采用的对称式建筑风格，而将南京大屠杀历史题材，用建筑语言表达得淋漓尽致。他将该馆遗址环境概括为生与死的主题，巧妙地将该馆的展厅设计成一座半地下的坟墓，建有墓墙、墓室、墓道，观众可以循着墓道，走进半地下的展厅内观展。同时，将在现场发现并发掘的南京大屠杀遇难同胞的遗骸，放进一个棺椁型的半地下的遗骨陈列室内。在两座主题建筑（一座坟墓、一座棺椁）之间，铺满了象征遇难者累累白骨的鹅卵石，辅之以枯树、断墙，凸显凄凉、破碎的景象，与周边的绿树和青草，形成了生与死的强烈对比。该工程被评为"中国八十年代环境艺术设计十佳"作品，一度在中国纪念性建筑业界力拔头筹，成为样板。

遇难同胞纪念馆是中国第一座抗战类的纪念馆。该馆建成开放两年后，1987 年 7 月 7 日，北京市在北京卢沟桥建成了"中国人民抗日战争纪念馆"。1991 年 9 月 18 日，沈阳市在沈阳市柳条湖旧址建成了"九·一八历史博物

侵华日军南京大屠杀中山码头遇难同胞纪念碑

馆"。随后，哈尔滨市建成了"侵华日军第 731 细菌部队罪证陈列馆"，上海市建成了"淞沪抗战纪念馆"，山东省建成了"台儿庄战役纪念馆"等等。一批抗日战争的博物馆、纪念馆，如雨后春笋般在中国大地上陆续出现。当时建这个馆的初衷主要是针对我们国内的观众，为悼念遇难同胞提供一个合适的场所，提醒中国人民不忘历史，以史为鉴。

　　在开馆的当天，日本劳动者交流协会参观吊慰访问团来访，这是纪念馆落成后来访的第一批日本人。访问团成员进馆后的第一句话几乎都是："我们是向中国人民道歉来的！"该团团长市川诚先生是中国人民的老朋友，从 1958 年开始，长期致力于日中友好活动。这次，他以个人名义送给纪念馆高 1.6 米、取名为"镇魂之钟"的大型座钟。钟座的正面底部写着："对侵华战争深表反省、谢罪，吊慰牺牲者之灵。"侧面的誓言是"我们对 1931 年、1937 年日本军国主义发动的侵略战争诚表反省，由衷谢罪，深深哀悼南京大屠杀的牺牲者，并为之祈求冥福。我们决心坚持日中不再战和反霸权的立场，誓为巩固发展两国劳动者阶级世代友好，誓为确保世界和平而团结奋战。"如今，市川诚先生的"镇魂之钟"连同他反省战争、祈求和平的愿望一起，被陈列在纪念馆的展厅内。

二、新官上任三把火

我于 1992 年 5 月 26 日来到遇难同胞纪念馆担任副馆长，一年后接任馆长，兼任书记工作。此时的纪念馆不仅缺乏资金，而且缺乏发展思路，正处于最低谷的时期。有人说，新官上任三把火。的确，我在担任馆长后的第二年起，也就是在 1994 年开始考虑改变遇难同胞纪念馆的展览、环境、内部管理与史料征集和研究，着手该馆的二期工程建设，夯实事业发展的基础。

首先是感到展览的内容太简单，形式也太单调，打动不了观众，吸引不了人，一年下来，观众 10 万人左右。我自己动手编写展陈方案，选择历史图片和有关资料，使展览的内容更充实，陈列形式也有了明显的改善和提高。

其次是提出要新建一个悼念集会的广场，希望有个较大一点的活动广场，提出把遇难同胞纪念馆当时的停车场改造为这一广场，建议市里把馆旁的一个秦淮汽车修理厂搬迁，改造为停车场。

再次是提出建立一批反映南京大屠杀主题的艺术品。记得南京市委宣传部副部长陈华光同志就曾直接地对我说：你这个馆给人"照相留念"的地方太少了。经过一番论证，我们决定新增呈十字架形状的"标志碑"，新建"南京大屠杀遇难同胞名单墙"，并建立一座由残破的城墙、残缺的军刀、历史的桥梁和铜质的遇难者头颅、被活埋的遇难同胞手臂雕塑等组成的"古城灾难"组合雕塑等。

四是广泛募集建设资金，开展了题为"人人为南京大屠杀遇难同胞纪念馆捐赠一元钱"的活动，收到了来自全国 13 省市的 1200 多万元的捐款，1995 年 3 月 16 日，在南京玄武饭店召开陈君实、黄慧贞夫妇为侵华日军南京大屠杀遇难同胞纪念馆二期工程募捐活动新闻发布会。

募捐在香港也引起很大反响，收到来自香港的三位爱国企业家的慷慨捐赠。我尤其忘不了陈君实先生，他一人就捐赠了 210 万港币。感动之余，我

1995 年 3 月 16 日，在南京玄武饭店召开黄慧贞、陈君实夫妇 (左一、左二) 为侵华日军南京大屠杀遇难同胞纪念馆二期工程募捐活动新闻发布会

动手写下了《百万捐款者的情怀》，发表在报纸上。陈君实先生的慷慨捐赠，起到了一定的带动作用，有 1 万多个南京单位和市民个人捐赠 160 多万元。为此，我也写下了"姊妹篇"——散文《万人捐赠看民意》，在刊物上发表。

所有的捐赠款加上南京市政府投入的 200 多万元资金，保证了遇难同胞纪念馆二期工程的胜利完工。通过改造，馆内外展览及其环境都有了明显的改进和提高，保证了 1995 年纪念中国人民抗日战争暨世界反法西斯战争胜利 50 周年活动的圆满进行。同时在捐赠活动和建设改造的过程中，场馆的名声也逐步扩大，观众也逐步多了起来，场馆发挥的社会影响力越来越明显。

三、齐康院士的爱国情

建筑大师齐康先生曾设计过无数重点建筑工程，但他对遇难同胞纪念馆的工程项目却是情有独钟。他参与了一至三期的建筑设计，20 多年来为遇难同胞纪念馆的建设与发展做出了巨大贡献。

在遇难同胞纪念馆二期工程建设过程中，我与齐康老师多次打交道。他高超的设计水平、崭新的设计理念、强烈的奉献精神，给我留下了深刻印象。

为什么说齐康院士对遇难同胞纪念馆情有独钟呢？原来，齐康老师的父亲齐兆昌先生也是南京大屠杀的亲历者，在大屠杀期间曾经担任过金陵大学宿舍难民收容所所长，那是在德国人约翰·拉贝领导下的南京国际安全区委员会所属的 25 个难民收容所之一，曾经救助过 2 万多个难民的性命。

齐老师曾亲口对我说过，父亲当年在金陵大学担任教授，其间为救助难民，被日本军人用刺刀抵住胸口，多亏美国教授贝茨及时赶到，用英语斥退了日本兵，方才保全了生命。事隔多年，齐老师对此事还记忆犹新，每每提起此事时，心里仍然总是愤愤不平。他说："如果没有贝茨及时赶到，我早就没有爸爸了。"

正是由于这分历史渊源，齐老师对于南京大屠杀持强烈的批判态度，对遇难同胞纪念馆寄托了深切的期望。所有的设计他不但不收分文，而且倒贴设计工本费、材料费等一切费用，还不准他的学生收取必要的设计费用，否则就不认他们是自己的学生。在拜金主义冲击一切领域，包括曾经是神圣的高等学府的今天，像齐康教授这样处事的人，恐怕已经寥寥无几了。我认为，齐康老师这种中国知识分子脊梁的形象，特别值得敬重。

四、二期工程的主要项目

二期工程里的主要项目有：标志碑、和平大钟钟架、《古城的灾难》雕塑、遇难者名单墙、铜版路等。

齐康院士对于标志碑的设计几易其稿。刚开始时，他想设计成抽象主义的，如一根弯了钉头和浑身锈蚀的巨无霸大铁钉，还有倾斜的网格状纪念塔。后来,他自己又否定了,说是一定要有民族特色,尤其是南京特色,因为这个事件发生地在南京。他设计了一个具有南唐石刻风格的纪念碑,碑的上部突出,顶部是一双被捆绑的中国人手臂的造型。有领导审查时认为,中国人解放了这么多年了,怎么还把手捆绑着?不赞同。于是,齐老师再反复改了几稿,最后设计出了一个有着南京大屠杀历史元素的大十字架,上端刻着一排阿拉伯数字:"1937.12.13—1938.1",这是南京大屠杀历史事件的6周时间。为了有别于十字架,他还别出心裁地在数字的两端留出两个方形的洞孔,结果这个有点冒险的方案却被通过了,连他自己也想不到。

这个设计获得中共中央外宣办和国务院新闻办主任赵启正同志的好评。赵启正在全国外宣工作会议上说,什么是对外宣传?简言之,就是要让国际人士看得懂,知道是什么。国际上的文化大多数与宗教有关系,具有宗教元素。遇难同胞纪念馆内的标志碑,就是既有历史元素,又有宗教元素,中国人看得懂,外国人也能看得明白,是一个中外文化相结合的经典之作。赵启正是个思想活跃、眼光开放、很有见地的领导同志,他提出并实施了诸如公共外交学、各级政府新闻发言人制度等,创新了我国的对外宣传工作。能得到他的赞同,实属不易。

和平大钟是由日本华侨林伯耀、林同春等捐款制造的,反映了海外侨胞的火热爱国之心。遇难同胞纪念馆请中国书法家协会会长启功题写了"和平大钟"4个大字,同时邀请齐康教授设计钟架。齐老师很快设计出名为"倒下的300000人"的钟架。齐老师用3根黑色的三棱柱代表"3",上部用5个褐红色的圆圈代表"00000",中间悬挂大钟的梁设计成一个倒下的"人"字形。用简洁的建筑语言,诠释出南京大屠杀遇难"300000"人的历史概念,并整体解释为"倒下的300000人敲响的和平大钟"。齐康院士的精彩设计,受到了无数中外人士的赞扬。

2001年9月19日,国务院总理的朱镕基同志来馆参观,当我向他汇报了和平大钟钟架设计含义后,朱总理表示赞赏。

《古城的灾难》大型组合雕塑的设计过程颇不简单。起初,齐康老师在遇难同胞纪念馆二期工程扩建的总体方案中设计有这个雕塑,他希望我们馆方能够找到叶毓山、蒋碧波等国内一流的雕塑家来设计这一作品。慎重起见，邀请了遇难同胞纪念馆的主管部门——南京市委宣传部的领导去请这些"名家们"。于是，分管部长龚惠庭同志和我一起，先后去了位于重庆的四川美术学院、位于上海的上海美术学院、位于杭州的中国美术学院、位于沈阳的鲁迅美术学院，与一批著名的雕塑家们见面，请他们提出设计方案。后来在方案评审时，可能由于都是具象雕塑方案，评委们争论较大，倒是一张"草图"的方案获得到会专家的一致肯定。因为所有的方案都是匿名的，只按照"A、B、C、D、E、F、G"的编号进行评审，所以大家并不知道是齐教授画的一张草图意外地被评上了，真是"有心栽花花不发、无心插柳柳成荫"啊！

齐康院士的由"残破的城墙、残缺的军刀、遇难者的头颅及遭活埋的遇难者手臂、历史的桥梁"等五大元素组合而成的雕塑草图稿一举夺魁。遇难同胞纪念馆邀请了南京油画雕塑院院长、无锡灵山大佛的作者吴显宁担任遇难者"头颅"和"手臂"的具体设计与制作者，其余靠建筑来完成。这一高大的组合雕塑建成后，成为遇难同胞纪念馆有代表性的景观之一。连续多年的 12 月 13 日，"江苏省暨南京市社会各界人士悼念南京大屠杀遇难同胞及南京国际和平集会"的主会场就设在这里，主会标就悬挂在"残破的城墙"上面。南京市话剧团也多次在这里"借景"，演出反映南京大屠杀历史的话剧《沦陷》。

2004 年 5 月 4 日，中共中央总书记胡锦涛来遇难同胞纪念馆视察，他走到"古城的灾难"大型组合雕塑前，问道："遇难者的头颅"设计有依据吗？我告诉他，在一张历史照片上，有一位遇难者的头颅被放在南京城门口的木栅栏上，嘴里还被强塞进了一支香烟头时，胡总书记点点头。看完整座遇难同胞纪念馆后，胡锦涛神情严肃地对我说："这里是进行爱国主义教育的好地方；任何时候都不要忘记对青少年进行爱国主义教育，无论什么时候也不要忘记惨痛的历史。"

遇难同胞名单墙是二期工程建设中的主体项目之一。齐大师为此动了不少脑筋，画了很多稿草图，最后设计出一堵呈"直角（L）形"，用灰白色花岗岩垒砌而成的厚重的高墙。墙面上先刻上 3000 个南京大屠杀遇难者的名字，后来又增刻一万多个"名字"。该"墙"建成后，海内外媒体作了大量的报道，每年的清明节和"12·13纪念日"，中日两国的僧侣们都要和部分南京大屠杀遇难者的遗属们一起，在"墙"前为逝去的亲人们祈祷。

2002年，在遇难同胞纪念馆祭奠广场上，新添了一条印有大屠杀幸存者和重要证人脚印的铜版路。这条路的兴建源自我在参观美国好莱坞时看见星光大道后受到的启发，我要为南京大屠杀幸存者做一条铜质脚印的路，永久留下历史证人的脚印。

这条铜版路经过齐康院士、雕塑家吴显宁等专家们反复研究设计，由222块侵华日军南京大屠杀的幸存者和重要证人的脚印铜版以及178块光铜版相间铺设而成，其中222双脚印寓意更深。

这222双脚印或深或浅，或大或小，一个个脚印直通向"遇难者300000"纪念墙字体中央。每一块脚印铜版都是40厘米见方、6至8毫米的厚度，脚印中间是幸存者姓名和年龄。路的开头两边，设计师按照1：1的比例立起两座铜像，分别是9岁时被日军子弹打穿右肩膀的倪翠萍老人和20岁时被子弹打穿了右腿的彭玉珍老人。

这一双双脚印中，有一块只有一个脚印的铜版，那是当时被日军打断一条腿的老人的，她名叫吴秀兰。还有一枚特殊的脚印，其中左脚只有4个脚趾，那是周文彬老人的脚印。当年只有1岁的他还睡在摇篮里，被日军的子弹打掉了一个脚趾。

这条路是大屠杀时南京人的苦难之路。深深浅浅、大大小小、历经坎坷、残缺不全的脚印，表述了侵华日军的残暴罪行是不可饶恕的。

铺设这条路的30万元资金是由江苏省教育工会代表全省30万名教师捐赠的，他们在40米长、1.6米宽的铜版路上寄托了一个共同的愿望：每人捐一元钱，为历史证人留下永久的证据。

扩建后的遇难同胞纪念馆占地面积50多亩，建筑面积3500多平方米。1997年，被中宣部命名为首批"全国爱国主义教育示范基地"，1999年9月被中央精神文明建设指导委员会命名为"全国精神文明建设先进单位"。遇难同胞纪念馆日益成为对内进行爱国主义教育，对外进行和平友好交流的重要场馆，尤其在国际民间外交、南京大屠杀史宣传与维护方面发挥了有效的影响力。

第四章

每逢清明祭亲人

在遇难同胞纪念馆里有一座高大的石墙，上面密密麻麻地刻着南京大屠杀遇难者的名字，被人们称为"哭墙"。

每年到了清明时节，总会有南京大屠杀遇难者的遗属，成群结队地来到"哭墙"前，祭奠在南京大屠杀中逝去的亲人，寄托家族的哀思，表达不忘历史悲剧的情结。

侵华日军南京大屠杀遇难同胞名单墙，老百姓称之为"哭墙"

一、铭记遇难者名录

1937 年 12 月 13 日，侵华日军攻占南京，此后的一个多月时间内，侵华日军公然违反国际公约，大肆屠杀城内放下武器的中国士兵和手无寸铁的平民百姓 30 万人以上，制造了惨绝人寰的南京大屠杀。然而，因为当时条件局限，30 多万遇难者姓名基本漫漶难寻了。

收集遇难者的名单并且为其建造名单墙的想法，是从我担任馆长后开始实施的。作为遇难同胞纪念馆来说，纪念的主体是南京大屠杀遇难同胞。无论是从世界性同类型场馆来看，还是从尊重个体生命的角度来看，都应该有一座铭记遇难者名录的纪念墙。

为此，在我的极力呼吁下，终于使得 1995 年二期工程建设中遇难者名单墙成为一项主体工程项目。这座墙由中国科学院院士、东南大学建筑设计研究所所长齐康教授设计完成。

齐康教授设计出一堵呈"直角（L）形"、用灰白色花岗岩垒砌而成的

2009 年 4 月 4 日，在"遇难同胞名单墙"前举行"清明节悼念南京大屠杀遇难亲人仪式"

厚重的高墙。这座"墙"的特点是中间各用三块平整的方形花岗岩石块，砌成对称的两堵石柱，中间留有一条石缝，底部有一个石雕无字花圈。"墙"面是不规则的，凸凹不平，还有意识地留出不规则的石洞，透出墙后面的绿色，用齐老师的话说，这叫生命的绿色。

灰色花岗岩墙面上，密密麻麻的名字，让人感到非常压抑。这里举例其中的一部分：

蔡宋氏，女，68岁，南京人，农民，遇难前家庭住址为集合村28号，遇难时间为1937年12月20日，遇难地点在自己家中，加害日军部队番号为中岛部队。

蔡如松，男，19岁，南京人，学生，遇难前家庭住址为太仓巷26号，遇难时间为1937年12月。

蔡如耀，男，67岁，工人（铁路员工），遇难时间为1937年12月14日，遇难地点为和平门站，遇难方式为被日军打死。

蔡广发，男，53岁，南京人，农民，遇难前家庭住址为荷塘村13号，遇难时间为1937年12月14日，遇难地点为荷塘村，遇难方式为被日军烧死，加害日军部队番号为中岛部队。

蔡邗鑫，男，44岁，商贩（米店），遇难时间为1937年12月16日，遇难地点为难民区内的大方巷3号，遇难方式为被日军以机枪射杀。

蔡富耀女儿，3个月大的婴儿，遇难时间为1937年12月，遇难地点为汤山于右任别墅附近，遇难方式为被日军刀杀（刺杀）。

卞庭志，男，遇难前家庭住址为南圩东村19号，遇难时间为1937年12月14日，遇难地点为三鬼庄塘中，遇难方式为被日军用泥闷死。

包延新，男，遇难前家庭住址为水西门盐码头，遇难时间为1937年12月，遇难地点为水西门城门口，遇难方式为被日军打死。

白庆元，男，阿訇，回族，遇难地点和原家庭住址为长乐路清真寺，遇难时间为1937年12月，遇难方式为因阻止日军强奸妇女被枪杀。

艾仁林，男，33 岁，遇难前家庭住址为江宁许巷村，遇难时间为 1937 年 12 月，遇难地点为东流平家岗，遇难方式为被日军摔死。

在上述举例中，最大年龄 68 岁，最小年龄才 3 个月，职业有工人、农民、商贩、阿訇、学生等，遇难的方式有枪杀、刀刺、火烧、摔打、奸杀、泥闷等。他们的不幸遇难，是法西斯分子暴行的记录，也是国家不强、老百姓生命得不到保障的例证。

1995 年 12 月初建成时，名单墙只有 43 米长，3.5 米高，刻有 3000 个遇难者名字，象征被日军屠杀的 30 万同胞。此后，经过 2007 年、2011 年、2013 年和 2014 年、2016 年多次增刻，截至 2016 年 12 月 10 日，名单墙上已刻有 10615 名南京大屠杀遇难者姓名。

由于年代久远、兵荒马乱等多重原因，遇难者名单搜集工作较为困难。名单墙上的姓名只是 30 多万遇难同胞中的一部分，他们是 30 多万南京大屠杀遇难者的代表，他们是 1937 年南京遭受日本侵略和加害暴行的人证，是南京人苦难历史的沉痛记忆。我们将这些逝去的生命铭刻在墙上，确证他们曾经的存在，以示对每一个死难者的尊重。

因为许多遇难者的尸体被抛入了长江，或者被抛入了水塘、水沟、水坑内，或者掩埋在"万人坑"内，多年来，他们的后人们根本不知道要到哪里去祭奠先人，遇难者名单墙建成后，他们对着"墙"上亲人们的名字祭拜，痛哭流泪，以寄托哀思。在他们的心中，这里有他们"亲人的亡灵"，这里就是他们的"祖坟"。所以，每到清明节，他们全家都会自发地、扶老携幼地来到这里凭吊一番，在遇难同胞名单墙前举行简单的祭奠仪式，悼念被那场战争无辜夺去生命的亲人和遇难同胞。对于他们而言，来此祭奠是无奈的，因为他们不知道被侵华日军血腥杀害的亲人葬于何处，唯有在这里才能找得到姓名，哭诉亲人。

于是，遇难同胞名单墙成为了"哭墙"。

每年清明节，名单墙前哀乐低徊、白花含悲。焚香、献花、跪拜，人们以各种方式悼念亲人。每当看到遇难者的后人能够在清明等祭日时前来为死去的亲人送一束花、点一炷香，我的心中感到无比的宽慰。

二、哭墙前的遗属们

有几位遗属给我留下了深刻的印象。

一位白发苍苍、手杵着拐棍的老奶奶，随身携带了一个小板凳，清明节时坐在"墙"前，嚎啕大哭了一个上午，谁也劝说不住，谁也无法止住老人心中多年来的悲痛表达和宣泄，因为那墙上面有她逝去的丈夫和儿子的名字。

一位来自安徽省合肥市的电气高级工程师，名字叫张若富，他带着妻子、儿子、儿媳、女儿等全家人，来到"哭墙"前，痛哭流涕念了一篇献给二哥张若平的悼词，还用安徽的名酒古井贡酒洒在墙下。以前，他一直不知道自己的二哥是怎样在南京大屠杀中遇难的，直到一位从台湾归来的老人告诉他，其二哥张若平当年是在南京挹江门附近，被日本人拿枪打死的。于是，他专程于清明节这一天，带领全家人来到遇难同胞名单墙进行哭诉。

一些幸存者每年清明都会聚集到这里，他们现在年岁很高了，有好几个是坐着轮椅来的。他们都有着同样的经历：侵华日军夺去了亲人的生命，伤痛伴随一生。70多年过去了，岁月还是无法带走那段惨痛的记忆。

有一名叫佘子清的南京大屠杀幸存者，在那场战争中，他的母亲惨遭日军杀害。他不知道母亲葬在哪里，因此，自遇难同胞名单墙建成后，每年清明他都会带上准备好的菊花到这里祭奠母亲和其他遇难同胞。他说，一走近这块土地，他的心就会发酸，有时还情不自禁地泪流满面。每次祭奠仪式结束了，他却依然不愿离去。"每次都这样，我也说不清楚什么原因，其实离开这里后，我的心情要好一些，但来了后却又舍不得走，也许是思念母亲吧。"

佘子清说，与很多人相比，他其实是幸运的。毕竟有的人都不知道去何处祭奠家人，有的人全家老少一起被杀害，清明都无人来祭奠。

2013年，遇难者名单墙上又新镌刻107个名字。清明节时，家住南京六合的阮定东一大早就赶了过来，他手抚摸着"哭墙"上不久前新刻的阮家田名字说："我的爷爷阮家田是1937年12月13日在燕子矶江边集体屠杀时被日军刺成重伤的，爷爷当时强忍着剧痛，紧紧地搂抱着还是婴儿的我，拼命爬上一条小船，过长江后实在支撑不下去了，倒在了江边，被家里人抬回六合，不久后死亡的。我也捡回了一条命。爷爷的坟墓现还在六合新篁。听说今年他老人家的名字也上墙了，我们一家五代20多口人，清晨从六合赶到遇难同胞纪念馆里，为爷爷上炷香，祭奠他老人家的在天之灵。"

　　清明节是中国最重要的传统节日之一，人们在这一天祭扫坟茔、缅怀先人，在细雨霏霏与草木新绿的时节里洒下生离死别的悲伤泪。清明这一天前来"哭墙"前祭扫的不仅有幸存者及遇难者遗属，还有企事业单位的职工、各社区的市民们，乃至来自全国各地甚至国外的参观者，他们在"哭墙"前摆满了鲜花、香烛、挽联。人们借这一特殊的日子，哀悼九泉下的遇难同胞们，同时表达不忘记历史的信念。

三、送花圈老人唐顺山

　　虽然每年清明节遇难同胞纪念馆都要组织祭奠活动，摆放花圈，可是，仍有民间组织或个人送来一簇簇捧花、花环或花圈，以表达哀悼之情。

　　自从遇难同胞纪念馆1985年建馆以来，每年清明节都有一位特殊的送花圈人。花圈是由他亲手做的，个大体重，他蹬着三轮车缓缓地从城东石门坎自己的家中送到城西水西门外，不论刮风下雨还是艳阳高照，不顾路途遥远。花圈的白色挽联上，写有"南京大屠杀幸存者唐顺山"11个大字。

　　南京沦陷时，唐顺山23岁，在南京评事街"达源顺皮鞋店"当匠人。

　　唐顺山有一个相对安全的避难地，他躲在城北三牌楼校门口朋友车学财家里。他们将门板卸掉，并将门洞用砖头砌好，这样从外面看，它就像是一面普通的墙。

　　在日军侵占南京的第四天下午，唐顺山壮着胆子跑出门来看外面的局面。一到外面，唐顺山

南京大屠杀幸存者唐顺山

就后悔了，眼前就是一个人间地狱。随处可见尸体，甚至还有小孩和老人的尸体，大部分是被刺刀刺死的，鲜血溅得到处都是，唐顺山回忆那个恐怖的下午，就像是天上下了一场血雨。

唐顺山遇见日本兵押送数百名难民去下关方向，与一位陌生的路人吓得藏进了路边的垃圾箱，并将稻草盖在自己的头上。由于又冷又怕，他俩浑身发抖，结果连垃圾箱也跟着抖起来。

突然，盖在他们身上的稻草不见了，一名日本士兵出现在他俩的头顶上，并怒视着他们。唐顺山还没有反应过来，那名日本士兵已用军刀将他旁边的那个人的头砍了下来。鲜血从受害者的颈部喷出，那个士兵弯下身，就像是拿战利品那样，把人头拎起来。

日本兵让唐顺山加入难民队伍，男女老幼像一群绵羊一样被驱赶着往黄泉路上走，街道两边散落着尸体。唐顺山感到非常悲伤，甚至觉得生不如死。

有一名孕妇开始为性命而抵抗，她拼命地揪住一名企图将她拖出去强奸的日本士兵的衣服，恼羞成怒的日本兵将她杀死，并用刺刀剖开她的肚子，不仅拉出了她的肠子，还将蠕动的胎儿拉了出来。

难民们被赶到被服厂内一个刚挖好的长方形土坑边，里面已经有大约60具中国人的尸体。日本人命令唐顺山和其他中国人在大坑的四周排队站好。接着，使唐顺山感到害怕的是，日本士兵开始了比赛，比赛看谁杀人杀得最快。1名士兵端着机枪在旁边警戒，随时准备将任何试图逃跑的人打倒，另外8名士兵两人一组，分成4组。每组的分工是一人用军刀砍头，另一人将头捡起，并扔在一起。这些中国人一动不动地站着，沉默无语、心惊胆战。他们的同胞一个接着一个倒下。"杀，数！杀，数！"唐顺山说道，并回忆着杀人的速度，日本人笑着，有一个人甚至在拍照，"毫无怜悯之心"。

难民们一个接一个被砍入坑，哭爹又喊娘，其中有位受害者的尸体倒在唐顺山的肩膀上，在这一外力的作用下，唐顺山向后倒下，并与尸体一起掉到坑里。日军隔着尸体连戳五刀，唐顺山没有吭声，然后就昏了过去。

后来，车家两兄弟到死人坑里找到了身受重伤的唐顺山，将他拖出来并送回家。在那天被杀死的数百人中，唐顺山是唯一的幸存者。

唐顺山一提到大屠杀中日军的暴行就义愤填膺："日本军刀砍在身上的疤痕是抹杀不掉的。日本右翼分子篡改教科书，否认南京大屠杀，我们幸存者绝不答应。"

正因为唐顺山人生这段特殊经历与南京大屠杀有着不可分割的联系，他每年清明都来遇难同胞纪念馆拜谒死难的同胞乡亲。他觉得自己的生命中有死难者的期待和希望。每次，他总要向围观的年轻人讲："娃儿们，你们可要记住。"

唐顺山生于1914年7月30日，2002年10月19日去世。生前是3503厂的退休工人，享年88岁。他每年坚持为南京大屠杀遇难同胞送花圈的消息，曾经频频见诸南京的媒体，成为一段动人的故事。

四、这是一次特殊的清明祭

2014年的清明节，部分南京大屠杀幸存者和遇难者遗属、众多市民和日本友好人士，照例齐聚遇难同胞纪念馆遇难同胞名单墙的广场前，参加一年一度的"2014年清明祭"活动，祭奠亲人和30多万遇难同胞。

在这些幸存者和遇难者遗属中，有一家祖孙几代人同来的，有坐着轮椅的，有拿着亲人照片的，也有手捧供品的，他们满含热泪，念叨着"哭墙"上亲人的名字，敬香献花、鞠躬、默哀，以此缅怀先人、祭奠亡灵。

"哭墙"的中心，鲜花围就"奠"字，现场摆着各界人士敬献的花圈。"哭墙"上部分死难者亲人的姓名旁边，都粘着一支支淡黄色的雏菊，这是幸存者和遇难者遗属们为亲人送上的哀思，也是这一天"哭墙"上最令人心碎的画面。参观的人们也在密密麻麻的遇难者姓名下面留下一束束菊花，以表哀悼。

幸存者的队伍里有人们熟悉的夏淑琴、路洪才、常志强、伍正禧、向远松、杨翠英、马庭宝、佘子清等，大多年龄已逾八旬。

上午10点，"清明祭"开始，路洪才老人作为幸存者代表发言。他语气沉重地说："在1937年的南京大屠杀惨案中，母亲路夏氏、妹妹路小毛、外祖父夏老三、外祖母夏赵氏、二舅夏瑞、三舅夏端被日军杀害，当时自己只

作者朱成山在南京大屠杀死难者遗属 2014 年清明祭仪式上发言

有 5 岁。每年清明节，很多在南京大屠杀中逝去亲人的遗属和幸存者前来祭扫。一看到刻在墙上的亲人名字，心情就难以平静。我们都是老人了，希望在有生之年能亲手给亲人多上一炷香、多献一束花，祈祷他们安息。"

"爸爸，我 91 岁了，身体很好，有 5 个重孙，爸爸，你安心吧！"头发全白的 91 岁南京大屠杀幸存者伍正禧老泪纵横。他颤颤巍巍走到"哭墙"前，凝望刻在石壁中家人的名字，缓缓上香，低头默哀。

77 年前，在侵华日军制造的震惊中外的南京大屠杀惨案中，伍正禧有 5 位亲人遇害。"就在我前面，最后一排名字中，我家人都在上面。看到这些，我心里面就酸。"伍正禧哽咽不语。

时年 88 岁的幸存者余昌祥献上鲜花："头两年去过日本 (作证言)，还有很多日本右翼势力不认账，我有生之年，只要能动，都会来。"

清明祭活动已进行了 20 年，这一年更有特别的意义。2014 年 2 月 27 日，第十二届全国人民代表大会常务委员会第七次会议表决通过了《全国人民代表大会常务委员会关于设立南京大屠杀死难者国家公祭日的决定》。幸存者和遇难者遗属们十分拥护，非常感激，相互传递这一消息：

"今年的清明节，是'国家公祭日'确立后，在遇难同胞纪念馆举行的首场民间悼念活动。"

85岁的夏淑琴出现在祭奠人群中，她是每年必到的幸存者。在那场血腥的屠杀中，夏淑琴家祖孙9人中7人惨遭日军杀戮。2008年，因反诉日本右翼作者东中野修道侵权案胜诉，夏淑琴被称为"英勇的老人"。

夏淑琴道出心中之言："今年活动扩展（指南京大屠杀死难者国家公祭日设立后，祭奠活动规格提升），心里无比愉快，但回忆从前，也十分难过，盼望让下一代记住历史。"

2014年12月13日由国家层面举行对南京大屠杀死难者的祭奠活动，这既是对死者生命权价值的承认和尊重，更是对死难者遗属和幸存者的精神慰藉。

"纸灰飞作白蝴蝶，血泪染成红杜鹃。"

2014年清明节，是个不寻常的清明节，30多万遇难同胞在九泉下一定听到了祭扫者们传来的消息——从此，不再是南京一地在祭悼你们，而是以国家的名义在祭悼你们。

第五章

巡展延伸祭奠足迹

南京大屠杀是一个国际性的事件，是发生在二战中的一个特大惨案，南京大屠杀历史告诉人们浅显易懂的道理：人类不要战争与杀戮，世界需要和平与爱。

伴随着南京大屠杀史实展在各界各国的举办，和平祭成为共同的主题，成为国际交流的一种桥梁与纽带。

一、会行走的纪念馆

遇难同胞纪念馆在国内、国际产生了很大的影响力，吸引成千上万的各种各样的人群去参观和访问。每年接待观众超过 500 万人次，其中海外观众超过 10 万人次，已有 90 多个国家的观众到过纪念馆。

但是，由于受到地域、交通等条件的限制和制约，能有机会前来纪念馆参观的毕竟只占全国各地乃至国际的一小部分。做好陈列展，服务接待好"上门"参观的人群是纪念馆最基本的工作，而若想充分发挥纪念馆文化公益事业的效应，最大限度地发挥纪念馆应有的功能和作用，那就必须让更多的观众亲眼目睹反映日军罪行的文物和文献资料，从而激发人们的正义感，引发对于历史悲剧的思考，产生强烈的和平愿望。

自建馆以来，遇难同胞纪念馆每年都走出馆门，走出南京市，走到全省各地，走向全国各大城市，走进国际友好城市办展，积极探索延伸展览的范

2000年4月28日，展览团成员在丹麦奥尔胡斯市市政大厅的展板前向该市市民讲解南京大屠杀史实

围及扩大影响面的途径。

　　纪念馆建馆后，1991年首次去附近的安徽省马鞍山市，举办了为期一个月的展览。

　　1995年，为纪念中国抗战胜利暨世界反法西斯战争胜利50周年，举办了"侵华日军南京大屠杀暴行史料巡回展"，先后行走到江苏省的苏州、无锡、常州、镇江、扬州、淮阴、盐城、南京、徐州、连云港等地级城市举办展览，3个月间有40多万人参观，这是对广大人民群众和青少年进行爱国主义教育不可多得的好形式、好教材。

　　1997年在北京、合肥、武汉、福州等外省市举办"金陵祭——悼念南京大屠杀30万遇难同胞60周年展"，将祭奠的触角延伸至全国各地。

　　为了让国际人士了解南京大屠杀这段历史，该馆几乎每年行走到海外，举办一次展览。将自己陈列的主题——侵华日军南京大屠杀的事实，向世界各地传播和介绍，扩大了场馆的影响力。

日本是该馆在海外最早去办展的地方。1995 年在日本举办"侵华日军南京大屠杀暴行史料展"，这是该馆编辑制作的"史料展"首次在日本展出。

与奥斯维辛惨案相比，世人尤其是西方社会对南京大屠杀历史知之甚少。为了改变这一局面，纪念馆将南京大屠杀史实展办到了美国、加拿大、俄罗斯等国家。

2000 年 4 月，纪念馆在丹麦奥尔胡斯市市政厅举办了"珍爱和平与生命——南京大屠杀期间的国际大救援"展览。这是南京大屠杀历史题材首次在西方公开展出。我们还与法国冈城国际和平中心和波兰奥斯维辛集中营国家博物馆、华沙二战纪念馆等世界性场馆联系，提供给上述馆的史料和文物，行走并长期驻扎在海外这些展馆，持续扩大影响力。

二、首都办展震撼国人

该馆曾经 4 次赴北京办展：1992 年 11 月在首都博物馆；1993 年在中国人民抗日战争纪念馆；1995 年在中国革命博物馆；2005 年在国家博物馆。在北京引起一场又一场的轰动。

2005 年正值抗日战争胜利 60 周年，而日本右翼极力否认南京大屠杀，所以大家更想了解事实真相，省委、省政府给予了高度的重视，展览由江苏省委、省政府主办，南京市委、市政府和江苏省委宣传部承办。

8 月 11 日，南京大屠杀史实展在国家博物馆正式对观众展出。展板上"300000"几个醒目大字，以及展示受害者惨遭杀戮的浮雕墙，无声地诉说着 68 年前古都南京所遭受的震惊中外的大屠杀惨案。展览史料丰富，对于侵华日军的罪行可谓是铁证如山。在大量确凿的史实面前，任何否认南京大屠杀的言论和行动，都不堪一击。

此次展览迎来了众多的观众。邻近展览的出口处，四十多米长、两人多高的留言板上，写满了字迹。"勿忘国耻、振兴中华"是留言板上出现频率最高的话语。留言者有 83 岁的长者，也有孩童；有高校教师，也有刚上学

1992 年 10 月至 11 月，侵华日军南京大屠杀遇难同胞纪念馆在北京首都博物馆举办巡回展览

的小学生；有武警官兵，也有社区居民……一位观众说："过去没有看过南京大屠杀的专题展览，只从书本上了解一些，今天看见这么多文物史料，真让我震惊。"

　　8 月 12 日晚，中共中央政治局常委李长春认真观看历史档案、影像资料等展品，仔细听取讲解。他说，南京大屠杀是 60 多年前侵华日军犯下的惨无人道的法西斯暴行，是人类文明史上一场惨绝人寰的浩劫，是中华民族历史上一段难以泯灭的伤痛。

　　李长春指出，牢记历史、不忘过去，就是要教育干部群众特别是广大青少年，全面了解中国人民抗日战争的革命历史，深刻认识抗日战争胜利的伟大意义，深刻认识抗日战争在世界反法西斯战争中的重要地位，深刻认识在中国共产党主张建立的抗日民族统一战线旗帜下全民族打败日本帝国主义侵略的历史功绩，深刻认识中国共产党在全民族团结抗战中的中流砥柱作用。珍爱和平，就是要向世界宣示，中国人民是爱好和平的人民，中华民族是维护世界和平的重要力量，中国将坚定不移地走和平发展道路，为维护世界和平、促进共同发展而奋斗。开创未来，就是要激励和动员全体中华儿女把中华民族在抗日战争的浴血奋战中铸就的伟大民族精神，转化为抓住机遇加快发展的强大力量，进一步坚定在中国共产党领导下，走中国特色社会主义道路，实现中华民族伟大复兴的信心，发愤图强，开拓进取，为推进全面建设小康社会、构建社会主义和谐社会的伟大事业贡献力量。

三、东渡扶桑展陈受害史

在南京大屠杀事件中，日本与中国是敌对国家，日本对中国人民的生命财产造成了重大伤害与损失。然而，至今日本某些政客及右翼人士仍在否认南京大屠杀的罪行，日本国民对于南京大屠杀的认知也非常模糊。因此，在日本举办以南京大屠杀为主题的史料展，具有非常必要的意义。这是为30

1995 年 9 月 27 日，作者朱成山（右三）出席在日本爱知县名古屋市举办的"侵华日军南京大屠杀暴行史料展"开幕式

万死难同胞的申诉，是与肆意涂抹历史的日本右翼的抗争与较量，显示了中华民族的自尊心与正义感，表达了中国人不容颠倒是非的鲜明立场。

1995 年在日本举办"侵华日军南京大屠杀暴行史料展"，这是遇难同胞纪念馆编辑制作的"史料展"首次赴日，先后在东京、大阪、广岛等 20 多个都、府、县展出，其展出的目的正如日本爱知县劳动组织会议议长新川末藏在开幕式上所说："就是让日本国民反省战争，珍惜和平，为了再不犯历史的错误而努力。"

2004 年，南京大屠杀图片展在日本关西地区巡展。揭露日本军国主义罪恶历史的展览能够在关西巡回展出意义非同一般，因为包括大阪、神户在内的关西地区历来是右翼势力比较嚣张的地区，各种右翼团体在此都有较大的地盘和影响。除当时刚发生的日本右翼分子冲撞我驻大阪领事馆的突发事件外，过去也多次发生过右翼势力开着几十辆宣传车进行否定侵略历史的宣传活动，其中最臭名昭著的就是在大阪召开的否定南京大屠杀的反华集会，一些右翼学者和团体公开叫嚣"南京大屠杀是 20 世纪最大的谎言"。

在这种背景下，要以南京大屠杀这样的敏感内容来办图片展并非易事。展览在筹备阶段就遇到了种种困难，除资金不足外，有些公共设施的主管方怕右翼势力骚扰不愿出租场地，有些行政部门不愿批准有关演讲会的举行。

展览计划得到日本的华侨团体、劳动工会、和平团体的大力协助。关西地区行政、教育、文化、媒体、宗教各领域近 40 个民间团体都予以响应和赞助。兵库县知事特地为展览写了致辞。

关西地区的和平团体积极协助办展的倡议者和筹备者是著名爱国华侨林伯耀先生，他是旅日华侨中日交流促进会的负责人。几十年来，他联手神户华侨总会等华侨团体及日本的市民团体，致力于传播历史事实、和平反战、促进两岸统一的活动，其赤诚的爱国之心和实干精神，深受中日人士尊敬。林先生说，南京大屠杀是中国民众遭受日本军国主义残暴蹂躏的象征，也是回击右翼分子最有力的历史事实，个别极端分子的威胁并不能阻止我们将历史真相传达给更多的日本市民。在他的组织和感召下，图片展计划才一步步得到落实。

在众多展品中，林先生搬运得最为小心的是一尊受难者塑像的复制品，这是林伯耀先生特地在遇难同胞纪念馆定做的。这尊受难女性塑像呈现的痛苦表情艺术地浓缩了大屠杀给中国民众带来的悲惨和创伤，曾经打动过许多去过遇难同胞纪念馆参观的日本人。为此，林先生决定复制一尊，希望它也能在日本当地唤起更多市民的良心和醒悟。为防止运输过程中受损，林先生放弃托运，硬是用肩背手抬的土办法亲自从南京带回了日本。在展厅里，塑像被放在最显眼的位置，吸引了许多日本市民。

遇难同胞纪念馆在日举办的"史实展"，向日本人民宣传了事实真相，廓清了历史是非，以铁一般的事实将侵略者牢牢地钉在历史的耻辱柱上。通过办展，中日两国人民交流了思想，增进了了解，而且大部分日本国民是热爱和平的。我曾在日本多次与日本右翼激烈辩论，我感到，维护南京大屠杀史实，是一场正义与邪恶的较量。只有将血写的历史昭告世人，才能在正确认识历史的基础上，实现中日友好和世界和平。

四、走向大洋彼岸之展

2001 年，"永不忘却——侵华日军南京大屠杀史实赴美展"在美国旧金山举行，此次美国展是由中国国务院新闻办公室指导协调、江苏省政府新闻办和南京市政府新闻办共同举办的。这是侵华日军南京大屠杀史实首次走向大洋彼岸，在美国大规模展出，也是遇难同胞纪念馆在世界上第 53 座城市举办该展览。

与过去每次中日之间的历史问题的争端一样，总是日本右翼势力首先挑起，中方才给予回击。9 月份，我来过旧金山。日本出资 300 万美元，在旧金山举办庆祝签订《旧金山和约》50 周年活动，大肆宣传日本在战后为世界和平所做的贡献，企图粉饰其国际和平形象。为此，引起了当地华人华侨的不满。在美国的华人组织世界抗日战争史实维护联合会、南京大屠杀索偿联盟、日本侵华浩劫纪念馆、旧金山抗日战争史实维护会等，随即开始在旧金山筹办南京大屠杀图片展和国际学术研讨会。我当即表示支持。

展览开幕式上，旧金山市市长布朗等当地政要、旧金山湾区侨界和中国南京市代表团成员等 300 多人出席。布朗市长在致辞中说，只有当人们充分

2001年12月13日，"永不忘却——侵华日军南京大屠杀史实赴美展"在美国旧金山圣玛丽诺大教堂举办

了解了南京大屠杀的全部史实，今后才有可能避免这类历史悲剧重演，并创造持久的世界和平。日裔国会众议员本田表示，举办这个展览不仅教育这一代人，而且警示下一代。他呼吁日本政府承认日军在1937年所犯下的暴行，并诚实道歉。他说，只有这样，日本才能与国际社会一道走向未来。

"永不忘却——侵华日军南京大屠杀史实赴美展"，共分为4个部分，即"大屠杀真相""国际大救援""共同抗击日本法西斯""不忘历史、珍爱和平"。共有长2.1米、宽1.2米的展板39块，另有中心展台和招贴画板5块，展出图片312张，其中很多为珍贵的历史照片、节选史料和档案资料22份，随展文物及资料33件。

南京大屠杀史实展受到了旧金山爱国华侨华人的热烈欢迎。许多老华侨含着热泪对记者说，作为中国人，绝不能忘记国耻家仇，特别要教育下一代，奋发图强，把祖国建设得更加富强。

北加州缅甸南中校友会副会长丘月警一家有 4 位亲人死于侵华日军屠刀之下。她说，只有不忘历史，才能建设未来。作为中国人，一定要把南京大屠杀这一段历史一代一代传下去。

原籍广州的余胤良说，他的父母亲身经历过日军侵华的悲惨岁月，因此他非常熟悉南京大屠杀这一段历史，并对日本政府不愿正视历史的行为感到特别气愤。9 月，他推动旧金山市议会通过了一项议案，敦促日本政府就二战暴行作出正式道歉。他说，不久他还将向州议会提出议案，要求将关于南京大屠杀的历史写入加利福尼亚州的教科书。他表示，这不但是为大屠杀死难者伸张正义，同时也是让下一代不忘历史，防止历史重演。

此次展览及其系列活动是在日本政府投巨资大规模庆祝《旧金山和约》签订 50 周年活动之后举行，因而有明确的针对性和特别的意义。该展览由于顺应了人类共同渴望和平的主题，采用了西方社会易于接受的方式，选择了较好的对外宣传的时机，故而在旧金山市以至北美地区产生了较大影响。

五、史实展的欧洲之行

2006 年，在南京大屠杀惨案发生 69 周年之际，意大利当地时间 12 月 13 日下午，"不能遗忘的二战浩劫——侵华日军南京大屠杀史实展"在意大利佛罗伦萨蒙岱卡迪尼市塔曼里奇古堡拉开帷幕。意大利皮斯托亚省督安东尼奥·莱吉奥尼，意大利佛罗伦萨蒙岱卡迪尼市市长埃多来·赛凡里，中共江苏省委宣传部副部长、展览团团长杨承志，意大利统一欧洲联合会主席贝利尼等出席了开幕式。

此次展览共展出历史照片 526 幅，实物 30 多件，档案和音像资料 120 多件。展览内容包括"大屠杀真相""国际大救援""共同抗击和审判日本法西斯"和"不忘历史、珍爱和平" 4 个部分。

第一部分通过日本侵华与南京陷落、6 个星期的屠杀、当时中外媒体的报道等几个方面，概述了日本的侵华历史，重点展示了南京大屠杀惨案及日军烧杀淫掠的暴行。

第二部分叙述了南京国际安全区成立的历史背景，并详细介绍了约

2006年12月13日，"不能遗忘的二战浩劫——侵华日军南京大屠杀史实展"在意大利佛罗伦萨开幕

翰·拉贝（德）、约翰·马吉牧师（美）、明妮·魏特琳（美）、罗伯特·威尔逊（美）、刘易斯·史迈斯（美）等一批外籍人士挺身参与救助南京难民的义举。

第三部分表现中国人民得到世界反法西斯力量的有力援助，经过浴血奋战，最终使日本政府无条件投降。战后，远东国际军事法庭和南京审判日本战犯军事法庭，对南京大屠杀暴行进行了专案审理和正义审判。

第四部分通过以史为鉴、古城南京今与昔等方面，展示了中华人民共和国成立后特别是改革开放20多年来，南京城市建设飞速发展、人民安居乐业的新貌。

我们到意大利举办展览的目的，就是让意大利人民乃至世界人民更多地了解南京大屠杀这一历史事件的真相，以史为鉴，反对恐怖和战争，张扬文明与正义，进一步促进和推动全人类的和平与发展，建设和谐世界。同时，也对那些无私帮助南京难民的国际友人，表示深切的缅怀和崇高的敬意。

　　蒙岱卡迪尼市市长埃多来·赛凡里对展览在该市举行表示热烈的欢迎。他说，许多意大利人和欧洲人，对二战期间发生的纳粹法西斯屠杀犹太人的历史较为熟悉，而对日本军国主义在中国制造的暴行和南京大屠杀这一惨案知之不多。希望通过这一展览，使意大利人民和欧洲人民了解到，我们所熟悉的二战期间发生的法西斯纳粹屠杀犹太人的苦难历史，同样也发生在中国，中国人民同样有惨遭屠杀的苦难历史。我们牢记历史，更要珍视和平，不能让历史的悲剧重演。

　　2011年，为纪念俄罗斯卫国战争胜利暨世界反法西斯战争胜利66周年，应俄方邀请，"南京的记忆——南京大屠杀史实展"5月至8月在俄罗斯卫国战争纪念馆举办。这次展览系首次在俄罗斯、东欧和独联体地区展出，也是俄罗斯卫国战争纪念馆展出时间最长的外展，为期3个月的展览吸引了10余万观众。

　　"南京的记忆"展览在俄罗斯引起了社会各界的较大反响及媒体的广泛关注。很多观众留下了发自肺腑的感言，莫斯科市民索柯诺夫一家人写道："非常感谢！展览的举办让我们有机会了解中国人民与日本侵略者斗争的历史，这段发生在1937年南京的悲剧，应该永远铭记，防止再次发生。"

　　俄罗斯二战老战士伊万诺夫表示："第二次世界大战中，俄中两国人民长期并肩战斗，今天的展览让我们的记忆回到了那段共同战斗的岁月，它让两国人民的距离更近了。"

　　在俄华人蔡云娟留言："在异国他乡重温中华民族的血泪史、耻辱史，触目惊心。感谢俄罗斯人民铭记中华民族的这段历史，愿世界永远和平安宁！"

　　很多观众纷纷表示，展览促进了中俄两国人民的理解和沟通，有利于增进两国人民的友谊。俄罗斯媒体对展览也十分关注，俄通社等十多家媒体对展览进行了专题报道。

　　为了让俄罗斯观众及专家学者更好、更深入地了解历史，促进交流合作，我应邀在展览现场作了《南京大屠杀的历史解读与思考》的专题讲座，并围绕"南京大屠杀的历史定位与影响""南京大屠杀的历史真相与解读""南京大屠杀的历史反思与警示"等问题与现场的60余名俄罗斯二战老战士及其遗属，以及莫斯科各界群众代表作了互动交流。为了感谢"南京的记忆——南京大屠杀史实展"的成功举办，俄罗斯卫国战争纪念馆馆长扎巴罗夫斯基中将特向我颁发了荣誉奖章。

二战期间，在德、意、日法西斯主义的魔爪下，欧洲人民和中国人民都付出了艰辛的努力和惨重的代价。我们在欧洲办展，目的是在全球一体化的背景下，加强欧洲人民对中国抗战史的了解和理解——人类历史上不仅有奥斯维辛，还有南京大屠杀。中国战场是世界反法西斯战争的重要部分，中国人民为取得反法西斯胜利做出了巨大的贡献。

第六章

公祭催热史学研究

世上的许多事情总是相互促进、互为支撑的。

南京大屠杀史学研究与公祭活动热之间，也有着某种相互作用。公祭活动的开展和热效应，推动学者们积极投身南京大屠杀相关的史学研究；同样，史学研究涌现的有关南京大屠杀重要成果，也成为进一步提升公祭活动影响力和效果的内在动力。

一、首建专门学术研究机构

在历史研究中，史料的搜集整理分析是一个十分重要的过程。但是，由于反映南京大屠杀的核心资料在战争结束前夕绝大多数都被日方所销毁，战争结束后由于冷战等因素的影响，也未能及时进行广泛深入的社会调查，这些因素为历史真相的研究带来了相当困难。因此，建立专门的学术研究机构，对于搜集、挖掘、研究南京大屠杀历史具有非常重要的意义。

1995 年，由纪念馆发起并且邀请中国第二历史档案馆、中国社会科学院近代史所、黑龙江省社会科学院、江苏省社会科学院、南京大学、复旦大学、上海师范大学、南京档案馆等学术研究机构的一批专家参与其中，在国内率先成立了第一个南京大屠杀历史研究的学术机构——侵华日军南京大屠杀史研究会，对南京大屠杀进行专史研究。推举南京大学历史系教授高兴祖为会长，我为常务副会长，江苏省社会科学院历史研究所研究员孙宅巍、

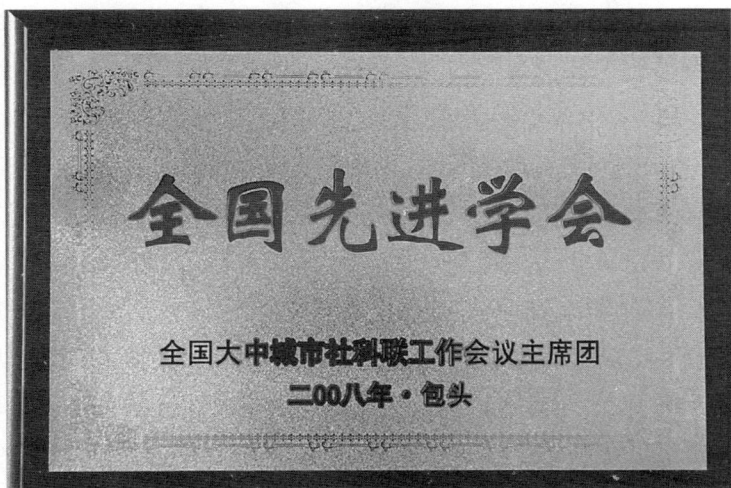

2008 年，侵华日军南京大屠杀史研究会被评为全国先进学会

中国第二历史档案馆副馆长段东升、南京市档案局副局长杨宗仁为副会长，遇难同胞纪念馆原副馆长段月萍为秘书长。

　　侵华日军南京大屠杀史研究会建立后，开展了一系列国际性的学术研讨会、交流会、座谈会等，团结了一批国内外的学者队伍，共同致力于南京大屠杀史的学术研究，在推进南京大屠杀史资料征集、学术研究与交流、纪念活动等方面做了大量卓有成效的工作，取得了诸多成绩。极大地丰富了南京大屠杀史研究成果，确立了该专题史研究在整个日军侵华暴行史和中国抗战史研究领域的独特地位和深远影响。

　　2000 年 5 月 31 日，南京大屠杀史研究会日本教科书问题研究分会正式宣告成立，国内外 50 名研究日本历史问题的专家学者被该会聘为首批特约研究员。分会的主要工作任务是深入进行"日本历史教科书问题"的专题研究，如："日本历史教科书问题的根源和社会基础""日本历年来在历史教科书中对南京大屠杀、'慰安妇'、731 细菌战等问题的表述与删改""日本右翼势力、极端民族主义分子、新国家主义分子与修改教科书的关系""日本政府对教科书问题所采取的立场、方法及其对策""日本侵华 70 年暴行史研究""日本与德国承担战争责任之比较性研究"等等，用历史事实揭露日本右翼势力通过篡改教科书否定历史、毒害青少年的图谋，维护历史的真相，维护国家的利益和民族的尊严。

2008 年，研究会被全国大中城市社科联工作会议主席团评为"全国先进学会"，并且连续 15 年被南京市社科联评为"先进学会"。2014 年 3 月 25 日下午，南京市民政局第三批社会组织评估结果授牌仪式在南京市社科联举行，侵华日军南京大屠杀史研究会被评为国家 4A 级社会组织。

2012 年，侵华日军南京大屠杀史研究会口述史分会成立，在成立仪式上，口述史分会公布了侵华日军南京大屠杀幸存者口述史调查首批受访人员名单。

幸存者是见证侵华日军南京大屠杀历史的"活人证"。但随着时间推移，近年来不少人相继去世，目前在世的只有 200 多人，平均年龄也超过 80 岁，抢救口述历史的难度很大，因此抢救性保存"活人证"的口述证据，让研究者们感到越来越迫切。此前纪念馆已留有幸存者录音、录像、手印、铜版路脚印，也出版了幸存者证言、证词等各种书籍，对 150 多份历史证人证言进行了司法公证，但这些仍然不够。

由于南京大屠杀幸存者的人数现在也是越来越少了，所以抢救工作可以说非常紧迫，口述史分会成立之后，将专门组织专家团队按照国际上口述史的规范和标准，对幸存者的口述资料进行抢救性整理，确保口述史调查的高质量。

通过近百位专家学者为期三年的不断探讨，被国家新闻出版署列入国家"十二五"重点规划项目的《南京大屠杀辞典》，经过一年的持续努力，已经初见眉目，共分为上、中、下三册，编辑完成 8000 多个词条，200 多万字的篇幅，距正式出版问世跨出了坚实可喜的一步。此外，学术研究机构再添新军，中国日本史学会侵华史专业委员会挂靠在纪念馆，并且成功召开了第四次海峡两岸学术研讨会暨日本侵华史专委会第一次年会。纪念馆学术研究捷报频传：《和平文化研究》课题荣获江苏省社科应用研究精品工程优秀成果一等奖，《中国在二战中的作用与日本的战争责任》在南京市社科系统征文比赛中获一等奖，《南京大屠杀研究与文献》系列丛书第 28、29 卷——《侵华日军南京大屠杀日本报刊影印集》（上、下册）荣获南京市第十一届哲学社会科学优秀成果二等奖,《日本侵华史研究》杂志在 2013 年南京市社科系统学会会刊评审活动中荣获特别奖,侵华日军南京大屠杀史研究会在 2013 年度南京市社科系统学会达标创先活动中被评为先进学会。

　　随着史学研究的深入,大批南京大屠杀历史研究书籍面世,包括史料搜集、相关专题研究等。由研究会主持的南京大屠杀史料集就已经出版了近 30 册。这为今后深入研究南京大屠杀历史打下了良好的基础。

二、首次召开国际学术研讨会

　　1997 年 8 月 14—16 日,研究会和纪念馆共同组织了第一次"侵华日军南京大屠杀史国际学术研讨会",来自中国、日本、韩国、德国、美国等国家和地区的 140 多名专家,提交 60 多篇论文,进行学术研讨和交流,与会代表参观了侵华日军南京大屠杀遇难同胞纪念馆,考察了草鞋峡、鱼雷营、东郊丛葬地等南京大屠杀遗址。会后由安徽大学出版社公开出版了一本资料集,形成了南京大屠杀史学术研究的第一批成果。

1997 年 8 月 14 日至 16 日,在南京状元楼酒店举办首届"侵华日军南京大屠杀史国际学术研讨会",来自美、德、日等国家和地区的 140 多名中外学者与会

从 1997 年起，纪念馆和南京大屠杀史研究会每四年召开一次"南京大屠杀史国际学术研讨会"，中国、美国、日本、加拿大等国内外广大专家学者相聚南京，围绕南京大屠杀史的专题，发表研究论文，交流研究成果，进一步扩大了南京大屠杀史在世界更大范围的影响。特别是与日本、韩国的相关历史研究专家，就一些重要历史达成了共识，形成了共同的历史认知。

"侵华日军南京大屠杀史国际学术研讨会"形成了多方面的成果，推动了南京大屠杀史的国际学术研究，让世人更多地了解这段不幸历史，使南京大屠杀事件成为全人类共同的记忆，促进世界和平，避免重蹈历史覆辙。

近年来，通过包括学术界在内的海内外人士的共同努力，国际上关注南京大屠杀历史的人士不断增多，但与纳粹屠杀犹太人等惨案相比，国际社会对南京大屠杀的了解和研究还远远不够。侵华日军南京大屠杀遇难同胞纪念馆愿为国际学术界提供各种方便，为推动南京大屠杀史研究做出努力。

三、引发大学校园研究热潮

高校是科研重地，荟萃了史学研究的人才。在纪念馆所组织的侵华日军南京大屠杀史研究会的带动下，南京大屠杀史的研究得到关注，引发了大学校园研究热潮。

1998 年 12 月，南京师范大学成立了南京大屠杀研究中心这一专门研究机构。中心成立以后，发表、出版、翻译了多部大屠杀史学术著作、研究成果，曾与纪念馆共同主办"纪念魏特琳逝世 60 周年暨南京大屠杀国际学术研讨会"。

2006 年 4 月，南京大学依托教育部人文社会科学重点研究基地中华民国史研究中心，成立了侵华日军南京大屠杀史研究所，由中共江苏省委宣传部、南京市委宣传部和南京大学共建。

从上世纪 60 年代起，南京大学就开始进行南京大屠杀史的研究。从2000 年开始，受政府委托，著名民国史专家张宪文教授组织了民间 100 多位学者，耗时 10 年，遍访 10 个国家地区，搜集到民间存留的大量抗战双方和第三方国家的真实资料。近十年来，"拒绝遗忘"，搜集和还原"历史记忆"成为学界和民间的显学，过去仅仅作为"南京大屠杀"历史事件的真实性物证、供学界研究的档案，进一步向民间推广，上升至国家民族乃至整个人类的整体记忆，这是"大势所趋"。在张宪文教授领导下，南京地区学者通力合作，编辑完成了 78 卷、4000 余万字的《南京大屠杀史料集》，以大量一手的档案资料，全面、客观地反映了南京大屠杀的全貌，在海内外产生了巨大的影响。南京大学南京大屠杀史研究所的成立，创建了一个国际水平的研究、调查平台，有利于把南京大屠杀史的研究推向新的高度，还致力于南京大屠杀史专门研究人才的培养，招收博士生和硕士生。

　　除南京地区的学者外，武汉、上海、北京等地的大学和研究院所也有部分学者积极参与了这一课题的研究。如武汉华中师范大学章开沅教授利用在美国耶鲁大学访学的机会，搜集了南京大屠杀期间留在南京的美国传教士的书信日记，并根据这些资料发表了系列研究成果。上海社会科学院程兆奇研究员则针对日本"虚构派"否认南京大屠杀的言论发表了一系列论著。

2001 年 5 月 12 日至 14 日，南京师范大学南京大屠杀研究中心与侵华日军南京大屠杀史研究会共同举办"纪念魏特琳逝世 60 周年暨南京大屠杀国际学术研讨会"

值得一提的是，在搜集史料并研究南京大屠杀的队伍中，一些业余研究者在史料方面的贡献是不可忽视的。如南京民间抗日战争史料陈列馆的吴先斌和四川建川博物馆的樊建川等收藏有大量反映南京大屠杀的第一手资料。

由于学术界的日益重视、专门研究机构的成立和相关课题研究经费的支撑，南京大屠杀的研究日益深入。

四、正义的日本学者们

日本国内围绕南京大屠杀真实性的争论始于 20 世纪 70 年代初，到了 80 年代，随着日本历史教科书问题的激化，南京大屠杀很快成为社会各界争论的焦点。根据研究南京大屠杀的立场，日本国内将研究大屠杀史的学者分成两派，将能够客观、公正地研究南京大屠杀的成员称为"肯定派"或"大屠杀派"，将矢口否认南京大屠杀事实的成员称作"虚构派"或"虚幻派"。

持肯定南京大屠杀观点的学者（"大屠杀派"）大都具有历史学专业的背景，理论水平和学术性较强。1984 年，以洞富雄、藤原彰等人为首成立了"南京事件调查研究会"，成员有江口圭一、吉田裕、笠原十九司、本多胜一、井上久士等，尽管洞富雄、藤原彰、江口圭一等学者近几年已相继去世，但至今该会每年仍定期举办多次研讨活动，持续不断地整理出版史料和学术专著，成果丰硕。

其一，搜集整理出版了一批珍贵史料，为南京大屠杀研究奠定了坚实的基础。肯定派所整理出版的史料来源主要有四个渠道：一是日军战斗详报、联队战史和日军官兵的日记与书信等，由于战争后日本政府烧毁了许多作战部队的核心资料，因此，肯定派搜集出版的这部分资料显得十分珍贵。二是东京审判的有关资料。三是翻译出版的中国方面史料，主要是有关尸体掩埋、新闻报道、南京审判等方面的档案文书。四是翻译出版的西方文献和档案资料，如拉贝日记、魏特琳日记和德国外交部档案等。另外，也有学者前往中国访问南京大屠杀幸存者，出版有关幸存者战争体验的调查报告。

其二，研究成果扎实，针对性强。20 多年来，肯定派成员团结在南京

日本南京事件调查研究会的洞富雄（左）与吉田裕在侵华日军南京大屠杀遇难同胞纪念馆内参观考察

事件调查研究会周围，开展了很多研讨活动，取得了丰硕的研究成果，对虚构派许多谎言进行了针对性的批驳。如由南京事件调查研究会编辑出版的《南京大屠杀否定派的 13 个谎言》一书，选择虚构派 13 个典型谬论进行了有力回击，如藤原彰针对否定派所谓南京大屠杀是东京审判制造、肯定南京大屠杀是自虐行为，吉田裕针对战时日本并不知道南京大屠杀、国际法与屠杀战俘正当性问题，笠原十九司针对当时世界有无报道南京大屠杀、屠杀行为与中国抗日搅乱工作队、南京战前人口 20 万说和大屠杀相关照片的真实性，井上久士则针对战争期间中国方面没有提及南京大屠杀、埋尸记录的真实性，本多胜一围绕"百人斩"，小野贤二围绕山田支队有无释放战俘等，以无可辩驳的事实进行了十分深入的批驳，沉重打击了虚构派的嚣张气焰。另外，南京事件调查研究会成员大都参加了"百人斩"诉讼案、李秀英和夏淑琴名誉诉讼案，通过法律手段也击败了虚构派的攻击，维护了历史的尊严。

其三，学术研究视野超前。最近几年来，南京事件调查研究会成员在进一步进行史料搜集、大屠杀事实研究的同时，重点开始从历史教育、社会记忆、跨文化研究、国际对话等多视角研究南京大屠杀事件。如笠原十九司的《南京事件与日本人》《日本文学作品关于南京虐杀的记忆》，笠原十九司与吉田裕编写的《现代历史学与南京事件》。这些研究基本上超脱了虚构派的纠缠，无疑从思想文明的视角打开了寻找中日共同历史认识的新途径。

目前导致中日两国南京大屠杀认识对立的原因还有很多，在中日的这场关于"南京大屠杀"历史问题的较量中，日本正义学者的力量不可或缺，他们超越了国家与民族的狭隘立场，能够正视本国的战争罪行，与中国学者一起，通过历史教训的学习与研究，来治愈克服中日两国间的历史创伤，推进中日友好关系，以及全人类的进步与和平。

第七章
收集实证祭告遇难者

有位哲人说过，历史是真实的，不真实的不能叫作历史。

当年代表中国参加东京国际军事法庭审判的大法官梅汝璈生前曾经反复说过，南京大屠杀是一段真实并不容否认的历史。

问题是，如何来证明南京大屠杀历史的真相，以此捍卫南京大屠杀真实的历史不被别有用心者所歪曲，并以此来告慰南京大屠杀遇难同胞的在天之灵？

一、三次发掘考证万人坑遗址

抢救遇难者名单和遗像、收集史料证物、寻访幸存者和见证人……多年来，纪念馆为守护这段历史一再努力，而南京大屠杀的历史记忆也因此变得日益清晰。

早在 1982 年，南京市在进行文物普查时，就已发现江东门农民的菜地里有两个大坑，挖开后白骨累累。据当地群众反映，这里是当年日军大屠杀的现场和掩埋尸体的"万人坑"。又据史料记载，1937 年 12 月 16 日，日军把已解除武装的中国士兵和平民万余人，囚禁在江东门原陆军监狱院内，傍晚押至对面荒地，然后放火焚烧民房照明，四周架起轻重机枪，向人群猛烈扫射，受害军民众生哀号，相继倒于血泊之中。后由南京慈善团体红卍会收尸万余具，掩埋于就近两个大土坑、一条壕沟内。掩埋地被称为"万人坑"。

根据上述考证，南京市人民政府果断决定在这"万人坑遗址"上建馆。1983年12月13日，在江东门正式举行了建馆奠基仪式。在建馆的时候，从江东门"万人坑"施工现场又挖出了遗骨，这批第一次集中发现的南京大屠杀遇难者遗骨，部分被陈列在遇难同胞纪念馆的遗骨陈列室内，成为日军南京大屠杀的直接见证物。

1998年4月30日上午，纪念馆在整理草坪时，在遇难同胞纪念馆内遇难同胞遗骨陈列室北侧草坪坡上，新挖掘出了4具遇难者遗骨。截至1999年12月份，陆续清理发掘出208具南京大屠杀遇难者遗骨。遗骨呈多层阶梯状交错掩埋，分布凌乱，部分遗骨扭曲现象严重，并有一定程度的残缺或腐败、崩解。其中59具保存有头颅及肢骨或躯干骨，89具仅存肢骨、躯干骨或头颅骨。这次挖掘，历时一年多，在时间上相互衔接，发掘面积从原先的40平方米扩大到170平方米，且连成一片。从遗址剖面上看，至少可以看清七层遗骨。这些遗骨均表现出分布凌乱、层层叠压、相互交错等集中埋葬的特点。遗址内还发现了铜钮扣、铜簪等遗物。经过法医学、医学、史学、考古学等方面专家的鉴定和试验，证实这批遗骨就是南京大屠杀遇难

目睹1938年初江东门"万人坑"埋尸的见证人王秀英，在"万人坑"遗址现场指证

者的遗骨，被原地原貌地陈列在现场。这次遗骨发现时，正当日本极少数右翼分子抛出反动影片《自尊——命运的瞬间》为侵略战争翻案的时候，并有少数日本人妄测说遇难同胞纪念馆内陈列的遗骨不是遇难同胞的遗骨，而是"文化大革命"时期的。此次发掘是再一次对日本右翼势力荒谬说辞的有力驳斥，同时也为"江东门大屠杀遗址"提供了新的证据。

2007年4月，在新馆施工工地，第三次发现了23具南京大屠杀遇难同胞的遗骨，并发现附着在尸骨之上的一些小件物品，如钮扣、皮带扣、铜钱、铜簪、铁钉等物。地层中出土螺蛳壳、贝壳等物，大部分出土遗骨都没有葬具，亦未发现墓穴，遗骨出土现状不合常规，尸骨之间间距很小，交错分布，有着明显的上下叠压关系，呈现出特殊的、非正常掩埋的迹象。同时，大多数遗骨上出现了骨头碎裂、变形、错位、扭曲、缺失等现象。此次发现的遗骨为非正常死亡后的非正常掩埋，并且具有战争时仓促掩埋或处理大批尸体的特点。经过法医学和考古专家的鉴定，认定为南京大屠杀遇难者遗骸。为对这批遗骸进行保护和展示，各部门紧密配合制订了详细的工作方案，最后确定先整体搬移、后整体恢复的方案。2007年11月份，在遇难同胞纪念馆新馆展厅封顶之际，将这批遗骸整体恢复，原地原貌地陈列在新展厅内。

至此，在江东门同一个地点，三次不同时间里均发现了南京大屠杀遇难者遗骸，这充分说明此处是侵华日军集体屠杀遗址、南京大屠杀遇难同胞丛葬地之一。"万人坑"遗址与遇难同胞纪念馆史料陈列相得益彰，增加了陈列的分量和内涵，增强了陈列物的可信度和震撼力。遇难同胞纪念馆也因此于2006年5月被定为"全国文物保护单位"。

二、三次幸存者普查建立档案库

在纪念馆展厅内，有一处被观众誉为"世界之最"的档案墙，是由12000多枚档案盒组成的，其中有4000多份南京大屠杀幸存者证言档案，这是近几年来，本馆专门组织人员将馆藏的三个阶段的幸存者资料经过精心整理后形成的。

　　第一次大规模地调查幸存者是在 1984 年。为了更多地收集侵华日军南京大屠杀的罪证，对活着的幸存受害者进行了抢救性的广泛调查。在建馆、立碑、编史的同时，有组织地对南京大屠杀的幸存受害者进行了普查。从 1984 年 3—8 月在全市 6 个城区、4 个郊区范围内展开。各级机构层层发动，直至街道居委会。居委会按 50 多岁以上年龄层次排队摸底，对受害的对象进行登记，逐个记录受害情况。这是继战后远东国际军事法庭和中国审判战犯南京军事法庭为审判日本战犯，在南京较大规模调查幸存受害者后，第一次有组织地对南京大屠杀幸存者进行的调查。经过六个多月的普查，发现幸存受害者有 1756 名，积累了一批珍贵的第一手口述证言资料，为南京大屠杀编史、建馆和立碑做了一项重要的基础性工作。在 1984 年幸存受害者调查基础上，从幸存受害者的证言证词中，选择了 642 份，由本人主编整理出版了《侵华日军南京大屠杀幸存者证言集》。

　　第二次调查是在 1991 年夏，遇难同胞纪念馆和南京市教育局合作，利用暑假，动员组织了数千名中学生和部分老师，克服了汛情洪涝带来的困

侵华日军南京大屠杀遇难同胞纪念馆史料陈列厅内 "幸存者照片墙"

难，在 1984 年大范围普查的基础上进行了复查，发现 1765 名幸存受害者中，此时已经去世 300 多人。在寻访幸存受害者的同时，遇难同胞纪念馆和南京市教育局共同组织人员编写并摄制了电视录像教学片——《300000 的控诉》，此片被中宣部定为全国爱国主义教育录像片。

第三次大范围的普查幸存者是在 1997 年，这次调查是由遇难同胞纪念馆和南京市教委共同举办，日本全国纪念南京大屠杀遇难者 60 周年联络会和旅日华侨日中交流促进会协办的"留下历史的见证"夏令营，动员组织了南京市 1.47 万名师生和 26 名来自日本东京、大阪、神户等地的日本师生，开展了寻找调查南京大屠杀幸存受害者活动。这次万名师生寻访幸存受害者的范围，遍及南京市所属的 15 个区县的街道、居委会和自然村，对象为 70 岁以上的老人。通过此次普查，共发现 2460 多条幸存者线索，经过专家对比检查，最终确定 1213 名仍然健在的幸存受害者。我们邀请了南京市司法局公证处，对其中 150 名南京大屠杀幸存者的证言资料，分别进行了证据保全公证，对 35 名幸存受害者的证言资料，进行现场摄像公证，使调查的证言、证据更具有法律效力，为历史留下了永久的铁证。

上面三次大规模的幸存者调查工作，为形成幸存者证言资料库打下了坚实的基础。

此外，近些年来，遇难同胞纪念馆也相继收到了来自外省和海外的一些幸存者的口述史资料。在上述工作的基础上，纪念馆相继出版了《侵华日军南京大屠杀幸存者证言集》续集，《南京大屠杀幸存者名录》（1—4），并于 2005 年成立了幸存者援助协会，对他们给予医疗和生活上的援助，在精神上予以慰藉，并带着幸存者赴日、美、丹麦等国家讲述南京大屠杀历史，使幸存者证言成为一个很好的教育资源。

三、寻访海外的铁证

当年南京大屠杀的经历者，包含第三国的见证人、侵华日军加害者、中国的幸存者或遇难者遗属等，随着时间的流逝，有许多回到本国或漂流到异国他乡去了。他们以不同方式记录了南京大屠杀的历史真相，并留下了日军暴行的证据。所以，搜寻海外证据，成为遇难同胞纪念馆的重要任务。

据考证，南京大屠杀时留宁的外籍人士有 39 人，他们当中不乏商人、外交官、记者、医生、牧师、传教士等，其中的拉贝、贝茨、魏特琳等，都留有南京大屠杀的亲笔日记。

拉贝于 1908 年来中国，1938 年 4 月回柏林。南京大屠杀发生时，他任西门子公司驻南京代表。由于德国人的特殊身份，他被推举为南京国际安全区委员会主席，主持 3.86 平方公里安全区保护工作；最多时保护着 25 万中国难民。约翰·拉贝这个名字虽然在纪念馆征集、收藏和展出的资料中多次出现，但 1938 年 5 月，拉贝在德国作南京大屠杀演讲时曾受到纳粹党的迫害，后以身份不便为由，婉言谢绝参加东京远东国际军事法庭作证，此后下落不明。他是否留下文字或照片等资料，一直是个谜。

1995 年 8 月，美籍华裔女作家张纯如为有关南京大屠杀一书专程来遇难同胞纪念馆采访，我曾委托她代为征集当年留在南京的美国、英国、德国等外籍证人的资料，其中就有拉贝先生。1996 年，张纯如通过德国教师协

2014 年 9 月 14 日，作者再次来到位于柏林的拉贝墓地凭吊拉贝先生并向其墓地献花

1997 年 9 月 10 日，在侵华日军南京大屠杀遇难同胞纪念馆举办的"约翰·拉贝文献资料展"开幕式上，作者朱成山接受赖因哈特夫人向遇难同胞纪念馆捐赠全套《拉贝日记》资料复印件

会网络，查访到曾在柏林某中学担任过英语教师的拉贝的外孙女赖因哈特夫人，才知道拉贝已于 1950 年在柏林去世，但幸运的是，"拉贝日记"则完好无损地保留在其子女手中。

　　同年 9 月，我们在遇难同胞纪念馆里举办了"拉贝先生文献资料展"，专门邀请赖因哈特夫人和她的丈夫来南京参加。赖因哈特夫人亲手将"拉贝日记"全套复印件，以及 80 张当年美国人约翰·马吉和德国人克鲁茨现场拍摄、由拉贝亲笔注明时间、地点和内容的南京大屠杀历史照片交给了我。拉贝在自己的日记中记录了 500 多件惨案，详尽记录了日军攻陷南京后对手无寸铁的中国军民犯下的滔天罪行，作为日本盟国的德国公民所写下的日记，其真实性是不容置疑的。"拉贝日记"在二战结束后这么多年来，第一次将侵华日军南京大屠杀这一几乎被遗忘的历史事件，重新推上了它应有的国际舞台。而它的发现和张纯如《南京暴行》一书的出版，使得南京大屠杀以前所未有的关注度，进入西方主流社会的视线。

我们在海外与多位南京大屠杀的重要外籍证人遗属建立了联系。除了原南京安全区委员会主席约翰·拉贝的外孙女赖因哈特夫人、侄女埃尔瑟·拉贝和孙子托马斯·拉贝，还与原南京栖霞山难民营组织者卡尔·京特的夫人伊迪丝·京特夫人，以及美国的约翰·马吉牧师的儿子大卫·马吉，丹麦的辛德贝格的外甥女玛丽安等建立了联系，他们分别将自己亲人生前的相关资料和遗物捐赠给遇难同胞纪念馆，对丰富纪念馆馆藏，深入研究南京大屠杀期间外籍人士的国际大救援行动有着重要的价值。

美国的约翰·马吉牧师，当年用 16 毫米的摄像机拍摄的纪录片，由另外一名牧师费区带往上海，在柯达公司做了 4 份拷贝，胶带虽已过去几十年，但仍很清晰。2002 年 10 月 2 日，约翰·马吉的儿子大卫·马吉应邀来到南京，将马吉当年使用的摄影机和摄像带捐赠给了遇难同胞纪念馆。这一在美国保存了 60 多年的文物终于送回了中国。目前，该文物已被评为准一级文物，并成为"南京大屠杀"文献档案申遗的重要组件。

2004 年 11 月，我和中共南京市委宣传部副部长曹劲松到纽约，在美国华侨陈宪中的引导下，专程去大卫·马吉的家里当面感谢他，他又给了我们两件东西，一个是 1948 年国民政府授予他父亲的勋章证书，这个证书是原件。同时有他父亲的一张名片，这个名片不是普通的名片，与他当时在南京的身份非常相符。

德国的外交官罗森当年给德国当局的报告书，在德国波茨坦档案馆被发现，报告书详细记载了大屠杀在南京发生的详细经过与状况，这些在《拉贝日记》中也得到了印证。

近年来，我们在国际上征集的文物比较多，征集这些文物的后面都有一些生动的故事。包括参加侵略战争的日本老兵日记，是有名有姓的，是日本友人在日专门帮助给我们征集，有时还自己出资。日方和中方提供的证据，虽然很重要，由战争之外的第三方提供的资料则让证据显得更加全面。这些海外征集来的实物无不清楚地记录了侵华日军在南京制造的屠杀、强奸等罪行，南京大屠杀事件的事实无可置疑。

抢救遇难者名单和遗像、收集史料证物、寻访幸存者和见证人……多年来，遇难同胞纪念馆为守护这段历史一再努力，而南京大屠杀的历史记忆也因此变得日益清晰。目前遇难同胞纪念馆已经收藏各类历史照片、史料 17 万多件，文物 2 万多件，各类书籍 5000 多本，遇难者名单由原来的不足 3000 人增加到 12000 人，加害者日本老兵证言资料由过去的几个人增加到 250 人，幸存者证言资料 1000 多份，还赴美、德、丹麦等国采访和收集了一大批当年留在南京的拉贝、马吉、魏特琳等外籍证人的资料，并编撰出版了一批史料专著和音像资料，为事业的持续发展积蓄了后劲，奠定了坚实的基础。

2004 年 12 月 1 日，作者朱成山与赴美征集史料工作小组在美国夏威夷采访里格斯之子

第八章

烛光里的祭奠

烛光是灵动的。它在照亮一片夜空的同时，往往赋予人们一种情感上的寄托。

每逢 12 月 13 日前后，遇难同胞纪念馆里总会适时点燃一支支烛光，用以营造和展示一些特殊的意境。

一、首次的烛光夜祭

1994 年 12 月 13 日上午，南京城首次举行南京大屠杀公祭仪式。然而，人们的祭奠并没有因此结束。天色渐暗，一缕残阳映照在遇难同胞纪念馆的上空。一路路人马陆续向悼念广场聚集，社会群众身着深色衣服，医务系统清一色的白衣似雪，宗教人士的一身黄色长袍法衣，青少年学生则是整齐划一的校服。

在江苏电视台编导陈辉的统一指挥调度下，将近 3000 人有条不紊地聚集在电视片《南京大屠杀》开拍仪式的现场，他们每人手捧着一支红烛。

在他们当中，有 57 年前惨遭侵华日军蹂躏的南京大屠杀幸存者，有来自海军医学高等专科学校的 100 多名医务工作者，有天主教、基督教、佛教等宗教界人士，有来自南京师范大学的数百名师生，有南京市部分学校的数百名中小学生，还有南京市部分企业界的数百名青年职工代表。天色完全暗了下来，大地一片沉寂。在场的 3000 人点燃了手中的烛光，顿时天地间一

1994 年 12 月 13 日，南京各界人士在侵华日军南京大屠杀遇难同胞纪念馆举办"烛光祭奠"活动，南京医务工作者手捧蜡烛步入墓地广场

片光亮。

人们小心翼翼地护卫着手中的红烛，依次有序地从镌刻有中、英、日三国文字的"遇难者 300000"石墙前走过，穿过象征着坟墓的屋顶平台，走向墓地广场，面向广场上象征着遇难者累累白骨的鹅卵石站立，3000 盏红烛放射出一缕缕红光，在夜幕中格外醒目。

突然间，我想起了诗人杨余生的那首诗："我用沉痛的哀思，我用满腔的悲愤，在遇难同胞纪念馆里，点燃起凭吊的烛光。"

呈方形结构的屋顶平台上，放置着一张桌子，上面等距离地安放着三支特制的高大红烛，直径约 8 公分，高度约 80 公分，被点亮后特别地显眼。

三支红烛在晚风中摇曳，隔着空灵的但铺满鹅卵石的广场，呼应着广场对面的 3000 人士、3000 红烛，意境尤为深沉。

我应邀在平台上致悼念词。面对眼前三支高大的红烛，面对着 3000 名手持红烛的各界人士，面对着遇难同胞的亡灵，我是含着眼泪、用颤抖的声音致辞的。

江苏电视台著名播音员李江红宣读了由军旅作家、报告文学《南京大屠杀》的作者徐志耕先生撰写的祭文，这份饱含深情的文字，打动了在场的许多人。

我相信那天在场的每一个人，都会被现场的气氛所震撼、所感动、所启迪。白发苍苍幸存者老人手中的烛光，映照着那一张张布满岁月伤痕的脸庞；孩子们手中的烛光，照耀着那一张张天真无邪的小脸庞；宗教人士手中的烛光，衬托着那一张张虔诚的脸庞。

最后，大家将手中的红烛摆放在墓地广场鹅卵石上，夜空中，立即形成了一个烛光的世界，照亮了南京大屠杀丛葬地遗址，成为一道独特的风景线。其景其境，至今想起来还有几分激动。

这项活动是由江苏电视台和遇难同胞纪念馆共同举办的，是南京大屠杀 57 年来首次在夜晚举办的大型烛光祭奠。

当天除江苏电视台的大型纪录片《南京大屠杀》开拍外，另外还有两场有关南京大屠杀题材的影视片举行了开拍仪式，在此一并做个介绍。

最先举行开拍仪式的是南京电视台，开拍的时间是上午 11 时，地点在馆内刻有邓小平亲笔题词的石壁悼念广场前。

那时天空中突然纷纷扬扬地下起了牛毛细雨，冷风瑟瑟，好像遇难者落下的眼泪，又好像是天公在意人们沉重的情感。

我们每人拉着一位少年儿童的小手，在石墙前泰恭敬敬地默哀，俯首鞠躬，然后走向一级级台阶，步入铺满鹅卵石的墓地广场。整个过程被摄像机记录下来，作为这部影片内容的一部分。

这部电视纪录片最终取名为《历史的见证——南京大屠杀》，由我和《江苏戏剧》杂志主编徐永伦担任剧本编剧，编导为南京电视台专题部主任吴建宁。在拍摄期间，摄制组专门去了台湾采访了当年率兵守卫中华门的孙元良，并拍摄了在台湾军史馆藏的"百人斩"军刀。

是日下午，在遇难同胞纪念馆又举行了吴子牛执导的电影《南京大屠杀》的开机仪式。

从事电影艺术的人擅长创意，祭酒是开拍仪式的最大亮点。不知道剧组从哪里弄来个外表为草绿色、高度有一米、直径大约 80 公分的大酒缸，中间贴上个大大的"祭"字，放置在馆内刻有中、英、日三国文字的"遇难者300000"石墙前面，缸里倒入了 50 斤白酒，说是开机前要祭酒。

导演吴子牛首先从缸里舀满一碗酒，高高地举过头顶，用颤抖的声音将电影《南京大屠杀》片尾三句话献给现场的每一个人："1937 年 12 月，日本法西斯一个多月在南京屠杀了 30 多万中国人；1945 年 8 月 15 日，日本天皇宣布无条件投降；如今的南京城已经拥有 547 万人口！"

现场气氛庄严凝重，在旅美华人作曲家特邀为该影片而作的乐曲《九曲》的哀婉声中，参加电影开拍仪式的主创人员和来宾们，一一向 30 多万遇难同胞献花并洒酒以祭奠亡灵。

我应吴子牛的邀请写了一首《祭酒词》，其理由是他认为我对南京大屠杀最了解，对遇难同胞最有感情。我推脱不过，只好勉为其难。

但是，到了现场，这位大导演临时改变了主意，非得要我自己在开拍仪式上朗读，说是我的身份特殊，读起来更有味道，更有代表性。

我执拗不过名导演吴子牛，恭敬不如从命，斗胆并深情地在仪式上念了专门写的小诗，题目是《世界需要和平》：

　　祭——
　　57 年前被侵华日军屠杀的同胞，
　　30 多万个不死的魂灵！
　　因为我们无法忘记 57 年前的今天，
　　日军开始对南京屠城。
　　野蛮！凶残！兽性！
　　血腥暴行令整个世界震惊。
　　……
　　30 多万具身躯倒下了，

留下了 4 万万双愤怒的眼睛。

祭——
为了给血的历史证明，
为了 30 万不屈的冤魂。
因为当今日本有人要抹杀这段历史，
因为今天中国也有人忘记了这段历史。
有人胡说南京大屠杀是捏造的，
有人竟把历史的血债遗忘殆尽。
有些东西可以忘记，
但一个民族的血泪史绝不能忘记，
历史的悲剧绝不能重演。

祭——
带着对侵略者的愤恨，
怀着对遇难者的悼念。
来宾们，先生们、朋友们，
请把酒轻轻地、轻轻地洒向——
这象征着遇难者累累白骨的鹅卵石，
这浸有 1200 吨人血的土地。
让我们共同种下一个心愿吧：
人类不要战争，
世界需要和平。

　　这首小诗被《金陵晚报》等多家报纸全文刊载，后来在 2001 年 4 月，被南京市作家协会收进了《不屈的城墙——献给南京大屠杀 30 多万遇难同胞诗集》中，成为有史以来第一部南京大屠杀题材的诗集。我的这首小诗，还被南京和乐团作为配乐诗朗诵作品，每年向社会各界人士演出大约 100 场次。

在短短的一天时间里，三部《南京大屠杀》同名影视片（虽然当时是暂定名），陆续在遇难同胞纪念馆里举行开拍仪式，恐怕没有哪个单位有过这样的盛况，这也说明了社会对于南京大屠杀历史的关注热情开始升高。

江苏电视台大型电视纪录片《南京大屠杀》开拍仪式中的烛光祭祀，是三场开拍仪式中人数最多、场面最大、举行时间最晚、特色最为明显的活动。

烛光祭祀结束后，工作人员为了场馆的安全，建议把烛光迅速熄灭了，我却有点舍不得，对他们说，再等等，让烛光多亮一会儿。望着风中晃动的点点烛光，我一下瘫坐在地上起不来了，我真的累坏了。那天从早晨开始，我一直在忙碌，甚至连办公室也没有时间进去一次。

一天内四场大型活动，我都全过程地参与，连轴转地协办。操心费力不说，仅跑来跑去的路程，可能也有十多公里。

其实，我这个人的身体一直是挺结实的，从未生病住过医院，属于能扛能拖的那种人。这次是我担任遇难同胞纪念馆馆长一职后，第一次被累垮了。

同事们要扶我起来，我却不想动，想在那里歇一歇，想在那里坐一坐，想多看会儿满地的烛光。

我就这么坐着，看着；坐着，想着。那闪动的烛光是不是遇难者的灵魂之火？那流淌的烛泪是不是遇难者的眼泪？就这样，我坐在那里很久很久，在我的人生记忆中，广场烛光、烛光广场已经牢牢融化在脑海中，永远挥之不去。

由江苏电视台拍摄的、最终定名为《南京大屠杀——幸存者的见证》的电视片，荣获了全国精神文明建设"五个一工程"大奖。作为该片的历史顾问，我还是尽了绵薄之力的。

由南京电视台拍摄的纪录片《南京大屠杀》获得 1995 年度中国学术奖二等奖，1996 年获得江苏省精神文明建设"五个一工程"奖。

两部同一天同一地点开拍的同一主题电视片，后来均获得了全国大奖，实在是不简单、不容易，许多人为此付出了诸多的努力和奉献，在过程中得到了锻炼和提高，也因此获得了殊荣。例如，江苏电视台负责这部片子拍摄的编导陈辉，后来得到提拔和重用，当上了该台的副台长。而南京电视台负责该片拍摄的编导吴建宁，被评上南京市首届文化名人。

二、守灵仪式上的烛光祭

自从 1994 年开始举办南京大屠杀遇难同胞悼念活动后，每年的 12 月 12 日晚，遇难同胞纪念馆的大部分工作人员都会自觉留在馆内加班，分头准备第二天 13 日的大型活动。有时忙得太晚了，干脆就不回家，留在馆里过夜，权当为遇难同胞守灵了。

就这样，经过几年的时间，竟然就成了遇难同胞纪念馆一项不成文的约定：每年的 12 月 12 日晚，纪念馆人为遇难同胞守灵。我索性将它设计成为每年地方性公祭前夜的一项小小仪式，一项由纪念馆人自己关起门来举行的小仪式。

后来，我将这项仪式公开了，不仅向媒体公开，而且邀请海内外和平人士参加，邀请中日佛教人士参加，成为有意义、有特色的系列活动之一。

我讲的有意义，主要是指对南京大屠杀遇难同胞的情感而言；我讲的有特色，则是指在守灵仪式上的烛光祭。

2009 年 12 月 12 日晚，在侵华日军南京大屠杀遇难同胞纪念馆和平公园内举行放和平灯仪式

　　说句实在话，我担任遇难同胞纪念馆馆长以来，策划和组织过名目繁多的各种活动，其数量和场面难以统计，如果将大大小小的各项活动加在一起，粗略地估计一下，应该有近千场次。在这些活动中，与悼念主题贴切且最有画面感的，应该还是烛光祭。

　　最早的守灵仪式烛光祭活动，是从 2009 年 12 月 12 日晚开始的，至今已经连续坚持了 9 年。记得 2009 年那天夜晚，天空飘着小雨。那次的活动是由遇难同胞纪念馆和南京市建邺区教育局共同主办的，地点选为馆内和平公园里的水上舞台。舞台当中有一块巨型木质台板，长、宽均为 3 米，中间用红色的蜡烛组成了"和平"两个大字，正等待着人们去点燃它。

　　我们从附近的江东门小学、南湖小学等学校，请来了 1000 名小学生，孩子们用稚嫩的双手，共同点燃了 1000 支香烛。参加那晚活动的有来自波兰奥斯维辛集中营国家博物馆的副馆长克里斯蒂安·奥乐克斯（Krystyna Oleksy）以及该馆国际教育中心主任阿莉洽·比亚莱卡（Alicja Bialecka），美国旧金山浩劫博物馆馆长熊玮，来自加拿大温哥华的列国远，来自东京、大阪、京都、名古屋的铃木征四郎、细江佐荣、伊藤有希、麻生启太、松本佑信、杉江理、今枝琉璃、兔泽和广等日本朋友，还有来自中国香港与台湾地区的爱国人士陈君实夫妇等等。

　　这些来自海内外的友人，一个接着一个走上和平舞台，手里拿着一只有 2 米长的火把，用熊熊燃烧的火苗，去点燃舞台中间的"和平"红烛，共同用和平的烛光，照亮夜空，照亮世界。

　　那晚天气不甚理想，最受考验的是 1000 名小学生。他们穿着白色的塑料雨衣站在雨中，点亮手中的蜡烛并不容易，把烛碗放到水池中显得更不容易，但他们用小手护着烛光，小脸庞非常凝重，在雨中更显得感人。

　　不少参与活动的家长当场说，参与这样的活动，他们的孩子可能一辈子都会记得住。

　　到场的许多中外记者纷纷用摄像机、照相机拍摄下来这些可爱的孩子形象，拍摄下那感人的一幕幕。

　　第二天是 12 月 13 日，南京大屠杀遇难者的悼念日，许多家报纸都在头版头条的位置，刊登了烛光祭的新闻和特大的照片。那天的《金陵晚报》第

2 版上，也刊登了我在烛光仪式上宣读的一首小诗，题目是《让我们把和平的烛光点亮、点亮、点亮》：

> 这是一个漆黑的夜晚，
> 我们都带着一个共同的愿望，
> 海内外宾客与南京市民一起，
> 专程来到南京大屠杀的历史遗址上。
> 用心中的灯去点燃手上的香烛，
> 朋友们——
> 请用你们的一片诚意，
> 去把"万人坑"前的烛光点亮、点亮、点亮！
> 用它去照亮历史，
> 去除邪恶，
> 告慰 30 万亡灵——

2009 年 12 月 12 日烛光祭上，作者与海内外友人共同点燃和平烛

愿他们能早日安息在天堂。

这是一个寂静的夜晚，

我们相邀海内外的友人们，

一起走进——

侵华日军南京大屠杀遇难同胞纪念馆内。

请来自波兰奥斯维辛集中营国家博物馆的馆长，

请来自美国旧金山、加拿大温哥华的外国友人，

请来自东京、大阪、京都、名古屋的日本朋友，

请来自香港、台湾的爱国人士，来宾们，

请用你们的深情厚谊，

去把和平舞台上的烛光点亮、点亮、点亮！

用它来照亮世界上每一个角落，反对战争与恐怖，

反对暴力与邪恶，

让地球到处充满着和谐之光。

这是一个满怀希望的夜晚，

我们从南京河西新城，

请来了 1000 位小朋友，

一道站在了和平公园的花坛之上。

孩子们——

请用你们稚嫩的小手，

去把象征未来和平的烛光点亮、点亮、点亮！

用它来照亮 21 世纪的日日夜夜，

祝愿全人类——

永远沐浴着和平的阳光。

三、年年烛光寄哀思

　　我这个人做事有个特点，只要是认准的事，就会坚持干下去，无怨无悔。

有了第一次的成功，我把守灵仪式烛光祭列入每年"12·13"系列活动方案之中，同步策划，同步安排，同步实施。

2010年12月12日，我们将烛光祭换了个场所，改在遇难同胞纪念馆入口处的悼念广场进行。

感谢遇难同胞纪念馆三期扩建工程的建筑设计师、华南理工大学建筑设计院长何镜堂院士，他主持设计建造出呈船头造型的一级级台阶。第二次烛光祭的活动场地，就选定在这里。

侯曙光副馆长和唐传贵、陈登凤处长，领着讲解员、保洁员、保安等一大批人，从下午3时开始，沿石阶摆放红烛，横竖对齐，高低错落，摆了近3个小时才摆完3000支红烛，形成了很大的阵势，非常壮观。

此次仪式是遇难同胞纪念馆和南京市青年联合会共同主办的，他们组织并请来了3000名青少年参与。每次这样的活动，孩子们总是主力军，让他们在参与活动中接受历史的教育是活动的初衷。

那天晚上6时，烛光祭仪式开始前，从日本广岛来的韩国朴曜子女士跳起了和平舞。只见她一袭白色长裙坠地，手里拿着一支大毛笔，围绕着地上的一张白纸翩翩起舞，然后在旋转舞动中落笔写字，一舞一笔，一笔一舞，最终写成了"和平"两个大字，赢得了众多掌声。我本人也是第一次看到以这种方式舞蹈，以这种方式写字，以这种方式祈祷和平。

在低徊的《安魂曲》中，广场的烛光被点燃了。来宾们和孩子们一起，每人手捧着一只烛灯，排成长龙队伍，依次将手中的烛光灯，放置在台阶前的烛光阵中，使得烛光越放越多，越多越亮，空旷的广场上，形成了灯的海洋、灯的船头，照亮遇难同胞纪念馆的黑夜，照亮人们的心田。

有些事，只有做了，你才会感到有必要，才会感到有意义，才会感到累有所值。那晚，我看到那一片动人的烛光，看到那么多人士热情参与，心里非常高兴，所有的劳累一扫而光。

我生肖属马，并且是晨时出生的马。小时候，母亲就常说，晨时的马是要上路的马，是劳碌命，一辈子只知道在路上奔驰，不会停歇，不愿停歇，也不知劳累。

不怕劳累成为我的性格，也的确助我做成了不少事情。回想我的人生经历，不管在部队里，还是在宣传部机关，特别是到遇难同胞纪念馆里工作后，我一直是坚信有为才有位的理念，坚信只有一分耕耘，才会有一分收获的哲理，最看不起投机取巧之人，最看不起遇到困难绕道走之人，赞同汉娜·阿伦特所说："平庸也是一种恶，平庸的恶可以毁掉整个世界。"

在烛光祭活动的策划和实施过程中，难题其实不少，麻烦也不少，劳神费力，没有人要求我们必须去做，完全是我们的自觉和主动。这种文化自觉意识催促着我们，将烛光祭活动持续不断地办下去，形成一个新的品牌效应。

2011 年 12 月 12 日晚，在遇难同胞纪念馆第三次举办烛光祭活动。这一年的烛光祭的地点，选择在馆内的祭场举行，并且与守灵仪式同步，而往年我们通常是在烛光祭活动完成后，才移步到祭场或者"万人坑"遗址内部，举办为遇难同胞守灵仪式。

在祭场举办仪式，有得天独厚的条件。首先是名称相符，祭场进行祭祀仪式，再贴切不过；其次是祭场是个围合的空间，有长明火把台，毗邻"万人坑"遗址，容易出气氛；第三，祭场迎面的高大黑色花岗岩石墙中间，有一个直径为 4 米的白色花圈，可以为仪式所用；第四，这里有四脚铜鼎，便于上香。

在这里举办仪式不利的条件是，没有任何灯光，周围一片黑暗，不太好布置仪式现场。为此，我们提前商量，派人爬上屋顶，将会标挂在高大黑色花岗岩石墙的上端，又在祭场的另一侧，加装一盏舞台上用的追光灯，一束光线射在中间的巨大花圈上，其余光照亮现场，加上长明火的微弱光亮，一强一弱的灯光效果，使得现场有着别样的气氛。

遇难同胞纪念馆的员工们又在长明火把台四周的黑色花岗岩上，用烛光灯布置成"12·13"字样，与中间跳动的长明火，形成了互动的效果。

此次烛光祭与往年最大的不同在于把守灵仪式与烛光祭结合在一起，因此就有了中日两国僧人在现场诵经超度亡灵的程序。

首先，来自南京毗卢寺的一群僧侣，在身穿红色袈裟的大和尚传义法师带领下，为遇难同胞的亡灵诵经。接着，来自日本东本愿寺佛教研究所的山内小夜子等日本僧侣们，用日语颂经，为遇难者超度亡灵。最后，所有的参与仪式人员，包括青少年学生，一起将手中的香烛，放置在祭场的碎石上，形成一片光亮，它们陪伴着象征遇难者的长明火，照亮"万人坑"遗址旁的夜空。

烛光祭活动，在连续三年换了三处地方举办后，终于有了一处固定的地点，此后在祭场举行烛光祭仪式形成了一个惯例。守灵仪式上的烛光祭活动，成为"12·13"系列活动的一个品牌项目，出现在各大媒体的新闻报道中，也留在遇难同胞纪念馆的馆史记录中。

第九章

木鱼袈裟祭逝者

佛教不是一种迷信。它是中国国学的重要内容之一。慈悲精神作为中国佛教的根本精神，贯穿于整个佛教教义之中。慈悲精神的现代意义有助于提升道德境界，塑造良好的人格形象，有助于正确处理人与自我、人与社会、人与自然的矛盾，有助于维护社会的稳定，推进全面建设小康社会的进程。

在南京大屠杀遇难同胞的悼念活动中，是否具有仪式感显得非常重要。佛教仪式的引入，有助于对逝者的缅怀，对生者的教育。

一、台湾商人的水陆大道场

1995年8月，我从南京市宗教局听说一个消息，有位台湾商人要在栖霞寺为南京大屠杀遇难同胞做一个水陆大道场。

我感到很吃惊，因为在遇难同胞纪念馆的馆史中，从未有过台湾人为南京大屠杀遇难同胞做祈祷的记录。

我决心亲眼去看一看何为水陆大道场，我想直接问一问那位台湾商人：为何对南京大屠杀遇难者有不舍的情结，为何要为南京大屠杀死难者做水陆大道场？

栖霞寺位于南京市东北处的栖霞山上，是中国四大名刹之一，江南佛教"三论宗"的发源地。我与栖霞寺的隆相法师（现为该寺庙的住持）是朋友，去栖霞寺了解情况比较方便，曾多次到访过这座中外闻名的古寺。

2010 年 6 月 12 日，由中国佛教协会和南京市人民政府主办的佛顶骨舍利盛世重光庆典活动在栖霞寺举行

与往常的栖霞寺不一样的是，庙内外作了特别的布置。庙门前的广场上，新布置了一批纸人纸马方阵。两条长长的黄色布幔从大殿房顶上一直拖到院内地平上。在庙堂内佛祖供台之前立有一座牌位，上面清楚地写着"南京大屠杀遇难同胞灵位"的字样。

我不懂得宗教，佛教方面的知识少得可怜，基本上是个"佛盲"。对为什么要做水陆大道场，甚至什么是水陆大道场全然不知。只知道，在寺庙里做水陆大道场是规格最高的、最为盛大的、隆重的祭祀活动。

通过隆相法师的解说，我才弄清楚，水陆道场又叫水陆法会，是为了超度水陆空三界亡灵而举行的法会。因为佛教徒认为，在水陆空三界中，以水陆二界众生最为痛苦，所以又简称水陆法会，全称为"法界圣凡水陆普度大斋胜会"。整个水陆大法会历时 7 个昼夜，水陆法师及其寺庙众僧参与，每天诵经超度，展开一系列佛教仪式。

隆相大和尚带我与台湾商人见了面。这位台湾商人姓王，大约40多岁，1米80左右的身材，国字形脸，长得一副慈眉善目，外表看不出商人的气质，倒像是位文化人。

当时，他们全家人一袭黑衣，跪成一排在寺庙里祷告。那两位年纪大的老者，可能是他的父母或者岳父母。有两个十多岁的孩子，一定是他的儿女。还有一位年轻漂亮的女士，一定是他的妻子。全家老小一起为南京大屠杀遇难者祈祷，其虔诚的态度，好像是在祭奠自己故去的亲人，那场面令人感动。

我不禁问起缘由。陪同我的南京市台办同志告诉我，眼前的这一切均源于那位台商的一个梦。

一个梦，一个什么样的梦？我顿时感到十分好奇。

市台办同志绘声绘色地说起"梦"的故事，就好似发生在他自己身边人那样的熟悉。

原来，我眼前的这位高个子台商生长在台湾，此前从未到过大陆，也没有听说过南京大屠杀的历史。一天夜里，他做了一个梦，梦中一位白发老者告诉他，南京城很多年前惨死了许多许多人，这些人的魂灵至今得不到安息，要他一定去为这些亡灵超度，让遇难者的灵魂早日安息。

梦醒之后，王先生大为震惊。他把自己的梦说出来，向其他人打听，有没有这回事。有人告诉他，历史上的确发生过侵华日军南京大屠杀，死亡人数在30万人以上。

这个梦使得王先生内心十分纠结，很多天里心情颇不平静，坐立不安。他认为这是神灵在点化他，要他去南京为30多万遇难者亡灵超度。这件事必须去做，否则对不起那些冤魂。

好奇怪的梦。

对待梦，人们通常都会一笑了之，或者一般地说说而已。但另外一些人，即使是梦，也会严肃认真地对待。这位台商属于后者。

此后，王先生通过精心谋划，得到了台湾和大陆两地许多人的帮助和支持，领着全家老小，顺利地来到南京。以"捐米"的形式，在南京东郊的栖霞寺做了一个最大的超度仪式——水陆大道场，为南京大屠杀遇难者祈祷。

仪式在进行中，我不便打扰。

一直等到他们将仪式做完，我才上前找到那位令人尊敬的台商王先生，告诉他我是遇难同胞纪念馆馆长，感谢他为南京大屠杀遇难同胞所做的这一切，并且提出想采访他。

令我想不到的是，他一口拒绝了我。

王先生说，这些都是他个人的事，与他人无关，不接受任何人访问，更不会接受任何媒体的采访，不希望作任何的宣传。

我邀请他们全家去遇难同胞纪念馆参观。王先生说，他们全家人一定会去，但不希望麻烦馆里，不需要馆方的任何接待与安排，届时只需要像其他观众一样去参观和悼念遇难同胞。

我碰了一鼻子灰。好奇怪的人，好奇怪的想法。

我连忙找到隆相，想请他帮忙说说。但大和尚对我说，这与台商的个人信仰有关，他怕减弱了做佛事的功力。

我没有能够与王先生深谈和交流，虽然带着遗憾而去，但我还是从内心里敬重他、感激他。不管他的信仰如何，不管他的目的何在，毕竟他千里迢迢、跨越海峡寻梦而来，为素不相识的南京大屠杀遇难同胞做了一件善事。

二、首办南京世界和平法会

南京大屠杀中死了30多万人，按佛教的说法，这些亡灵都需要超度。何为超度？这是个宗教术语，指僧、尼、道士为人诵经拜忏，称此举可以救度亡者灵魂超越苦难。

虽然遇难者的遗属为祭奠亲人有用宗教形式来祭奠的愿望，日本的一些佛教团体也提出了举办和平法会的想法。但遇难同胞纪念馆毕竟不是宗教场所，举办佛教的仪式是否合适、会不会遭到参观者的反对和网民的"拍砖"？"法会"的名称外界能不能理解？这些都是值得慎重考虑的问题。

我十分理解遗属们及日本和平友好人士的心情。我觉得，既然各方面有宗教仪式的诉求，就应该努力满足他们。

　　我向南京市宗教局请教得知，所谓的"法会"是指佛教人员、教徒围绕某一目的而举行的宗教集会。以什么名义举办"法会"好呢？因为我当时正在着手研究和平学，并且正处于起步阶段，所以觉得叫和平法会比较好。由于跨国涉外，干脆就叫做世界和平法会。

　　鉴于这样的思考和目的，经向各级宗教部门履行审批手续后，有关部门批准可以作为特例在遇难同胞纪念馆举办世界和平法会。这多少让我有些意外，本来我是抱着试试看的心态申请这件事的，想不到竟然顺风顺水地办成了。

　　2003 年 12 月 13 日，由遇难同胞纪念馆组织，中日两国僧人和部分南京大屠杀遇难者遗属共同参加的悼念南京大屠杀遇难者的世界和平法会，在馆内遇难同胞名单墙前举行。

　　来自毗卢寺的众僧侣和居士们，从寺内搬来了上香用的香炉、烛灯箱，带来了供果、水，还有跪垫等器物。按照僧人的指点，遇难同胞纪念馆准备了供桌，在"哭墙"中间悬挂一条黄色的绸布，上面书有"世界和平法会" 6 个大字。

　　位于南京市汉府街 4 号的毗卢寺，始建于 1522 年，因寺中供养毗卢遮

2008 年 12 月 13 日，中日两国僧人举行世界和平法会，悼念南京大屠杀死难者

那佛，初名毗卢庵。1884 年，曾国荃任两江总督，在原毗卢庵址建寺，遂改庵为毗卢寺。民国元年（1912 年），太虚在毗卢寺筹办中国佛教协进会，从事讲学和教务活动，使得毗卢寺名声大振。

我从南京众多的寺庙中，选定毗卢寺参与遇难同胞纪念馆的世界和平法会。这不仅因为该寺庙是中国佛教协会的诞生地，在中国佛教界声名远扬，而且还另有其缘分，那就是罗瑾曾经在该寺庙里藏过 16 张南京大屠杀血证照片。为了考证这些照片，我曾经多次去过毗卢寺，一来二往，与该寺住持传义大和尚结为好朋友。

正是在南京市佛教协会和毗卢寺的直接参与和指导下，首次世界和平法会得以成功举办。看到遇难同胞纪念墙前袅袅升起的香烟，看到身披红色袈裟的传义大和尚唱经、跪拜和点香，看到身穿黄色袈裟的众僧侣忙碌的身影，我心里充满着一股感激之情。

自 2003 年起，和平法会成为每年"12·13"系列悼念活动的重要内容。从 2009 年起，每逢 12 月 12 日晚 21 时至 22 时，遇难同胞纪念馆在"万人坑"遗址内举行中日僧人参加的"为南京大屠杀遇难者守灵——平安夜"活动，是活着的人对遇难者表达哀思的又一形式。

和平法会及守灵仪式发挥了宗教安抚人心灵的作用，以宗教的形式告诫世人铭记历史教训、促进世界和平，而且也以实际行动维护了中日和平友好，加深了中日两国民间交流和情谊。

三、中、日、韩三国僧侣和平祭

南京国际和平法会是一项有国际人士参加的涉外性的祭祀活动，从首届开始就有日本僧人参加。

参会的日本佛教界人士分别来自日本东本愿寺、西佑寺、园光寺、法光寺、兴莲寺、光明寺、福善寺、光启寺、愿兴寺、明贤寺、专德寺等寺庙，以及日本名古屋"两个观音思考会"访中团、广岛"反侵略、誓友好"访华团等。

中国的僧侣主要来自南京毗卢寺。每年有大和尚传义领着一批僧人和居士，来到遇难同胞名单墙前，颂经超度亡灵。然后，再由日本众僧侣用日语诵经，为南京大屠杀遇难者祈祷。

2007 年的南京国际和平法会规模最大，参加的僧侣最多。那年是南京大屠杀遇难同胞 70 周年大祭。中国僧众分别来自栖霞寺、毗卢寺、鸡鸣寺、金粟庵、天妃宫、瓦官寺等寺庙。世界和平法会上，中日两国的寺庙僧人以及中国的 1000 多名佛教信徒高声唱香赞、念诵经文，以独特的宗教形式悼念遇难者，祈求和平。

2013 年 12 月 13 日，韩国曹溪宗国际传教师、群山成佛寺住持、群山经济正义实践联合共同代表宗杰大和尚，带领弟子前来南京，参加世界和平法会。这是首次来自韩国的僧侣参加和平法会，因此南京国际和平法会连续举办 10 年后，变成了中、日、韩三国僧人的和平集会。

首次参会的曹溪宗大和尚，同样也是位高僧大德。10 年前，他就应邀参加中国佛教协会主办的重要佛事活动。据中新社报道，2003 年 9 月 22 日，中国佛教三大语系代表（汉语、藏语、巴利语）在北京西山灵光寺举行"中国佛教协会成立 50 周年祈祷世界和平、国泰民安吉祥大法会"。中国佛教协会会长一诚等三人登台主法，数千信众一起诵经，曹溪宗大和尚曾代表韩国佛教界应邀参加，媒体对其作了采访报道。

曹溪宗大和尚参加南京世界和平法会后深受感动。他表示，从这一年开始，他将率领韩国僧侣，每年 12 月 13 日来南京参加这一和平法会。

曹溪宗大和尚开启了韩国僧侣参加南京世界和平法会的大门。

四、虔诚的日本僧人

在每年来宁参加世界和平法会的僧人中间，有一位日本女僧人，名叫山内小夜子的，来自京都东本愿寺。该寺是日本最大的寺庙之一，在日本的佛教界中影响广泛。山内是东本愿寺佛教研究所副所长，对佛教有深入的研究，熟读、精通各种经文，是一位日本的"女和尚"。

山内小夜子原来是日本铭心会访华团的秘书长，与松冈环等日本人士一起，每年 8 月 15 日来南京参加和平集会。后来，她成为日本支援东史郎诉讼案审判实行委员会的秘书长，在东史郎诉讼案的 8 年中，一直坚定地站在东史郎的身边，为东史郎先生出谋划策，10 多次奔波于京都与南京之间，寻找各种证据，是一位东史郎先生信得过的日本支持者。

山内为什么会热心做这些事呢？有一次，山内向我们公布了一个秘密，她的爷爷也是一个侵华老兵。作为京都第十六师团的一员，她爷爷与东史郎一样，参加了侵占南京的攻击战，参加过南京大屠杀。她说，爷爷晚年沉默寡言，脾气暴躁，经常酗酒，她当时不知道为什么，现在想起来，可能他内心痛苦，承受着良心的责备和煎熬。遗憾的是，爷爷直至临终，也没有说出这一段不光彩的历史记忆。

山内结合日本寺庙的档案资料，进行过日本从军僧的研究，写过不少这方面的论文，揭露日本僧人曾在侵华战争期间扮演了负面的角色。有许多僧人在军国主义政府号召下从军，并在前线从事鼓动日本军人在战场上的犯罪活动。根据对文献资料的分析，从军僧的任务主要有：埋葬战死者、将遗骨先送到上海别院，再送回日本；对士兵进行传教；慰问受伤者；直接参加战斗；提供慰问品、物资；向本部汇报战况、活动情况；传教所的开设准备工作；翻译、其他（联络战死者家属、树立供奉塔等）。

京都东本愿寺山内小夜子在"世界和平法会"上为南京大屠杀死难者祈祷

从军传教活动对外彰显佛教集团对国家的忠诚心、有用性，对内促使僧侣门徒们爱国热情高涨。可以说，从军僧是日军侵华战争中直接的加害者。从军僧慰问了几乎所有的日军侵华部队，还水陆结合造访了各个战场遗址，不用说，其活动受到了日本军方的大力支持。这种名义上的慰问，实质上助长了日本天皇法西斯国家侵略的气焰，而且还极力掩盖了南京大屠杀的真相。个别从军僧直接参加战斗，手上沾有中国人的血。

　　然而，60多年过去了，站在江东门南京大屠杀遗址上的日本僧人已不是原来作为侵略者的僧人，他们的角色产生了逆转，他们为日本佛教僧侣随军参与战争、助长杀虐而深深忏悔。如今，他们不是为了战争而来，而是为了和平祈祷。

　　每年与山内小夜子一起来南京的日本"女和尚"不止一位，久米悠子是日本京都府光启寺的住持，也是这座寺庙的继承者。她的丈夫久米一美原来是这座寺庙的主持。久米悠子曾经陪同她的丈夫，多次来南京参加世界和平法会。特别是在她的丈夫身患疾病、行走不便后，每年的12月13日，她都用手推车推着丈夫，前来参加南京和平法会，没有一次缺席。她的丈夫去世后，她继承其丈夫的遗志，每年12月13日都来南京参加和平法会。

2003年12月13日，世界和平法会中，日本僧人久米悠子（右一）、久米一美（右二）、山内小夜子（右三）、大东仁（右四）等为南京大屠杀遇难者祈祷

则竹秀南是日本临济宗妙心寺派灵云院住持，也是一位日本的高僧。虽然已经有 80 多岁，但身体硬朗，满脸红光，一个常人少有的大鼻头显得格外突出。中国佛教协会曾经授予他"中日佛教友好使者"，聘请他为中国佛学院名誉教授。这样一位高僧大德，从 2003 年开始，每年 12 月 13 日率领众僧来南京参加世界和平法会，像候鸟一样年年如此，每次都会用心地写一份《表白》，然后用毛笔亲笔书写在一张白纸上，带到南京来宣读，以表示一番忏悔诚意。每次，我都会为他宣读《表白》时发出只有高僧才有的、集聚内力的一声"悠长高亢"的呼唤所感动不已。

我这里留有一份 2006 年和平法会上则竹秀南大和尚敬诵的《表白》，主要内容为战争是最大的罪恶，倡导要以史为鉴，牢记历史，并以此作为开创日中两国友好之基石。

《表白》写道："今天，我们日本佛教徒集聚南京，为了悼念三十万的亡灵。一九三七年十二月，我日本军队在攻占南京斯间极其残暴施行南京大屠杀，无辜民众三十余万惨遭涂炭。烧家掠屋，奸淫妇女。此人类文明史罕见之暴行，给古都南京带来了沉重的灾难。我等日本佛教徒也借佛法之名，向战场派遣随军僧侣，鼓舞战场士气，充当了侵略战争的急先锋。让他们在战场相互杀戮，此行为全然违背了佛法和释尊的教诲。作为犯下这双重罪孽的僧侣，将永远把失去宝贵生命的人们的控诉铭刻于心。"

《表白》最后诵说：

"但愿我祖能照临吾等的愿望，还尔等受难者以尊严，并让吾等继承遗愿，通过对历史的查证，让那曾经失去了的真理重新照临我大地！"

第十章

缪斯女神的拜祭

缪斯是希腊神话中主司艺术的 9 位古老文艺女神的总称。她们代表了通过传统的音乐和舞蹈、诗歌所表达出来的神话传说。

悼念南京大屠杀遇难者的方式应该是多种多样的。唯有如此，才能在方方面面引起关注，起到良好的传播效果。

用诗歌、绘画、音乐等不同的艺术形式，不仅是拜祭南京大屠杀遇难者的有效形式，也是宣传南京大屠杀史实，扩大南京大屠杀在海内外影响力的重要抓手。

一、诗集《不屈的城墙》诞生记

2000 年 1 月 21 日下午，日本最高法院忽然电话通知《东史郎日记》案首席律师中北龙太郎，宣判东史郎终审败诉。日本司法当局又一次作出不顾史实、有失公正的判决。

当时正值南京市政协第十届四次会议召开期间。南京市作家协会副主席冯亦同、市民乐团团长雷建功等委员，听到我带来的消息后群情激动，对日本最高法院违背历史事实的判决表示强烈抗议。

会议结束后，仍然有相当多的人不忘这个话题。有一天，我接到冯亦同副主席打来的电话，说他此时正和雷建功团长在鼓楼大钟亭茶社，与我有要事相商。

　　我们三人在茶社谈得很投机，可谓英雄所见略同，一拍即合。大体是，东史郎的败诉，说明了人们对南京大屠杀这段历史的认知还存在很大的差距，我们有责任作一些努力。

《不屈的城墙》诗集封面

　　冯老提出他作为南京诗词协会的会长，愿意与遇难同胞纪念馆合作，发动南京地区的诗人写诗，争取尽快编辑出版第一本纪念南京大屠杀遇难同胞诗集。

　　市作协的《征诗启事》发出后，短短一个半月，就收到70多位作者的120首诗作，赶在"12·13"纪念日来到之前编辑成一本集子。

　　这虽然是一本薄薄的小册子，但写下了我们心中神圣的爱与恨、悲与愤、情与仇；写下了我们对遇难亲人的哀思、对抗日将士的讴歌；写下了对过去和今天一切维护正义与和平事业的国际友人的敬意；写下了我们同法西斯主义、军国主义及其一小撮招魂者的不共戴天；写下了我们城市的血泪历史、满腔怒火和不屈呼号；写下了为我们父辈所期待、后辈所嘱望的世纪之歌：苦难与奋斗、复兴与崛起，我们这一代人的奉献与憧憬。

　　诗集收入了我所作的诗歌《世界需要和平》，我在诗中问道：

我们的士兵守卫自己的家园何罪之有？

我们的百姓耕种自己的土地何罪之有？

我们的老人、我们的妇女、我们的孩子何罪之有？

30多万具身躯倒下了，

留下四万万双愤怒的眼睛。

诗集以江苏省作协主席海啸1996年所作的一篇文章《南京，毋忘国耻——我们的建议》代序。在文中，他回忆自己笔名的来历，当时他是侵华日军轰炸南京时逃离虎口回到故乡南通，才幸存下来的一个小学生，稍大一些后，便投笔从戎，参加了新四军，并将姓名改为日本人最害怕的"海啸"。抗日战争胜利了，日寇无条件投降后，他和全国人民一道高兴地笑了，于是便将"海啸"之名改为"海笑"。而现在日本右翼势力又如此猖狂，逼得他只好将"海笑"之名再改为"海啸"。在文中，他还建议：将大屠杀的第一天——12月13日定为"南京人民悼念死难同胞，毋忘国仇家恨日"。这一建议主张与全国人大常委会通过设立的"国家公祭日"是一脉相通的。

该诗集刊载了海笑、化铁、丁芒、俞律、刘工天、文丙、王德安、叶庆瑞、吴野、杨德祥等著名诗人的大作，使这本诗集"分量"很重，很快在社会上引起轰动。

97岁的诗词界寿星元老刘工天为南京大屠杀历史写下了"一回凭吊一冲冠"的感人诗句，一些青少年学生也在此次征文中有杰作出现。例如，江苏省泗洪县朱湖中学的一位笔名叫止戈的中学生写道："消逝的是历史流淌的鲜血，永恒的是鲜血流淌的历史。"孩子们能够有这样的历史认知，并且诗意地表达出来，这的确是让人感到这件事做对了，这本诗集出得好。

至今我仍记得大钟亭茶社三人热议时事与历史、正义与公理时激情澎湃的场景，以及冯亦同、雷建功两位老友的音容笑貌。

二、赵季平与民族交响乐《和平颂》

雷建功团长是南京民乐团笙演奏家，是中国音乐家协会会员，国家一级演奏员，曾担任过南京市文联副主席、南京音乐家协会会长。可能是几十年来刻苦修炼吹奏的缘故，所以他谈笑时的音量足够大，其分贝值比常人要高出许多，常常能起到感化别人的特殊功效。

在大钟亭茶社，老雷提议要请中国最有影响的音乐大师来创作一出用中国民乐演奏、反映南京大屠杀的民族交响曲，得到了冯亦同和我的赞同。

以后我们三人又在凤西宾馆专门议过这出交响曲创作的大体构架，"古都""大江""屠城""血河""江问""和平"这些词汇，曾是我们先期议论的 6 个篇章主题名。其中，"大江"一词是我力主将长江改为大江，因为还在幼童时，我爷爷在讲述南京大屠杀故事时，用的就是"大江"。而"江问"一词则是冯老巧妙地从屈原的"天问"改进而成。只是曲名举棋难定，一时找不起合适和满意的。后来，还是中共江苏省委副书记兼南京市委书记一锤定音，取名为《和平颂》，我们都十分赞同。

基本的想法和思路有了，雷团长准备请中国当今音乐创作知名人物，中国音乐家协会副主席、陕西省文联主席赵季平来创作，赵季平为《红高粱》《大话西游》《大宅门》等一批影视作品创作的主题歌享誉中国当代曲坛，大名鼎鼎的赵季平能够为南京大屠杀历史作品出山吗？的确没有把握。

但执著的雷建功，办事风格也与他高大魁梧的身材一样，要找就找最好的。他的想法得到了南京市文化局陈梦娟局长等领导的赞同和支持，陈局长

2005 年 5 月 9 日，海峡两岸暨香港演员在北京人民大会堂联袂演出大型民族交响乐《和平颂》

还和雷团长一起上门恭请赵季平。

当时赵季平因妻子病重住院身心俱疲，但他觉得这个题材很重要，南京大屠杀是中华民族遭受侵略历史的惨烈一页，中国的作曲家有责任以此为题材，思考、创作有广泛社会影响力的优秀音乐作品。经慎重考虑，赵季平接下了这个任务。

此后，赵季平数次来南京为作曲搜集资料，到遇难同胞纪念馆参观座谈，看了大量历史资料，反复酝酿准备。我将一大包有关南京大屠杀的文献资料交给作曲家，并请他在纪念册上题词。赵季平思忖片刻，挥笔写下"放飞白鸽"4个笔画流利的大字。

当时，赵季平还没有能从南京灾难深重的记忆里寻找到一条通向过去、联系现实和面对未来的通道——它既关系到整部作品的主题突显和形式定位，也是作曲家在艺术创造的天地里驰骋想象的突破口和内心情感的导火索。

一天下午，我作为交响乐《和平颂》的历史顾问，被邀请到中山陵风景区的孙科住宅旧址——赵季平在此下榻和创作。那天下午，基本成了我在唱独角戏。因为整个房间内只有我在侃侃而谈，赵和其他人都在静静地听。

在与其交流中，我提出，长江是中华民族的母亲河，也是古老金陵文化源远流长的象征和沧桑历史的见证，更是属于世界的一条大江。1937年12月13日南京城沦陷后，大批难民和溃退的中国军人被驱赶到了城北的长江边集体屠杀，无数尸体漂浮江面，许多受伤的同胞在波浪中挣扎，鲜血染红了滔滔江水，写南京大屠杀一定要把这段不能遗忘的苦难写进去！大江里流淌的，是南京人民的血泪，是国家的耻辱、民族的悲愤——

我的提议撞开了作曲家的"灵感之门"。突然，赵季平一拍自己的大腿，站立起来，说了声"有了！"这部讲述南京历史和人类命运的气势恢宏的民族交响乐，就这样找到了"大江"这一意象系统和信息载体。

《和平颂》酝酿3年，写了3个多月，是赵季平耗时最长的一部音乐作品。动笔后，赵季平每天都要写5个小时，整个创作过程感觉很好，十分畅快。他感觉创作过程也是心灵净化的过程。

《和平颂》分为"金陵·大江""江泪""江怨""江问"以及"和平颂"5个乐章。其中，"金陵·大江"，表现了世代居住在长江边的古城人民，对生活的热爱；"江泪"，展现了在国难之际中华民众内心深沉的悲愤；"江怨"，反映了历史进程中人民经历的苦难历程；"江问"，是全曲最重要的地方，它体现了一种对历史的思考，让人们记住这一页，以史为鉴，呼唤和平。这种思考最终在《和平颂》中，形成万众为和平呼唤、为和平而呐喊的气氛。让南京人感到亲切的是，江苏民歌《茉莉花》的旋律贯穿了整部作品的始终。《茉莉花》象征着善良的，热爱生活、热爱和平的南京人。这段旋律在作品中反复变化出现，在最后的乐章中用合唱的形式升华了主题。

《和平颂》是一部表现南京大屠杀重大历史题材，反对侵略战争、呼唤世界和平，抒写时代主题的大型民族交响乐；2005 年 5 月 1—2 日，"海峡两岸暨香港"民族乐团的首次合作，由南京、香港、台北 160 位演奏家和 80 人的合唱队以"超大阵容"在南京人民大会堂首次演出，同样是一项破天荒的创纪录之举。

2005 年 5 月 9—10 日，《和平颂》在北京人民大会堂由海峡两岸暨香港演员联袂演出成功，规模空前，震撼人心。这场演出活动是由文化部和中共江苏省委宣传部联合主办的，并以此揭开了我国纪念抗日战争暨世界反法西斯战争胜利 60 周年的序幕。

至今，在遇难同胞纪念馆和平公园里，细心的观众一定会发现，沿着参观流线布置的小喇叭中，一直在播放着《和平颂》的音乐，时时刻刻提醒人们以史为鉴，去创造和平的未来。

三、招魂的长诗《狂雪》入馆

长诗《狂雪》是王久辛先生于 1990 年创作的一首爱国主义长篇抒情诗，全诗共 23 节，500 多行，计 3.7 万余字。该诗首发于《人民文学》，获人民文学诗歌大奖，是诗人同名诗集中的第一首，该诗集于 1998 年获得首届鲁迅文学奖。

鲁迅文学奖的获奖词如是说：军旅诗人王久辛的这本诗集，以长诗为主，辅以若干生活短章。他以诗进入历史，出入战争，写得大气磅礴，狂放不羁，洋溢着浓烈的民族感情和人间正气，尤以长诗《狂雪》为最。这是声讨南京大屠杀罪行的一座诗的檄文碑铭，读来令人血脉贲张。

1995 年，由甘肃书法家刘思军以汉简体书法写成，甘肃宝丽集团总经理胡宝衡捐资 30 万元将《狂雪》铸成铜质诗碑，欲捐给遇难同胞纪念馆。这个出自祖国大西北的铜诗碑，是怎样来到古城南京的呢？捐赠的过程中有一段故事。

记得那是在 1995 年的冬天，天气十分寒冷，当时南京正在下着鹅毛大雪。一天中午，我突然接到上级的通知，说中共甘肃省委致电江苏省委，要向遇难同胞纪念馆捐赠这座铜诗碑，要求我与中共南京市委宣传部副部长龚惠庭一起，专程去趟兰州，接受这个捐赠。南京机场买不到票，我们只能冒雪绕道上海虹桥机场前往，由于飞机晚点，到达兰州时，已经是深夜 12 时 30 分。

但是，在兰州东方红广场，仍然有许多人深夜里在为这座铜诗碑的启程仪式作最后的准备，两名武警战士持枪为其站岗。在这里，我见到了正在忙碌的诗作者王久辛、书法家刘思军和捐赠者胡宝衡等一行。

军旅诗人王久辛，大约 1.75 米的个头，有着军人特有的结实身板。他思维敏捷，非常健谈，我们很快便结为朋友。

第二天上午，在此举行了万人送碑的仪式。甘肃省委、省政府的领导亲自出席，这种场面，这样的规模，是我们事先未曾想到的。为一座诗碑送行，而且动作这么大，大西北人民的历史责任感令人肃然起敬。

这首铜诗碑满载着甘肃人民的重托，带着大西北的情感，被一辆大货车装运，车两侧悬挂着大红的标语条幅，一路通行无阻，胜利地运抵遇难同胞纪念馆。在当年的 12 月 13 日悼念活动期间，在南京举行了隆重的捐赠新闻发布会，这座铜诗碑一下引起海内外的广泛关注。

《狂雪》铜诗碑落户遇难同胞纪念馆后，每天吸引许多人驻足观看，成为遇难同胞纪念馆内一道亮丽的风景线。站在铜诗碑墙前，不断有观众低声吟诵：

　　大雾从松软或坚硬的泥层
　　慢慢升腾
　　大雪从无际也无表情的苍天

2003 年 12 月 12 日，长诗《狂雪》诗碑铜版墙落成暨《历史证人脚印"铜版路"图集》首发仪式

> 缓缓飘降
> 那一天和那一天之前
> 预感便伴随着恐惧
> 悄悄向南京围来
> 雾一样湿湿的气息
> 雪一样晶莹的冰片

军旅诗人王久辛把自己的情感融入到了那个冰冷残酷的时间段：

> 野兽四处冲锋八面横扫
> 像雾一样到处弥漫

如果你害怕

就闭上眼睛

如果你恐惧

就捂严双耳

你只要嗅觉正常

闻就够了

那血腥的味道

就是此刻

半个世纪之后的今天晚上

我都能逼真无疑地闻到

那硝烟

起先是呛得不住地咳嗽

尔后

是温热的黏稠的液体向你喷来

开始没有味道

过一刻便有苍蝇嗡嗡

伴着嗡嗡

那股腥腥的味道

便将你拽入血海

你游吧

我游到今天仍未游出

那入骨的铭心的往事

　　诗人王久辛以真实的笔触，典型地再现了南京大屠杀这惨绝人寰的历史灾难。全诗以场景片断分小节写作，将长达 6 个星期的灭绝人性的灾难场景和日军的残忍、兽性表现得淋漓尽致、触目惊心。它是刻在南京大屠杀遇难的 30 万亡灵的白骨之上，刻在中华民族的心上，是历史的强烈控诉和见证。

　　这是首不断撞击人类灵魂的诗作，虽然发表于 20 世纪 90 年代，今天读来仍让人倍感激愤，并且在激动之余能让人从中读出更深的感悟和使命感。这一声讨南京大屠杀罪行的诗的檄文碑铭，已成为爱国主义的生动教材。

四、油画《屠·生·佛》背后的故事

走进遇难同胞纪念馆的史料陈列厅里，人们可以看到一幅巨幅油画《屠·生·佛——南京大屠杀》。整幅油画三联组成，宽3.2米、高2.1米，画面主体是堆积成山的尸体。左侧为"屠"：两个趾高气扬的日本军官站立着，其中一个正狞笑着擦拭沾满鲜血的战刀。中间一联为"生"：在尸山的上面，一个孩子正趴在裸露着胸膛惨死了的母亲身上哭喊着。右侧一联为"佛"：一位佛家弟子正拖起一位惨死的老人。整座尸山的后面是奔流滚滚的长江。

在这一幅历史巨作的背后，有一个感人至深的故事，不仅体现了艺术家对于艺术道路的追求与拓展，还蕴藏了一位当代高僧的凄凉身世与悲天悯人的情怀。

1937年，在日军的血洗屠城下，南京成为不折不扣的人间地狱。1938年初，一个12岁的男孩跟随母亲来这里寻找遭日军屠杀的父亲尸体，因为他们听逃回老家扬州江都的一位村里人告知，他的父亲已经在南京大屠杀中遭遇不幸。

也许是宿世佛缘，这次南京之行改变了这个男孩儿一生的命运。栖霞山住持志开上人看中了他，并要收他为徒。当时，年仅12岁的男孩儿不顾母亲的反对，投入空门。

半个多世纪后，在这个当年的小和尚的资助下，一位画家画出了这幅以《南京大屠杀》为题的油画。那个小和尚正是如今闻名世界的高僧星云大师，而那名画家就是李自健。

李自健出生于湖南，1982年毕业于广州美术学院油画系。1988年赴美深造，定居洛杉矶。他永远不会忘记，那是1991年的3月29日上午10点，可以说那一刻是改变他人生的一个重大的转机。星云大师来到李自健的面前，他拿着一本介绍李自健的小册子，上面有其代表作《孕》。油画《孕》中怀孕的女子，正是李自健的妻子——诗人丹慧。这幅画凭着楚楚动人的女

2000 年，星云法师和美国华侨李自健先生将《屠·生·佛——南京大屠杀》捐赠给侵华日军南京大屠杀遇难同胞纪念馆

性形象和母性的爱，让星云大师一眼看中。

　　星云大师对李自健说：你是这张画的作者，我正在找你呢。听说你正在一个饭店打工端盘子，太埋没人才了。这样吧，我在西来寺借给你一套房子，买你 100 幅画，但有一个要求，请你帮助我画一幅南京大屠杀的油画，行不行？

　　李自健惊呆了，连忙问星云大师为什么要画这张画？星云大师说他就是南京大屠杀受害者，就是遗属。他的父亲就死在这场灾难中，他也因为这场灾难，才出家的。星云大师的一席话，把李自健结结实实地给震住了。星云大师又说，现在日本的右翼势力，千方百计地想掩盖这个事实，否认这段历史，我这个见证人都在，他们就这样做，将来我们都不在了，更说不清楚了。人家用文字留下来记录，你用你的画留下一幅警世之作，我相信你有这个能力。

听了星云大师的讲述后，当天晚上，李自健辗转反侧、难以入眠。星云大师交给他李自健的是一份命题作业，但他没有那段生活，青少年时期在长沙等南方生活，从没有到达过南京，也没有听说过南京大屠杀的历史，在美国也找不到资料，怎么办呢？

李自健听星云大师说起，南京有一座专门陈列南京大屠杀史实的遇难同胞纪念馆。到南京去！李自健下定决心。立即买机票，从美国直接到了南京，走进了遇难同胞纪念馆。

我接待了李自健先生，受他的精神感染，赠送了当时所有的南京大屠杀史资料。回到美国后，李自健闭门专心于创作，有时一天工作10多个小时。强烈的民族感情在李自健心中汹涌。他在创作过程中找到了许多图片资料，让他心里痛，简直就是在流血：我们这么一个伟大的民族，怎么会被日本如此残杀？李自健说，纵然有再多的困难，他也要一定把它画完。

3个月后，李自健画出来一份素描草图，送给星云大师来看，就像一个虔诚的小学生，心里诚惶诚恐。让他始料不及的是，星云大师一看到这张画，眼泪就夺眶而出。他讲，画得太好了，太真实了，你画的就是我当年在南京看到的真实，到处是尸山血海呀。

1993年5月，在星云大师的帮助下，李自健个人作品展在台湾举办首展，大获成功。李从台湾给我打来了长途电话，让我分享他成功的喜悦，此时我正好开始主持遇难同胞纪念馆工作，我们相互道贺，相互勉励，共同为历史的传播多做些实事。

这次画展也成为李自健全球巡展的起点，此后"李自健人性与爱"画展走过了六大洲近30个国家地区，一幅《南京大屠杀》成为整个画展的灵魂。

我作为李自健的好朋友，多次应邀在北京、上海、长沙、南京等地参加这个画展的开幕式。每次都被画家和观众所感动、所感激。我斗胆向画家提出，遇难同胞纪念馆想永久收藏和展出这幅油画。李自健一口答应下来。同时，他向我提出两个要求：一是要征求星云大师的意见，毕竟这幅画是在他老人家的提议下创作的；二是李自健全球画展当时还没有结束，希望先办理捐赠手续，后再借给他继续办展。

　　星云大师非常同意把这幅巨型油画捐赠给遇难同胞纪念馆，并且认为是这幅画最该去的地方。对于李自健借展油画，那是帮助在更大范围内传播南京大屠杀历史，我们求之不得呢，岂有不同意之理。

　　2000 年，《南京大屠杀》这幅震惊世界的警世之作，由星云大师和美国华侨李自健捐赠给了遇难同胞纪念馆。一年后，这幅画作为遇难同胞纪念馆的重要艺术展品陈列。李自健先生不仅精心创作了这幅油画，而且用艺术的形式传播南京大屠杀的历史真相。因此，遇难同胞纪念馆曾于 2005 年 12 月 13 日授予他"特别贡献奖章"。

五、雕塑群荣获全国最高奖

　　当人们到达位于南京市水西门大街 418 号遇难同胞纪念馆时，首先映入眼帘的是雕塑广场，这里有中国美术馆馆长、中国雕塑院院长、南京大学吴为山教授主持创作的 10 组青铜雕塑。

　　这些雕塑群成一字形排列，被分为 3 个系列，表达 3 个主题：

　　一是《家破人亡》，这尊圆雕塑高达 12.13 米，是一位眼泪干枯的母亲抱着死去的孩子仰望苍天长啸的形象，代表民族的屈辱和灾难，这里的"家"隐指"国家"，"家破"是因为"国破"而引起的，没有国便没有家。

　　二是《逃难》，这是 8 组 30 多尊圆雕组成的逃难者形象，雕像高度比例为 1：1，被安装在有缓缓流水的水池中，寓意为"水深火热"，这些雕像有的是根据历史照片还原的，有的是根据南京大屠杀幸存者口述历史创作的，有的是根据历史史料构思的，全部源于历史，忠实于历史，还原于历史。

　　三是进入遇难同胞纪念馆大门主题雕塑《冤魂呐喊》，这是两尊抽象雕塑，分别为两个不对称的铜棱块，雕像最高点为 12.13 米，特别是那只伸向苍天的胳膊及大手，仿佛永远不停地向上苍呐喊："什么叫侵略加害？什么叫野蛮屠杀？什么叫对人类犯罪？"

　　吴为山教授还做了一组长达 130 米的浮雕，名为《胜利之墙》，被安装在遇难同胞纪念馆的和平公园里。浮雕整体成"V"造形，一边为长江，一边为黄河，表达经过 14 年艰苦抗战并最终获得胜利的中国人民的喜悦。

　　吴为山教授率领的团队为创作这些雕塑群历时两年，用铜近 200 吨，以凝固雕塑的形式，再现了南京大屠杀的历史情境，彰显了悲愤情感，震人心魄。

　　在与吴为山教授的接触中，我知道他是一位具有高度政治敏感、责任感和艺术创造力、感召力的学者。至今记得，我和中共南京市委宣传部副部长王嵬一起，奉命找到南京大学雕塑系吴为山工作室时，吴为山不在学校里。当他的助手姜老师将我们邀请他创作雕塑的来意告知后，吴教授在电话里要求我们一定等他回来面谈。

　　大约半个小时后，吴为山与我们见面，谈及制作雕塑群后很是兴奋。但在此段时间内，他已经与他人签订其他雕塑制作合同，一时感到为难，举棋不定。后来，他在打了几个电话后，突然向我们宣布，这个雕塑做定了，其他的雕塑延期，以集中精力完成这组历史大作品。我们当时的确为他的举动所感动。

　　吴为山接受任务，订立加工承制合同后，多次来到遇难同胞纪念馆与我们交流，到现场察看，搭支架丈量合适的空间尺度，有的作品是根据我们推荐的历史照片和幸存者的口述史再现的，有时深夜 1 点他还打电话给我，交流讨论一两个问题。现在想来，艺术家在创作的过程中是非常辛苦和投入的，没有这种认真和奉献的精神，一定不会有成功的艺术品问世。

吴为山教授创作的"家破人亡"雕塑

　　同样，在遇难同胞纪念馆和平公园里，矗立着一尊由著名雕塑家、鲁迅美术学院孙家彬教授创作的名为《母亲》的雕塑。雕像高 12.13 米，材质为汉白玉，基座为黑色花岗岩，高为 18 米，雕塑总高度为 30 米。雕像是一位现代中国母亲，她右手托起一只和平鸽，左手托起一个双手为和平鼓掌的中国儿童，寓意为现在和将来的和平与发展祈祷和欢呼。这尊雕塑是整座遇难同胞纪念馆参观线路的收尾，也是该馆的点睛之笔，表达了曾经遭受战争苦难的中国人民，更加懂得和平的可贵，更加向往和平的强烈呼声。

　　我是《和平女神》雕塑建造过程的经历者、见证人，个中可以说是充满着戏剧性的变化。2005 年初，我们在筹划遇难同胞纪念馆扩建工程计划书时，本着"以史为鉴，开创未来"的理念，希望在充分展示南京大屠杀历史的基础上，能够大幅度地新增和平的主题内容，于是便有了建议新增和平公园及和平纪念碑的想法。

　　正式进入设计与建造的程序，由谁来担当此重任呢？沈阳鲁迅美术学院的孙家彬教授，曾参加过创作毛泽东纪念堂里的汉白玉质地的毛主席坐像雕塑，以及上海宋庆龄陵园内原国家名誉主席宋庆龄的汉白玉质雕塑，还做过南京梅园新村和淮安周恩来纪念馆内的两座铜质周恩来总理雕塑，这些雕塑都比较成功，因此赢得了方方面面的信任，最后决定由他来担任设计与制作。

　　设计的过程充满着智慧与攻关。

　　首先是人物定位，母亲和儿子的形象是什么样的呢？经过反复讨论，最终确定塑造出一位成熟的具有美感的知识型的年轻中华母亲，而孩子则是一位 3 岁左右的象征着明天、向往着未来的男孩。

　　其次是人物的形体动作。如果母亲仅仅站立在那里，形态会显得呆板，一定得动起来。怎样动才能更科学、更优美，成为雕塑家要考虑的难题。为此，孙教授请来了该学院的秘书冯继红作模特，她是位 30 岁左右的东北少妇，无论面容，还是身材、个头，均达到美女标准。让她反复摆出各种姿势，选择最合理的角度。按照人的动作来说，应该是左脚上前，右手托起鸽子，左手托起孩子，但觉得身体前倾，重心不稳。后来将其改成右脚上前后，问题解决了，使母亲雕塑形态优美，衣着飘逸。

　　三是手中的鸽子如何处理。鸽子是象征和平的信物，怎样放置才能最大限度地烘托出向往和平的心声？孙教授做出了三个可供选择的方案。一号方案为母子各托起一只鸽子；二号方案为母亲托起一只鸽子，孩子则鼓掌欢呼；三号方案为母亲托起鸽子，孩子怀抱一只鸽子。在《南京日报》上登出上述三个配图的方案，让南京市民投票选定，结果是二号方案中标入选。

　　选材的过程颇费周折。本着一定要用中国自己的石材雕像的理念，孙教授通过四川美术学院著名雕塑家叶毓山，得知四川阿坝州丹巴有质量上乘的汉白玉石的信息。于是，孙家彬父子和纪念馆扩建工程指挥部办公室副主任张斌专程去丹巴负责采石。加工则在中国两大石头加工中心之一：山东莱州。一车石头从矿山运至莱州，需要三天三夜。每块石头最少3个立方，最大的有6个立方，每个立方以3.5吨计算，每块石头平均重约16吨，共65块石头，重约1040吨，其体量可以垒成一座小山头，将这样的庞然大物长途运输和搬迁，谈何容易。

　　事不凑巧，在莱州加工雕塑时发现，有3块大石头有明显的色差。从事雕塑艺术近50年的老雕塑家孙家彬，对事业的追求是执着的，他提出尽可能没有色差，只要有明显色差一定要换掉。采石场老板刘兆峰是广西人，他在此开金矿，想不到却开出了汉白玉，特别是得知其石材的用途后，给予特殊的支持，亲自帮助选了三块好石头并细心包装，于5月2日运出丹巴，5月5日运抵莱州，想不到5月12日发生

孙家彬教授创作的"和平女神"雕塑

了四川 8 级大地震，采石场属灾区范围，离震中汶川直线距离 100 多公里，许多房屋倒了，桥梁断了，公路塌了。再晚几天，这尊雕塑要晚几年才能完成。

为保证这尊雕塑高质量的雕刻，老教授可谓呕心沥血，十分较真，容不得半点马虎，一定要做得尽善尽美。一向为人谦逊，从业 40 多年始终对事业有着执着追求与研究的孙教授，谈起其雕塑作品来滔滔不绝。他说，一定要处理好生活的真善美与艺术真实的关系，把握好雕塑的体量和造型尺度上的和谐，用真材实料，塑造出一个对得起中华民族，对得起死去的 30 多万冤魂的艺术精品！

2009 年末，受住房和城乡建设部、文化部委托，由全国城市雕塑建设指导委员会组织开展的"新中国城市雕塑建设成就奖"在京揭晓，"人民英雄纪念碑浮雕""遇难同胞纪念馆雕塑群""宋庆龄像"及南京"雨花台烈士就义组雕"等 60 个城市雕塑项目获得"新中国城市雕塑建设成就奖"。其中遇难同胞纪念馆的雕塑群"家破人亡""逃难""和平女神"入选，且仅次于"人民英雄纪念碑浮雕"之后，名列第二。

此次获奖作品，涵盖了中华人民共和国成立 60 年来各个历史时期城市雕塑的代表作品，分布于全国各大城市的公园、街道、广场、名胜古迹，不仅成为城市的文化景观，也早已融入到居民的日常生活当中，从一个侧面记录了社会发展的历史足迹。遇难同胞纪念馆雕塑群能够获此殊荣，实属不易，在增加了遇难同胞纪念馆的艺术含金量的同时，也增强了历史文化的厚度和深度，成为在国际上广泛受到称赞的纪念馆。

第十一章

大洋彼岸祭悼金陵

　　这里称的大洋彼岸，是特指美国旧金山。

　　为什么是旧金山？因为历史上有一个《旧金山和约》，关系到战后对日处理和如何追究日本的战争责任问题。还因为这是在美国公开举办南京大屠杀史料展的首座城市，也是中国官方在美国公开举办南京大屠杀遇难者悼念仪式的第一座城市。

一、何为《旧金山和约》

　　旧金山，又称圣弗朗西斯科和三藩市，当地人一般称三藩市居多。它位于太平洋东岸，与中国、日本隔洋相望，是美国加利福尼亚州的一个重要城市。1951 年 9 月 8 日，《旧金山和约》在这里签订。

　　第二次世界大战结束后，美苏陷入冷战。

　　美国凭借在战争中壮大起来的军事和经济实力，急于在世界上建立"美国式的和平"，充当世界霸主。

　　1949 年中华人民共和国成立，宣告罗斯福总统的"通过扶植中国以控制东亚"的战略构想失败。

　　为了平衡中华人民共和国的诞生给资本主义阵营带来的冲击，美国急于在远东地区重新扶植一个新的反共堡垒，以遏制共产主义的发展。

　　1950 年朝鲜战争爆发，全球形势突变，美国对日策略作了 180 度转弯，

2001 年 9 月 9 日，作者朱成山赴旧金山参加抵制日本纪念《旧金山和约》签订 50 周年游行，身后为该和约签署地旧金山歌剧院

由战时的打击削弱日本和战后的限制日本，迅速改变为扶植和重新武装日本，力图把日本打造成在东亚的反共先锋。为此，美国力主尽快与日本缔结和约，解除战后长达 6 年之久的军事托管日本的状态，恢复其主权，同时释放日本战犯，恢复日本军事工业，《旧金山和约》的签订是在这种背景下的产物。

　　《旧金山和约》违背了 1942 年的《联合国宪章》，以及《雅尔塔协议》和《波茨坦公告》中关于盟国不能单独与日本媾和的规定。

　　美国从一己私利和其战略格局出发，邀请了 52 个国家参与和约的签订，但对日抗战最久、受日本侵略时间最长、受害最大的中国和韩国没有被邀请。印度、缅甸拒绝出席，苏联、波兰、捷克拒绝签订和约，最后参加签订和约的 47 个国家，大多数没有直接对日作战或没有受到日本的侵略与加害。

《旧金山和约》是个很不公正的和约。它在赔偿问题上极力宽大日本，只是泛泛地规定："日本国对战争中造成的损害及痛苦，将向盟国支付赔偿"，不仅对于具体数额根本没有提及，而且还对战胜国的赔偿作了原则性的限制，必须在"日本可以维持生存的范围内进行"。

而在此之前，远东国际军事法庭曾作出判决，日本需赔偿盟国 540 亿美元（纽伦堡国际军事法庭判处德国赔偿 200 亿美元），中国可得 30%。但是，中国最终只得到 24 艘军舰的赔偿。

美国利用《旧金山和约》，变相地免除了日本的战争赔偿，剥夺了包括中国在内的受害国获得赔偿的权利。

战败国日本通过《旧金山和约》获得了许多好处。正如当时担任日本首相的吉田茂所言："日本在《旧金山和约》中得到的，比在第一次世界大战后，日本以战胜国身份所得的还要多。"

正因为如此，该和约草案一出台，就遭到包括中国在内的亚洲和欧洲等正义国家与人士的反对，当时世界上有一半以上的人口是不承认该和约的。

为了纪念《旧金山和约》签订 50 周年，日本政府不惜重金，投资 300 万美元的巨款，以"日本协会"的名义，于一年前进行筹备，并于 2001 年 9 月 6 日至 8 日用 3 天的时间，在旧金山分别举行纪念大会、国际学术研讨会、大型歌舞音乐会、广场音乐会、图片展、花道展和盛大的招待酒会等 13 项活动，邀请了日本外相田中真纪子、前首相宫泽喜一、日本前驻美国大使柳井俊二、日本前驻美国大使舜治谷、日本驻旧金山总领事田中信明和美国国务卿鲍威尔、美国前驻日本大使弗利等一批日美两国政要出席并发表演讲，旨在搞一场规模和影响均十分巨大的庆典活动。特别是安排了 13 名日本青年，开展了一场为期 3 个月的横跨美国东西部的长跑，并于 9 月 8 日这一天，从旧金山市的标志性建筑金门大桥上跑进旧金山。此举意在吸引世界传媒的关注。

二、愤怒的反击

人们不禁要问，日本为何投资巨款在旧金山搞如此庞大的庆典活动？其真实意图何在呢？

我认为，醉翁之意不在酒。日本此举真正目的是在鼓吹和试图巩固新时期日美联盟关系的同时，极力洗刷日本在二战中的罪行，拒绝向亚太地区各受害国正式道歉和赔偿。

世界抗日战争史实维护联合会秘书长谭思丹女士一针见血地指出："50年前的9月8日，日本和美国签订了《旧金山和约》的实质，是美国无视甚至出卖亚洲众多受害国的根本利益，一门心思袒护、豢养日本成为美国在东亚的走卒，冷战的堡垒。50年后，日美两国官方又在旧金山庆祝日美结盟50周年，中华民族遭受侵略屠杀的伤痛还没有愈合，日本军国主义至今还没有作出应有的道歉和赔偿，正义还没有得到伸张，这种庆祝活动本身就是对我们受害民族的侮辱，我们坚决反对！"

2001年9月8日，作者朱成山在美国旧金山与《南京浩劫——被遗忘的大屠杀》一书作者张纯如共同出席学术研讨会

　　面对日美两国政府大举庆祝《旧金山和约》签订 50 周年，世界抗日战争史实维护联合会、旧金山抗日战争史实维护会、日军侵华浩劫纪念馆、南京大屠杀索偿联盟等华人社团组织了五项活动：

　　1. 邀请日本艺术家赴旧金山演出话剧《再会》。由日本正义人士渡边义治编剧、导演和主演的二幕五场话剧《再会》，以日本滞留在中国东北的战争遗孤，受到中国人民的善待和抚养后又回到日本后的故事，揭露日本军国主义给中日两国人民造成的灾难，歌颂中国人民宽大的胸怀和友好之情，表达日本人民对侵略战争的反省和道歉。

　　2. "大屠杀：图片及受害人的见证"公众说明会。9 月 6 日上午，"大屠杀：图片及受害人的见证"公众说明会在旧金山市总图书馆举办。会上，展出 100 余幅历史图片，其中以南京大屠杀图片居多。南京大屠杀幸存者倪翠萍与韩国"慰安妇"金顺德、美国日本战俘代表泰德·乌勒特先后控诉了日军的暴行。日本律师协会会长土屋公献、美国犹太人受害者联合会会长贝士勒教授也作了发言。200 多人听了演讲，10 余家新闻媒体，包括日本 NHK 电视台作了采访和报道。

　　3. "强奸南京——日本 50 年否认历史与战争责任"国际学术研讨会。9 月 7 日至 9 日，在旧金山举行了为期 3 天的国际学术研讨会。会址被会议组织者特意选择在该市日本城内密也古饭店。这次会议主要是由加州大学柏克莱学院亚裔研究中心和南京大屠杀索偿联盟、世界抗日战争史实维护联合会等组织主办的，会议的主题"强奸南京"是根据华裔女作家张纯如所著的《南京浩劫——被遗忘的大屠杀》一书的英文书名而定，其中"RAPE OF NANKING"（强奸南京）几个字被会议的主办者刻意做成一排红色大字，而第一个字母"R"的第一笔画，被精心地做成了一把刺刀的形状，刀把上刻着"南京大屠杀"5 个中文字。

　　参加此次会议的有美国、加拿大、中国、日本、菲律宾、越南、韩国等国学者 400 余人，有近千人参加会议开幕式。开幕式上，全体与会者首先向南京大屠杀遇难者默哀 3 分钟。会上，美国加州大学王灵智教授、纽约大学希奥登教授、日本神户大学高木教授、加拿大维多利亚大学普莱士教授等一批国际著名大学知名学者作了学术报告，评论了《旧金山和约》的功过，抨击了日本政府利用该和约拒绝道歉和赔偿的做法为"不道义"和"新的犯罪"等。我也应邀在会上作了《论南京大屠杀之证据》的学术报告，幸存者倪翠萍也在会上作了控诉性的发言。同时在会上散发了"南京大屠杀幸存者倪翠萍见证资料卡"，受到了与会者的好评。

4. 华人和亚裔的街头示威活动。9月8日13：00开始，以日本外相田中真纪子和美国国务卿鲍威尔为代表的一批美日政要，以及各界来宾2000余人，在旧金山市政府大楼对面的旧金山歌剧院内出席纪念《旧金山和约》签订50周年的盛大庆典。因为50年前，就是在这个歌剧院内签订了《旧金山和约》。

从12：30开始，2000多名华侨及亚裔为主的旧金山市民，带着横幅、标语牌、白色气球，打着旗帜，敲着锣鼓，从四面八方拥到市政府大楼和旧金山歌剧院外边（两座楼隔街相对），高呼"日本可耻""日本道歉""还我公道""历史不能重演"等口号，高唱《团结就是力量》《松花江上》等抗战歌曲，数百面五星红旗迎风飘扬。笔者也应邀参加了示威活动，拍摄了一些音像资料，深深地被华侨们爱国热情的场面所感动。

5. "中国之怒吼——为抗日死难同胞而唱"大型广场音乐会。9月8日下午4时至晚间9时，在旧金山市政府大楼前面的联合国广场上，举办了有两万人参加的广场音乐会，这是旧金山有史以来最大的华人户外音乐会，高唱《松花江上》《大刀进行曲》和《游击队之歌》等抗战歌曲，尤其是由120名中国人演唱的《黄河大合唱》，向日本军国主义发出了怒吼之声。中国内地歌手关贵敏、黄阿勇，以及中国台湾《车站》歌曲的原唱人张秀卿等一批著名歌手，纷纷登台演唱。

在音乐会上，中国驻旧金山总领事王云翔应邀到会并在讲话时指出："如今日本伙同美国大肆庆祝《旧金山和约》，这是在向二战中曾受到伤害的中国和亚洲国家人民伤口上撒盐，是对中国和亚洲国家民族感情的践踏。"我与南京大屠杀幸存者倪翠萍，也被邀请登上舞台，与到会群众见面并作了简短的致辞。

三、战争亲历者为历史作证

2001 年 9 月初的美国旧金山，已经是秋天时分。从太平洋上吹来的阵阵冷风，使生活在这儿的人们顿感丝丝凉意。

应世界抗日战争史实维护联合会的邀请，我偕同南京大屠杀幸存者倪翠萍来到旧金山。

9 月 4 日，《世界日报》记者刘开平率先对倪翠萍进行了采访。次日，该报以"伴随六十四年、伤痕历历在目，倪翠萍亲历南京大屠杀、控诉日军血腥暴行、自大陆来美为历史作证"为题作了报道，并配发了倪的照片。

9 月 5 日上午，无线电视台、三藩市（旧金山市）电视台以及《世界日报》《星岛日报》《侨报》的记者，分别来到下榻的饭店对倪老和我进行了专访，26 号电台还对我们进行一个小时的直播采访。

同日下午，会议主办单位召开了新闻发布会，美联社、《纽约时报》《三藩市记事报》等英文媒体以及中文媒体均派记者与会报道。美联社、《纽约时报》《三藩市记事报》均刊登倪翠萍为历史作证的消息，并全部配发了倪老伤疤照片。

75 岁的倪翠萍，除了接受众多的美国媒体采访外，还先后在公众说明会和国际学术研讨会上控诉了亲身遭受的伤害。她说：

"1926 年 10 月 22 日，我出生在南京朝天宫黄泥巷。我 11 岁那年，也就是 1937 年底，当时日军飞机频繁轰炸南京，很多人外出躲难。我的父亲倪恩金（46 岁）是煤炭店的伙计，无力带领家人逃往外地。他和我母亲倪李氏（45 岁）带着我，与我的祖父倪寿根（70 多岁）、祖母倪王氏（60 多岁）一起，搬到南京城西郊江东门与上新河之间的积余村，那里距离现在的侵华日军南京大屠杀遇难同胞纪念馆不远，我的叔叔（29 岁）、婶婶（26 岁）住在那里。

"当时，上新河一带驻扎了很多中国守军，我的叔叔家被占为部队营房，我的家人被迫搬离。我依稀记得，全家人在一处四面是水塘的空地上搭建草棚住了下来。

"12 月 13 日，日军占领南京。当时，我的家人已经没吃好几顿饭了，因为害怕烧饭冒出来的黑烟会引来日军飞机丢炸弹。那天上午 11 点左右，我的父亲准备到河边洗菜，但还未到河边，来了 3 个日本兵，连开 3 枪将他打死。我的母亲听到枪声跑出来，也被日军一枪打死。我从棚子里跑出来，还未喊出声，左肩膀中了一枪，鲜血直流，我倒在地上疼得直打滚。

"当天中午，我的祖父请来一个人，准备动手将我的父母就地掩埋。这时，又来了两个日本兵，他们用枪托往我祖父头上砸，脑浆都出来了，祖父也死了。那个请来的人惊吓之下，昏倒在地，得以幸免。

"后来，我家的幸存者又搬回到原先积余村的住所。

"大约 20 天以后的一天下午，来了 4 个日本兵，轮奸了怀有 7 个月身孕的我的姊姊。其间，我的奶奶下跪求饶，日本兵根本不予理睬。叔叔忍受不了，与日本兵拼命，结果死于乱枪和刺刀之下。我的姊姊受尽蹂躏，当天夜里发高烧大出血而死，肚子里的孩子也夭折了。

"我家仅剩下我和年迈体衰的老奶奶，我成了孤儿。

2001 年 12 月 11 日，作者朱成山（右一）与南京大屠杀幸存者夏淑琴（右四）、骆中洋（右三）赴美国旧金山参加证言集会

"失去生活依靠的我被舅父收养。我的左肩中了一枪，骨头被打断。由于当时生活贫困，无钱医治，我的舅母用手将子弹头从我的肩部抠出来。我的伤口因此严重感染，长时间流血流脓，头发与脓血粘结在一起，生了蛆虫。3年后，才基本愈合。但是，肩部留下了较大的伤疤，每到阴雨天，仍隐隐作痛。此外，还留下终身难以治愈的后遗症——左手上举不能超过头部。

"我的舅父在南京城内以挑高箩、叫卖小杂货为业，生活极度贫困。当我身体有所好转之后，由于身体残疾，在城里找不到工作，便前往长江北岸的浦口农村打工，以后在那里结婚成家，生有一个女儿。"

倪翠萍辛酸与痛苦的回忆，深深打动了许多美国人的情感。他们有的当场流下同情的眼泪，有的主动与倪合影留念，有的还买来小礼品赠予倪老，以表达他们尊敬和安慰的心意。

在旧金山的短暂时间里，我们多次与韩国"慰安妇"和美国、新西兰国籍的日本战俘会面，有时是同台演讲、同桌就餐、同车去会场，彼此熟识起来。他们和我们一样，也是应当地华人社团组织的邀请，前来旧金山作证的。

四、不谐之音与正义之辞

日美两国庆祝《旧金山和约》签订50周年拉开了一道闸，把包括中国在内的亚洲各受害国遭日军侵略、奴役和屠杀的历史重现出来，还把日本修改历史教科书、参拜靖国神社等否认历史的拙劣表演浮现出来，遭受侵略屠杀的伤痛还没有愈合，今天又出现新的问题，各方人士站在不同的立场上，对《旧金山和约》有着不同的评说和估价。

日本外相田中真纪子："日本战后经济处于崩溃边缘，正是美国的帮助使日本迅速从战后萧条中恢复。《旧金山和约》使日本重新回到国际社会中，并开始民主、政治、经济等多方面的建设。经过50年的发展，日本变成经济强国，其经济地位仅次于美国。日本很感谢美国的帮助。"

美国国务卿鲍威尔："《旧金山和约》给战后的世界确定了基本的发展框架。日本经济发展迅速，目前是仅次于美国的第二经济大国。日本经济的稳定与发展是整个亚洲地区经济健康发展的保证。日本在东亚以及世界都起着重要的作用。"

中国驻旧金山总领事王云翔："《旧金山和约》本身就有很多问题。日本是战争发动者，中国是受害国。在没有中国参与的情况下，美国单方面同日本签订了和约。因此，严格地说，中日之间道歉等事宜从来就没有一份正式书面协议。"

中国台湾前"立委"朱高正："《旧金山和约》是冷战的产物，该和约牺牲了国际正义，侵犯了中国的主权。在该和约签订50周年之际，美国应该深刻反省，并向中国人民道歉。"

美国加州大学柏克莱学院王灵智教授："《旧金山和约》使日本逃避战争责任，使日本成为美国在远东和东南亚的永久性军事基地。这个和约既没有带来和平，也没有导致日本的真正独立，更糟的是，该和约对日本战争罪行、侵犯人权以及日本向战争受害者道歉、赔偿等问题避而不谈，该和约开启了日本和亚洲国家之间互不信任的征途。最新的研究成果表明，（当时）美日两国合谋，掩饰日本的战争罪行，并拒绝战争受害者寻求正义的权利。美日两国应该借纪念《旧金山和约》50周年之机，自我反省并忏悔。"

美国海军退伍军人毕戈罗大声疾呼："只有在他们（指日本）对自己的行径有所认识的时候，这个条约才算得上真正生效。"

美国华裔青年女作家张纯如："《旧金山和约》有三重背叛：第一背叛了数千万被日军杀害的亚洲国家人民、20万'慰安妇'、731细菌部队的受害人及被迫为日本做奴工的美军战俘。仅在中国估计有1900万至3500万人被杀害。第二，背叛了'和约'本身。据《旧金山和约》载明：只要日本有经济能力，日本就必须作出战争赔偿。现在日本是世界最富裕国家之一，但是，在美国的怂恿下，日本至今没有赔偿受害人。第三，美国当时袒护日本是因为冷战，现在冷战已经结束，但美国继续掩饰日本的战争罪行，这是第三重背叛。美国对欧洲的二战受害者和亚洲受害者采取双重标准。"

日本投资300万美元大举庆祝《旧金山和约》签订50周年的活动，在旧金山华人和亚裔人士的强烈抗议声浪中鸣锣收兵，却留下一连串未完的话题，给中日关系乃至世界和平与发展投下新的阴影。

关于道歉与赔偿问题，各家意见不一，有着各自的立场，也反映了不同的历史观。

9月6日，日本前驻美国大使舜治谷，在纪念《旧金山和约》签订50周年国际学术研讨会上抱怨说："我们对那些遭受苦难的人士表示深切的同情，不幸的是，我们的道歉从未被接受，我们的道歉需要重复多少次？"

另一位日本前驻美大使柳井俊二也在此次纪念大会上异口同声地说："日方已多番道歉，参拜亡灵合理。"

对此，中国驻旧金山总领事王云翔批驳说："日本文过饰非。日本政府从来没有向中国政府作过正式书面道歉。"

加拿大维多利亚大学普莱士教授说："根据日本的法律，只有通过日本国会的授权，日本首相才能签署'国书'进行道歉。因此，1995年村山富市首相为代表的口头道歉，这是首相的个人行为而已。"

9月8日，在纪念《旧金山和约》签订50周年纪念大会上，日本田中外相在演讲中称："战争赔偿的问题已经在50年前《旧金山和约》中获得解决。"

日本驻旧金山总领事田中信明也说："在战后赔偿方面，美国政府在当时的《旧金山和约》中主动放弃索赔的权利。"

美国国务卿鲍威尔同意此观点，他在跟田中外相在旧金山举行工作午餐会后表示："美国的立场认为，签署《旧金山和约》后，那些要求（指赔偿要求）已经无效。"

对此，日本神户大学法律系高木教授在国际学术会上批驳道："当初中国仗打输了（指甲午战争），日本让中国赔偿占当时整个中国一年半总收入的白银。而日本人仗打输了（指侵华战争），却不愿赔偿给中国。请问这是什么逻辑？虽然日美两国在50年前签订了《旧金山和约》，称战争赔偿问题已经解决了，但联合国有文件规定：如果是严重的战争犯罪，没有任何一个国家以任何理由免除战争的责任。"

美国纽约大学希尔登教授在国际学术研讨会上说："美国掩盖日本战争的罪行，是担心因此产生骨牌效应，导致人们追究美国在韩国和越南的战争罪行。"

美国国会议员麦克·本田（曾在加州众议院提出并获得通过要求日本赔

偿道歉案，现为美国众议院议员）指出："道歉和赔偿应该是一件简单的事，但经过 50 多年的争取，证明事情并不简单。尽管有很多困难，但我们的目标不变。"

9 月 6 日，在纪念《旧金山和约》签订 50 周年国际学术研讨会上，美国前驻日本大使弗利说："日本战争罪行程度不及纳粹。因为纳粹德国对犹太人实行的是'系统性'的灭绝种族的大屠杀，虽然日本也对无辜百姓做了坏事，致使亚洲人民深受其害，但相比较之下，日本是在部分地区进行局部屠杀。"

对弗利此番狂言，旧金山高等法院女法官邓孟诗立即站起身来反驳道："弗利犯有严重的种族歧视，在他的眼里，黄皮肤的人所受的灾难不算什么，只有白人的苦难才是苦难。此外，弗利对法律基本原理不清楚，那就是，所有的犯罪行为都要受到惩罚，而日本至今没有。"

日本前首相宫泽喜一 9 月 6 日在旧金山指出："中国在未来的几十年中仍然将保持社会主义制度不变，其政治主导思想更加趋向民族主义，中国社会不可能变得像其他邻国所期望的透明度。随着中国经济实力的增长，中国的军事力量也不断增长，令国际社会感到忧虑。日本应当对此多加小心，随时关注中国军事力量的成长。"

中国驻旧金山总领事王云翔对宫泽的发言反唇相讥说："中国的军费预算只是日本军费的 1/6。中国幅员辽阔，发展军事现代化是正当的防卫基础。日本民族主义才真正值得世界人民的关注和警惕。年轻人被修改过的教科书误导，极右军国主义分子一直没有停止活动。日本不正视历史，篡改历史，这正是狭隘民族主义的表现。"

五、"9·11"，美国人重识南京大屠杀

我在赴美之前，中央外宣办主任赵启正交代我，在旧金山找一个展览大厅，当年年底要在旧金山举办南京大屠杀史展览。由于美国展馆都需要一年前预订，当时只有圣玛丽诺教堂展厅有空。我与圣玛丽诺教堂联系了，可是教堂认为"南京大屠杀"涉及政治内容，以教堂不介入政治为理由婉言拒绝了我。

9月11日凌晨，我结束此次旧金山之行飞回上海。

当我乘坐的飞机在天上飞行时，"9·11"事件发生了，恐怖分子胁迫两架飞机撞击美国纽约世贸大厦和华盛顿五角大楼。

飞机在上海落地后，在浦东机场听到这个消息，看到连续播放的电视画面时，我非常震惊也为自己庆幸。如果再晚一刻我就出不了美国了，因为当时美国已宣布进入战争状态，所有飞机都不能离境。

"9·11"事件使美国颤抖、世界震惊。在震惊之余，人们陷入了深深的思考。怎样谋求世界和平、稳定与发展？如何共同反对恐怖、暴力与战争？人类不要仇恨、不要流血、不要悲剧！而为了悲剧不再发生，唯有吸取历史的教训，国家和民族之间应该致力于宽恕与和解。

然而，宽恕的前提是对历史的承认与尊重，和解的基础是民族之间的平等与真诚。作为加害者来说，切不可把受害者的宽大当成软弱，更不能恃强凌弱，恣意愚弄受害者的感情。

我想，透过中国人以及世界上其他国家正义人士在旧金山的怒吼之声，半个世纪前签订的《旧金山和约》留下的种种问题，难道不正是在新的世纪里谋求和平与发展而应该解决的一道深刻而重要的课题吗？

这一事件也改变了旧金山圣玛丽诺教堂对于"南京大屠杀"的认识。过了20余天，从旧金山传来消息，美国圣玛丽诺大教堂不仅同意租借教堂的展厅给我们办展，而且主动提出来和我们合办一个和平祈祷仪式。

为什么南京人在美国旧金山开展的和平活动，能得到美国主流媒体、政府官员、宗教领袖和美国民众的支持和热情参与？主要是南京选择举办活动，是在美国发生"9·11"事件之后，一向傲慢的美国人开始知道和平的分量，反战争、反暴力、反恐怖开始成为世界性的潮流。

这是重大的转折，这是新的升华，这是巨大的跨越！

六、五大宗教共祈和平

2001年12月13日晚，我走进了旧金山圣玛丽诺教堂，教堂内一片肃穆、凝重。

这座教堂讲坛前摆有花篮，入口处竖立着"向 30 万死难者致哀"的巨大宣传板。白底黑字的南京大屠杀遇难者名单墙下，点燃了象征南京大屠杀 64 周年的 64 支蜡烛。烛光在空气中微微颤动着，就如死难同胞羸弱而不屈的灵魂，也象征着黑暗中执着燃放的光明。

参加祈祷仪式的有 1500 多名来自不同国家、具有不同肤色、拥有不同宗教信仰的人们，共同悼念 64 年前在南京大屠杀中遭到屠戮的 30 万遇难者，以及不久前丧生于"9·11"事件中的人们，并祈祷世界和平。

旧金山当地天主教、基督教、伊斯兰教、犹太教和佛教等宗教领袖、政界、文化界人士、旧金山湾区的华人、中国驻旧金山总领事馆的人员出席了这个活动。

7 时整，中国铜锣的 7 声锣响揭开了和平祈祷仪式的序幕。美以美教会牧师唐志天宣布祈祷仪式开始，并向听众介绍了从中国前来参加仪式的南京大屠杀幸存者骆中洋和夏淑琴。大家热烈鼓掌向两位老人表示敬意。我和旧金山日军侵华浩劫纪念馆馆长熊玮分别以中、英两种语言向来宾介绍了南京大屠杀的历史真相。

然后圣玛丽偌大教堂的神父奥康纳、犹太教祭司皮尔斯、旧金山伊斯兰教协会主席索莱门哈里以及三宝寺的满一法师分别以不同的宗教仪式，对在 64 年前被侵华日军残酷屠杀的死难者表示深切哀悼，并共同祈求人类和平，远离战争和暴力。仪式中穿插有管风琴伴奏、修女唱诗、牧师演唱《上帝的祈祷》和二胡独奏《江河水》以及古筝演奏等。

中国驻旧金山总领事王云翔、旧金山市参事余胤良、美国联邦参议员范士丹的代表、联邦众议员本田的代表以及旧金山市长布朗的代表分别致词。他们肯定了举办这次和平祈祷仪式的重要意义，共同谴责屠杀暴行，呼吁维护历史真相、防止人类悲剧重演。

南京市副市长陈家宝在发言中说，南京大屠杀不仅给南京人民带来永不磨灭的苦难记忆，也是对人类文明的无情践踏。他说，举行和平祈祷仪式的目的是追悼死者、祈求和平、伸张正义、寻求人类的共同发展。

《南京大屠杀》一书的作者张纯如在仪式上说，64 年只是人类的一瞬间，但当人们扪心自问后，发现互相屠戮的恶性循环并没有结束，人类至今生活在比当时南京大屠杀发生时更危险的境地中。她希望纪念南京大屠杀事件和追悼死难者，人们也为人类的未来而祈祷。她攥紧拳头激动地说，在世界历史上很少有暴行能与南京大屠杀相比拟，举行这个祈祷仪式就是希望世人从中吸取教训。一名摄影师捕捉到了张纯如在祈祷时泪光闪动的镜头。

奥康纳神父说，悼念无辜被屠戮的人们，最终要带来原谅和和解，每个人都应从内心播下和平的种子，让新世纪充满和平的阳光。

祈祷仪式这天晚上，我与美国基督教、天主教、犹太教、佛教、伊斯兰教等五大宗教领袖、南京市副市长陈家宝、张纯如和其他人，排成一排坐在教堂前台上，教堂内凝重、肃穆的气氛令人泪下。在那一刻，和平超越了国界，超越了意识形态，超越了语言交流障碍，使到场的每一个人，包括我自己，都受到了心灵的震撼和洗礼。和平是人们共同的心愿。

与此同时，也促使我反思，研究、展示和传播历史的价值与目的是什么？研究历史的目的不仅是为了现在，更是为了将来的和平构建。人类和平美好的生活，应当是我们所要追求的终极目标。

2001 年 12 月 13 日晚，在美国圣玛丽诺大教堂内，由美国五大宗教团体领袖主持和平祈祷仪式

　　仪式在舒缓绵长的管风琴乐曲中结束。正在这时，一场暴雨突然降临，不期而遇。似乎上天也为这群不同国家、不同种族、不同信仰的人的虔诚祈祷而感动。

第十二章

5万市民和平祭大游行

2002年12月，是南京大屠杀30多万死难者遇难65周年，在南京城西的水西门大街上，我们就曾经破例举办了一次有5万多名市民参加的大游行。

一、为什么不试一试

2002年12月13日晚，为纪念南京大屠杀30万同胞遇难65周年，我们组织过一场南京市民的和平大游行，这是我工作生涯中最有成就感的组织活动之一，更是我人生中最为激动心灵的珍贵记忆。直至今天，10多年前激流涌荡的烛光海洋仍常常浮现在我的眼前，而筹备组织巡游的幕后故事，同样也常常盘旋在心头……

举办烛光巡游活动的灵感产生于日本，我曾多次受日本和平人士邀请赴日，在东京、大阪、广岛等城市参加过游行活动。

记得在日本的大街上，我与伙伴们手举标语横幅，一路宣扬南京大屠杀历史真相，曾与日本右翼势力狭路相逢时振臂高呼、针锋相对。

我认为游行形式现场气氛热烈、群众性参与性强、影响辐射面广。

我是个有闯劲的人，凡事都想试试，尤其是别人没有干过的新鲜事。找谁帮助实现呢？我想到了一位战友。

这位战友与我都在南京军区司令部当过兵，服役时间长达20年。在部队的时候，南京军区司令部直属队有支篮球队就挂设在我所在的部队里。他爱好打篮球，经常来我们部队切磋球艺、锻炼身体。一来二往，彼此间熟悉了。

后来，这位战友和我都转业到南京市工作，他被分配到南京市政府办公厅，我则到了中共南京市委宣传部。

再后来，这位战友走上了地方政府领导岗位，先在南京市白下区当区长，后又调到建邺区工作，而遇难同胞纪念馆所在地江东门，就在建邺区范围内。

那一天，我突然接到建邺区委办公室主任的电话，说他们的区领导要来拜访我。我觉得应该先去。

我正要准备去建邺区汇报时，区领导已经出现在我的办公室门口。他笑着敲敲门说："老朱啊，你不欢迎我吗？"

我连忙上前，一把抓住他的手说，你们亲自来，太好了，今后请多关照！

他们对我说："你这个岗位十分重要，今后有什么要我们建邺区支持的，你不要客气，尽管打电话给我们。"

话虽如此，我还真的没有打扰过建邺区。这一次，我想找他们试一试。

当我在电话里说清楚想法后，区委领导快人快语，对我说，他们区委新来了位宣传部长卜宇，请他在10分钟内到遇难同胞纪念馆和我详细谈谈，看他们怎么帮助我。

真没有想到，区委会这样相信我、支持我。更没有想到的是，这件事竟然神奇般地实现了。

我向当时建邺区委领导进行了汇报后，经过多方努力，终于同意。我所知道的是，建邺区委与遇难同胞纪念馆一起，联合行文请示中共南京市委、市政府，要求组织巡游活动。我不知道的是，区领导与市委、市政府哪些领导同志汇报过、沟通过、协调过，并最终说服市领导和有关部门批准我们组织游行活动，个中一定费了不少精力，因为这不是件容易的事。说心里话，至今我还对这位书记心存感激之情。

二、赶快去组织活动

卜宇部长与我也是老相识、老朋友。后来，他先后担任中共南京市委宣传部副部长，市文明办主任，南京日报社总编辑，南京广播电视集团党委书记、董事长，南京广播电视台台长，江苏广播电视总台（集团）党委书记、台长、董事长。

1990 年前后，我在市委宣传部，他在市委办公厅，工作中经常有接触、有合作、有交流。我知道，他是个会干事、能干事、干成事的人。

卜部长接下区委交办的任务，在市里有关方面正式同意组织活动后，他多次来馆与我商量，尤其在现场感策划上动了不少脑筋。比如，他从纪念馆至和平广场总长约 2500 米的水西门大街两旁，安排布置了鲜花，插上一些与祭奠主题相关的标语，并沿途拉上电线，临时安装了许多个小喇叭，用以播放《安魂曲》。

卜部长还鬼使神差般地弄来了 65 部钢琴。据说，他把南京艺术学院、南京晓庄学院艺术系等高校的钢琴，还有一些乐器专卖店的钢琴，都设法借了过来，并借用了共建部队的军用卡车运输。这些钢琴，不仅数量多、体积大，而且娇气，搬起来还真的有点不容易。

卜部长精心设计并订制了巡游者手中的灯。考虑到香烛会"流泪"，烛泪会烫手，还有巡游路程相对较长，加之晚风习习容易吹灭灯光，所以专门订制成一盏盏透明的玻璃小碗，将红烛放置在中间。这种人性化的考量，在巡游的过程中发挥了重要的作用。

最后，卜部长又弄来一块高达 2.5 米、宽约 1.2 米的大石头，镌刻上"和平广场"4 个大字，描上红漆，立在巡游的终点——莫愁湖公园门口右侧，使得活动主题更加突出。

2002 年 12 月 13 日上午 10 时，南京大屠杀遇难同胞 65 周年悼念活动在遇难同胞纪念馆里举行，南京市主要领导人在集会上讲话。他说："今天，我们在这里重温历史，悼念遇难同胞，就是为了警策世人，以史为鉴，永远不让历史的悲剧重演。南京人民将一如既往地同全国人民一道，共同推进世界和平与发展的崇高事业。"

为了痛悼遇难同胞、呼吁世界和平，当天下午，人们在遇难同胞纪念馆里再次集聚。

李秀英、夏淑琴等南京大屠杀幸存者代表来了，他们中间还有一位来自台湾的幸存者王之民老人；日本、美国、加拿大的国际友人来了，他们中间也有林伯耀、林同春等爱国老华侨；南京大学、东南大学、晓庄学院的同学们来了，跟随着他们的有不少自发参与的老师；还有机关干部代表来了，社区居民代表来了。

下午3时，我突然接到市委宣传部的电话，时任中共南京市委常委、宣传部长王燕文把我叫到机关办公室，说市公安局报告市委，因和平广场周围有房屋拆迁户，公开悬挂出了不少条标语，矛盾较大，建议取消巡游活动。

我知道王部长处事干练，考虑缜密，并对遇难同胞纪念馆工作一向是关心和支持的。此前的巡游活动筹备阶段，一直得到她的充分肯定和帮助。可以说，没有她的鼎力支持，这项活动根本不可能得到有关部门的批准和同意，也不会筹办到这个地步。但作为市委领导同志，统筹考虑大局是必要的，毕竟社会稳定是大事，活动过程中的安全更是要慎之又慎的。

王部长与我商量："成山同志，如果现在取消这些活动行不行？"

我回答说："不行！因为有许多来自海内外的国际友人在场，有许多国内外的记者在场，还有各界群众在场。如果取消，会造成很大的负面影响。"

王部长肯定我的说法："你说得对，绝对不能取消。我们再等等看吧！"

正在此时，市委主要领导打电话给王部长，询问巡游的有关情况。王部长坚持按原定方案举办活动，得到了市委主要领导同志的肯定与支持。

王部长从沙发上一跃而起，说："成山，你赶快去组织活动，我马上也会到巡游活动现场去。"

三、把我们的血肉筑成新的长城

我立即离开市委大院，赶回到遇难同胞纪念馆里。

此时，天色已晚，巡游的队伍集合整齐，人们已经点亮了手中的红烛。烛光在晚风中微微闪动着，像一颗颗颤栗的心。

我像是步入了一个灯的海洋，场面非常壮观。

悼念广场上空，《安魂曲》低徊，轻揪着人们柔软而悲悯的心。

我一看手表，已是下午 5：30，预定的巡游时间已到，随即通过麦克风，代表巡游活动的主办单位，向参加此项活动的所有人士表示感谢。然后，我正式向众人宣布："悼念南京大屠杀 30 万遇难同胞 65 周年烛光巡游活动，现在开始。"

立即，巡游队伍像水银泻地般地涌动了起来，一条由烛光组成的长龙步出遇难同胞纪念馆大门，走向水西门大街。

走在这支队伍最前面的是 10 位少女，她们手持一条印有"悼念南京大屠杀 30 万同胞遇难 65 周年"的蓝底白字的横幅，沿着大街缓缓前行。

在巡行队伍中，坐在轮椅上的李秀英老人沉静安详。当年，她为反抗日军施暴，被日本兵刺了 37 刀。今天，老人说出了最想说的一句话："我们不要战争，我们要和平。"其他白发老人们相互搀扶着，仍然不忘记手中的烛灯。

2002 年 12 月 13 日，在南京水西门大街举行"悼念南京大屠杀 30 万同胞遇难 65 周年"烛光巡祭

　　复旦大学的教授赵建民老先生，专门从上海赶来参加巡游。他说："和平与发展是当今世界的主潮流。呼唤和维护和平，就是要防止像南京大屠杀这样的野蛮践踏人权、实行军事恐怖统治的历史悲剧重演，就是要批驳否认历史、美化侵略战争的谬论。"

　　在巡游队伍中，一位身材高大、头发金黄的老外格外显眼。他名叫Tony，来自新西兰，在南京某学校担任英语教师。他从报纸上得知南京要举办这次活动后，踊跃报名参加这个游行集会。Tony 觉得南京大屠杀是人类罕见的国际恐怖事件，他希望通过巡游活动呼吁更多的人反对战争、反对恐怖、反对暴力，希望全世界人民都能在和平的环境中生活。

　　美国旧金山抗日战争史实维护会会长吕建琳在队伍中边走边说："悼念30 多万遇难同胞，心中非常难过。参加巡游，感慨万千。和平友好应该建立在平等的基础之上，建立在深刻反省、尊重历史和以史为鉴的基础上。"

　　日本福冈县江苏省民间友好交流团，打出了醒目的横幅，上面写着"前事不忘，后事之师"。

　　日本东铁路工会的 97 名员工来到了现场，参加了烛光巡游。每年的 12 月 13 日，该组织都会派员参加南京和平集会，已经先后有 1000 多人参加过。那天，他们打出的横幅上写着"绝不忘记 65 年前的南京大屠杀，绝不忘记中国人民的愤怒和痛哭"。

　　来自熊本县的日本留学生樱井忍，手捧着嵌有用紫金草花瓣做成的两个大大的汉字"和平"的玻璃镜框，走在巡游队伍里显得非常突出。她的身旁，另一位日本青年则高举着日本和平《宪法》第九条"不承认国家的交战权"匾牌。

　　白发苍苍的老华侨林伯耀先生和日本铭心会访华团团长松冈环女士，两人共同拉着一面印有"前事不忘，后事之师"的红色旗帜，上面签满了日本友人的名字。林先生说，这次巡游把南京大屠杀这段历史传达给日本人民和世界人民，很有意义。

　　"把我们的血肉筑成我们新的长城"，巡游队伍中有人高唱起国歌。"这是《义勇军进行曲》。"队伍中，来自台湾的南京大屠杀幸存者王之民老先生说，"在台湾，我们也唱。"

在长长的烛光队伍中，来自台湾的马鉴一博士和芦懿娟夫妇牵着 9 岁的女儿，手举着 3 盏烛灯，一同在大街上巡游。他们是专程自费来参加这项悼念活动的。芦女士声音柔软但语气坚定地说："日本教科书要抹杀这段给南京人民、中国人民带来刻骨铭心的历史，包括台湾同胞在内的每一个中国人都十分气愤。之所以要带女儿来参加，就是想要她不忘这段历史，从小懂得爱好和平。"

《北京青年报》的记者作了如下生动的现场报道："1000 人的队伍，1000 盏烛光灯，在宽敞的水西门大街上，缓缓行进；2500 米的长路，45 分钟的路程，一步步踏得凝重。风轻了，心重着，30 多万无辜的亡灵啊，我们用烛光祭奠您；夜黑了，心亮着，南京大屠杀 30 万同胞遇难 65 周年的这个寒冬，我们用烛光呼唤和平。"

《新华日报》的顾雷鸣、俞巧云、耿联、王晓映等 4 位记者，联合采访发表了一篇题为《烛光祭》的特写，开头有这么一段文字：

> 寒冬早来的夜色仿佛庄重的黑色幕帷。13 日下午 5：30，一支由南京各界人士、海外同胞和国际友人 1000 多人组成的"烛光祭"巡游队伍，从遇难同胞纪念馆悼念广场出发，缓缓走上水西门大街。这个夜晚，呜咽般的《安魂曲》从南京西部扩散开去，1000 多盏红色小灯汇成血色之光，烛照着南京人 65 年来的疼痛记忆。

道路两旁挤满了围观的人群，默默地向前进的烛光巡游队伍行注目礼。水西门大街的双向车道临时管制变成单向车道，许多车子不走了，停在半路上观看。

从四面八方赶来的市民们自发地加入巡游队伍，有人自称特意从新庄打的过来。游行的队伍不断地扩大规模，人数急剧增长。年轻的学子、年轻夫妇、扶老携幼的家庭，越来越多的南京人自发地加入，游行的队伍演变为人潮，又由人潮演变为人海。

许多市民临时从商店里买来了白色的蜡烛点亮后举在手里，默默地跟随着巡游队伍行进。而从遇难同胞纪念馆出发的千人队伍配置的是红蜡烛。于是，红烛方阵的后面，跟随着一条长长的白烛方阵。

烛光巡游的终点是莫愁湖边上的一处小广场。小广场正对水西门大街的入口处，立着一块披着红绸布的大石头。南京大屠杀幸存者代表李秀英揭下了绸布，显露出上面的"和平广场"4 个大字。

人们纷纷将一路捧来、悉心呵护的蜡烛放在和平广场上。顿时，这里一片光明。

和平广场的正中间，一只大鼎内正燃烧着熊熊大火，红彤彤的火苗散发出耀眼光芒，照亮了夜空。

沿湖水边放置着 65 架钢琴，每架钢琴上摆放着一朵小白花。65 名少男少女们一齐奏响了《和平颂》，乐曲声汇集了人们对亡灵的缅怀，对历史的反思，对和平的祝愿。动人的乐曲萦绕在广场上空，回响在天地之间，在夜幕中传得很远很远。

5 名白衣少女齐声朗诵，代表了在场数万名南京市民的心声："65 年前，30 万同胞用鲜血写下了永远翻不过去的一页历史。今晚，我们在烛光下祭奠，不仅是抚摸历史的伤痛，更是为了呼唤永久的和平。"

第十三章
祭祀活动融入和平主题

和平是人类永恒的主题。但在工作实践中，如何融合其中，往往不那么容易。

2001年12月，在美国旧金山举办展览和祭祀活动的经历中得到感悟，也成为我到遇难同胞纪念馆工作后思想转变的一个分水岭：即在此之前的10年期间，我一直忙于为南京大屠杀的历史鼓与呼；此后，我坚持为这段历史呐喊的同时，开始致力于讴歌和平。其中最为突出的，就是围绕历史与和平两个主题作了一系列努力。

一、集会融入和平主题

参加旧金山圣玛丽诺教堂的和平祈祷仪式，是我一生中最为难忘的经历。我站在祈祷人群中，感受着现场庄严、神圣的氛围，我深切体会到，和平是超越任何国界、党派的，是全人类共同的期盼。

这一经历也影响了我的办馆思路。在此之前，我一直在为南京大屠杀30万冤魂呐喊；而此后，我更多地思考求证历史的根本目的是为了和平与发展。

在我的呼吁和建议下，南京每年祭奠遇难同胞增添了和平的主题。南京开展国际和平活动，犹如打开了闸门的洪流，一波接着一波。

2002年12月13日上午10时，凄厉的警报声再次响彻古城南京上空。

江东门纪念馆的悼念广场上聚集着黑压压的人群，他们神情悲恸，低头沉思肃立。洁白的花圈敬献在纪念碑前，一位青年在集会上激动地代表南京市人民颂读了《和平宣言》：

> 65 年前的今天，侵华日军制造了惨绝人寰的南京大屠杀，日军的暴行给古都南京人民留下了刻骨铭心的伤痛。中国人民是热爱和平的，无比珍惜来之不易的和平环境，珍惜同各国人民之间的情谊，愿同各国人民一道共同推进世界和平与发展的崇高事业。我们反对战争暴力，反对恐怖主义，反对任何形式的危及平民生命和财产安全的非正义行动。和平，是我们赖以生存的基石；和平，是我们构筑未来的天空。今天，南京人民祭奠 30 万亡灵的每一朵白花、每一束烛光，都在阐述着这个朴素的真理。让我们在这片铭刻着历史的记忆，也充满着生机与活力的土地上，播种一个共同的心愿吧：人类不要战争，世界需要和平！

2009 年 12 月 13 日，青年代表韩永联在悼念侵华日军南京大屠杀 30 万同胞遇难 72 周年仪式暨南京国际和平日集会中朗读和平宣言

宣言者是南京市青年联合会代表韩永联。在 2002 年，悼念活动上除了领导讲话，首次出现了市民的声音。集会名称也增添了醒目的和平字眼："悼念南京大屠杀三十万同胞遇难六十五周年仪式暨南京国际和平集会"。

和平宣言在对遇难同胞表示哀悼的同时，增加了和平文化传播和对现实世界和平问题的高度关注的内容。"宣言"集中体现了南京人民的和平理念随着新世纪的到来而不断升华。不难看出，《南京和平宣言》不但一再旗帜鲜明地表达了南京人民对历史的认知立场，体现了南京人民热爱和平、追求和平的精神，也间接反映了南京人民对和平的理性把握及和平学术研究的进程和水准。

细心的人会发现，此次悼念活动也突出了国际性。前往参加活动的不仅有来自中国各地的代表，也有来自日本、美国、加拿大等国的友好人士以及华侨华人等，其中来自日本的就有 130 多人。

随后，《五月的鲜花》《紫金草，和平的花》《和平颂》等歌声，把集会推向了高潮。3000 多羽白鸽被放飞，表达了人们热爱和平、呼唤和平、促进发展的强烈愿望和共同心声。

此次系列活动除了悼念集会，还有"历史证人的脚印"铜版路落成典礼，"历史昭示未来"书画摄影展，《南京战·被封闭的记忆》中文版、《东史郎谢罪》连环画册、《远东国际大审判》等书籍的首发式，追思——南京大屠杀同胞遇难六十五周年祭日交响音乐会，南京国际和平青年论坛和"烛光祭"等活动。从 2002 年起，"12.13"纪念日已经具有了追求人类和平、传播和平文化的世界性意义。南京的悼念活动开始融入了普世价值。

二、为历史铸一口和平大钟

2003 年 12 月 12 日，南京迄今最重、最大的一口铜钟——"和平大钟"，在遇难同胞纪念馆内正式落成。

是年 12 月 13 日，在悼念南京大屠杀 30 多万同胞遇难 66 周年仪式暨南京国际和平日集会上，"和平大钟"第一次被撞响。

这是一口具有历史意义而又面向未来的大钟，我作为这口大钟铸造的主要策划和设计人之一，至今难忘其铸造的背后有着一连串曲折动人的故事，以及所凝聚的海内外许多爱国人士的关心和智慧。

耗费 8 年时间铸成的大钟

为南京大屠杀历史铸一口大钟，告慰 30 多万遇难同胞，警示后人的工程，起步于 1996 年。

1996 年 12 月，在筹备悼念"南京大屠杀 30 多万同胞遇难 60 周年合肥史料展"时，遇难同胞纪念馆与合肥某文化公司商定，由该公司捐资 30 万元，制作一口重达 60 吨的"警世钟"，悬挂在遇难同胞纪念馆内悼念广场上。从 1997 年初起，由南京金陵古青铜艺术研究所负责，正式制模，进入了紧锣密鼓的铸钟前期筹备之中。谁知天有不测风云，合肥某文化公司因领导人事变动，使铸造大钟一事搁浅。

2003 年 12 月 13 日，由林同春、林伯耀等 14 位旅日华侨捐资 50 万元铸造的"和平大钟"正式在侵华日军南京大屠杀遇难同胞纪念馆撞响

苍天不负有心人。正当我们一筹莫展之时，旅日华侨中日友好促进会秘书长林伯耀先生来南京，当听说此事后，认为此钟有着特殊的意义，并表示由他本人出资 30 万元，捐助我们完成警世钟的铸造。

我们派人专程去了北京，争取到了中国当代著名书法家、原中国佛教协会会长赵朴初先生亲笔题写的"警示钟"的墨宝。我们还请东南大学建筑研究所所长齐康教授设计，并在遇难同胞纪念馆内悼念广场上建造了一个造型独特的钟架。

正当我们热火朝天地铸造警世钟时，为纪念香港回归，下关静海寺也在铸造一口警世钟。为了不使一个城市出现两口警世钟，经南京市有关领导协调，我们这口大钟中止了铸造。

遇难同胞纪念馆的悼念广场上，兀自矗立着一座没有钟的钟架，一晃就过了 8 年。

2002 年 12 月，南京成功举办悼念南京大屠杀 30 多万同胞遇难 65 周年暨南京国际和平集会，铸造一口和平大钟的事重又提上议事日程。

可敬的爱国老华侨们

遇难同胞纪念馆内的这口大钟，似乎就是与一批旅日华侨们有缘。

1996 年铸钟遇到经费困难时，他们热情相助，慷慨捐赠。事隔 8 年后，听说遇难同胞纪念馆又要铸钟后，爱国侨胞立即奔走相告，迅速成立了"旅日华侨捐助南京和平大钟委员会"，筹资帮助铸钟。

这批热心的华侨们的领头人，是神户华侨总会名誉会长林同春先生。1935 年，林同春不满 10 岁，便东渡日本。他到日本不久，日本侵华战争爆发。林同春与许多侨居在日本的华侨一样，身处在敌国谋生存，经受了外人的侮辱与磨难。大概正是因为背井离乡、饱受歧视，他对祖国的感情特别深沉。几十年来，林同春先后为中国留学生、华侨社会及祖国捐赠近 5 亿日元之多，几乎国内每一次大的自然灾害都有着他的慷慨解囊。1985 年，林同春先生出资，策划并组织了"中日青年友好汽车驰走活动"，在中日友好史上留下了浓墨重彩的一笔。1995 年，在纪念世界反法西斯战争胜利暨中国抗日战争胜利 50 周年之际，他又策划旅日华侨在北京卢沟桥修建一个纪念碑。他说："友好，并不是一味地俯就对方，特别是中日两国之间曾有过一段不堪回首的历史，所以，中日友好是要建立在正视历史的基础之上。"基于这样的认识，这位旅居东瀛近70年的老华侨，此次又担任了"旅日华侨捐助南京和平大钟委员会"的委员长，带头将第一笔铸钟款寄到了南京。

捐助南京和平大钟的另一位热心人，是日本华侨中日友好促进会秘书长林伯耀先生。这是一位对中国抗战史研究有着特别贡献的老华侨。几十年来，他参加过中国赴日劳工问题的调查，协助花冈事件诉讼和东史郎诉讼，资助南京大屠杀幸存者赴日作证，以及南京大屠杀史料赴日展览，在日本帮助收集有关南京大屠杀的资料等等。他对历史调查研究的执着精神，不仅在日本华侨界绝无仅有，就是连一些专门从事历史研究的人员也自叹莫如。正因为如此，林伯耀先生认为，在南京纪念馆内铸造一口和平大钟，警示人们莫忘历史、开拓未来是极为有意义的事情。所以，他不厌其烦地穿梭于华侨界，促成一批华侨们共同捐资铸钟。

像林同春、林伯耀一样，为铸造南京和平大钟出力的老华侨们还有：李有焕、林有志、张仁猛、陈上梅、林康治、黄耀庭、刘友荣、王着炳、任政光、石雅之、林文明、刘义康等14人。他们分别侨居在日本东京、京都、福冈、神户、横滨、函馆、姬路等城市。

为大钟鼎力的3个名人

齐康教授是东南大学建筑研究所所长、中科院院士，他是和平大钟钟架的设计师，也是遇难同胞纪念馆一、二期工程建筑总设计师。

头发如银丝的齐康教授至今清楚地记得，日本兵曾在金陵大学内用刺刀顶在他父亲的胸口上，是美籍教授贝德士斥退日本兵，救了他的父亲。

正因为如此，他对遇难同胞纪念馆有着一分难以割舍的感情。10多年来，他为遇难同胞纪念馆作的所有设计不收分文，全部奉献。

在为大钟设计钟架初始时，准备设计成一座钟亭。齐教授经过深思熟虑，决定打破传统的设计模式，设计成一座名为"倒下的300000人"的抽象雕塑，即用3根黑色的三棱柱，上部有5个圆圈，象征"00000"，组成"300000"的数字，中间挂钟的梁设计成一个"倒下的人"字形，使得钟架具有特殊的含意，成为一座造型独特的抽象雕塑。

当年 80 多岁的王钟泉先生，是金陵古青铜艺术研究所老所长，人称南京"钟王"。他先后铸造过 700 余口青铜钟，数以千计青铜器。

几十年来，王老亲手设计铸造了许多青铜钟：苏州寒山寺青铜大钟、日本仙台福聚院青铜大钟、北京"中华世纪钟"、南京静海寺警世钟、鼓楼太平大钟……而老人毕生最大的愿望，就是要为被侵华日军杀害的 30 多万同胞塑造一口大钟，因为在王老的父辈亲人中，就有被侵华日军侮辱和杀害的。

用王老自己的话说："我们铸造和平大钟，是为了教育子孙后代牢记中华民族这段屈辱的历史，同时也是为了向世界传达我们热爱和平的呼声。"

中国人民政协全国委员会常务委员、中央文史馆馆长、中国书法家协会名誉主席启功先生，当年已 90 多岁，虽然抱病在床，但听说南京要铸造和平大钟，欣然应邀，题写了"和平大钟"4 个大字，起到了画龙点睛的效果。

铛！铛!! 和平大钟特有的深沉、洪亮、绵长的声音，对在南京大屠杀中遇难的 30 多万冤魂是个告慰，对淡忘南京大屠杀历史的人是个警醒，对妄图否定南京大屠杀历史的日本右翼势力是拷问和敲打，对热爱和平的人们来说是一种共鸣！

和平大钟必将和南京大屠杀史实一样，留给历史，流传后人。

三、我对历史与和平的理解

什么是和平？这个看似简单的概念，其实要给出圆满而准确的答案也并非容易。

在 2004 年，我应邀前往日本东京，参加了联合国 NGO 组织东亚和平构筑的国际会议。参加这个会议的有俄罗斯、韩国、日本和中国等国家和地区的一批专家学者。记得在一个"PAT"晚会上，一位日本的大学生就提出了什么是和平的问题。

韩国的学者回答说："和平就是两双手握在一起，和平就是北韩与南韩的统一。"

俄罗斯的学者坚持说："和平就是没有战争、没有血腥、没有恐怖、没有暴力！"

台湾地区的学者这样说："和平就是宽恕，就是谅解，就是和合！"

香港特别行政区的学者如是说："和平是一种美好的理念，又是一种美好的实践。"

"倡导和平是时代精神的体现，也是一种特殊的文化"。随着和平学研究以及和平活动的深入开展，"和平"的概念已从狭义的"没有战争"，扩展为包括可持续发展、消除贫富差距、维护妇女儿童权益、保护生态环境等更广泛的范畴。

其实，现代人对和平的定义，早已超越了历史上"没有战争就是和平"的狭义范围。和平包括可持续发展、资源的开发利用、核武器的消除、南北贫富差别的缩小、妇女儿童权益的保护等等内容广泛的范畴。和平已经递进为一门新兴的社会科学——和平学，它是一门跨政治学、社会学、经济学、人类学、心理学等领域的应用学科，是用科学的方式来研究如何获得持久和平。和平研究的先驱者、荷兰人贝特·罗宁先生称和平学为"生存的科学"。

如果从通过和平要解决的对象来看，狭义的和平要处理的是表面上看得到的"直接暴力"，譬如因战争或冲突所带来的伤害或死亡，而广义的和平要解决的是间接的、杀人不见血的"结构性暴力"，即因为政治、经济、社会、文化体制所造成的压迫、剥削、歧视、偏见，以及随之而来的流亡、贫穷、饥饿、疏离等等。广义的和平是要以社会公平与正义来促进人与人之间的和谐关系，也就是在肯定生命的价值、生命的尊严的前提下，如何构建一个比较好的社会结构。

和平到底是什么？如何来解读和平的概念？它包括两个方面：积极而言，是指自愿合作的个人、团体乃至国家为实现美好的社会目标，如一国为了追求建设与发展需要谋求实现国际、国内安宁的和平环境；消极而论，是指避免直接地施以精神及伦理的暴力。

从和平研究的角度，又把和平分为"内部和平"和"外部和平"，包括个人、家庭、社区、国家以及国际体系5个层面。在世界和平运动史上，早期比较重视国家之间的和平，然后逐渐地向国际体系，以及社区和平层面扩展，现在则包括家庭和谐以及个人的心灵平和。因此，和平的生活不仅要构筑在国与国之间、民族与民族之间没有对抗，同时也包括在社区和家庭中没有暴力。因此，和平与每一个人息息相关，家庭则是和平的细胞。

曾获得诺贝尔和平奖的埃及前总统萨达特有句名言："和平属于我们大家。……和平生活中的一口粗茶淡饭，胜于敌对中的满屋佳肴珍馐。"

和平在哪里？和平在我们每一个人的心中。既然和平属于大家，大家都应该做和平的传播者和推动力，不管是黄种人、白种人、黑种人，也不管是男人还是女人。

我们每一个人都要认真想一想自己对和平的责任。从我做起、从现在做起，为家庭和平、为社区和平乃至世界和平，应该做点什么样的贡献。

愿我们在和平的阳光下充分地享受和平，也让我们在对和平的祈盼与思考中感受和平的责任，共同为和平的伟大事业出一份力。

四、倡导普及和平学科

目前，和平学在发达国家已经很盛行了，世界上42个国家、200多个高等院校设置有和平学，专门致力于和平学的研究。

和平学一般包含三个方面的内容，即和平运动（或者说是和平活动）、和平研究、和平教育。

和平也已不再仅仅局限于战争与和平的范畴，它的外延已经拓展至18个子课题，如和平与环境、和平与反恐怖、和平与人权、和平与妇女儿童权益等等。

现在地球上人们的联系与交流越来越频繁、越来越密切，国与国的界限越来越模糊，已经形成一个"地球村"的概念，和平与发展才是世界的主潮流。因此，和平已经成为学术问题，是一项值得研究的课题。

搭建和平文化研究和传播的平台

2003年9月3日，"南京国际和平研究所"在南京成立，它是中国较早

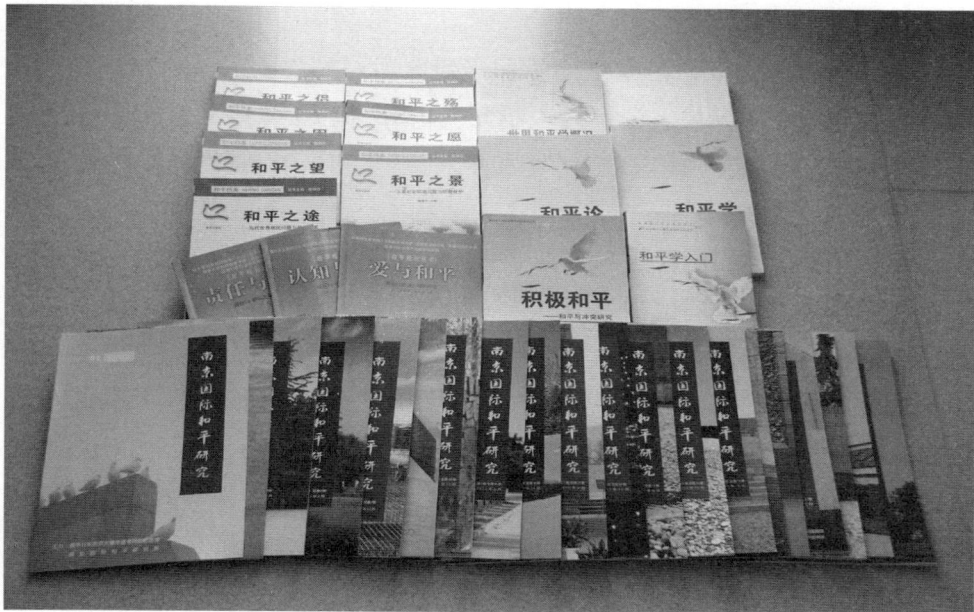

由南京出版的部分和平学书籍和刊物

成立的具有鲜明特色与个性的和平研究机构，该所开始时挂靠在侵华日军南京大屠杀遇难同胞纪念馆，后又挂靠在南京市社会科学院，主要从事和平学的研究、教育和交流活动，所涉及的研究课题主要有吸取历史教训与创造人类和平，反对战争、恐怖、暴力与谋求世界和平，维护人权与维护世界和平，地球环境与人类共同责任等。

2003 年 12 月，该所创办了和平学研究内部刊物——《南京国际和平研究》，主要是介绍和平活动的新动向、和平研究的新进展、和平教育的新内容，也着重介绍南京国际和平研究所的一些新活动、新成果。

2001 年，南京大学历史学系世界史学科与考文垂大学和平与和解研究中心建立长期合作研究关系，在中国高校内建立第一个和平研究中心以及和平学学科。

2005 年 3 月，在南京举行了中国第一届和平学国际研讨会，包括"和平学之父"约翰·加尔通教授在内的 50 多位国际著名学者参加了会议。和平研究机构的建立为和平学的研究、和平文化的传播和学术交流奠定了良好的基础。

2004 年 12 月 30 日，南京国际和平研究所网站"和平南京网"正式开通。网站共有 9 大模块，分别为"研究机构""和平活动""和平研究""和平教育""和平宣传""和平交流""和平展望""和平书刊""网友交流"。

和平学著作的出版在国内独占鳌头

客观地讲，在世界范围内南京开展和平学研究时间比较晚，但从国内来看，南京已率先进入了这个领域。

为了使更多的人了解和平学研究状况和国际学术动态，南京组织力量翻译出版国外一些有价值的学术著作和教材。这些书均由南京出版社出版，从目前情况看，这套和平文化丛书在国内出版界独占一席。如《暴力之后的正义与和解》《和平学入门》《和平论》等。除了翻译国外和平学著作之外，南京的学者还开始了具有中国本土特色的和平学研究。其出版成果有：《和平学》《和平之声》《和平之困》《和平之殇》《和平之愿》《世界和平学概况》等。

南京青年国际和平论坛颇具特色

2003 年和 2004 年 12 月 14 日，南京国际和平研究所与南京市青年联合会一起，共同举办了青年国际和平论坛，吸引了来自世界五大洲的青年热情参与。论坛围绕"青年人与世界和平""世界和平的希望在青年人身上"等课题举行了研讨，并分别发表了和平倡议书。

举办了首届南京国际和平论坛

2006 年 9 月 24 日至 26 日，南京国际和平研究所与侵华日军南京大屠杀遇难同胞纪念馆等有关单位一起共同举办了南京国际和平论坛。邀请了美国、日本、韩国、以色列、菲律宾、中国香港等海内外 120 余位代表与会，他们分别是各自领域的有影响性的人物，包括国际和平组织的领导者，国内和平学研究方面的先行者，代表性广泛，规模很大。

五、建设南京和平城市

南京大屠杀是二战史上 3 个特大惨案之一，经历了屠城惨剧的南京人民，尤为热爱和珍惜和平。

南京大屠杀幸存者李秀英生前曾说，"要记住历史，不要记住仇恨。"的确，我们铭记历史，是为了举世震惊的屠城悲剧不再重演，更为了融入当今世界和平与发展的主流。

南京有条件、有必要去兼容并蓄，使和平成为彰显南京历史文化名城的新概念、新方略和新目标，以此与世界主潮流合拍、与中国新战略同步。把南京建成国际和平城市，这也是我们纪念南京大屠杀遇难同胞的意义所在。

遇难同胞纪念馆围绕着"历史＋和平"的主题，在南京组织了一系列和平活动：

如 2002 年 3 月，举办了中、日、韩三国首届"历史认知与东亚和平论坛"；5 月，邀请日本和平之舟部分成员来南京，与南京青年联合会、南京晓庄师范学院师生共同举办和平烛光晚会；8 月，南京基督教青年联合会邀请部分日本青年来宁，举办第七次中日青年和平友好交流会；12 月，首次

2002 年 3 月 28 日，首届中、日、韩"历史认知与东亚和平论坛"在南京国际会议中心开幕

在悼念南京大屠杀遇难同胞仪式上增添"南京国际和平集会"内容，并组织
了烛光巡游活动和南京国际和平青年论坛。

2003 年度，在连续开展各种活动的同时，着手成立相应的和平机构，
如在南京新成立"南京国际和平研究所""南京和平鸽艺术团""南京和乐
团"。与南京市教育局及共青团市委合作，在南京市的社区和中学，开展创
建和命名一批"和平社区"及"和平学校"的活动。此外，铸造了"和平大
钟"，举办了中日两国僧人祈祷世界和平法会，还分别在南京工业大学、南
京师范大学、河海大学、南京大学等高校举办"国际和平学系列讲座"，特
别是新馆建设过程中的和平理念，如我馆总平面图呈"和平之舟"；展厅南
面高墙上开头呈"化剑为犁"形状；还新建了"和平公园"，新塑了"和平
女神"汉白玉雕像等等。

近年来，在社会各界的共同努力下，南京的和平教育已经拉开了序幕。
和平教育进社区，和平教育走进大学课堂，这在中国首开先河。从 2003 年

2002 年 5 月 6 日，南京晓庄学院部分师生与日本"和平之船"部分船员举行"中日青年共同
祈祷和平烛光晚会"

开始，南京的和平教育开始进入大学课堂以及市民学堂，国内外著名的和平学专家在南京的许多高校作了多场关于和平学的专题报告，场场报告受到师生和市民的欢迎和强烈共鸣。此外，还在中小学积极开展和平教育活动，先后有 70 多万名中小学生参与，2007 年 9 月，召开了和平学校命名仪式，命名了琅琊路小学、力学小学等 10 所学校为南京和平教育学校。

2006 年开始了"和平社区"创建活动，2008 年 1 月命名并挂牌了江东门社区、爱达社区等 10 个社区为"和平社区"。这一切不但标志着南京的和平教育有了良好的开端，也展示出南京的和平教育从开始就进入普及与提高相结合的健康轨道。

遭受过战争之苦的南京人民并没有永远沉浸在悲剧的痛苦之中，南京人对"和平"有着独特而深刻的理解。怀着放眼和平未来去认真反思南京大屠杀历史的宗旨，南京人民正在为未来的和平事业做着不懈的努力，积极开展各种和平活动，在活动中升华了和平的理念，彰显了南京人民热爱和平的精神，张扬了南京这个博爱之都的城市文化内涵。

第十四章
来自东瀛的谢罪之祭

　　我在担任遇难同胞纪念馆馆长 23 年期间，接待过的日本社会各界人士难以计数，同时也应邀去日本各地巡回作证言，曾经广泛接触日本社会和各种各样的日本人，从中得到一个亲身的体会，那就是在对待南京大屠杀历史问题上，不同的日本人有着不同的态度，甚至截然不同。

一、日本老兵的忏悔

　　侵华日军老兵是个特殊的群体，他们在日本军国主义时代被卷入了战争的车轮，在异国他乡恃强欺弱、横行霸道、烧杀抢掠，犯下了滔天罪行。侵略战争使日本士兵的人性与良知泯灭，使他们的人性变成了兽性。

　　战争结束后，这些日本老兵放下屠刀，回归故里，重返平民生活之中。然而，往事不堪回首。由于日本政府对于侵华史的暧昧态度，对于此生在中国所作所为，他们中的大部分人都保持着沉默，让自己的罪行随着时间的流逝而为世人所忘。一些人夜间常常被噩梦惊醒，也有一些人仍去靖国神社拜鬼，更有一些经过和平生活洗礼后，逃不过良心的追问，终于直面罪行，以诚实的态度承认并忏悔那段历史。

　　在遇难同胞纪念馆里，有两幅大型油画《南京破坏之迹》。画面表现的是 1941 年至 1942 年，大屠杀过后，南京城是一片破壁残垣、街巷颓败的惨景。油画的作者是日本画家水原房次郎。

日军随军画家水原房次郎 1941 年在南京画的《南京破坏之迹》

　　水原房次郎是日军随军记者，1937 年他亲眼目睹了南京大屠杀的惨况，画了许多日军进攻南京、上海等地的画，出版过随军作战画集。《南京破坏之迹》反映了日军在南京除了丧心病狂地杀戮，还对南京城市进行了大肆毁坏，具有较高的史料价值。

　　水原房次郎去世前在遗嘱中表示放弃数百万日元的拍卖款，将画捐给遇难同胞纪念馆，表达赎罪的心情，将日军对南京人民的伤害告诉下一代。

　　日本群马县的横山诚在战时并未当兵，而是在上海开了一家小书店，取名山杉书店。

　　当年，横山诚在上海亲耳听说过南京发生了大屠杀惨案。他以一个日本平民的良知，为日本同胞在中国上海、南京等地所犯下的罪行羞愧不安，在日本群马县发起成立了日中友好民间组织。遇难同胞纪念馆建成后，该馆的员工已记不清横山诚来馆有多少次了。1994 年春天，这位胖乎乎的日本老人来馆时，正式向我提出，要在遇难同胞纪念馆内竖起赎罪碑。为了实现他的愿望，我请来工匠，特意为其建了一块高达 2 米、汉白玉材质的"赎罪与慰灵碑"，落款为"日本一老人"。

田迪英一在战时是侵华日军的一名机枪手。他也随同横山诚来南京，鼓起勇气跨进了遇难同胞纪念馆的大门。当他看到馆内陈列的展品轻机枪时，心情沉重地指着机枪坦言：这种武器在当时杀伤力很大，我是有罪的。田迪英一在赎罪与慰灵碑前虔诚地献上象征和平的纸鹤。

原日本战犯冢越正男，曾经被关押在抚顺6年，接受改造。遇难同胞纪念馆建馆后，他率领日本"反侵略友好访华团"，先后3次来馆。他曾经痛哭流涕地对我说："当年我是侵华日军的一个成员，日军的暴行，惨无人道，丧失人性，我亲眼看到过的，自己也亲手干过的，我要向你们低头认罪。我过去犯过罪，感谢中国政府给了我新的生命，所以多次率团来访，就是为了让年轻一代接受历史事实的教育。"

遇难同胞纪念馆陈列的一些战争文物，也有来自日本老兵的捐赠，如那一条"千人针"腰带。日本士兵上战场之前，他的母亲、妻子，或者姐姐妹妹，会捧着腰带站在大街上，向每一个路过的女性不停地鞠躬，哀求她们在腰带上用红线穿上一针。整整一天，她们要在街上恳求1000个人在这条腰带上穿上1000针，所以这样的腰带就叫"千人针"，据说可以保亲人平安。这个日本老兵围上了这条"千人针"腰带，跟随侵华日军踏上了中国的土地，并且参与了攻打南京的战役。

有一套护身符共两枚，一枚是长形纸袋形状，宽2厘米，高6厘米，一面写有"金刚剑守符"，并盖有佛印；另一面写有"京都大本山妙心寺"字样。该护身符内有一剑形小纸片，上面写有咒语，咒语的意思为"无往不胜，匪徒折服"。另一枚护身符则为方形八角纸片形状，上面同样盖有佛印。这套护身符及前文提到的"千人针"腰带，都是加害者日本老兵捐赠的，既是日军侵华的证物，也对侵略者战场心理研究具有一定的价值。它们捐赠给遇难同胞纪念馆，同时意味着日本老兵的忏悔。

随着生命即将终结，一些参加过南京大屠杀的日军老兵良心发现，逐渐打破沉默，开始提供真实的历史事实，给日本社会极大的震动。例如，2002年，松冈环采访的日军老兵回忆录《南京战》一本书中，就收录了102名原日军官兵的证言，同时，遇难同胞纪念馆也得到了254份当年参与南京大屠杀的日军官兵证言，每一条证言都重现了日军在当年南京发生的残忍暴行。在这样无可辩驳的事实面前，持南京大屠杀虚构说的观点，在日本也很难找到市场，呈现日渐式微的状态。

二、东史郎跪祭遇难者

东史郎是忏悔老兵的代表，他出于对侵略战争的反省，生前不顾年迈体弱，从 1987 年至 2004 年 8 次专程来到遇难同胞纪念馆向中国人民谢罪，每次都在遇难者遗骨陈列室前长跪不起，不断向观众讲述他参与南京大屠杀的事实，他反复说："我这个东洋鬼子，是来向南京人民谢罪的。"

为了把历史的真相告诉世人，他还在日本公开出版了自己参与南京大屠杀的战时日记，因此受到日本右翼势力的攻击，将他告上了法庭。他不屈服于压力，八年如一日地站在被告席上，始终与企图否定历史的日本右翼势力进行不懈斗争，其勇气及其所表现出的诚恳地反省历史过错的精神，进而揭露侵华日军当年在中国犯下暴行的行为，赢得了中国人民的宽恕谅解和中日两国人民的支持，其行为不仅在中日两国引起强烈反响，而且在美国、英国、德国、丹麦、菲律宾等国都产生了一定影响。

在与东史郎 10 多年的交往中，我逐渐改变了对他敌对的态度，成为"忘年交"。我写了一本 20.8 万字的长篇报告文学，取名为《我与东史郎交往 13 年》，2007 年 1 月由中国华侨出版社公开出版，记录了我与东史郎交往的前前后后、点点滴滴。

此外，应上海大可堂文化有限公司的邀请，我撰写了《东史郎谢罪》的连环画文稿，由上海 4 位著名画家王重义、陈云华、张仁康、王重圭绘画，2002 年 12 月由上海辞书出版社公开出版，为青少年了解东史郎案及南京大屠杀历史，留下一本图文并茂的绘画图书。我还与日本支援东史郎案审判实行委员会秘书长山内小夜子共同主编一书，取名为《正义与邪恶交锋实录——东史郎日记案图集》，其中选用 400 余幅照片，50000 余字详尽阐述，中日文对照，2000 年 12 月由新华出版社公开出版。此书把《东史郎日记》案的全貌和真实记录告诉读者，获得了国务院新闻办主办的中国"金桥奖"

特等奖。

我与东史郎相交 13 年，亲眼目睹了东史郎先生在晚年以战争亲历者的身份，向世人讲述历史的真相，并坚持向受害的中国人民谢罪的正义行为。他从 82 岁开始，连续 8 年站在被告席上，受到那么多的围攻和侮骂，并先后与日本右翼势力较量了 13 年而不屈服，直至生命的终结。这位老人，顶住了巨大的精神压力，备受煎熬，甚至人身遭到威胁，但为了将历史真相告白于天下，奔波于国内外。这种正义之举和不屈不挠的斗争精神，感动着每一位有良心的人。

三、日本的绿色赎罪

在遇难同胞纪念馆和平公园内，有 3 棵郁郁葱葱的千头松，这 3 株树来自日本，是日本"绿色赎罪"植树访华团在 29 年前栽下的。日本"绿色赎罪"植树活动始于 1986 年，是由日中友好人士冈崎嘉平太、菊池善隆先生发起的。

因为绿色象征着"生命之源、和平之力"，每逢春暖花开的清明时节，日本日中协会召募日本国民组成植树访华团来宁，以植树的方式表达对过去侵略战争的忏悔和对和平的向往。日中协会每年在日本出版一本《绿色的赎罪》，已经连续出版 28 本，他们还准备继续写下去。

29 年来，植树访华团已在南京种下了 6 万多棵象征着和平的友谊之树。因为遇难同胞纪念馆的空间有限，绝大部分树都栽在长江北岸的浦口珍珠泉公园内。树种很多，有梅花、雪松、柏树、榉树、樱花树，仅南京市花梅花树就有上万株。最初几年，每次都植数千棵树，树种从日本运过来。当时在上海进关，需要检疫消毒，交通也不便利，树苗在卡车一颠就要七八个小时，后来他们就在中国找树源了。

日本植树访华团有许多感人至深的故事，反映了日本民间人士对历史的深刻反思与正义之声。

2001 年，植树访华团成员野田契子女士，将其父亲田口达雄在战时所穿的一件真丝马甲捐赠给遇难同胞纪念馆。这件汗渍斑斑的马甲上，前后两面分别写着"天皇万岁""武运长久"等大字，签满田口出征时乡邻们的名字，并在前胸左右两边，各缀上一枚5日元和10日元的硬币以求好运。据了解，田口当年所在的侵华日军上海派遣军第三师团五旅团步兵六十八联队，曾参与南京大屠杀。野田契子说："我的父亲虽已在3年前故去，但作为他的女儿，我代表父亲向南京人民反省谢罪。"

日本植树访华团副团长、原侵华日军士兵西村昭次说："1927年我出生时，正值世界性经济危机，日本人民生活相当贫困。于是政府便把人民对他们的不满情绪转变为对中国、朝鲜等国的仇恨，最终导致了侵略别国的战争。现在日本社会和当时的情形很相似，特别强调'国威''民族情绪'，照这样发展下去，日本是否会发生类似当年侵略别国的错误，我们非常担忧。"

日本植树访华团秘书长、70岁的秋本芳昭说："父亲在南京办过一个小公司，1944—1946年间他自己曾在太平南路居住过。日本战败投降后，国民政府对他家的财产贴了封条予以保护，并把他们安全地护送回国。"他对

1999年3月30日，日本第14次植树访华团在遇难同胞纪念馆举行植树追悼活动

南京有着一份特殊的感情，始终对中国有一份感激。他特意带了孙子、外孙过来看看南京。说："虽然他们的年龄还很小，但希望他们通过实地参观来了解真实的历史，使他们幼小的心灵受到震撼，加深他们对中国的印象，并树立正确的历史观，今后为日中两国人民的世代友好而努力。"秋本芳昭还表示，只要身体条件允许，他的"绿色赎罪"之路起码还要再坚持 5 年。

经历了这么多年，许多植树访华团的成员已经不在人世了。2001 年时，这项植树活动的倡导人、日中友好人士冈崎嘉平太、菊池善隆先生已经故去，但他们的妻子、儿女手捧老人的遗像，接着来南京赎罪。植树访华团成员谷川太郎老人故去了，他的女儿大泽爱子按照老人的遗愿，从日本带来父亲的遗像和部分骨灰，撒进树坑，与丈夫一起共植了一株名为"南京红"的梅花树苗。

2014 年是日本第 29 次悼念侵华日军南京大屠杀遇难者植树访华，其团长是菊池健介，他是此项活动的倡议发起人菊池善隆先生的儿子。他说："今后我们要吸引更多的年轻人加入植树访华团，将这项活动世世代代持续下去，为当年侵华日军在南京犯下的滔天罪行进行赎罪。"

前日本植树访华团团长、现担任顾问的白西绅一郎从 45 岁开始参加这项活动，29 年来从未间断过，如今已经是 74 岁高龄了，直直的腰板变成了驼背，黑头发也变成了白头发。他说，1955 年自己读高中的时候知道了南京大屠杀，算是在日本人中比较早知道这段历史的，上大学的时候又学习研究了日中战争历史。但是，日本首相安倍晋三上台以后，一些日本政客发表了一系列否认南京大屠杀历史的错误言论。听说中国将 12 月 13 日设立为南京大屠杀死难者国家公祭日，他表示理解和支持。在他看来，这样能更好地表达中国人民包括世界人民反对战争、维护和平的立场，反思战争给人类带来的灾难，让更多的人特别是年轻人了解这段历史。"作为有良知的日本国民，我们想到南京来，以自己的行动告知大家，不能忘却这段历史。"

29 年来，日本友人用"绿色赎罪"的方式向中国人民、南京人民谢罪，从未有过间断，这种坚持与坚守非常难能可贵，这是来自日本民间的一种声音，中日两国都应该牢记历史教训，为和平发展的未来而共同努力。

四、"铭心会"的南京情

"铭心会"是全名为"悼念亚太地区战争牺牲者，把他们铭记在心"的民间组织。铭心会于 1985 年建立，当时日本国内先后发生了修改教科书、参拜靖国神社等歪曲历史事实、否定侵略战争的事件。日本国内许多热爱和平、痛恨战争的人民感到了军国主义复活的危机，于是自发成立了许多反对战争、维护和平的团体，为遏制日本军国主义势力、维护中日友好作出了许多贡献，铭心会就是其中之一。它取"刻骨铭心、永世不忘"之意，不忘日本军国主义给中国及亚洲人民带来的灾难，不忘日本军国主义给日本人民带来的痛苦，不忘历史的教训。

铭心会的发起人是中学教师上杉聪，很快影响到日本国的东京、京都、广岛等 17 个地区。每年的 8 月 15 日前后，他们都要在中国的南京、马来西亚的文津、韩国的首尔以及日本国内 17 个城市举行集会，谴责战争，缅怀受害者，吸取历史的教训。

铭心会的南京集会，是 1987 年开始的。这一年 8 月 15 日中午 12 时，铭心会和八尾市教职员工会友好访中团在遇难同胞纪念馆广场举行悼念仪

2009 年 8 月 15 日，作者朱成山接待日本铭心会·南京第 24 次友好访华团和长崎日中友好希望之翼访华团一行

式，宣誓绝不让历史的悲剧重演，誓为世界和平与日中友好而努力。

当时南京大雨倾盆，代表团一行 30 余人身着礼服，认真举行仪式，一个多小时，全身湿透，表现了日本人民的诚挚感情和维护和平、促进两国人民友好的坚强决心。

第二天，森和小桥等 4 位日本朋友与幸存者潘开明、夏淑琴座谈，他们边采访边流泪，最后双方抱头痛哭。小桥表示，一定要把采访到的情况告诉日本国民，表示明年还要来南京访问，并拍摄电影。访问期间，代表团一一凭吊了南京市内主要屠杀现场，并与中国学者座谈。团员中村达也把他曾经参加过侵占南京的父亲遗物，上面记有南京大屠杀内容的"军队笔记本"送给遇难同胞纪念馆，作为证据。这是第一个把自己先人的笔记本送给遇难同胞纪念馆的日本老兵遗属，他还将主要屠杀现场的实况，制成录像带，拷贝 1500 部，供日本教师作为小学、中学历史教育的辅助教材。

从此以后，铭心会每年都组织代表团来南京，不管刮风下雨、酷暑烈日，都在 8 月 15 日中午 12 时在遇难同胞纪念馆举行悼念仪式，敬献花圈，双手合十默祷，宣读"不再战誓言"，参观陈列内容，听取幸存者证言，凭吊屠杀现场遗址，与中国学者座谈等等，从不间断。他们还在日本国内召开集会，创办刊物，举办展览，为揭露所谓"圣战"真相教育下一代，为日中友好作出了不懈的努力。

铭心会访华团的活动使越来越多的日本国民认识到反对侵略战争、维护世界和平的重大意义，越来越激发起人们努力促进日中友好、不许悲剧重演的强烈愿望。日本朋友常说，他们的活动不是为了过去，而是为了今天，探索今后日本应走的道路。他们认为不歪曲和隐瞒过去侵略战争的事实，以史为鉴，吸取教训，是日本国民的责任。

五、和平之花紫金草

每年阳春三月，在南京城内外，紫金山麓、中山门城墙下、南京理工大学的校园内，有一团团、一簇簇紫色的小野花嫣然绽放，将大地装扮成一块充满生机的绿底紫花布，南京人称之为二月兰。与此同时，日本也正处在春天，从东京沿着铁轨，向京都，向广岛，向偏僻的乡村、繁华的小镇，沿途田野山岗，那紫色的小花连绵不断地开放，日本人叫它紫金草。二月兰、紫金草，这美丽的花朵背后有一个动人的故事。

1939 年，一名身着黄军服的日本军人来到南京，他是日军卫生材料厂厂长兼军医山口诚太郎。沦陷后的南京残破不堪，到处是断垣残壁，到处是乞讨的孩子。在一些废墟或荒野之中，还不时奔跑过几只野狗，刨出掩埋不深的尸体。无论他走到什么地方，中国人都用仇恨而冷漠的眼神看着他，提醒他那侵略者的身份。

有一天，山口诚太郎来到南京城外东郊紫金山麓下，看见一名南京小姑娘，正在紫金山下采摘一种紫色的小野花，那一幕美丽的情景，给饱受战争痛苦的山口诚太郎留下了深刻的印象，促使山口对战争进行反思。

到了秋天，山口诚太郎便从紫金山下把二月兰的花种带回了日本，他记不住小草的名字，却记住了南京的紫金山，记住了在战火中顽强生长在紫金山脚下的小草，记住了那位手拿紫色野花的南京小姑娘，于是将其取名为紫金草。

山口诚太郎从南京回到日本退役后，全家 4 代人在战后 60 多年的时间里，一直精心地培育着紫金草。他与家人年复一年地将紫金草种子免费寄赠给日本全国各地的学校、公园和社区。还乘坐火车，沿途将草籽撒向日本各地。1985 年，在日本筑波世界科技博览会上，他们向博览会观众免费分发了 100 万小袋的紫金草花种。

此事感动了日本教师大门高子女士和作曲家大西进先生。1998 年，他们以紫金草的故事为背景，创作了长达 1 小时的合唱组曲《紫金草的故事》，分为 12 支曲：大地之花、紫金草的故事、走向战场、从人变成鬼、乡村谷场上、南京安魂曲、雨中的紫金山、内心痛苦如何表达、花儿盛开、花儿的深情、作为一个人、和平的花紫金草。演员们于组曲中娓娓道述对战争的厌恶以及对和平的渴望。

2001 年，日本紫金草合唱团正式成立。其宗旨是将正视历史、向往和平的歌声传遍日本全国。至今，日本各地已有 20 个紫金草合唱团相继成立，由教师、学生、退休人员、家庭主妇、议员等各界人士构成、成员已超过千人。年年春天，在紫金草花开放的时候，他们来到遇难同胞纪念馆参观并演唱："花的种子哟，来自大海的彼岸，带着期待哟，在这里生根开花。和平的花，紫金草……"其歌词感人，曲词优美，小草被升华为一种和平的精神。

山口裕是山口诚太郎的第三个儿子，在他的记忆中，父亲的形象就是穿着粗布衣服，背着麻袋乘火车去撒草籽。山口诚太郎的所有假期几乎是在火车上度过的，那个年代日本没有新干线，只有贯穿日本南北的慢车，山口诚太郎从麻袋里把和着花种子的泥块撒向窗外，多少次，多少年，终于使日本许多铁路沿线也开满了这种美丽的小花。

山口裕还记得自己第一次获准第二天跟爸爸上路，那时他 15 岁，放暑假在家。父亲在张罗着第二天出发的事儿，那天夜里，山口裕辗转反侧，浑身出汗，无法入睡。因为在全家，哪怕在孩子的心目中，这都是一件神圣的工作。

1966 年，山口诚太郎带着他那颗依然沉重的心离开了人世。父亲花光

2006 年 3 月 27 日，日本紫金草合唱团在南京大学演出

了家里的储蓄还有自己的复员补贴，只留给儿子一句话：紫金草永远不要更名。因为每一朵花的背后都有着一个无辜者的冤魂，让所有看见小花的人都铭记在心：害人的战争永不能重演。

2007年，已经83岁的山口裕，带着父亲临终前的嘱托和在日本募集到的1000万日元来到南京，向遇难同胞纪念馆捐赠一座小型的紫金草花园，这个花园位于和平公园内，面积有5000平方米，来自南京的紫金草又回到了故乡。

2009年，日本和平友好人士再次倡议并捐资塑造象征和平的"紫金草女孩"铜像在遇难同胞纪念馆内落成。该铜像高1.17米，表现的是抗日战争时期一个七八岁的南京女孩，站立在周围开满紫金花的一块山石上，睁大着双眼看着这个战乱的世界，稚嫩而天真的脸上蒙上一层淡淡的忧伤；她手举一束紫金花，置身在漫山遍野的紫金花丛中，脸上出现了些许笑意，象征着对和平生活的向往和祈愿。我应邀为该铜像题写的"紫金草女孩"的名字刻在石头上。前来参加铜像揭幕仪式的日本紫金草访华团一行20多人，簇拥着铜像再次唱起了"和平的花，紫金草……"

日本友人曾告诉我，在日本，有把"人民"或"国民"叫做"草之根"的。透过紫金草的故事，人们可以看到在当今的日本，虽然存在着一股极力否认侵略史、美化战争、妄图复活军国主义的右翼势力，但同时也有一大批反省过去的历史，反对战争，以各种方式为谋求和平大业而奔走呼号的民间正义人士。他们虽然身份卑微、力量较弱，犹如小小的紫金草一般，但为了和平事业而携起手，并长期坚持不懈地努力奋斗，其精神可嘉可敬，他们是日本走和平之路的脊梁。

一株株幼小的紫金草朴实无华，每到春天却昂扬地竞相开放着。一簇簇紫色的小花，依靠着大众的力量，汇成了一片紫色的花海，共同在天地间撑起一抹绚丽与灿烂。美丽的紫金草不仅是南京冤灵的寄托，也是有良知的日本人深深忏悔的象征。希望紫金草——和平之花世代开放在中日两国人民的心中。

第十五章

三期建设祭场更上台阶

踏入侵华日军南京大屠杀遇难同胞纪念馆的那一刻，震撼人心的雕塑，黑灰色的灾难之墙，悲伤的哀乐，让每个参观者的心情顿时沉重起来。纪念馆内表现的一幕幕——无论是滚滚江面上逐渐消失的鲜活面孔，滴滴答答每12秒陨落的生命，还是黑暗夜空的长明灯……无不牵动着参观者的心。

一、事业发展急需扩馆

从 1994 年开始，每年南京大屠杀遇难同胞忌日，遇难同胞纪念馆总要对观众免费开放。此外，5 月 18 日国际博物馆日，也实行对社会免费开放。从 1997 年起，对市属中小学校集体参观实行免费，同时对 1.20 米以下儿童、残疾人、军人、老干部等 8 种特殊人群实行免费，每年免费参观人数达 20 万人次左右。因为只对部分时段或部分群众采取免费开放政策，所以对该馆参观秩序和管理模式没有产生触动和改变。

随着遇难同胞纪念馆的影响力越来越大，参观者越来越多。2004 年初，遇难同胞纪念馆在全国博物馆（纪念馆）中率先实行对社会公众全面免费开放。

遇难同胞纪念馆一天的饱和接待量应该在 2000 人左右，免费开放后接待任务相当繁重，参观人数比以往超出了 10 几倍。尤其在刚免费几天和一些节假日，参观人流量一度突破了一天 1.5 万人。而平时每天参观者都有

4000—5000 人，面积不大的遇难同胞纪念馆开始出现秩序混乱的现象，其管理上的压力前所未有。

有些参观者在参观时，因心情愤慨导致行为失控，甚至做出了一些破坏性行为。因此在人多的时候，遇难同胞纪念馆采取一些措施来控制秩序，如在入口处 10 分钟放行一次参观者、参观者提前预约等。虽然效果不错，但以限制人数的办法来维持秩序毕竟不是长久之策。

免费开放后，不仅南京及周边的学校，甚至连北京、上海等城市的学校也把这里作为素质教育基地，几乎每天都有外地学生集体来此参观、学习。

过去，东南亚一带的华侨和日本友人来得比较多，现在美国、欧洲等国家的参观者也越来越多，外宾的比例迅猛上升。国际旅行社的导游告诉我，正是遇难同胞纪念馆的唯一性和独特性，让它成为南京最值得来的地方。在南京的旅行社导游口中，"大、中、小"一直是南京旅游的品牌。过去是长江大桥、中山陵、小红花（演出团），现在长江大桥看的人很少了，换成了大屠杀遇难同胞纪念馆，仍然是"大、中、小"。因此，无论是作为国际和平友好交流的重要场所，还是红色旅游的重要基地，遇难同胞纪念馆亟需一个更大的舞台。

当时，遇难同胞纪念馆的陈列是于 1994 年二期改造时推出的，历经 10 年，展出资料已经陈旧，展陈方式也落伍了，影响了其教育功能的充分发挥。

同时，在遇难同胞纪念馆的工作广泛开展下，先后已有 1000 多件新的南京大屠杀历史资料、实物分别在日本、美国、德国、丹麦等国以及中国民间被发现和征集，如《拉贝日记》《东史郎日记》的资料，日本老兵伊藤兼男照片集等。但由于场地的限制，一大批极具价值的珍贵史料难以与观众见面。

综合以上原因，免费开放后观众人数激增，各种交流活动活跃，加上馆舍老化、设施陈旧制约了新征集文物史料的展示等因素，遇难同胞纪念馆亟需改变现状。一句话，事业发展急需再次扩馆。

二、精英组成建设团队

2005 年，正值中国人民抗日战争暨世界反法西斯胜利 60 周年，国家发改委正式批准立项，较大规模地扩建遇难同胞纪念馆。

该工程首先面向国内外招标建筑设计方案，先后有国内外 13 个享誉建筑界的设计团队报名投标，各家鼎力拿出最佳设计方案。在此期间，何镜堂院士亲自率领由他担任院长的华南理工大学建筑学院团队，先后 3 次来遇难同胞纪念馆调查研究，多次召开座谈会，收集资料，为设计做精心准备。他的这种敬业精神，礼贤下士的作风，以及深入现场调查访谈、用心揣摩和创新的做法，深深地打动了我及我的同事。最终，由何镜堂院士主持设计的 4 号方案脱颖而出、竞标成功。

我也是设计方案评委之一，当时也看好何镜堂院士的方案并投票赞成。因为这个方案更贴近遇难同胞纪念馆遗址型和警示性博物馆的理念和实际，突出了"历史"与"和平"4 个字的关键词，且与齐康院士原有设计的一期、二期的建筑风格协调得较好。譬如，把遇难同胞纪念馆总体设计为一条和平之船；把展厅的外立面设计成"断刀"和"化剑为犁"；把展厅做到地下，尽量降低空间高度，以与一期、二期形成的低矮建筑群相匹配等等，这些建筑语言与场馆的实际十分贴切，反映了遇难同胞纪念馆的文化元素和场馆精神。

何镜堂院士中标后，带领倪阳、晏忠景、郑炎等设计团队，深入现场，在深化方案、实施方案的过程中与纪念馆充分配合，体现了谦谦君子的作风和善于合作的精神。

在博物馆界有句俗话："有一个好的序厅，展览就成功了一半。"这说明序厅在展陈中的重要地位是公认的。我作为新馆展陈指挥部的副总指挥，觉得何老师序厅设计中，有 3 根构造柱影响布展效果。

当我怀着忐忑的心情找到何老师，与其商量：能否拿掉，使得序厅有完整空灵的效果？

没想到何院长虚心表示理解，并开动脑筋提出了以牺牲面积换空间的修改方案，即把序厅的两侧一边各让出 1.2 米，以加大翻梁的受力，保证序厅的承重不受影响，确保建筑安全。

　　我深知，甘蔗没有两头甜。只能牺牲序厅 2.4 米的宽度，换取大容量的空间感。

　　正是由于何老师的理解和全力支持，这个序厅的展出效果轰动全国博物馆界，在当时被中国陈列艺术委员会主任的赵春贵研究员用"空灵、简约、切题、震撼、大气"10 个字来称赞。

　　何院士十分尊重遇难同胞纪念馆的遗址馆属性，并在具体建筑设计中想方设法地保护和突出遗址性。如在挖掘新展厅的基础时，又发现了遇难同胞的遗骸。何老师积极地支持现场发掘和保护，即使工期受到影响也在所不惜。

　　我在新展厅即将封顶时，发现遗骨坑上方恰好就是新展厅建造过程中的运料口。我找到何院士，要求变更设计方案，将顶上留有一个"天窗"，并由展陈公司负责做一个呈"喇叭状"的聚光槽，得到了他的同意。我将这个"天窗"命名为"苍天有眼"。与展厅后厅的"一道天光"前后呼应，浑然一体。此两处特殊的自然采光，与整个展厅大面积的人工采光形成了强烈的反差，成为新馆的又一大亮点。

　　新建展厅的结束处，正好位于船形造型展厅的船头位置，呈尖角形状，通常是不好处理的死角。何院士找我商量能否从展陈手法上取得突破，消除这一先天的薄弱点。

　　正好美国 RAA 公司的展陈投票方案中有个"十二秒"的设计创意，亦即南京大屠杀在 6 周内遇难 30 万人，如果以秒来计算，平均每隔 12 秒钟就有一条生命消失。我们觉得放在此处比较合适。

　　何院士让设计团队配合我们，在尾厅设计了一个呈三角形的空间，后来又在我们的建议下做出 8 米高的净空。

　　展览公司用声光电的手法，做成了现场有持续"嘀嗒"读秒的声音，每隔 12 秒时间，一滴水从高空中落下，在水面上形成了一个涟漪后消失，与此同时，墙面上的一盏印有遇难同胞遗像的灯亮起来后又迅速地熄灭，标志着一条生命的消失。

　　这一独特的表现手法，引导观众在展览结束时进行深切的思考，因而成为陈列展中最大的亮点，受到了广泛的好评。该展览一举获得了"全国十大精品陈列奖"和"江苏省精品陈列艺术奖"。

作为遇难同胞纪念馆新馆建筑总设计师，何镜堂院士最大的创新、突破或者说是成功，是用心营造了纪念场馆精神。他对设计团队说的第一句话是：这是一个场所精神的营造。他坚定地认为，遇难同胞纪念馆是以教育基地的形态，展示着、承载着惨绝人寰的杀戮、无辜遇难者的悲愤以及后来者的凝重思索，这些就构成了独特的场馆精神。

除了何镜堂院士，还有许许多多人为了三期扩建工程付出了艰巨的努力。

首先是征地拆迁，建邺区副区长梁建才率领一班人，春节期间也不休息，一户一户地上门做群众工作，得到了广大拆迁户的支持和谅解，仅仅用3个月的时间就完成了拆迁任务，并且没有出现一家"钉子户"，没有造成与拆迁群众之间的紧张关系。

南京市城建集团副总经理季石青作为建设工程指挥部副总指挥，多次来工地现场办公，协调处理水、电、气等多方面的难题。作为代建主体单位的南京市城建集团项目工程公司总经理陈永战、林光凯书记等领导，吃、住在工地上，经常与建筑工人们在一起挑灯夜战、加班加点，保证了工程的按期竣工。

三、精心组织展陈内容

为了达到软硬件的完美配套，南京市专门成立了展览工程建设指挥部，由中共南京市委常委、宣传部长叶皓担任总指挥，我和市委宣传副部长王嵬等担任副总指挥。

记得那段时间，我几乎每天召开一次展陈例会，协调处理许多问题。我将馆里所有能用到的力量全部调动起来。我将人员分为3个组，一个大纲编写组，由我担任组长，这是龙头，也类似工厂里的总装车间。此外，还设立了文物组和影像组，分别编写和制作可供展陈用的文物和影像资料。

博物馆界有句名言："内容为王。"这句话的意思是，展陈做得好不好，形式虽然重要，但内容更为关键。当下许多展陈工程做得不理想，效果不好，主要是博物馆没有拿出一个理想的大纲，而任由负责展陈工程制作的公司去做，往往是"形式为王"，弱化了展陈应有的文物和历史图片的教育效果和影响力。

我是中国博物馆协会陈列艺术委员会副主任，经常应邀参加全国各大博物馆陈列改造方案的评比，如中国人民抗日战争纪念馆、西柏坡革命纪念馆、天津周恩来邓颖超纪念馆、韶山毛泽东同志纪念馆、广东辛亥革命纪念馆、安徽渡江纪念馆、沈阳金融博物馆、台儿庄大战纪念馆、上海淞沪战役纪念馆、黑龙江革命历史博物馆、侵华日军第七三一部队罪证陈列馆等一大批博物馆、纪念馆等等，从中学习到不少有关方面的知识，丰富了自己的阅历。

此外，在我担任馆长的 20 多年时间内，还先后参观过美国、德国、法国、俄罗斯、波兰、以色列、希腊、荷兰、丹麦、日本、韩国、菲律宾等诸多国外博物馆。每次出访到达一地，我最喜欢看到的就是博物馆，揣摩各家博物馆的陈列艺术，借鉴它山之石、为我所用。为此，许多博物馆同行称赞我是一个"有心用心之人"。可能正是由于我的有心和用心，多年逐步积累了不少有关博物馆陈列知识的学养和经验，在扩建工程中有了用武之地。

首先，在选择新馆建筑设计方案时有了建议权。南京市委、市政府将新馆建筑设计方案的国际招投标任务，交给了南京市规划局。当时该局局长周岚是中国建筑大师吴良镛的博士生。她是位知识女性，她邀请了法国、英国、韩国以及国内清华大学、南京大学、东南大学、深圳大学、华南理工大学等多所建筑设计院，拿出风格各异的新馆建筑方案，而且从美国、新加坡等世界各地邀请来了一批著名的建筑行家担任评委。特别是聘请吴良镛、齐康两位中国建筑设计的泰斗级大师，担任评比建筑方案的双组长。我也应邀作为评委之一，有幸和这些国内外大师们坐在一席。当然，自己心里明白，这是因为我是遇难同胞纪念馆负责人的缘故才有此殊荣。更为荣幸的是，我选择的方案，竟然同两位国内顶级大师的选择完全一致，华南理工大学何镜堂院士领衔的设计团队技高一筹，最终被选定。

其次，在与展陈公司的多次对话中，赢得了主动。展陈招标一波三折，最终是沈阳鲁迅美术公司中标。该公司总经理张庆波带来他的设计团队，租用了遇难同胞纪念馆附近的千峰彩翠大厦第 12 层，这里一度成了我临时办公的一个地点。那段时间，我几乎每天在那里工作 10 多个小时，与设计团队一起讨论，一起创作，一起挑灯夜战，一起进行内容与形式的磨合。

我将展览用的 3500 张历史图片分为 4 类，要求设计师们，一类的照片尽可能放大尺度来使用，二类的照片是必须使用得当，三类的照片可适当缩小使用，四类的照片作为补充，可选择使用。

我还将从世界各大博物馆学习来的展陈经验与其交流，结合实际运用到我们的展陈设计中来，创造出多层立体空间陈列的范式，创造出根据内容的"收—放—收"展陈布局的设计线，创造出"黑白灰"三色的展陈色彩总体控制基调等。

在实际工作过程中，这些设计师们都不喊我馆长，改称老师了。他们说，跟我在一起工作，不仅是内容把握上有底有数，更主要的是在形式上，我也更有主意和办法。为此，张庆波总经理非常感谢我为鲁迅美术公司培养了一支懂设计、会设计的团队，提升了他们的设计团队总体水平。

再次，在与著名雕塑家吴为山、孙家彬的接触过程中，有了话语权。2006 年初，我专门去南京大学邀请吴为山为遇难同胞纪念馆制作雕塑。当时，吴教授因已与其他公司签订雕塑合同，一度举棋不定。后在我的说服下，他终于下定决心与他人协商，延长履约时间，参与本馆的雕塑制作工程。他接受我的建议，按照南京大屠杀历史照片和幸存者的回忆，进行雕塑艺术的创作，一举成功。此后，他从南京大学艺术研究院院长递升担任中国雕塑院院长、中国美术馆馆长。

雕塑家孙家彬在创作设计和平女神雕像的过程中，更是多次征求我的意见，我也先后 3 次到沈阳去看孙老师的雕塑小稿，提出修改意见。这尊雕塑以成熟、健康的青年女性象征中华母亲，以聪明可爱的男童象征着充满希望的明天，以鸽子寓意着和平。和平女神雕塑因其优美的造型和深刻的含义赢得了世人的称赞。

四、工程竣工载誉业界

2005 年 12 月 13 日，侵华日军南京大屠杀遇难同胞纪念馆的三期扩建工程正式奠基，2006 年 6 月 26 日起闭馆扩建。由于这项工程工期紧、要求高，参与工程建设的各路人马都成为"拼命三郎"，大家心里头只有一个念头，就是保质高效完成任务。那段时间，我也是拼了，每天 10 多个小时泡在工地上，协调处理各类问题。

由于过于劳累，有一天晚上，我在馆内加班一头倒下，昏迷不醒。单位的同事叫来救护车，把我送到江苏省人民医院吊水抢救。半夜里，我醒来后，看见爱人坐在病床前，我忙问怎么回事？她却淡定地告诉我，医生检查过了，没有什么问题，就是太累了，吊吊水，休息休息，就会好的。工期将近，我哪里还能休息，拔掉针头，就上了工地，连家也没有回。这是我担任遇难同胞纪念馆馆长 20 多年间，第二次身体累得吃不消。

2007 年 12 月 13 日，悼念侵华日军南京大屠杀 30 万同胞遇难 70 周年暨侵华日军南京大屠杀遇难同胞纪念馆扩建工程竣工仪式

经过两年多时间的拼搏和努力，新馆终于在 2007 年 12 月 13 日即南京大屠杀 30 多万同胞遇难 70 周年悼念日如期建成，并正式对外开放。

遇难同胞纪念馆扩建后总面积是原馆的 3 倍多，达到 111 亩；总建筑面积扩大 10 倍，达到 25000 平方米；展陈面积达到近 12000 平方米，是原来的 15 倍。

外景展区也大面积扩容，突出和增加了"场"的概念，由雕塑广场、集会广场、悼念广场、墓地广场、祭奠广场、和平广场等 7 个室外展览场所组成，面积达 15000 多平方米。

展陈突出了纪念性、实证性和客观性，运用了大量的人证、物证、书证、音像资料、历史档案以及新的史料等，比如南京大屠杀遇难者名录、幸存者照片、外籍证人的证言、新发现八卦洲的埋尸记录、太平门集体屠杀资料等，客观记录了南京大屠杀历史事实。

展陈还运用高新数码技术，大大增加了展厅信息容量，并运用大量观众互动参与系统，如观众留言、献花、观众回答问题、上万名遇难者资料查询等，创造新的展览效果。

中共江苏省委书记的梁保华在出席新馆开馆典礼时称赞道："新馆的效果好得超出我的想象，我走过很多国家，参观过很多纪念馆，但从来没见过像这样让人震撼的场馆，可以称得上是世界一流、中国第一、南京地标。"

新馆先后获得了"中国建筑学会建国 60 周年建筑创作大奖""中国建筑学会建筑创作奖优秀奖""中国建筑学会蓝星杯第五届中国威海国际建筑设计大奖金奖""建设部优秀建筑工程设计一等奖""教育部优秀建筑设计奖一等奖""中国建筑工程鲁班奖"和全国首批"国家一级博物馆"等一系列国家级荣誉，不仅证明了遇难同胞纪念馆品质的一流，更凸显了南京城市文化建设的高水准。

第十六章
国际政要祭扫遇难者

侵华日军南京大屠杀遇难同胞纪念馆已成为国际和平交流的一扇窗口。该馆建成以来接待过日本、美国、韩国等国家的总理、首相、总统、议长等众多卸任政要，而副总理、驻华大使、部长等则难以计数。在我馆的大事记上，清楚地记录着这些外国领导人来此参观的详情。这些年来，我逐一接待了丹麦女王玛格丽特二世陛下，美国前总统卡特，日本前内阁总理大臣鸠山由纪夫、村山富市和海部俊树先生，韩国前总理姜英勋、卢信永、全斗焕先生，澳大利亚议长玛格丽特·里德女士，泰国前总理安南·斑雅拉春，叙利亚共产党总书记尤素夫·费约尔先生等外国政要，向他们宣传南京大屠杀的历史真相，听取他们从国际视野对参观纪念馆陈列的评价及感受。

一、韩国前总理到访纪念馆

一年365日，来遇难同胞纪念馆参观凭吊的人群络绎不绝：有耄耋老者，也有天真无邪的孩童；有学富五车的史学家和声名显赫的社会名流，也有普普通通的工人、农民、军人和机关干部；有来自全国各地的游客，也有港澳台同胞、海外侨胞，还有来自日本、美国、法国、德国等的外国人。人们从四面八方走来，却带着沉重的感情离去。

在我的记忆中，最早访问侵华日军南京大屠杀遇难同胞纪念馆的外国政要来自韩国，遇难同胞纪念馆曾经迎来韩国多位卸任领导人。

2001 年 10 月 12 日，韩国前总理姜英勋（中）一行在侵华日军南京大屠杀遇难同胞纪念馆内参观时，作者为其讲解

　　1996 年 10 月，韩国前总理卢信永夫妇访问纪念馆。2001 年 10 月，韩国前总理姜英勋一行参观纪念馆。2001 年 12 月，韩国前总统全斗焕及其夫人一行访问纪念馆。姜英勋题词道："对于南京大屠杀，日本政府与日本军队应从人道主义的角度进行深刻反省。"

　　中韩两国地缘相近，文缘相通，人缘相亲。在近现代的东亚史上，日本帝国主义对朝鲜半岛进行长期的殖民统治，掠夺资源、奴役百姓，至今仍有历史遗留问题没有解决，如领土争端问题，尤其是"慰安妇"事件给韩国人民带来很大的伤害。中韩在历史问题上有着很多共同的感受和语言。对于日本而言，不仅对于南京大屠杀事件要反省，对于中韩"慰安妇"也要忏悔道歉。目前，日本对于韩国的殖民统治、对于中国的侵略战争的史实轻描淡写、极力美化，这伤害了中韩两国人民的感情。也不由不让人警惕，日本军国主义一旦机会成熟就会死灰复燃，让历史的悲剧重演。

　　中韩两国应该多加交流与合作，在日本的历史问题上形成合力，这不仅有助于遏制日本右翼分子翻历史案的企图，也可以在现实问题（如领土争端）上打压日本政府的强硬立场。日本政府只有客观面对历史遗留问题，树立正确的历史观，才能与周边国家搞好关系，共建东亚和平友好局势。

二、美国前总统卡特题辞

2012 年 12 月 14 日下午，美国前总统吉米·卡特先生及夫人罗莎琳·卡特一行，在南京市委常委、副市长郑泽光，江苏省对外友好协会副会长徐龙等人的陪同下，来到江东门侵华日军南京大屠杀遇难同胞纪念馆参观访问。

在对华关系上，卡特承认中国为唯一合法政府，台湾是中国的一部分，1978 年 12 月就关系正常化达成协议，发表中美建交联合公报；1979 年 1 月，中国副总理邓小平访问美国，8 月，美国副总统沃尔特·蒙代尔访问中国；1980 年 1 月，美国国防部长哈罗德·布朗访华，5 月，中国国防部长耿叙率团访美。自邓小平副总理访美后的两年时间里，中美两国政府之间签订了 35 个条约、协议和议定书，两国关系在外交、经济、科技、文化学术领

2012 年 12 月 14 日，美国前总统吉米·卡特先生一行赴侵华日军南京大屠杀遇难同胞纪念馆参观

域取得相当迅速的发展。

2002 年 10 月 11 日，挪威诺贝尔委员会决定把当年度诺贝尔和平奖授予卡特，以表彰他为促进世界和平所作出的努力。

"我一生之中最大的成就就是促成了中美建交。"美国前总统卡特曾这样说过。

卡特访问纪念馆时已是 88 岁的高龄老人了，可是精神镶铄、身体硬朗。他细致地观看了馆藏资料，听取我的参观介绍，并不时提问了解细节。

在南京大屠杀期间，贝茨、威尔逊、魏特琳、海因茨、米尔斯、马吉、史密斯等美国人留在南京成功组织国际安全区并为中国难民建立避难场所，所体现出的人类大爱，一直铭刻在中国人民的心中。

卡特先生盛赞当年留在南京的贝茨、威尔逊、魏特琳、海因茨、米尔斯、马吉、史密斯等美国人为"英雄"。他说，在这里我看到上世纪 30 年代中美合作留下了许多佳话。

卡特前总统还为纪念馆题词："这里是世界各国憎恶战争与渴望和平的最佳诠释。"

三、日本前首相鸠山表达和平之意

2013 年 1 月 16 日晚 11 时，一串急促的手机铃声将我从梦乡惊醒。顺手摸过来接听，原来是江苏省外事办公室礼宾处处长周叶春打来的电话。周处长说，日本前首相鸠山由纪夫夫妇一行当晚已经到达了南京，刚刚用完晚餐不久。次日早晨 9 时 20 分，他们来贵馆参观访问，请纪念馆做好接待准备工作。

周处长的一番话使我睡意皆无。此前，日本日中协会、中国外交学会、江苏省外办和南京市对外友协等多种渠道，特别是日本和中国几十家媒体的记者，几乎打爆了我的电话，从中我已得知鸠山要来参观的消息，但全是"可能要来"的口径，并没有接到正式来馆的通知。现在，终于接到了"官方"的正式通知。

放下周处长电话后，我的脑海里翻腾着如何接待鸠山一行的思绪。在我

2013 年 1 月 17 日，日本前首相鸠山由纪夫夫妇在侵华日军南京大屠杀遇难同胞纪念馆参观并留言：*"友爱和平"*

当馆长的 20 年职业生涯中，接待许多位中外领导人，我清楚地知道，凡事预则立、不预则废，对所有重要的接待任务，从来不敢有任何的马虎和应付，必须周全地提前考虑和安排好任何细节。我在床上辗转反侧，至凌晨 1 时 30 分还睡意全无。我对自己说，这样不行，明晨还要和鸠山先生一行讲解与交流，必须保持清醒的头脑和饱满的精神状态。于是，翻身下床，找了两片安眠药吃下，强迫自己休息。

17 日早晨 7 时 30 分，我们提前一个小时到达馆里上班。我对馆里的工作人员一一进行动员和具体安排，在现场进行布置。

9 时 20 分，载着鸠山夫妇的车队准时驶进了纪念馆 3 号门院内。连同鸠山夫妇，在贵宾接待室里落座的中日双方陪同人员有：日本日中协会理事长白西绅一郎、日本京剧院院长吴汝俊和鸠山先生的秘书芳贺大辅、中国外交协会副会长黄星源、江苏省外事办公室主任费少云和副巡视员蔡锡生等，陪同者都是我熟悉多年的老朋友。

我首先向鸠山夫妇一行简要介绍了本馆情况，充当欢迎辞说："鸠山先生、夫人及各位来宾，请允许我代表侵华日军南京大屠杀遇难同胞纪念馆全体员工，欢迎你们在寒冷的冬天，来到本馆参观访问。本馆建成于 1985 年 8 月，至今已经开馆 27 年。馆址所在地是当年侵华日军集体屠杀和 1 万多名遇难者尸体丛葬地遗址，建馆的目的是前世不忘、后事之师，意即把南京大屠杀的历史作为教科书，对人们进行历史教育和和平警示作用。2012 年，包括接待日本人士在内的世界各国观众达 650 多万人次。在一定意义上说，本馆是一座历史博物馆，同时也是一座和平博物馆。"我指着坐在一旁的白西绅一郎说："白西先生每年春天都要带领日本友好人士来本馆植树，他们自称为'绿色赎罪'活动，已经连续坚持有 26 年，在南京成活的树木已经有 6 万多株。"接着，又指着吴汝俊先生说："他是南京市对外文化交流使者、第二届南京文化名人，此前也多次来过纪念馆。"

鸠山先生接过话来说："尊敬的朱成山馆长先生，感谢您在百忙之中抽出时间来接待我们。他指着吴汝俊先生对我说，吴先生是我的朋友，他告诉我，南京有一个侵华日军南京大屠杀遇难同胞纪念馆，您应该去那里看一看。今天，他陪同我和夫人、白西先生等一起，亲眼来看一看。刚才，我坐在车上，远远地看到了纪念馆内有一尊高大的汉白玉雕像，雕像上那个手托和平鸽的妇女形象很优美，让我感动。我姓鸠山，在日语中，'鸠'这个字就是鸽子的意思，所以我对鸽子的形象特别有感觉。"

我提出一起去看展览的建议，得到大家的赞同。于是，在我的引导下，大家朝着展厅的方向走去。在路经"历史证人的脚印"铜版路时，鸠山先生停下脚步问："这是谁的脚印？"我回答："是南京大屠杀幸存者的脚印。"鸠山又问："他们现在都还健在吗？"我回答："其中的一部分近年来已经陆续去世，现在健在的不到两百人。"此时，白西先生走过来，示意鸠山先生面对镌刻有邓小平题写的"侵华日军南京大屠杀遇难同胞纪念馆"石墙前，向南京大屠杀遇难者致哀。鸠山先生点点头，向前走了几步，躬身向遇难者默哀数分钟。

进入展厅后，我向鸠山夫妇一行介绍了南京大屠杀发生的时间和 30 万遇难者数字的出处，他们都表情严肃但很认真地听着。在入口处有一座名叫"历史之门"的设计，我告诉鸠山先生，门上有一副铜手印，是根据南京大屠杀幸存者常志强的手复制的，这位历史老人现在还健在，只要触摸这副手印，这扇"历史之门"就会为我们打开。鸠山先生伸开双手，触摸了证人的手印。瞬时间，"门"被徐徐地打开了，大家鱼贯而入。

在情景中庭，有按一比一复制的高大但倒塌破损的南京中山门城墙，以及正在放映的侵华日军当年侵占南京城墙的历史录像片。我指着说明牌上的一幅历史照片，对鸠山先生说："这里复原的景观，正是根据这张历史照片复制的。"鸠山先生问："当年进攻中山门的是日军哪个部队？"我回答："日军第十六师团，又叫中岛师团，因为十六师团师团长名叫中岛今朝吾。"鸠山先生又问："他们来自日本什么地方？"我回答："日本京都。"

在序厅，我指着正前方那堵高大的墙体，上面用 3 台投影仪投射出翻滚的江水，不断浮现出许多张南京大屠杀遇难者的照片，特别是中间的汉白玉花圈中间，每隔 12 秒，在悠远的钟声中，切换着一张张男女老少遇难者照片说："30 万不仅仅是一个沉重而冰冷的数字，而且是一条条鲜活的生命，他们有着清晰的面容。"鸠山先生问："遇难者的男女比例是多少？"我告诉他："当时的情况很复杂，整体的男女比例无法作调查认定，局部调查认定的档案资料是有的。"

在集体屠杀展室内，我向鸠山夫妇一行讲解，日军为什么要在南京进行大规模屠杀？远东国际军事法庭的判决书中，专门引用了日本华中方面军司令官、南京大屠杀主犯松井石根当时下达的进攻南京的命令，它要求日军部队"用武力迫使中国畏服"，这是日军制造南京大屠杀的主要原因，还有其他一些原因，如中岛师团长的日记中记载的"大体上不保留俘虏，全部处理之"，造成了杀俘扩大化，也是原因之一。我还指着展板上展出的当年日本多家报纸上明确报道出在南京杀害 58000 人、36000 人、30000 人、17000 人等数字。鸠山先生问："是哪些报纸？"我回答："《东京日日新闻》《大阪每日新闻》等报纸。"

在集体屠杀示意电子图板上，跳跃着 20 多处日军集体屠杀遗址所在地名的红色显示图，大部分集中在长江沿岸。我告诉鸠山先生："当年日军集体屠杀的地点主要在长江边，其原因一是当时有许多南京市民和中国俘虏兵，他们想越过长江逃生，但没有渡江的船只，南京江面很宽，江水很急，只能在江边徘徊。日军围住他们后，在燕子矶、草鞋峡等地集中大规模地屠杀。也有从安全区、市区搜捕的俘虏兵和平民百姓，被押解到江边的煤炭港、中山码头等地进行屠杀的，尸体被抛入了长江里。"鸠山先生问："当时江边是不是很荒凉？"我说："是的！很荒凉。"他又问："纪念馆的位置在哪里？"我说："在江东门，离长江不远，当年毗邻一条名叫江东河的小河，河边有几口小水塘，也很荒凉。"

在日本随军记者村濑守保拍摄的被抛入长江后又被江水冲回岸边的许多遇难者尸体照片前，以及展厅中陈列的遇难者遗骨前，还有被日军砍下的遇难者头颅等照片前，鸠山先生双手合十，不断地鞠躬致歉，这样的场面先后达 10 多次。

在南京国际安全区展板前，我告诉鸠山夫妇等人，当时留在南京的一些外籍人士，出于国际人道主义，自发地组织了一个南京安全区国际委员会，设立了 3.86 平方公里的难民区，并成立了 25 个难民收容所，最多时一共有 25 万多难民涌进难民区。鸠山先生问："当时留在南京的有多少外国人？南京市有多少人口？"我明确地告诉他几个数字："当时留在南京的外国人一共有 39 人，他们来自美国、德国、英国、丹麦、俄国等不同国家，有教授、医生、传教士、商人、外交官等不同职业，但共同的行为是履行人道主义义务。1937 年初，南京的人口是 101.6 万人。随着日军侵占上海，国民政府迁都重庆，和一部分有条件逃难的南京市民纷纷逃离南京，但到南京的沦陷前夕，仍然有 50 多万市民滞留南京，加上从上海、四川等地调集来保卫南京的 10 多万中国守军，还有从上海、苏州、无锡、常州、镇江等地逃难来南京的难民，当时南京的人口有 60 多万。"

在展厅最后部分，我指着展板上有关日本政要来本馆参观的照片，对鸠山先生说："前几年来本馆参观访问的有日本前首相村山富市、海部俊树，也有时任日本自明党干事长的野中广务，还有时任日本社会党委员长、后来担任过日本众议院议长的土井多贺子，您是来本馆参观的第三位日本前首相。"听我这一番介绍后，鸠山先生走近展板，一一看了这些他熟悉的日本同僚们当时在纪念馆的情形。

走出展厅，我引领着鸠山夫妇一行参观本馆外景展区。在遇难者名单墙前，他用手抚摸遇难者的名单后，再次双手合十，向遇难者鞠躬致哀。

在遇难者遗骨坑和"万人坑"遗址，鸠山先生看到累累白骨，感到非常震惊。除了再次鞠躬致歉外，还问了句，这遗骨是真的吗？我知道，日本右翼学者田中正明曾经在向日本国会议员演讲时，胡说本馆展示的遇难者遗骨是假的，为此，许多日本政要都对这些遗骸的真实性表示怀疑。我肯定地告诉他，这些遗骸都是真的，遗骨坑中的遗骸在1983年发现时，日本朝日新闻的记者本多胜一，日本学者藤原彰、吉田裕、笠原十九司等，都在现场拍摄了照片。"万人坑"发掘的遗骸，是葬在水塘里的，共有7层堆积，每一具遗骸都经过考古学、医学、法医学等多种学科的科学鉴定，被证明是南京大屠杀遇难者的遗骸，目前被原貌原样地陈列。

在和平大舞台上，鸠山先生仔细地看着台口写着的两排对仗工整的大字："不为复仇誓言铭记南京历史遗训，为了大爱志愿谋求世界和平永续"。他对我说："这副对联太好了，使我很感动，希望大家一起为了世界和平出力。"我赞同地点点头，没有告诉他的是，这副对联正是出自我思考的结果。

在和平公园里，鸠山夫妇要与本馆和平女神塑像合影，邀请我与他们一起。这时，鸠山先生突然发现了在雕像上停歇着10多只白色的鸽子。他高兴地对我说，有那么多的"鸠"飞到这里来了。是的，鸽子是和平的象征物，在日语中被称为鸽子的"鸠"，今天真为了和平来到这里，受到来馆参观的许多观众的欢迎。

在和平公园的一角，高大的和平女神雕塑之下，有一棵树龄约20年的银杏树。我们请鸠山夫妇一行为它培土浇水，作为此次来馆参观访问的纪念树。这也是鸠山夫妇的心愿，用鸠山先生自己的话说，培植一棵和平的树。

在植树现场，还有许多棵由此前来馆的日本友人种植的纪念树，每棵树的旁边都立着一根高约1米的不锈钢柱，柱上面用中、英、日3种文字书写着何时何人种植的树。鸠山夫妇一行人饶有兴趣地观看，我一一地为他们作介绍：这是日本社会党副委员长涩泽利久先生种植的；这是日本铭心会访华团种植的；这是日本鹿儿岛教职员工会种植的；这是白西先生所在的日本日中协会组织的植树访华团1986年5月种植的，时间最早，已经在纪念馆成长了26年。鸠山先生问白西理事长："你们今年春天还来这里植树吗？"满头银丝的白西先生肯定地点点头说道："来！一直要种植到日本现任首相来该馆谢罪道歉为止。"

访问结束之前，我邀请鸠山先生为本馆题词。他拿起了毛笔，在事先为其准备好的宣纸上，写下了四个遒劲有力的大字："友爱和平"。在落款时，他将自己的名字鸠山由纪夫中的"由"字，改成了"友"字。当我问起是否有意而为之时，他点点头表示认可，说"等到银杏树开花时，我还会再来"。

当鸠山夫妇一行在汽车里与我们挥手告别时，我下意识地看了看手表：11 时 40 分。他们今天在本馆参观访问的时间整整 140 分钟。在不知不觉之中，我与鸠山先生近距离对话和交流的时间达到了 140 分钟，比原定的 80 分钟超出了一个小时。

过了一个多月，我收到了日本前首相鸠山由纪夫的来信。他在来信中主要表达了四方面的意思。一是感谢我的接待解说；二是表达其对日军侵略暴行的谴责和对遇难者的祈祷之心；三是希望承认国家间在这个历史事实问题上存在的意见分歧，提倡通过对话避免新的纷争；四是深感修复中日关系的责任重大。

鸠山由纪夫并不是第一位到访纪念馆的日本政要。1998 年 5 月，日本前首相村山富市参观了南京大屠杀遇难同胞纪念馆，并敬献了花圈，上面写着："前事不忘，后事之师。"村山富市采取了正视这段历史的态度，他在观看《侵华日军南京大屠杀》录像、参观陈列展览后，曾经沉痛地向中外记者表示："南京大屠杀惨不忍睹，我难以用语言表达自己的心情。"2000 年 8 月，日本前首相海部俊树访问南京并参观了南京大屠杀遇难同胞纪念馆。参观过程中，海部俊树敬献了花圈，并为死难者默哀，最后他在纪念馆留言册上留言："二十一世纪是和平希求的世纪。"

这次日本前首相鸠山由纪夫参观南京大屠杀遇难同胞纪念馆，引发广泛关注。在参观的两个多小时时间里，鸠山由纪夫认真观看了陈列的大量影像和图片资料，神情凝重。面对遇难者悲惨的图片和影像，鸠山多次双手合十默默祈祷，最后写下"友爱和平"四个字。鸠山先生署名时故意将名字写错，以表达中日友好之情。这一幕深深地留在我的心里，也留在南京人民的心里。

四、丹麦女王插种南京玫瑰

2014 年 4 月 27 日，笼罩在阴雨中的侵华日军南京大屠杀遇难同胞纪念馆迎来了一位非同寻常的凭吊者——丹麦女王玛格丽特二世陛下。她也是纪念馆建馆 29 年来参观访问的首位在任国家元首。

上午 10 时许，玛格丽特二世女王和亨里克亲王一行缓缓步入侵华日军南京大屠杀遇难同胞纪念馆。女王身穿湖蓝色套装，戴着同色系帽子，身材高挑，气质优雅，在人群之中十分醒目。陪同她参观的有外交部副部长王超、江苏省省长李学勇等领导同志，还有丹麦方面的有关官员。我随同前后为她进行讲解。

在纪念馆走廊的墙壁上，丹麦友人辛德贝格当年救助中国难民的珍贵照片史料十分醒目，仿佛又把人们带回了那个黑暗而血腥的年代。

女王驻足审视着那些铭记着历史的照片。"辛德贝格是日军南京大屠杀的见证者，也是当时在南京保护中国难民的国际友人之一。"我向女王介绍了辛德贝格在南京救助中国难民的历史。

辛德贝格，丹麦人，1911 年 2 月出生。在 1937 年冬到 1938 年春的 100 多天里，辛德贝格与德国人京特先生主持管理位于南京江南水泥厂的难民营，先后收容保护了 1 万多名中国难民和中国军队伤兵，成功阻止日军进入难民营和工厂骚扰，使他们避免了被侵华日军屠杀。

在工厂里，辛德贝格等还建立了一个小医院，医治难民伤病。同时，辛德贝格记录了关于日军南京罪行的许多案例，并将报告递交给南京安全区国际委员会。在 1938 年离开中国后，他还来到瑞士日内瓦等地放映证实南京大屠杀的影片，把日本军队在南京的暴行公之于众。

看着那些微微泛黄的历史照片，女王神色凝重，脚步缓慢，沉思良久。女王抵达南京时在江苏省政府的欢迎宴上曾致辞："明天我将会参观一个关于中国历史上最黑暗时期之一的纪念馆，它纪念的是 76 年前在这个美丽的城市所发生的大屠杀。我们无法改变已成为历史的残酷故事，但是我们可以学习到经验和教训。在这个事件中，值得丹麦人骄傲的是一个叫辛德贝格的丹麦年轻人。由于一些巧合，他在大屠杀前的两个星期到了南京，并且在这个事件中，他保护和救助了上万名中国人。今天，我们还要纪念他。因为他用自己的力量，在非常困难的情况下，救助了乡亲们。我们不但要回顾过去，也要面向未来。"

冥思厅里一片黑暗，只见两边水池中跳动的烛光在镜面的反射下连成一片，促使人们对历史进行反思：人类不要战争，世界需要和平。在工作人员的手电筒辅助光源的协助下，女王缓缓走动，我边走边对女王念道："让母亲可以安睡，让孩童不再啼哭，让战争远离人类，让和平永留人间。"

穿过冥思厅，来到和平公园。一抹光亮突然出现在眼前，仿佛从黑暗走向了光明，与场馆前面的压抑、悲愤、灰暗的色调形成了巨大的反差。和平舞台上，我特意安排了两名身着白色长礼服的姑娘在此等候。她们都毕业于南京艺术学院，是纪念馆的具有艺术特长的讲解员。她们向女王深深鞠了一躬，接着，一位姑娘弹起了钢琴，另一位姑娘为女王演唱歌曲《永远的南京·辛德贝格玫瑰》：

> 有一枝花儿名字叫辛德贝格玫瑰，
> 它从遥远的故乡丹麦带回。
> 那里盛产着安徒生童话，
> ……

辛德贝格先生的事迹已广为人知。丹麦的园艺师专门命名了"永远的南京——辛德贝格玫瑰"，以此纪念在南京大屠杀中曾救助两万多中国难民的辛德贝格先生，祭奠在那场浩劫中逝去的人们。

2006年，辛德贝格的妹妹、80岁高龄的比坦·安德森和来自美国、黎巴嫩的6名亲属来到南京，他们从丹麦带来了几株玫瑰的幼苗，在本馆和平公园内栽下。这后来成为纪念馆内一景——"永远的南京·辛德贝格玫瑰花圃"。这些来自异国他乡的花朵，在南京的土地上争奇斗艳，仿佛向人们诉说着中丹人民友好的故事。

丹麦人褒扬历史人物的做法，令我感动万分，遂作歌词一首，并邀请海政歌舞团著名作曲家姜延辉作曲，制作了歌曲《永远的南京·辛德贝格玫瑰》。时而低沉时而高亢的旋律向世人诉说着，对侵华日军大屠杀的暴行，中国人民没有忘记；对辛德贝格的人道主义功绩，中国人民没有忘记。

　　为了陪同女王参观，辛德贝格外甥女玛丽安夫妇也来了。这对夫妇以前曾多次来过纪念馆，特别是在 2006 年 4 月来南京时，还向纪念馆捐赠过辛德贝格当年从南京带回丹麦的几件文物，其中有中国难民赠送给他的布质刺绣横幅，上绣有"辛佩先生惠存见义勇为"几个字，落款为"余士和、曹诚之、李功霖、高永山、贝源旺、李福兴、郭仁旺、王福荣、蒋文华、郭仁鏊、王明仓敬赠"。

　　玛丽安性格开朗，见到本国敬重的女王时特别兴奋，她将一捧从丹麦带来的黄玫瑰花献给了陛下。

　　根据事前的安排，女王在"永远的南京·辛德贝格玫瑰花圃"旁边，为

2014 年 4 月 27 日，丹麦女王玛格丽特二世一行赴遇难同胞纪念馆参观，丹麦女王在江苏省省长李学勇和作者的陪同下，为"中丹和平友谊树"培土

一棵高大的梧桐树培土浇水，并正式命名为"中丹和平友谊树"。没有想到的是，女王陛下从玛丽安女士献给她的玫瑰花束中，抽出一枝来，插在和平友谊树下的泥土中，插在南京的土地上。在场的人们被其感动，起劲地为女王鼓掌，记者们更是用手中的照相机，咔嚓咔嚓地拍摄了这一珍贵的镜头。事后，我专门请来了园艺师，要求一定将女王亲手插下的这一朵黄玫瑰培育好，让它在南京的土壤里生根、开花，永久地开放。

最后，女王在和平公园里接见了南京大屠杀幸存者苏国宝。这位白发苍苍的老人，一提起那段往事就无比激动。他对女王说，侵华日军南京大屠杀惨案发生时，自己只有 10 岁。全家人与很多难民一起，住在辛德贝格参与建立的德丹国家合营江南水泥厂难民营中。辛德贝格还亲手交给他一块大洋，还有一些大米，全家人才得以存活下来。老人向女王表示："这个恩情我一直记在心里，感谢辛德贝格先生的救助！感谢丹麦国家和人民！

女王在馆里只待了短暂的 30 分钟，我有幸全程为其作讲解。女王给我留下了深刻的印象："这是一位热爱和平、可亲可敬的老人。"此次丹麦女王到访南京，到访纪念馆，到访和平公园，亲手为和平护绿插花，在回望历史的同时，也给中丹人民间的友谊增添了更重的分量。

第十七章

献给祭坛的申遗之举

世界记忆文献遗产是指符合世界意义，经联合国教科文组织世界记忆工程国际咨询委员会确认而纳入《世界记忆名录》的文献遗产项目。世界记忆文献遗产侧重于文献记录，包括博物馆、档案馆、图书馆等文化事业机构保存的任何介质的珍贵文件、手稿、口述历史的记录以及古籍善本等。入选《世界记忆名录》的档案文献超越了国界，成为滋养世界人民的精神食粮，成为全人类记忆的珍贵组成部分。

"忘记过去就意味着背叛"，"前事不忘，后事之师"，那么，中国近现代历史上罕见的惨案、人类文明史上的特大浩劫"南京大屠杀"，是不是应该成为具有世界意义的文献记忆呢？

一、卡门女士的提议

民间艺术国际组织，简称 IOV，是一个致力于世界传统文化、民间传统艺术以及民间非物质文化遗产保护与发展的国际性非政府组织，也是联合国教科文组织中唯一一个以保护和挖掘国际民间艺术和民间文化遗产为主要工作的国际机构。

2008 年 5 月，应南京市政府邀请，联合国官员、IOV 主席卡门·帕迪拉女士，IOV 秘书长汉斯先生，IOV 中国主席陈平女士，IOV 首席法律顾问兼美国分会主席乔治先生，赴南京进行考察，同时接受了为南京云锦申报世界非物质文化遗产名录的国际运作工作。

卡门女士参观了位于南京云锦研究所对面的侵华日军南京大屠杀遇难同胞纪念馆。面对残酷的罪证与令人战栗的历史事实，她的心情久久不能平静。她说，"南京大屠杀是二战史上三大惨案之一，如今波兰奥斯维辛集中营和日本广岛原子弹爆炸纪念馆均已被列入世界文化遗产，我认为贵馆也应该成为世界文化遗产。"

卡门女士在与南京市委宣传部部长叶皓先生交谈的时候，介绍了世界记忆名录这个项目，同时建议纪念馆应该申报该项目。叶皓先生立刻叫来了我。

当时我还不清楚什么叫世界记忆名录。我马上就此展开了谈话，请卡门女士为大家介绍了名录的情况，就申报名录的细节进行了可能性讨论，还委托陈平女士尽快跟国际社会和教科文组织相关官员取得联系。

2009 年 4 月 17 日，联合国教科文"人类记忆"委员会亚太地区剐主席、联合国教科文文化委员会主席、民间艺术国际组织主席卡门·帕迪拉女士一行赴侵华日军南京大屠杀遇难同胞纪念馆参观，作者为其讲解

为什么一名外国人在参观侵华日军南京大屠杀遇难同胞纪念馆时，能够发出"这里理应成为世界文化遗产"的感叹，而中国人却无人提出这个问题？为什么波兰人和日本人都将自己同胞（有的还不是自己的同胞）的遇难地申报了世界遗产，而同样是二战中三大惨案之一的侵华日军南京大屠杀遇难同胞的纪念馆，竟成了唯一被遗忘的存在？中国人不是喜欢争"世界之最""国际领先"的吗，为何在这儿卡壳了呢？这些问题令人深思。

原因之一恐怕是国人习惯于张扬成绩而羞于谈论国耻。是的，南京30多万同胞被日军野蛮屠杀，的确是奇耻大辱。然而，正是因为我们总是习惯于报喜不报忧，热衷于正面张扬，在国耻教育上更几乎是一片空白，于是国人总是"健忘"。甚至出现了"在历史疤痕上掘金，在民族伤口上找乐"，专门化装成"日本鬼子"当"导游""导购"，拿国耻当有趣的怪事。中国有句古话叫"知耻而后勇"，如果我们不敢正视耻辱，民族兴旺必然缺少一份勇气。何况，忘记历史，不敢正视历史，也是一种"背叛"。我为此写过一篇论文，题目是《不要轻视悲剧文化的力量》，刊登在《南京日报》理论版后，被许多媒体转载。

当然还有一个原因是我们不愿看到的，那就是风景名胜、历史文物、古城古镇、传统产品申遗后能够带来巨大的经济收益，而像遇难同胞纪念馆这样不能带来多少收益的项目如果申遗，可能"得不偿失"。的确，申报世遗是一件"烧钱"的事，如河南龙门石窟申遗，洛阳市政府投入1亿多元，武夷山在申遗也花了1个多亿，湖北武当山、重庆大足石刻等也"烧"了不少钱。可是，如果我们处处用金钱和效益来衡量我们的文化遗产，那么即便是已经申办成功的"世界文化遗产"，其"文化"含量恐怕也要大打折扣。

相比较一些地方千方百计而又一掷亿金的申遗热情而言，侵华日军南京大屠杀遇难同胞纪念馆实在不该成为被遗忘的角落，何况相对于二战时期另两处已经申报成功的惨案遗址，侵华日军南京遇难同胞纪念馆的申遗几乎是铁板钉钉而又不需要多少投入的事。如果侵华日军遇难同胞纪念馆能够申遗成功，不仅是对国人，而且对一些国际上爱好和平的人士，都是一种很好的教育方式。日本人再想篡改这种已经被国际承认的历史，再想否认南京大屠杀，恐怕也难上加难了。

对文献遗产来说，被列入世界记忆名录会大大提高其地位。名录的申报工作是提高各国政府和非政府组织、基金会和广大人民群众对其遗产的重大意义的认识的重要工具，并且有助于从政府和捐助者那里获得资助。

被列入世界记忆名录的档案可以使用世界记忆工程的标志。这个标志可用于各种宣传品，包括招贴画和旅游介绍等。它将大大提高该文献遗产的知名度，以及收藏这份档案的档案馆、博物馆的知名度。

卡门女士的建议触发了我的想法，我热切希望侵华日军南京大屠杀遇难同胞纪念馆申遗能够早日提上日程。

二、三馆合作联合申遗

2009 年，在南京市第十四届人大二次会议上，我和其他 10 名市人大代表联名提出《关于申报世界记忆遗产名录的议案》，被人大列为当年五项重要议案之一。人代会之后，南京市正式启动申遗项目，成立领导小组，当时由中国第二历史档案馆、南京市档案馆和侵华日军南京大屠杀遇难同胞纪念馆联合申报。

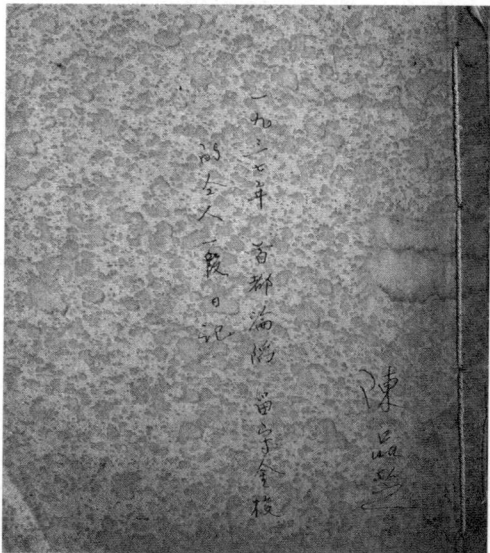
程瑞芳日记

中国第二历史档案馆是国家档案局所属的国家级档案馆，集中保管中华民国时期（1912—1949）各个中央政权机关及其直属机构档案，卷帙浩繁，截至 2003 年，共收藏有 932 余个全宗，计 180 多万卷，排架长度达 50000 余米，其中民国时期图书资料有 5 万余册。1931 年九一八事变爆发，日本占领东北，然后在中国占领区先后扶植与建立了若干伪政权。这些日伪政权在统治期间形成了一定数量的档案，该馆所藏日伪政权档案以汪精卫伪政府档案为主，共有 91 个全宗 10 余万卷。1945 年 8 月日本投降后，这部分档案被国民党政府接收，留存至今，这些档案较为完整地反映了日伪在沦陷区残酷统治和对华掠夺的历史面貌。

在南京档案馆里，集中保管了汪伪南京特别市政府的档案共 10794 卷，包括日军入侵南京初期网罗汉奸组织的"南京市自治委员会"、维新政府时期的"督办南京市政公署"和汪伪"南京特别市政府"3 个时期的档案。主要有记载日本侵略军制造的南京大屠杀惨案、慈善团体掩埋尸体的文书记录，日本帝国主义和汉奸政府相互勾结镇压中国人民、进行疯狂经济掠夺，对我国人民施行奴化教育、进行反动宣传的档案。

我们 3 家单位所在地都在南京，都有大量南京大屠杀的档案文献，于是共同合作，挑选了一批原始档案文献进行申报。共有形成于 1937—1948 年间的 5 组档案，分纸质、照片、胶片 3 类。5 组列入第三批中国档案文献遗产名录的档案分别为：中国第二历史档案馆珍藏的南京审判日本战犯军事法庭的京字第一号证据的 16 幅日军暴行的照片；金陵女子文理学院舍监程瑞芳女士记载南京大屠杀事件的日记；国民政府国防部军事法庭审判日本战犯档案；南京市档案馆珍藏的南京大屠杀案市民呈文；侵华日军南京大屠杀遇难同胞纪念馆珍藏的南京国际安全区委员、美国牧师约翰·马吉拍摄的有关南京大屠杀实景的原始胶片及摄影机。

这 5 组档案具体是什么内容？这些珍贵的照片和日记等历史资料如何穿过战火纷飞的年代保留至今？是一些什么样的人为世界留住了这段不容忘却的血色记忆？在此我撷取二三为大家进行介绍。

国民政府卷宗实录对日审判

中国第二历史档案馆珍藏了一份非常完整的档案全宗，是国民政府国防部军事法庭审判日本战犯的档案，被称作"593 卷宗"，这也是此次申遗的 5 组档案中最"厚重"的一组档案。

国民政府国防部军事法庭审判日本战犯档案，是一部真实记录当时中国政府对战犯审判全过程的卷宗。据介绍，这组档案一共有几千卷之多，其中与南京大屠杀相关的有 900 多卷。这些档案形成于 1937 至 1948 年间，具有不容置疑的权威性、真实性和唯一性。而其中最广为人知的，是对战犯谷寿夫的起诉书。

国民政府国防部军事法庭是战后审判乙级战犯的国际法庭，当时审判的日本战犯主要是 4 个人：谷寿夫，作为指挥官类军官进行审判；官兵类的 3 个代表，分别是田中军吉与另外两名"百人斩"代表。

据史料记载，1947 年 2 月 6 日，国民政府国防部军事法庭对战犯谷寿夫开始为期 3 天的公审，先后有 80 多名证人出庭陈述谷寿夫等日军在南京所犯的暴行。金陵大学外籍教授史密斯·贝德斯就侵华日军在南京制造大屠杀的客观事实作证。开庭审判时，上千人出席旁听。庭外装有播音器，许多市民聚集庭外收听审判实况。

当年 3 月 10 日，国民政府国防部军事法庭判定战犯谷寿夫在南京大屠杀期间的犯罪事实，判决"谷寿夫在作战期间，共同纵兵屠杀俘虏及非战斗人员，并强奸、抢劫、破坏财产，处死刑"。

这份判决书的原本，正是这次申遗的档案之一。从日本罪犯调查到法庭质证、辩护、判决书等一系列法律程序的文本记录都包含在内，另外还包括了所有作为呈堂证据的相关照片和影像资料。

"程瑞芳日记"填补史料空白

在那段国破家亡的日子里，作为国际安全区教会所办的金陵女大收容所负责人之一，62 岁的程瑞芳白天和同伴们撑起一顶已然千疮百孔的"保护伞"，为无家可归的难民们提供着庇护，晚上她就在昏暗的灯光下，用和着泪水的墨水写下一篇篇日记：

> 12 月 10 日……搬进安全区的人路上不断，进到学校的也是如此，洋车没有了，路上男的、女的、老的、少的，都是自己挑、抬，飞机声、大炮声他们也不管，真是凄惨……我们这旦只住妇女、小孩，也不许烧锅弄饭，有的自己家里送饭，没有饭吃的不多，我们给他们吃，早上给他们水洗面，给他们三次水喝，有一千多人，忙极了，预备水、开水，一日送两次。现在预备在大门外对面开一粥厂，过两天就有粥

吃了……

12 月 11 日……今早死去两个小婴孩，一个只有一个多月，是闷死的，一个有三个多月，早有病的……今日大炮打得利（厉）害……我军（注：指国民党军队）要逃了，警察没有了。下关我军放火烧了，烧的地方很多……

12 月 14 日……今日来的人更多，都是从安全区内逃来的，因日兵白日跑到他们家里抄钱、强奸。街上刺死的人不少，安全区里都是如此，外边更不少，没有人敢去，刺死的多半是青年男子……

12 月 17 日……现有十二点钟，坐此写日记不能睡，因今晚尝过亡国奴的味道……今晚拖去 11 个姑娘，不知托（拖）到何处（强奸），我要哭了，这些姑娘将来如何？……

……

程瑞芳日记的发现者之一、"程瑞芳金陵女大日记整理与研究"课题组负责人郭必强说："这本日记发现的意义在于，它填补了侵华日军南京大屠杀史料中的一个空白，与《拉贝日记》《魏特琳日记》和《东史郎日记》形成连环证据，受害者、加害者以及第三者的日记证言相互印证，这也是一种法律意义上的铁证。"

美国牧师冒死拍摄日军暴行

日军坦克、装甲车疯狂地炮击南京城，城内一片断垣残壁，被蹂躏、奸淫后的妇女痛苦万分，被汽油烧焦的尸体惨不忍睹，街道上、水塘中到处是被日军血腥屠杀的平民……

在侵华日军南京大屠杀遇难同胞纪念馆的展厅内，这段长达 105 分钟、真实记录大屠杀惨况的影片，始终吸引着众多参观者驻足。这是在侵华日军南京大屠杀期间，美国牧师约翰·马吉利用一台 16 毫米的摄像机拍下的唯一真实反映日军暴行的动态画面。

2002 年 10 月 2 日，举行"约翰·马吉牧师拍摄日军南京大屠杀暴行摄像机捐赠仪式"，大卫·马吉先生将其父亲在南京大屠杀期间使用的 16 毫米家用摄像机捐赠给侵华日军南京大屠杀遇难同胞纪念馆

约翰·马吉，1884 年出生在美国匹兹堡的一个律师家庭。1912 年，作为圣公会的一名传教士，他被派赴中国南京挹江门附近的德胜教堂工作。侵华日军的凶残，使他的心灵受到极大的震撼。冒着生命危险，他拍下了侵华日军南京大屠杀暴行。

1937 年 12 月 21 日，马吉在南京鼓楼医院拍摄了许多被日军残害的市民，他们中有些人成了控诉南京大屠杀的"活证据"。当年怀有 6 个月身孕的李秀英，是他拍摄的一名正在被救治的病人。因反抗日本兵强暴，李秀英身中 37 刀。幸存下来的李秀英曾多次赴日本参加和平集会，控诉日军暴行。

从日军攻陷南京起，马吉共拍摄了 4 盘放映长度达 105 分钟的真实史料。1938 年初，南京安全区国际委员会副总干事、美国人乔治·费区，冒着生命危险，秘密地将马吉拍摄的部分胶片带到上海。在上海，费区与英国记者田伯烈一起到上海柯达公司，对这些资料片进行了紧张的编辑制作，并加上英文说明。这部纪录片面世后，立即引起轰动，侵华日军的暴行遭到世界舆论的谴责。

2002 年 10 月，马吉牧师的儿子大卫·马吉将父亲当年所用的摄影机捐赠给侵华日军南京大屠杀遇难同胞纪念馆。马吉牧师拍下的电影资料是侵华日军暴行的铁证，是对那些竭力否认南京大屠杀历史的日本右翼分子的有力回击。

照相馆学徒勇藏日军砍杀照片

南京大屠杀最初的档案是由日军自行生成的，其中最令人震撼的则是一组 16 张日军军官连续砍杀中国人、强奸妇女的照片。

1937 年 12 月日军占领南京时，当时只有十五六岁的罗瑾正在长江路估衣廊附近的华东照相馆做学徒。1938 年 1 月的一天，有个日本军人到这家照相馆，送来两卷胶卷冲洗。罗瑾发现，这些照片竟然都是日军屠杀同胞的现场照。为了保存罪证，他悄悄地多洗了几十张，并用硬纸自制了一个小本

罗瑾洗印的 16 幅"血证"照片集封面

子，选取了最怵目惊心的 16 幅日军暴行的照片装订成册。

这个相册的封面有一颗"滴着鲜血的心"，旁边是一把日本刀，又在右上角写下一个"耻"字，这大概是为了表达心中的震惊和愤怒。罗瑾做完这个相册，就把它藏了起来。

1941 年，已经离开了照相馆的罗瑾把相册拿到了毗卢寺附近的汪伪政权通讯队培训所的厕所，找了一个不起眼的墙缝藏好，并用泥糊了起来。不放心的他隔三差五就去厕所查看。然而有一天，他突然发现这本血证相册不见了，为了防止意外，他逃离了南京，隐居在福建省大田市。

50 多年后他才知道，这本相册被南京市民吴旋取走，吴旋把它藏在了大佛的底座下，后辗转多处收藏并一直保存到抗战胜利，交给了临时参议会。在南京军事法庭审判日本战犯时，这本相册作为"京字第一号"证据被提交法庭，发挥了重要作用。

三、中国记忆遗产申报成功

世界记忆工程鼓励建立地区和国家名录，这两个名录主要收集具有地区和国家意义的文献遗产。地区和国家名录并非在重要性上次于世界记忆名录，而是保护地区和国家文献遗产的手段不同。《中国档案文献遗产名录》就是中国的国家级名录。

为唤醒和加强全社会的档案文献保护意识，有计划、有步骤地开展抢救、保护中国档案文献遗产工作，国家档案局于 2000 年正式启动了"中国档案文献遗产工程"。工作机构由"中国档案文献遗产工程"领导小组、国家咨询委员会和办公室组成。"国家咨询委员会"委员均是国内文献、档案、图书、古籍、史学界著名的学者、专家。"中国档案文献遗产工程"的工作与全国重点档案抢救工作紧密相联，选择的档案文献均是重点档案中的珍品。

实施"中国档案文献遗产工程"既是为了加强对我国重点档案的抢救，也是为了配合"世界记忆工程"项目在中国的开展，做好中国档案文献申报《世界记忆名录》的前期准备工作。

2010 年 2 月 22 日，"中国档案文献遗产工程"国家咨询委员会召开会议，按照"中国档案文献遗产"入选标准对第三批申报的档案文献进行了认真审定。侵华日军南京大屠杀遇难同胞纪念馆和中国第二历史档案馆、南京市档案馆"捆绑申遗"，以其权威性和真实性成功入选"中国档案文献遗产"。

从"档案文献"到"记忆遗产"，体现出国民对历史问题认识上的提高。这不仅是历史档案文献的丰富，更由一个国家和民族的"历史档案"上升到人类的共同记忆财富。

南京大屠杀的档案文献成功入选为国家记忆遗产，这为 2014 年的申请世界记忆遗产打下了基础。

四、世界记忆遗产申报成功

2014 年 3 月，国家档案局以世界记忆工程中国国家委员会的名义，正式向联合国教科文组织世界记忆工程秘书处递交了《南京大屠杀档案》和《"慰安妇"——日军性奴隶档案》提名表。在原先 3 家单位的基础上，又加入了中央档案馆、辽宁省档案馆、吉林省档案馆和上海市档案馆进行联合申报。档案名录也由过去的 5 组扩充为 11 组，分为纸质、照片、胶片 3 类，既有单件档案，又有全宗。

这 11 组档案具体包括：

身处国际安全区的金陵女子文理学院舍监程瑞芳日记；

美国牧师约翰·马吉 16 毫米摄影机及其胶片母片；

南京市民罗瑾冒死保存下来的 16 张侵华日军自拍的屠杀平民及调戏、强奸妇女的照片；

中国人吴旋向南京临时参议会呈送的日军暴行照片；

南京军事法庭审判日本战犯谷寿夫判决书的正本；

美国人贝德士在南京军事法庭上的证词；

南京大屠杀幸存者李秀英证词；

南京市临时参议会南京大屠杀案敌人罪行调查委员会调查表；

南京军事法庭调查罪证；

南京大屠杀案市民呈文；

外国人日记："占领南京——目击人记述"。

这 11 件档案都是真实记录日军南京大屠杀罪行的第一手历史资料，具有毋庸置疑的权威性、真实性和唯一性，对于研究当年历史具有极为重要的价值。

这些档案历史线索清晰、记录真实可信，档案资料互补互证，构成了完整的证据链，从不同角度真实地记录了日军在占领南京期间对放下武器的中国军人和平民百姓的大肆杀戮、抢掠财物、奸污妇女的大量罪行。这些档案遗产有助于让世界人民认识战争的残酷性，牢记历史，珍惜和平，共同捍卫人类尊严。对于研究中国抗战史、日军暴行史，有力回应否认南京大屠杀历史的日本右翼等，具有重要的史料价值。

《南京大屠杀档案》和《"慰安妇"——日军性奴隶档案》申遗相对于其他内容的申遗项目，在国际上引起了特别的关注与反应。

消息一出，日本内阁官房长官菅义伟就在随后的记者会上表示，对中国就南京大屠杀向联合国教科文组织申报世界记忆遗产名目一事表示遗憾，称中国将日中之间过去的"负遗产"进行"恶作剧"式的展示，并要求中方撤回申请。对此，中国外交部发言人华春莹表示，中方将有关南京大屠杀和日军强征"慰安妇"的一些珍贵历史档案进行申报，目的是牢记历史，珍惜和平，捍卫人类尊严，以防止此类违人道、侵人权、反人类的行为在今后重演。对于日方的撤回申请的要求，中方不接受，也不会撤回有关申报。

2015 年，国家主席习近平在纪念中国人民抗日战争暨世界反法西战争胜利 70 周年大会上的讲话中指出，历史给我们所启示的一个伟大真理是："正义必胜！和平必胜！人民必胜！"同年 10 月 9 日，联合国教科文组织冲破日本安倍政府对中国申遗所设置的层层障碍，毅然作出决定，将中国申报的《南京大屠杀档案》列入世界记忆名录。

历史就是历史，教科文组织公正且经得起考验的结论，向世界还给了中国一个公正的答案，也彰显了正义的存在。

一直以来，日本右翼都试图掩盖发动侵略战争的史实，同时做出自己像受害人似的假象以蒙蔽世人。事实证明，所有的粉饰，只会让更多人愤慨。试想一下，如果年轻一代对历史问题没有正确的认识，又怎能与世界进行正常交流？当亲历者正在凋零，抢救这段历史，岂可被政治目的蒙住良心？！

"后人复哀"的典故说明，申遗可以更好地让我们铭记民族伤痛，引以为戒。一部中国千万家庭的血泪史，一部中国人民宁折不弯、顽强不屈的精神史，足以刻在国人的记忆中，刻在世人的脑海中，为千千万万的中国人敲响警钟：吾辈当自强。

尊重历史，正视历史，铭记历史，申遗成功再次证明了习近平主席所揭示的"正义必胜！和平必胜！人民必胜！"这一伟大真理。愿这个记忆能使后人记住：以往的罪恶，不可能用现在的"努力"涂抹干净；愿这次胜利，能够让彼此轻装前进。可以说，这是中国对日本右翼势力进行的一场没有硝烟战争的胜利。

第十八章

各界人士呼吁公祭日

从 1994 年 12 月 13 日开始,每年的这一天,江苏省暨南京市都要举行纪念南京大屠杀死难者的仪式,每年都会有南京大屠杀幸存者、南京大屠杀遇难者遗属代表参加活动,他们多次提出请求,国家应当重视南京大屠杀死难者纪念活动。从上世纪 90 年代起,海外华侨、国内长期从事南京大屠杀史研究的专家学者,纷纷提出仅仅停留在江苏省暨南京市地方性纪念南京大屠杀死难者活动的层面是不够的,应当提高到国家层级。

一、国际上的公祭活动

回顾二战以来的历史,不难发现世界上许多国家,纷纷采取种种不同的方式,悼念在二战中牺牲的民众,并且这类纪念性活动一直持续至今,吸引着各种各样的人们缅怀战争受难者,同时对历史进行全面而深刻的反思。

波兰在战后建国之初,在国会上以国家立法的形式,把奥斯维辛-比克瑙集中营、马伊达内克集中营等 5 处战争期间遭纳粹集中屠杀的遗址,确立为波兰国家博物馆,隶属于波兰国家文化与民族遗产部管辖,虽然这 5 处集中营遗址均不在其首都华沙。近 10 年以来,波兰对许多博物馆进行改制,成为地方性博物馆或者民间博物馆,但这 5 座博物馆受国家立法保护,隶属于国家的关系仍然不变。正是由于如此,每年的 1 月 27 日,当年的幸存者、参加过解放集中营战役的红军老战士以及相关国家的政要,都会被邀请来到奥斯维辛-比克瑙集中营国家博物馆举行纪念活动，届时波兰全国各地也都要举行相关的纪念活动。人们不仅通过类似的活动纪念那些死难者，更表示永远记住那段悲惨的历史，并且认为此举正是建立奥斯维辛-比克瑙集中营国家博物馆的目的之一。2005 年 11 月，联合国教科文组织将 1 月 27 日设立为"缅怀大屠杀受难者国际纪念日"。每年的这一天，纽约、巴黎等国际性城市，都会在同一天举行这样的纪念活动。

　　美国纪念珍珠港事件也是如此。1941 年 12 月 7 日凌晨（夏威夷时间），日本偷袭美国珍珠港，从而揭开了太平洋战争的序幕。美国总统罗斯福第二天宣布这一天为国耻日，并对日宣战。每年的 12 月 7 日，美国政府、军方和民众都会以各种形式纪念"珍珠港事件"。从夏威夷到华盛顿特区，各地政府部门降半旗，军方举行敬献花圈等仪式，追思在该事件中殉难的逾 2400 名美国人。在美国，规模最大的纪念仪式是在珍珠港事件纪念馆游客中心一块濒海草坪上举行，不远处就是 1941 年 12 月 7 日在日军空袭中爆炸后沉没的"亚利桑那"号战舰残骸，里面埋葬着 1177 具美国海军官兵的遗

珍珠港事件 70 周年纪念仪式上向遇难者敬礼的人们

体。纪念仪式还包括军乐队表演、鸣枪、献花等活动，美国战机还在著名的"亚利桑那"号战舰纪念馆上空举行了低空通场表演。美国总统奥巴马曾于2011年12月宣布，把12月7日命名为美国珍珠港事件纪念日。

日本纪念广岛和长崎的原爆遇难者也是这样。战后，除了1951年朝鲜战争期间没有举行公祭外，每年的8月6日和9日，日本均要分别在广岛和长崎举办大规模的"原子弹死难者慰灵暨和平祈念仪式"活动，日本现任首相，众、参两院院长以及日本各大党派负责人，都会出席两地的纪念仪式。从1999年起，在纪念日以前发函邀请各持核武器的大国派代表出席仪式。美国过去一向不给予回应，但从2011年却决定派代表参加。联合国秘书长潘基文也曾应邀参加广岛的祈念仪式。

二、我的"国家公祭"情结

1994年8月，我应日本民间组织铭心会邀请，与南京大屠杀幸存者代表夏淑琴赴日参加缅怀亚太地区战争遇难者活动。这次访日是我国首次公开派出的南京大屠杀幸存者代表和以侵华日军南京大屠杀遇难同胞纪念馆馆长身份赴日访问，引起了日本舆论界、教育界、历史学界的广泛关注和积极反响，扩大了南京大屠杀事件的宣传影响面，增进了中日两国人民之间的沟通和交流。

我在广岛和长崎看到日本对"原子弹爆炸"纪念的规模之大远远超出了想象，集会最大规模超过10万人，首相、各大党领袖、议会议长等核心人物都参加，首相还发表简短讲话。正是通过这样的纪念形式，无论是在国内还是在国际舆论上，原本是战争加害国的日本，却渐渐地扮演起了受害国的角色。

与奥斯维辛、日本广岛原子弹爆炸一样，发生在1937年12月13日—1938年1月的南京大屠杀事件是第二次世界大战历史上的三大惨案之一。南京之痛，国人之痛；南京之灾，民族之灾。侵华日军选择在南京大肆屠杀30多万国人，正是看中了当时南京作为首都的政治地位，因此，南京大屠杀事件是整个民族无法抹去的伤痛。

1994 年 8 月 7 日，作者在日本"广岛市原爆死没者慰灵式·平和祈念式"会标前留影

　　我当时很感慨，相比之下，我国虽然近现代遭受了巨大的灾难，但是为此所做的事情太少了。回来之后，我立即建议省市有关部门也要举办隆重的仪式，以警醒后人、不忘历史。1994 年 12 月 13 日，即侵华日军南京大屠杀遇难同胞 57 周年祭日，南京各界第一次在纪念馆举行了悼念 30 万遇难同胞的纪念活动。

　　每年"12·13"举行的悼念活动，已经在国内外产生了一定的影响，也得到了社会各方面的支持。但是，我对 30 万遇难同胞的悼念活动一直没有满足感。这种悼念活动一直停留在地方层面，规模和级别既不匹配其历史地位，也不符合国际惯例。纪念规模一直没有超过 1 万人。每年都会有南京大屠杀幸存者、南京大屠杀遇难者遗属代表参加活动，他们多次提出请求，国家应当重视南京大屠杀死难者纪念活动。

　　最早提出这一建议者，是海外华侨。在上世纪 90 年代，林伯耀、林同春等日本华侨，陈宪中、邵子平等美国华侨，均纷纷提出应当按照国际上的惯例，建议我国领导人也要参加每年的纪念南京大屠杀死难者活动。

中国第二历史档案馆、江苏省社会科学院、南京大学、南京师范大学等一批长期从事南京大屠杀史研究的专家学者，也数次提出仅仅停留在江苏省暨南京市地方性纪念南京大屠杀死难者活动的层面是不够的，应当提高层级，由中国国家领导人出席这样的仪式，以表示对死难者生命的尊重和对历史的责任。

我在许多公开场合大声呼吁要将祭奠提升到国家公祭的级别。

2007年正逢南京大屠杀的70周年、新馆开放。2月3日，日本《朝日新闻》上海支局长塚和仁来纪念馆采访，他问道：2007年70周年的悼念活动仍然会以江苏省和南京市的名义举办吗？

我回答道：如果2007年没有变化的话，应该仍然如此。但是我个人认为应该由国家来办。日本的广岛与长崎悼念的同样是普通老百姓，国家领导人都能前往参加，奥斯维辛集中营等世界同类型的纪念馆也均如此。对生命的尊重，对历史的尊重应该是一样的，是没有国界和东西方之分的，外国领导人能做的事，为什么我们中国领导人就不能呢？

2008年11月19日，日本《东京新闻·中日新闻》上海支局长兼记者小坂井文彦先生来本馆，就侵华日军南京大屠杀遇难同胞纪念馆参观人数、寻找幸存者与征集文物等相关问题采访了我。小坂井问道：2008年的悼念活动有中央领导来吗？我说：没有。小坂井又问：你希望中央派人来参加吗？

我回答：不仅是我们，全国人大代表、政协委员都有这方面提案，这是对死者的尊重，对和平的尊重，也是国际惯例。广岛、长崎每年都有日本领导人参加，还有美国的二战纪念馆、俄罗斯的卫国战争纪念馆都有国家领导人参加，我也去看过的。我馆的建馆目的在于记住历史教训，面向未来，外国的领导人可以去参加，我国的领导人也应该来，至少全国人大副委员长或者政协副主席应该来。

对于设立国家公祭这一提议，南京大屠杀历史研究专家、南京大屠杀幸存者等也都一直在为其呼喊奔走。我的心情非常急迫，但我本人能够发挥的作用有限，因此想到了要把这个提案拿到国家议事平台，同时获得媒体的广泛报道和民众的大力支持。

三、全国"两会"上数提建议案

2004 年，江苏省人大常委会副主任赵龙带着女儿参观侵华日军南京大屠杀遇难同胞纪念馆后，感觉除了沉重和悲痛，更是有一些困惑和震惊。他认为，像南京大屠杀这样一场人类的浩劫、中国人民历史上的这样一个大灾难，为什么仅仅是在地方层面上来纪念？这和国际上的做法有很大差异。经过和我的交流，他产生了在政协会议上提出设立国家公祭日的想法。

2005 年 3 月，第十届全国政协三次会议召开，江苏省人大常委会副主任赵龙首次提交了两份提案，建议把侵华日军南京大屠杀遇难同胞纪念馆升格为国家级博物馆并申报世界文化遗产，同时建议把每年的 12 月 13 日定为国家公祭日，每逢此日在大屠杀遇难同胞遇难遗址处举行公祭活动，并有国家领导出席，社会各界人士、国际友人及外国政要参加。还要"以法律或制度形式固定下来，使世界永不忘记，让国人永世铭记"。

他的这一提案虽然是手写的，全文不到 700 字，在当时得到了 49 名委员联合签名，纷纷响应，被媒体广为报道，成为当年全国"两会"的热点新闻，获得了民意广泛的支持和赞同。后来，赵龙还收到了上万条网友的回复，都对他的提案表示赞成。

提案提出以后，相关部门没有一个明确的答复。关于这一个提案，多年来，赵龙一直有这样一个"纠结"在里面，他非常担心，随着时间的推移，越来越多的人，特别是年轻人对南京大屠杀也只停留于书本的模糊印象。另外，这么多年来，赵龙与我一直保持着联系，对于"国家公祭日"的愿望，我们的看法一致。

于是时隔 7 年，在 2012 年第十一届全国政协五次会议上，全国政协常委、民建江苏省委主委赵龙再次提交南京大屠杀相关提案。赵龙认为，南京大屠杀与另外两件二战惨案——奥斯维辛集中营、日本广岛原子弹事件相比而言，后两者的纪念馆不但是国家级，而且都已申报了"世界文化遗产"，而南京大屠杀遇难同胞纪念馆目前仅为市级。其次，把江东门纪念馆

首位国家公祭案提案人赵龙先生在新闻发布会上

上升为国家级纪念馆，不仅仅是南京一地的事。申报世界警示性文化遗产，我国目前还是零，而中国最具有条件、最应该首先申报的，就是侵华日军南京大屠杀遇难同胞纪念馆。这对南京大屠杀这一历史事件的宣传面会更广，影响力更大。目前，世界上有许多人不了解这一重大的历史，年轻人更是不太了解。升格为国家级以后，参观的人数会更多，纪念馆本身的宣传手段和方式也会逐步多元化。

与此同时，在 2012 年第十一届全国人大五次会议期间，3 月 9 日，邹建平代表提出"修建抗战胜利纪念园"和"否定南京大屠杀入罪"两个建议。3 月 10 日，邹建平代表又递交了他的第三份与南京大屠杀有关的建议：在南京大屠杀遇难同胞祭日举行国家公祭。

邹建平提出这份建议，也是受了我的提议与委托。我心里打算：人大提一份、政协提一份，希望能引起更高层面的关注和重视，并且盼望 2012 年 12 月 13 日就能举办首次"国家公祭日"，这对于不久前日本名古屋市市长河村隆之"否认南京大屠杀"的言论，更是一个有力反击。

　　我与邹建平本不认识，是通过南京市人大代表孙达华介绍认识，并委托代为提案的。邹建平作为一个南京人，和众多市民一样，每逢 12 月 13 日都会听到城市上空响起的警报声。此前，邹建平委员也了解过一些世界各国对战争受难者、遇害者的公祭活动，他觉得这个建议非常好，应该在全国"两会"上提出来。

　　邹建平代表认为，南京大屠杀不是南京城一地的事，应该通过国家公祭的形式悼念遇难的同胞，振奋民族精神和爱国意识。更重要的是，它可以在更广的范围内表达对死难者的哀悼、对生命的尊重、对和平的诉求，更好地表明中国人民反对战争、维护和平的立场。2012 年正值南京大屠杀 30 万同胞遇难 75 周年，根据逢五逢十举办较大规模悼念活动的惯例，邹建平建议当年 12 月 13 日即举办首次国家公祭，邀请全国人大或全国政协一位副职领导出席悼念仪式，在更广的范围表达对和平的诉求。

　　之后，江苏省及南京市的人大代表、政协委员又多次就此事提交提案。他们的提案代表了广大民众的意愿，为"国家公祭日"的设立作出了积极的贡献。

　　当然，就一个立法而言，当中会有很长的过程，包括其他的立法建议，人大代表提出后也并不会期待很快就见到结果。2012 年虽然没有如我所愿设立"国家公祭日"，不过，重要的是有人来提，表明了人民的心愿。

四、新华内参引发中央关注

　　2013 年 12 月 26 日，日本首相安倍晋三不顾包括中国在内的亚洲多国人民感情悍然参拜靖国神社，并发表讲话。他的这一行径遭到了我国、日本国内、韩国、美国等多国舆论的声讨。我外交部发言人建议其"应该到南京大屠杀遇难同胞纪念馆看看"的巧妙回应，赢得了国内民众的强烈支持，有民间人士甚至表示愿意出资在纪念馆立日本甲级战犯的跪像，让他们"一跪万年"。

　　安倍晋三的倒行逆施显然是不得人心的，我国国家领导人及外交部比较强硬的回应获得了民众的支持与赞誉。但针对安倍的参拜、演说等一系列动作，仅仅通过外交言辞进行应对，我感觉还是缺少手段、威慑不够。我认为，若能借助此次时机，将南京大屠杀死难者纪念日定为国家公祭日，提升纪念的规模和级别，将会取得诸多积极效果：

其一，有力回应并震慑日本当局和右翼势力，不断提醒他们侵华日军当年在中国犯下的罪行及日本作为战争加害国的身份是永远无法否认和回避的，必须在承认历史的前提下才能赢得他国的尊重。

其二，更好地传承中华民族的这段受难历史，进一步加强爱国主义教育。南京大屠杀历史是"有国才有家，国强家不贫"的最好教材，正是国家不强，民族才遭此大劫。通过国家公祭，全民不断缅怀历史，有利于更好地形成奋发向上的氛围，推动民族复兴。

其三，赢得国际社会尊重，进一步树立大国形象。当前我国在钓鱼岛、安倍参拜靖国神社等问题上，展现出的强硬姿态在国际上赢得了好评，如能按照国际惯例进一步设立国家公祭日，则可以在更广范围内表达对死难者的哀悼，对生命的尊重，对和平的诉求，更好地表明中国人民反对战争、维护和平的立场，从而获得国际社会的理解与尊重。同时，我们不因南京大屠杀发生在国民党执政期间而轻视其意义的做法，也能进一步彰显党中央开明姿态。

实行国家公祭活动，是为了不忘南京大屠杀的历史教训，振奋民族精神，同心协力去实现中国梦，同时也是为了未来不再发生这样的大屠杀、大悲剧、大惨案，使人类和平相处与共存。藉此向世界表明中国人民牢记历史，以及捍卫和平的决心。

安而不忘危，治而不忘乱，存而不忘亡。忘记历史教训有可能导致和平创伤，甚至于历史悲剧的重演。在南京大屠杀期间担任南京安全区国际委员会主席的德国人约翰·拉贝先生告诉我们："可以原谅，但不可以忘记。"代表中国出席远东国际军事法庭，审判南京大屠杀主犯松井石根等甲级战犯的国际大法官梅如璈先生提醒人们："忘记历史有可能导致未来的灾祸。"当然，重温历史不是要复仇，更不是要雪恨，而是为了警醒。正像南京大屠杀幸存者李秀英生前所说——"要记住历史，不要记住仇恨"，这位在南京大屠杀期间身体被日军戳了37刀而大难不死的19岁孕妇，在活到80多岁时说的这句掷地有声的话，值得每一个人深省。

　　战后以来，特别是近些年来，作为加害国的日本，总有一些人对南京大屠杀这一已有法的定论和历史判决的史实说三道四，或者闪烁其词，或者百般抵赖，或者故意狡辩，或者拒不承认。尤其是以安倍首相为首的日本右翼势力混淆视听，美化侵略与加害史实。更有日本 NHK 高管百田尚树之流，妄图否定南京大屠杀历史的行径令人发指。这一系列日本政治急剧右转的动向，牵动着有识之士和爱好和平人士的神经，也时刻引起国人的强烈关注。在此历史与现实背景下，通过国家立法对南京大屠杀历史真相进行再一次的法的定论，对南京大屠杀死难者进行国家公祭，既是为了维护南京大屠杀的历史真相，更是驳斥日本右翼势力无耻谰言，具有重要的历史与现实意义。

　　面对媒体和群众的呼声，新华社记者蔡玉高、蒋芳多次来到侵华日军南京大屠杀遇难同胞纪念馆实地采访，在此基础上，写成了一份有分量的"内参"，引起了中央、国家和地方主要领导的关注，12·13 国家公祭活动被提上了议事日程。

作者接受新华社江苏分社记者蔡玉高（左）采访

第十九章
"公祭日"法案喜获通过

前事不忘，后事之师。南京大屠杀惨案是人类文明史上泯灭良知、灭绝人性和践踏文明的暴行。全国人大代表、全国政协委员和社会各界人士多次提出建议，强烈要求设立南京大屠杀死难者国家公祭日，并将国家公祭活动制度化。反对侵略战争，捍卫人类尊严，维护世界和平，是所有爱好和平与维护正义的国家和人民的共同愿望。

一、北京突然来电

在平凡生活之中，有些大事，会在突然之间发生。2014年1月，从南京市到省里，由省里到中央单位，立法部门的同志逐级逐层寻找我、联系我。

23日，南京市人大法制工作委员会主任宗连永给我打来了电话，说省人大法制工作委员会的同志有事要找我，询问能否把手机号给他们，方便省里的同志直接与我联系。

第二天，江苏省人大法制工作委员会办公室跟我联系上了，他跟我打招呼说，全国人大法制工作委员会有紧要的工作要与我联系，他已经把我的联系方式告诉了他们，具体事情由我们直接谈。

2014年1月26日，我接到来自北京的电话，电话那头自我介绍是全国人大法制工作委员会国家法室的王曙光处长。

王处长说："我从江苏省人大和南京市人大的同志那里了解到，您是南京大屠杀研究的权威专家，因为工作需要，我们需要向您了解下南京大屠杀历史的定性问题、其国际国内的影响、南京大屠杀的历史记忆，以及历年来南京举办悼念南京大屠杀遇难同胞活动的情况。我们想到南京来一趟，向您当面请教。"

当时，出于工作保密的谨慎态度，王处长没有向我透露调研的目的。我也没有敢往国家公祭立法的角度去想，不知道全国人大法制工作委员会的真实意图是什么。

我竟然脱口而出："还有 5 天就过年了，你们还要来南京？"

听了我的话，王处长收住了话题，说向领导汇报后再说。

可能她误解了我的意思，其实当时我们并没有放假，更没有不愿意接待他们的意图。

过了一会儿，王处长又打来电话，请侵华日军南京大屠杀遇难同胞纪念馆提供两份 3000 字左右的文字材料，在春节前发给他们。由他们先熟悉整理下，春节后再来南京请教修改。

全国人大直接交办的事，侵华日军南京大屠杀遇难同胞纪念馆不敢大意，认真编写了下述两段文字材料，当天就发给了他们。时过境迁之后，我才反应过来，这些文字竟然就是国家公祭法案的最初素材：

关于南京大屠杀历史的说明

南京大屠杀是侵华日军公然违反国际条约和人类基本道德准则，于 1937 年 12 月至 1938 年 1 月的六周内，在当时的中国首都南京纵兵屠杀无辜，手段野蛮残忍，且奸淫、掠夺、焚烧和破坏并举。战后，远东国际军事法庭和中国审判战犯军事法庭（同盟国 BC 级战犯法庭之一）均设专案调查审判，其中，远东国际军事法庭将其作为判例，在判决书中最前面设"攻击南京"和"南京大屠杀"两个专章，对南京大屠杀案做出明确的判定和法的定论。

关于南京大屠杀历史的内涵

（一）南京大屠杀的时间。南京大屠杀的过程包含了六个星期，即1937年12月13日到1938年1月。12月13日是南京大屠杀开始日，也是一个国难日、一个国耻日。

（二）南京大屠杀30多万同胞遇难的数字是历史的判决和法的定论。战后，由中、美、英、法、苏等11个国家组成的远东国际军事法庭（简称"东京法庭"，负责对A级战犯审判）和作为同盟国BC级战犯法庭之一的中国审判战犯军事法庭均设专案调查审判，其中，南京审判战犯军事法庭经1946—1947年调查判定，日军集体屠杀有28案，屠杀人数有19万多人；零散屠杀有858案，死亡人数有15万多人；死亡人数达30多万。在1951年9月8日签订的《旧金山和约》第十一条中，日本政府接受远东国际军事法庭和各同盟国军事法庭在日本国内国外的判决，实际上也就是接受了南京大屠杀案的判决和认定。

（三）南京大屠杀的范围。南京大屠杀的地域范围以当时南京特别行政市政府管辖的地区为限。南京沦陷前，市政府共管辖城内7区（含第七区下关区）及第八区（浦口）、孝陵卫、燕子矶、上新河等4个郊区。另外还包括总理陵园区。

（四）南京大屠杀的内容。南京大屠杀包括了集体屠杀和零散屠杀，还包括强奸、焚烧、破坏、抢劫等，即通常所说的烧、杀、淫、掠四个方面。

1. 集体屠杀：日军在南京大规模搜捕俘虏的过程中或搜捕之后，根据"不保留俘虏，全部处理之"的命令，公然违反国际公约、大肆屠杀俘虏。与此同时，日军部队"杀俘扩大化"，大批屠杀手无寸铁的平民百姓。据中国南京审判战犯军事法庭调查，日军在南京集体屠杀共有28案，屠杀人数为19万余人。

2. 零散屠杀：日军在疯狂地进行集体屠杀的同时，还在南京的大街小巷、庭院住宅、寺庙庵堂、村庄田野等处随意杀人，南京城内外多处尸体横陈。根据1946年中国南京审判日本战犯军事法庭调查立案，零散屠杀共有858案，确认被零散屠杀、尸体经过慈善团体掩埋的达

15 万多具。

3. 强奸：日军在疯狂进行大屠杀的同时，在南京不分场合、不管老幼，大肆奸淫妇女，每天发生的强奸暴行多达数百起，甚至上千起。根据远东国际军事法庭判定，在日军占领南京的最初一个月内，市内就发生了两万多起的强奸、轮奸暴行。

4. 焚烧破坏：日军攻城之初，曾明火执仗，大规模地焚烧房屋。日军还用飞机轰炸、炮弹击、炸药炸等方式，任意毁坏南京这座历史文化古城。据远东国际军事法庭判定："这类放火在数天之后，就像按照预定计划似的继续了六个礼拜之久，因此，全市约三分之一的建筑都被毁了。"

5. 抢劫掠夺：日军还大肆抢劫，不论是私人住宅或机关、商店、仓库，还是金银钱财、文物古玩、交通工具以至难民的粮食、医院的被服、民众的牲畜，均为抢劫的目标，即使外侨的财产也难以幸免。

（五）南京大屠杀的原因：日军占领南京后，为用武力迫使"中国畏服"，妄图达到三个月灭亡中国的目的，即纵兵屠杀无辜，制造极端恐怖，开展了有计划的大规模屠杀、焚烧破坏、抢劫奸淫等暴行。

关于南京大屠杀历史在国际上的影响

南京大屠杀是侵华日军公然违反国际条约和人类基本道德准则，于1937 年 12 月至 1938 年 1 月的六周内，在当时的中国首都南京纵兵屠杀无辜，手段野蛮残忍，且奸淫、掠夺、焚烧和破坏并举。是日军侵华史上一系列暴行中最集中、最突出、最有代表性的一例，与奥斯维辛集中营惨案、广岛原子弹爆炸一起，被国际社会公认为第二次世界大战史上的三个特大惨案。

南京大屠杀从开始之时就受到国际上广泛的关注和揭露。1937 年12 月 13 日，日军侵占南京。南京沦陷前，一批留在南京的包括美、德、英等国家的外籍人士组建了南京国际安全区委员会。在南京大屠杀期间，保护和救助了 25 万多的南京难民。他们同时也留下了关于日军暴行的记录，如拉贝日记、贝德士文献、魏特琳日记等。美英等西方国家记者最早向全世界报道了日军在南京的暴行。如 1937 年 12 月 15 日《芝加哥每日新闻》刊载了美国记者斯蒂尔发自南京江面奥胡号的电讯，首先将日军在南京屠杀的暴行大白于天下。《纽约时报》在 1937 年 12 月 18 日和 1938 年 1 月 9 日则发表了美国记者德丁关于日军在南京残杀数万中国战俘和平民的报道。美国传教士、南京国际红十字会会长约翰·马吉先生用一架 16 毫米的摄像机，现场拍摄了日军南京大屠杀的真相记录片，等等。这些记录对于人们知晓并了解南京大屠杀历史，提供了第一手的原始资料。

侵华日军南京大屠杀遇难同胞纪念馆建成正式开放以来，接待了世界上诸多国家的领导人前来参观指导，如美国前总统卡特，韩国前总理姜英勋及日本前首相村山富市、海部俊树、鸠山由纪夫等都曾访问过纪念馆。与波兰奥斯维辛集中营博物馆、俄罗斯卫国战争纪念馆、法国冈城国际和平中心、日本立命馆大学和平博物馆等国际上 10 余家同类型的场馆建立了友好馆关系。此外，还在丹麦奥尔胡斯、美国旧金山、意大利佛罗伦萨、日本东京、菲律宾马尼拉、俄罗斯莫斯科等地曾举办过南京大屠杀史展览，受到国际友人的认同和支持。美国也有一些华侨组织和美国学者，专门写了有关南京大屠杀的著作。如华裔作家张纯如女士 1997 年写了《南京大屠杀——被遗忘的二战浩劫》，在美国出版，成为美国的畅销书，为西方世界了解南京大屠杀做出了巨大的贡献。此外，一批以南京大屠杀为题材的影视片纷纷搬上了世界各国银幕，如美国好莱坞拍摄的纪录片《南京》、德国拍摄的纪录片《拉贝日记》、加拿大拍摄的《张纯如日记》、中国香港拍摄的故事片《黑太阳——南京大屠杀》，以艺术的方式传播南京大屠杀历史。

关于南京大屠杀历史传承与记忆

南京大屠杀是我们中华民族刻骨铭心的国耻和历史创伤，也是一本对国人特别是青少年进行爱国主义教育的教科书，同时，它也是人类文明史上的一场浩劫，是人类的一场灾难。

为了永远记住这样的国耻，南京于 1983 年 12 月 13 日开始立碑，开始筹建侵华日军南京大屠杀遇难同胞纪念馆。1985年2月，邓小平亲笔为该馆题写了馆名。同年8月15日，该馆建成正式对外开放。同时，在南京燕子矶、草鞋峡、中山码头等遗址，建立了10多处南京大屠杀遇难同胞纪念碑。为了让更多的中国人了解和记忆南京大屠杀历史，该馆经过了1994—1995年、2005—2007年两次扩建，现占地面积7.4万平方米（111亩）、建筑面积2.5万平方米、展陈面积近1.2万平方米，每年接待中外观众约600万人次。已累计接待来自国内外的观众3000多万人次，并在北京、武汉、沈阳、广州等国内20多座城市巡回举办展示南京大屠杀历史的展览。举办了悼念南京大屠杀遇难同胞暨南京国际和平集会等各类历史与和平相关的活动。与省内外近百家学校和单位签订了共建协议，配合学校和单位开展入党、入团、入队、成人宣誓、专题会、主题现场会、祭奠等活动。该馆还组织专家学者和南京大屠杀幸存者，先后赴北京大学、华中师范大学、中国科技大学、南京大学等大中学校，以及部分企事业单位，做过100多场爱国主义教育演讲及南京大屠杀专题报告等。

在该馆建馆20多年期间内，先后有江泽民、胡锦涛、李鹏、朱镕基、李瑞环、李长春、尉健行等多位党和国家领导人到纪念馆来参观。如2004年5月4日，胡锦涛总书记来馆参观并留下三句话："这里是进行爱国主义教育的好地方；任何时候都不要忘记对青少年进行爱国主义教育，不论什么时候都不要忘记惨痛的历史。"

目前，该馆已经成为"全国精神文明建设先进单位""全国爱国主义教育示范基地""全国青少年教育基地""全国中小学爱国主义教育基地""全国工会系统外事接待先进单位""全国国防教育示范基地"及国家一级博物馆、全国文物保护单位等。

南京大屠杀是我们永远不能忘记的沉痛历史。传承历史的目的既是为了传播历史真相，也是为了不让历史的悲剧重演。首先，我们传承南京大屠杀历史的目的，不是为了记住仇恨，而是为了不让历史的悲剧重演，正如南京大屠杀幸存者李秀英曾经说过的"要记住历史，不要记住仇恨"。其次，记忆与传承历史的目的是为了珍爱和平、开创未来。

"前事不忘，后事之师；以史为鉴，开创未来"16个大字，这是该馆建馆的宗旨，也是多年来宣传南京大屠杀历史、传承南京大屠杀历史的目的所在。该馆扩建后在展厅的结尾处将胡锦涛总书记于2005年9月3日在纪念中国人民抗日战争暨世界反法西斯战争胜利60周年纪念大会上提出的四句话"牢记历史、不忘过去、珍爱和平、开创未来"醒目地刻在展墙上，提醒和教育每一个前来纪念馆参观的观众。实际上，该馆现有展陈的"历史"与"和平"两大主题，二者所要表达的主旨在内涵上是一致的，都是提醒每一个世界公民，我们要远离战争，杜绝战争，珍惜今天的美好时光，共同去维护世界和平的未来。

目前，该馆正在开展以纪念世界反法西斯战争中国战区胜利为主题的新的扩容工程，主要内容展示1945年9月9日在南京举行的中国战区投降典礼这段历史题材。新扩容工程占地2.5公顷，将于2015年9月正式建成开放胜利广场和胜利纪念馆。届时，该馆展陈将形成"历史""胜利""和平"三大主题。

江苏省暨南京市
历年来举办悼念南京大屠杀遇难同胞的活动情况简介

12月13日是南京大屠杀30多万同胞遇难的祭日。从1994年起，在全国率先举办"江苏省暨南京市社会各界人士悼念南京大屠杀遇难同胞仪式"，至今已连续举办20次。

该项仪式由江苏省和南京市共同主办，主会场设在侵华日军南京大屠杀遇难同胞纪念馆（下简称"南京馆"）内，同时，在燕子矶、中山码头、北极阁、花神庙等南京大屠杀遇难同胞纪念碑所在地，由南京市栖霞区、下关区、玄武区、雨花台区等区级政府组织分会场悼念仪式。江苏省暨南京市主要领导，在逢"五"逢"十"的年份（南京大屠杀和纪念抗战胜利）均要参加仪式并讲话，规格控制在一万人左右；小年则由江苏省、南京市副职及分管领导参加，邀请江苏省暨南京市社会各界人士及海外友好人士出席，规格控制在5000人左右。仪式上，全城拉响防空警报，火车、轮船同时鸣笛，祭奠遇难者，铭记历史教训。

自 2002 年起，该仪式增加"和平"的内涵，每年举办"悼念南京大屠杀遇难同胞仪式暨南京国际和平日集会"系列活动，在保留原有仪式内容的基础上，发表《南京和平宣言》、敲响和平大钟、放飞和平鸽、演奏和平歌曲等。

1997 年、2002 年、2007 年、2012 年四年为悼念南京大屠杀遇难同胞的大年，活动的规模和规格比较高。如 2007 年 12 月 13 日，是南京大屠杀遇难同胞遇难 70 周年，也是南京馆二期扩建工程竣工日期。该项活动由江苏省委、省政府主办，南京市委、市政府承办。江苏省委书记梁保华，省政协主席许仲林，省人大常委会主任王寿亭，省委常委、省军区司令员陈一远，江苏省委常委、南京市委书记罗志军，南京市人大主任胡序建，市政府市长蒋宏坤，市政协主席汪正生等领导及江苏社会各界人士、国外友好团体约一万人参加了悼念仪式和国际和平集会。仪式由南京市长蒋宏坤主持，江苏省政协主席许仲林致辞。举办了向遇难者献花圈、鸣放防空警报等活动，省歌舞团在现场演唱了《五月的鲜花》等歌曲，还举办了撞和平大钟和放飞和平鸽等项活动。中宣部宣教局副局长王开忠、中联部副部长刘洪才、中央外宣办二局副局长丁小鸣、中央党史研究室章百家副主任等中央有关部门的领导一同出席了活动。

再如 2012 年是南京大屠杀遇难同胞遇难 75 周年的祭日，出席当天和平集会的有国务院新闻办代表，中国人民争取和平与裁军协会、中国人权发展基金会和中国人民外交学会的代表，江苏省、南京市各有关部门、各民主党派、工商联和各群众团体负责人，驻宁部队代表，南京市大中小学生代表，南京大屠杀幸存者、遇难者家属代表，以及来自美国、加拿大、葡萄牙、捷克、希腊、尼泊尔、韩国、日本等国际友好人士代表。

此外，在 1995 年与 2005 年抗战胜利暨世界反法西斯战争胜利 50、60 周年期间，国家博物馆、南京馆均举办了大型的纪念活动。如 2005 年在北京国家博物馆成功举办了"12·13——侵华日军南京大屠杀史实展"，此后在沈阳、武汉、广州等地举办了"12·13——侵华日军南京大屠杀史实展"巡展，观众达 21.6 万人次。9 月 3 日，在南京馆内悼念广场上举行"江苏省暨南京市社会各界人士纪念抗日战争暨世界人民反法西斯战争胜利 60 周年"集会，以此告慰死难同胞，欢庆抗日战争的伟大胜利，祈祷世界和平。

9 月 9 日，全国人大副委员长许嘉璐、全国政协副主席张怀西等领导，以及海峡两岸 100 多名抗日老战士齐集纪念馆，举行"九·九两岸同歌"活动悼念仪式，与南京和台湾的合唱团成员一起凭吊遇难同胞。12 月 13 日，江苏省暨南京市社会各界人士和海内外和平友好人士 5000人，在南京馆举行"悼念南京大屠杀 30 万同胞遇难 68 周年暨南京国际和平日集会"，在该仪式上同时举行了侵华日军南京大屠杀遇难同胞纪念馆三期扩建工程开工仪式。

1994 年、1996 年、1998 年、1999 年、2000 年、2001 年、2003 年、2004 年、2006 年、2008 年、2009 年、2010 年、2011 年、2013 年等 14 年，均属于小年集会，此 14 年的活动规格和规模基本一致。江苏省暨南京市五套班子的副职领导出席。由南京市政协主席或副主席主持，江苏省政协副主席致辞。此外，这 14 年中参加活动的还包括江苏省暨南京市各有关部门、各民主党派、工商联和各群众团体负责人，南京市大中小学生代表、南京大屠杀幸存者、遇难者家属代表，国际、国内同类型场馆代表和国际友好团体。自 2002 年起，每年由南京团市委从当年南京十大杰出青年中指定一位青年代表，在会上宣读《南京国际和平宣言》，并举办向遇难者献花圈、鸣放防空警报、撞和平大钟、放飞和平鸽等项活动。在 2010 年和 2011 年的集会上，还增加了俄罗斯卫国战争纪念馆副馆长米哈尔切夫·米哈伊尔和斯克良宾·维克托，分别代表出席活动的外国友人讲话的项目。

系列活动期间，还举办了"中日两国僧人国际和平法会""为南京大屠杀遇难者守灵烛光晚会""和平烛光巡游""南京大屠杀史料新书出版发行会"及南京大屠杀史国际学术研讨会等项活动。如 1995 年在南京馆内举行《南京大屠杀》电影开拍仪式暨烛光祭奠晚会。2002 年 12月 13 日，举办"悼念南京大屠杀 300000 同胞遇难 65 周年和平烛光巡游"活动，从南京馆出发，沿着水西门大街巡游至莫愁湖公园南侧的和平广场时，100架钢琴齐奏《和平颂》。此外，每年的12月12日晚，都要在南京馆内"万人坑"旁，举办"为南京大屠杀遇难者守灵烛光晚会"。每年的12月13日早晨，都要组织南京毗卢寺和日本妙心寺等中日两国僧侣，以及南京大屠杀幸存者和遗属参加的"南京国际和平法会"，中日两国的僧侣分别用两国佛教仪式，为南京大屠杀遇难者祈求冥福，祭奠和抚慰亡灵。

每年在举办12·13纪念活动期间，均要举办有关南京大屠杀历史研讨的学术活动。如1997年举办了"侵华日军南京大屠杀史国际学术研讨会"，来自中国、日本、美国的60多位专家学者提交了60余篇论文参会研讨。2007年12月13日，召开"侵华日军南京大屠杀国际学术研讨会"，100多位专家学者和嘉宾参会。2008年12月13日，召开"纪念东京审判60周年国际学术研讨会暨南京大屠杀史研究会学术年会"，来自美国、日本以及国内各地60多位专家学者，就"东京审判"的有关学术问题展开研讨。2010年12月13日，举行"侵华日军南京大屠杀史研究会2010年学术年会暨学术报告会"，来自中国、俄罗斯、日本、泰国的学者60余人参加了报告会。2011年12月13日，举行"二十世纪的战争与暴行——2011年南京大屠杀史研究会学术年会暨国际学术报告会"，来自中国、俄罗斯、日本的学者70余人参加了报告会。2013年12月13日，举行"日本侵华暴行暨2013年南京大屠杀史学会学术年会"，来自美国、日本、菲律宾、韩国等国际学者共80多人参加了会议。

这两份文字，前一份为3722字，距离全国人大法制工作委员会的要求多出722字，但后一份为2650字，少了350字。但我们觉得该说的基本都说了，完成了一篇命题作文，一项由全国人大法制工作委员会直接交办的任务。

二、忙碌的甲午年春节

2月3日是大年初四，下午2时56分，全国人大常委会法制工作委员会王曙光同志突然向我发来信息："朱馆长，您好！明天下午，我委副主任郑淑娜亲自带队来南京，在你馆里召开座谈会，除了征求你们对我们起草文稿的意见和其他建议外，还想了解两个问题：一是大屠杀遇难同胞30多万数字认定问题；二是侵华日军南京大屠杀遇难同胞纪念馆名称中用了'遇难'两字，有何出处？另外，如果您那儿有相关史料书籍也请给我们提供下。明天我委共5人到会，不用惊动其他领导，不用打座签，一切从简。我们快到时给您报车号。给您添麻烦了，谢谢您！"

作为国家机关工作人员，在春节长假期间加班工作，我既为他们的敬业精神所感动，又感到他们可能肩负有重大使命，而且一定与南京大屠杀历史有关系，有可能与国家公祭有关，何况此前他们已经让我们提供两份各3000字的材料呢。

嗯，一定是这样。

我暗暗地在想，使劲地在猜，心里犹疑不定而又波澜起伏。

我有过在机关工作的经历，知道不该问的不问，也知道机关工作人员的不容易。于是迅速回复信息，表示欢迎。考虑到他们远道而来，从未到过侵华日军南京大屠杀遇难同胞纪念馆，我提出了接站的想法。

然而，王曙光处长婉言谢绝了我。

2月4日（大年初五）下午2时，全国人大法制工作委员会一行自行抵达我馆。

在侵华日军南京大屠杀遇难同胞纪念馆会议室，全国人大法工委副主任郑淑娜、国家法室巡视员郭林茂、国家法室处长王曙光、国家法室干部张晶和郑主任秘书刘艳阳与我们见面。遇难同胞纪念馆有我、网络宣传处长刘燕军、研究保管处编研科科长袁志秀硕士、办公室秘书科副科长王山峰博士、研究保管处编研科干部张国松硕士5人参加座谈会。

双方相互介绍出席座谈会人员的身份后，郑主任简单地说明了来意，正式告诉我全国人大拟为南京大屠杀死难者国家公祭立法。她说得很平静，我心里却是激动万分。

接着，郑主任拿出两份材料，一份是"第十二届全国人民代表大会常务委员会第七次会议关于设立南京大屠杀受害者国家公祭日的决定"（草案），另一份是"第十二届全国人民代表大会常务委员会第七次会议关于确定中国人民抗日战争胜利纪念日的决定"（草案），要我们帮助论证修改。

我这才知道春节前要我们提供文字材料的真实意图所在。

面对这件国家大事，我们尽心尽力而为之，大胆进言毫不含糊。主要有以下几个方面的修改意见：

一是对"关于设立南京大屠杀受害者国家公祭日的意义"的标题，建议修改为"关于设立南京大屠杀死难者国家公祭日的意义"。

二是对"1937年12月13日，侵华日军在我国南京市制造了震惊中外的南京大屠杀惨案，对我手无寸铁的同胞进行了长达六周惨绝人寰的屠杀，

2014年2月4日，全国人大法工委副主任郑淑娜一行5人赴侵华日军南京大屠杀遇难同胞纪念馆，就设立"中国人民抗日战争胜利纪念日"和"南京大屠杀死难者国家公祭日"的法案草稿进行座谈

30多万人惨遭杀戮"这段文字的修改。我们认为这段文字有点累赘，大屠杀时间概念不够连贯清晰，建议改为："1937年12月13日起，侵华日军在中国南京（原国民政府首都所在地）进行了长达六周惨绝人寰的大屠杀，30多万人惨遭杀戮。"

三是对"这是人类文明史上最残酷、最野蛮、最疯狂的一次灭绝人性的暴行，铁证如山，国际社会早有公论"这段文字的修改。我们认为这段文字分量还不足，建议改为："这是人类文明史上最残酷、最野蛮、最疯狂的一次灭绝人性的暴行，也是侵华日军在中国制造的无数暴行中最集中、最突出、最有代表性的一例，其罪行铁证如山，国际社会早有公论。"

四是对"设立南京大屠杀受害者国家公祭日，哀悼南京大屠杀受害者"这句话的修改。我们建议修改为："设立南京大屠杀死难者国家公祭日，悼念南京大屠杀死难者以及所有在抗日战争中惨遭侵略者杀戮的民众。"

五是对"设立南京大屠杀受害者国家公祭日，在国家层面举行公祭活动，有利于提升公民的爱国主义热情，增强民族向心力，激励中国人民为实现中华民族伟大复兴的中国梦而共同奋斗"这段话的修改。我们认为还应该增加"世界和平"的文字，建议修改为："设立南京大屠杀死难者国家公祭日，在国家层面举行公祭活动，有利于提升公民的爱国主义热情，增强民族向心力，激励中国人民为实现中华民族伟大复兴的中国梦而共同奋斗，同时有利于反对侵略战争，维护世界和平。"

六是对"在抗日战争期间，日本侵略者肆意践踏中国的大好河山，屠杀无辜平民和其他战争受害者"的修改。建议修改为："在抗日战争期间，日本侵略者肆意践踏中国的领土，屠杀无辜民众。"

七是对于"遇难"还是"受害"的用法，我们认为"受害"定义比较宽泛，包括受到伤害在内。而南京大屠杀30多万人是指死难者而言，建议使用"死难"更为准确。

八是对"同胞"一词的修改。我们认为"同胞"意味着是同一国家或同一民族的人民，但是对于今后要来参加纪念活动的外国人士来说，让他们说祭奠"遇难同胞"显然不对，因此建议将"同胞"改为"者"，用"死难者"，对内对外都可称谓。

关于对"第十二届全国人民代表大会常务委员会第七次会议关于确定中国人民抗日战争胜利纪念日的决定",我首先对开头关于"中国人民坚持 8 年抗日战争"的表述提出了修改意见,建议修改为"坚持 14 年抗日战争",另外也提出了其他多处修改建议。

郑主任还要求我们帮助整理一份关于南京大屠杀背景的说明材料。同时,邀请我于大年初十(11 日)赴京参加修改"两个决定"的专家座谈会。

最后,郑主任慎重交代,在全国人大常委会没有通过之前,这些都属于国家秘密,一定要注意保密,不得向外泄露。

郑主任一行当天返回北京。望着他们的背影,我的心中充满了敬意。别人都在欢度春节,他们却在为国家的事千里奔波,紧张着、劳累着、奉献着。

这件事也使我异常高兴,给我的春节带来了福音,因为这正是我多年所期盼的结果,我的策划、我的呼吁、我的拜托、我的努力,终于露出美好的端倪。

晚上我激动得睡不着觉,干脆加班完成郑主任交给我的任务,忙到深夜也不觉得困,难怪俗话说"人逢喜事精神爽"。对于我这位 30 万遇难同胞守灵人,对于我所从事的事业,对遇难同胞纪念馆全体员工,这真是一个天大的喜讯呀。

2 月 5 日(年初六)黎明我就醒了,满脑子都是全国人大布置的材料说明。

5 时 50 分,我发信息给王曙光:"王处长:关于南京大屠杀历史的说明,我已经修改好,何时发给你?"

6 时 29 分,我再次发信息给王曙光:"王处长:昨天修改时有三处请注意下,一是'意义'的标题受害者应改为死难者;二是杀戮的军民、屠杀无辜的'军民'应改为'民众',不用'军民'二字;三是两处'日本翻案'的文字,应保留一处,建议保留后一处。"

王曙光处长醒得也很早,在我短信的催促下与我一起讨论起工作来。一个上午,我们短信频发、邮件互传。

7 时 44 分王曙光处长回信息:"江苏省暨南京市历年来举办悼念南京大

屠杀遇难同胞活动情况说明，麻烦您在之前的基础上，根据目前的需要，也帮助我们再看看！"

10 时 03 分，我回复王曙光处长信息："好的！刚才我又接到新任务了，要我写篇文章批驳日本 NHK 高官百田尚树，明早见报，今天看来得忙一天。"

大概知道我有新任务了，一天时间内，王曙光处长没有再给我来信息。这一天，我的确也没有闲着，赶写了一篇，文章题目是"是历史无知还是包藏祸心？驳日本百田尚树否认南京大屠杀无耻谰言"，次日的《新华日报》第 2 版（要闻版）以一个整版的篇幅，刊登了我的这篇文章。

第二天，即 2 月 6 日上午，我与王曙光处长再次为工作展开了频繁的联系。

10 时 44 分（周四）："朱馆长：我们于 10 日上午 9 点在我机关新办公楼召开专家座谈会，邀请您参加。您订好票后告诉我一下，我们安排接站和住宿。谢谢您，欢迎您！"

16 时 30 分，王曙光处长再次发来信息："朱馆长：珍爱？和平，开创？未来，您再帮助我们扩充中间的表述。"

16 时 40 分，我给王曙光处长回信息："珍爱人类和平，开创和谐未来。"

16 时 41 分，王曙光处长回信息："收到，谢谢！"

19 时 03 分，王曙光处长第四次发来信息："1931 年，日本侵略者占领了中国东北三省这个说法成立吗？当年是三省吗？是目前的三省名字吗？"

20 时 40 分，我回信息给王曙光处长："不成立。不能说是在 1931 年被日军占领。日本占领东北三省全境是在 1932 年 2 月 5 日，3 月 1 日伪满洲国成立。"

21 时 24 分，王曙光处长第五次发来信息："我想问的问题是区域问题，有人说当年非东北三省，还包括热河共四省，日本侵占非东北三省，而是四省？"

22 时，我打电话给王曙光处长："当时东北的确是四省，包括热河，其省会在承德，此外，还应包括内蒙的一部分，也称塞外四省。但史学上一般是以黑、吉、辽三省沦陷作为标志的。因为热河省沦陷较晚，是在 1933 年 3 月伪满洲国成立以后才沦陷的。"

2014 年春节是一个紧张忙碌的节日，但是我觉得很有意义、很有价值。这可是人一辈子很难遇到的幸事呀！

三、制订法案始末

2 月 10 日，我来到北京，见到了王曙光处长。她告诉我，这个月要通过这"两个法案"草稿，时间很紧。到这时，我才知道，为什么全国人大的这些同志放弃春节长假休息，加班加点开展工作的原因所在。

与他们交谈方知，春节他们只放了一天假。

我被安排在人民大会堂宾馆，这里与全国人大办公楼只隔一条路。北京城的天气很冷，道路上还残留着积雪。

王处长说："你是北京城之外唯一被邀请的，据了解，对'两个法案'，还是有不同声音的。明天会上，领导要我转告你，一定要发言，而且要争取多发言。"

说完，她急冲冲地回办公室加班写材料去了。

我从王处长的这段谈话中，知道自己获得了全国人大法制工作委员会领导和同志们的信任，心里十分高兴。但听说对设立国家公祭仍有不同意见，我心里生出忧虑、焦急之情，担心发生一些节外生枝的事。

19 时 22 分，王曙光发来信息："朱馆长，晚上、早上、中午，请用自助餐。我们太忙了，照顾不周。"

19 时 31 分，我回王曙光信息："这样安排很好，我很随便自在。感谢你们为国人不能忘记的这段历史，春节假日期间一直在忙碌着，你们的辛劳和奉献将被历史所铭记。"

19 时 41 分，王曙光处长回信息："我们的工作微不足道，能参与这项工作也是我们的荣幸！万分感谢您的帮助！"

2 月 10 日上午 9 时，在全国人大机关办公楼第四会议室，"中国人民抗日战争胜利日法案"和"南京大屠杀国家公祭日法案"专家座谈会召开了。

参加会议的专家有军事科学院外军研究部部长王卫星（正军职、少将），国防大学战略教研部教授徐焰（专业技术少将），军事博物馆原副馆长阮家新，中国社会科学院近代史所所长王建朗，中央文献研究室科研管理部主任刘金田，中央党史研究室宣传教育局局长陈夕，国家档案局副局长兼中央档案馆副馆长李明华以及我共 8 人。

参加会议的人员还有全国人大法制工作委员会主任李适时、副主任郑淑娜，国家法室巡视员郭林茂、副主任武增和孙镇平。主持人为全国人大法制工作委员会副主任郑淑娜。

郑淑娜副主任简要介绍了"两个法案"起草的过程和背景。她说，中国人民抗日战争胜利纪念日原为国家纪念日，现在名字加了"中国人民"字样，并且上升至国家立法的层面，有了新的提升。南京大屠杀国家公祭日是新设立的一个国家级纪念日。

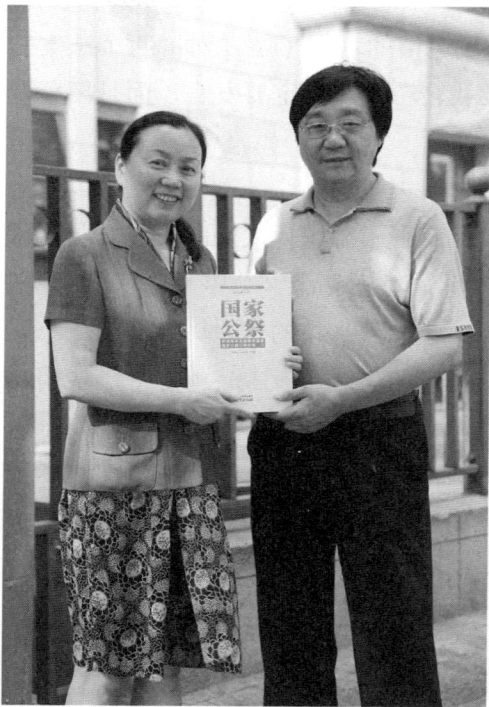

作者向全国人民代表大会常务委员会法制工作委员会副主任郑淑娜赠送《国家公祭》图书

会上，专家们提出了一些很好的修改意见，如在中国人民抗日战争胜利纪念日方案中，有"前中央人民政府"的表述，不需要加"前"。

也有专家表示担心，如果以法的形式决定每年举行国家公祭，以后中日关系好了怎样去应对。也有人说，我们要有大国心态，对此事留有回旋余地，不同意设立国家公祭日。

我不同意这样的意见，立即发言指出，举行国家祭奠与中日关系好坏没有必然的联系，这是国际上同类型场馆通行做法。如波兰的奥斯维辛集中营，波兰在建国第一次国会上，就通过国家立法的形式，每年举行国家公祭。日本广岛、长崎，除 1951 年朝鲜战争外，每年都在 8 月 6 日、8 月 9 日举行国家公祭。此外，美国珍珠港、俄罗斯卫国战争纪念馆也年年举行国家公祭。日美关系紧密，但两国并没有因此各自取消珍珠港惨案、广岛和长崎原爆的国家公祭。南京大屠杀是人类史上的特大惨案，我们应该且必须举行国家公祭。

阮家新老馆长赞成我的说法："南京公祭从地方性提升至国家层面，世界上早有先例。南京大屠杀是一个过程，不是一天；是民众集体受难，不是一件小事。"

王卫星说："我们有些同志思考问题的角度有问题，总是考虑日本人的感受，考虑本国民众的感受太少。在中日关系中，我们应当首先考虑本国民众的价值观、恩义观，不仅今天要这样做，未来若干年都应当这样，因为今后若干年日本不会对中国示弱。日本应当充分尊重国际法庭的历史判决。"

王建朗说："设立中国人民抗日战争胜利纪念日和南京大屠杀死难者国家公祭日，有利于进一步揭露日本侵略与加害历史罪行，纪念抗战中牺牲的民众非常有必要。"

最后，李适时主任作了小结，并感谢各位专家的发言。这天会议结束后，我立即飞往广州，与何镜堂院士研究遇难同胞纪念馆的改造与扩容。2 月 11 日 8 时 47 分，王曙光发来信息："朱馆长：我们整理了参阅资料，已经发到您的邮箱，请您帮我们再审改一下。万分感谢！"

此时，我刚结束广州方面的工作，从广州回宁，飞机刚落地。

我不敢怠慢，因为知道这"两个法案"要在本月内通过，这样的大事耽误不得。于是，我从机场直接回到馆里，开始工作。当天晚上，就把相关稿子发给了王曙光。2 月 12 日 10 时 34 分，我在接待国台办主任张志军结束后，立即给王曙光发去信息："昨晚发的修改稿收到了吗？"

王曙光答："收到，感谢！"

14 时 37 分，王曙光又发来信息问："根据谁的命令'不保留俘虏，全部处理之'？"

我回答："南京大屠杀主要参与屠城的日军第十六师团中岛今朝吾日记中明确记载。"

王又问："具体谁的命令，谁发布的？"

我答回："没有明确谁发布，是日记中的记述。中岛是日军第十六师团师团长，是中将。"

王回答："明白！"

在与全国人大近一个月的接触中，我真切地感觉到这些从事法律起草的人，工作非常细致认真，有时为了一个用词，刨根问底，深查细究，令人佩服。

2月13日6时19分，我发给王曙光信息："王处长，今天下午接中宣部通知，让我们下周一报告今年国家公祭方案，明天上午省委宣传部来人面议，不知你们的情况如何？"

王回答："我们进展很顺利，一切进行中。"

2月14日10时40分，王曙光发来信息问："有座机吗？领导就一个表述让我请教您。"

在电话里，王曙光问："远东国际军事法庭和南京军事法庭判决书使用的是死难者还是受害者？"我回答："'两个法庭'的判决书中，均没有明确使用上述两种提法，只是有'杀害''杀戮'等提法。"

我接着问："请问现在使用的是'死难者'还是'受难者'？是'公祭'还是'国家公祭'？"王回答："目前名称还是您在专家会上看到的情况，以后是否变化预判不了。"

我说："怎么会这样固执，听不进意见，遗憾！"

这是我第一次很直率地向全国人大的同志提出自己的批评意见，表达自己的不满。事后想想情绪上有点儿过，我后悔自己不够冷静。

2月17日14是47分，王曙光发来信息问："南京大屠杀是'长达六周，还是为期六周'？"

我回答："两种提法均可以，一般习惯性提前一种较多。"

王问："六周后还有杀戮吗？"

我答："一直存在，只是规模程度不同而已。六周后不再具有大规模屠杀的特点。"

王问："我们全国人大法制工作委员会打算推荐您参加今后的普法专家，

对'两个法案'进行解读，行吗？"

我答："可以，谢谢！"

2月18日晚19时30分，先是王曙光，后是郑淑娜副主任亲自与我通电话，告知准备使用"死难者"，但是否会与现有的侵华日军南京大屠杀遇难同胞纪念馆名称有矛盾？

我回答："这是两个不同的概念，不能混为一谈。一个是侵华日军南京大屠杀遇难同胞纪念馆纪念的对象，另一个是南京大屠杀涵盖的内容。"

他们又问："侵华日军南京大屠杀遇难同胞纪念馆是纪念30多万遇难者吧？不是要揭露杀、烧、淫、掠四个方面的内容吗？"

我回答："侵华日军南京大屠杀遇难同胞纪念馆纪念的对象很明确，就是30多万死难者，不可能是纪念日军杀、烧、淫、掠暴行。在对南京大屠杀内容的深入解读和展示中，才涉及杀、烧、淫、掠四个方面的内容。"

2月19日，王曙光处长来电，催要我有关侵华日军南京大屠杀遇难同胞纪念馆的论文。我让秘书芦鹏发1997年我在首届南京大屠杀史国际学术研讨会上的论文《论侵华日军南京大屠杀遇难同胞纪念馆的功能、地位和作用》，其中有我对侵华日军南京大屠杀遇难同胞纪念馆馆名的认识和评议。

我深深地体会到，围绕着国家公祭日的设立，相关的法律文件，从用词到形式都经过了十分严密和慎重的讨论。

四、全国人大常委会通过法案

2014年2月25日，第十二届全国人民代表大会常务委员会第七次会议在北京人民大会堂开幕，张德江委员长主持会议。常委会组成人员163人出席会议，出席人数符合法定人数。

会议听取了全国人大常委会法制工作委员会主任李适时所作的《全国人大常委会关于确定中国人民抗日战争胜利纪念日的决定（草案）》的说明和《全国人民代表大会常务委员会关于设立南京大屠杀死难者国家公祭日的决定（草案）》的说明。李适时简述了《全国人民代表大会常务委员会关于设立南京大屠杀死难者国家公祭日的决定（草案）》的起草过程、主要内容，

2014 年 2 月 25 日，全国人大常委会法制工作委员会主任李适时作《全国人大常委会关于设立南京大屠杀死难者国家公祭日的决定（草案）》的说明

以及必要性。

分组审议中，与会的全国人大常委会组成人员、全国人大各专门委员会成员、各省区市人大常委会负责人和全国人大代表一致表示，由全国人大常委会专门作出决定，以立法的形式确定中国人民抗日战争胜利纪念日和设立南京大屠杀死难者国家公祭日，充分反映了全国各族人民共同心声，具有广泛的民意基础，具有充分的法理依据，是完全必要的。

与会人员一致认为，作出两个"决定"意义重大，将更好地缅怀在中国人民抗日战争中英勇献身的英烈和所有为中国人民抗日战争作出贡献的人们，铭记中国人民反抗日本帝国主义侵略的斗争历史，牢记侵略战争给中国人民和世界人民造成的深重灾难，彰显中国人民抗日战争在世界反法西斯战争中的重要地位。

与会人员普遍认为，由全国人大常委会作出"两个决定"，集中反映中国人民的意志，使全体人民牢记历史、不忘过去、珍爱和平、开创未来，必将激励全国各族人民的爱国主义热情，鼓舞全国各族人民为实现中华民族伟大复兴的中国梦而努力奋斗，必将更加坚定全国各族人民捍卫国家主权、领土完整的坚强决心。

与会人员完全赞成两个法案的说明和决定草案，一致建议将决定草案交付本次常委会会议审议通过。

2014年2月27日，这一天将永远铭记在历史记载中。这一天，第十二届全国人民代表大会常务委员会第七次会议表决通过了《全国人民代表大会常务委员会关于设立南京大屠杀死难者国家公祭日的决定》。全文如下：

> 1937年12月13日，侵华日军在中国南京开始对我同胞实施长达四十多天惨绝人寰的大屠杀，制造了震惊中外的南京大屠杀惨案，三十多万人惨遭杀戮。这是人类文明史上灭绝人性的法西斯暴行。这一公然违反国际法的残暴行径，铁证如山，早有历史结论和法律定论。为了悼念南京大屠杀死难者和所有在日本帝国主义侵华战争期间惨遭日本侵略者杀戮的死难者，揭露日本侵略者的战争罪行，牢记侵略战争给中国人民和世界人民造成的深重灾难，表明中国人民反对侵略战争、捍卫人类尊严、维护世界和平的坚定立场，决定将12月13日设立为南京大屠杀死难者国家公祭日。每年12月13日国家举行公祭活动，悼念南京大屠杀死难者和所有在日本帝国主义侵华战争期间惨遭日本侵略者杀戮的死难者。

全国人大常委会委员长张德江27日下午出席十二届全国人大常委会第七次会议闭幕会。张德江说，本次常委会会议的一项重要内容，是审议通过了全国人大常委会关于确定中国人民抗日战争胜利纪念日的决定和关于设立南京大屠杀死难者国家公祭日的决定。全国人大常委会以立法形式确立这两个纪念日，集中反映了中国人民的共同意志，表明了中国人民坚决维护国家主权和领土完整的坚定立场，表明了中国人民反对侵略战争、捍卫人类尊严、维护世界和平的坚定立场。依照全国人大常委会的决定，隆重地举行法定的、国家层面的纪念和悼念活动，目的是要牢记中国人民抗日战争的伟大意义，充分认识中国人民抗日战争在世界反法西斯战争中的重要地位和巨大贡献，充分认识中国人民抗日战争胜利为实现民族独立和人民解放奠定的重要基础，永远铭记中国人民反抗日本帝国主义侵略的艰苦卓绝斗争；牢记日本帝国主义侵略给中国人民和世界人民造成的深重灾难，警醒全世界人民时刻警惕日本为军国主义侵略历史翻案，维护第二次世界大战胜利成果和确立的战后国际秩序；弘扬以爱国主义为核心的伟大民族精神，激励全国各族人民为实现中华民族伟大复兴的中国梦、促进人类和平与发展的崇高事业而共同奋斗。

五、社会各界热议公祭日

2014 年 2 月 25 日，在《决定》（草案）审定期间，看到媒体上公布全

2014 年 2 月 26 日，作者在侵华日军南京大屠杀遇难同胞纪念馆主持南京社会各界人士拟设立南京大屠杀死难者国家公祭日座谈会

国人大常委会开始讨论"两个法案"的消息后，26 日上午，我以侵华日军南京大屠杀史研究会会长和侵华日军南京大屠杀遇难同胞纪念馆馆长的双重身份，迫不及待地在馆内组织召开"南京各界人士拟设立南京大屠杀死难者公祭日座谈会"。会上，各位专家学者和南京大屠杀幸存者纷纷支持国家公祭日的设立。

江苏省社科院历史所研究员、74 岁的老专家孙宅巍坦言："多年来我一直期待，能对南京的那场浩劫有一个与其规模、惨案等级相适应的纪念方式。"令这位将 30 年时光倾注于研究南京大屠杀史的老专家印象最深的是，1994 年南京为纪念遇难同胞首次南京全城拉响警报，但他更希望有朝一日能将 12 月 13 日定为南京大屠杀死难者国家公祭日。孙宅巍认为，南京大屠杀死难者国家公祭日是对 30 多万死难者最高级别的祭奠。国家级公祭可促其警钟长鸣，把日本军国主义永远钉在历史的耻辱柱上。

侵华日军南京大屠杀史研究会副会长、南京师范大学历史系教授经盛鸿则认为，国家公祭日的设立，能够进一步扩大南京大屠杀在国际上的影响力，团结世界上爱好和平的人士一起反对日本右翼势力的错误言行。

听到 12 月 13 日将被设为全国性的公祭日，白发苍苍的夏淑琴老人还未开口，搭在桌子上的手因为激动而微微颤抖。她作为特邀代表在会上说："我是从死人窝里捡出来的苦孩子，日本兵用毒辣的手段，将我一家人活活地打死，家里人死了 7 位亲人，当时我身上被戳了 3 刀，但是我能活过来，活到现在 80 几岁，很不容易。我听到有这样的消息，当然高兴，非常高兴。能够让世界上更多人知道这个事情，对我们曾经历过这场灾难的人来说，是一种莫大的安慰。"

南京大屠杀幸存者佘子清老人，轻轻抖出一张微黄的旧报纸，平静却坚定地说："2005 年 3 月 11 日，这份报纸上提到申请设立国家公祭日，当年我就很激动，保留它到现在已经是第十个年头了，现在这个事情真的就要实现了，我万分地赞成。"

幸存者岑洪桂老人讲述自己 2013 年冬天去日本的经历时说："一位从中国过去的老翻译，有七八十岁了，他告诉我，日本的小学生、年轻人，几乎都不知道有南京大屠杀这件事情。后来我去学校讲我的经历，一个日本年轻人问我，说我们杀了你们 30 多万人，我们怎么都不知道？我告诉他，如果你不相信，你可以去中国，去江苏的南京，你到那里的侵华日军南京大屠杀遇难同胞纪念馆里看看，就什么都明白了。"岑洪桂觉得，现在有这样一个国家的公祭日，把这样的一个历史完完全全传达给日本人、传达给年轻人太重要了。

南京大屠杀幸存者遗属冷柏平获悉这个消息也非常激动，赶到会场的时候眼眶还红着。设立国家公祭日，是冷柏平父亲的心愿。冷柏平的父亲是南京大屠杀幸存者，生于 1919 年，2014 年春节前去世。冷柏平回忆说，父亲逝世前在医院卧床一年，神智也不清楚，但每每听到南京大屠杀几个字就格外警醒，每年到了 12 月 13 日，听到警报声音，他硬要家人把自己扶起来站着默哀。

那天的会议，我还专门邀请了全国政协常委、江苏省人大常委会副主任、国家公祭日提案人赵龙参加。时隔 9 年，当得知公祭日即将确定的时候，赵龙先生说："与其说是高兴，不如说是感慨和期待，这是许多人的努力成就了这件事。它明确表明中国政府和人民反对战争，热爱和平，尊重生命，维护人类尊严和社会正义的崇高信念。"

中国以立法形式设立南京大屠杀死难者国家公祭日，抗战老兵、战争幸存者和遗属们、世界各地搜集史料的专家学者，多年奔走呼号的民间人士，都从中得到了慰藉。

上海师范大学人文与传播学院院长苏智良是我多年的老朋友，也是侵华日军南京大屠杀史研究会最早的一批常务理事，曾长期从事中国"慰安妇"问题的研究，他说："抗日战争应该说是中国近代史的转折点。我们应该在国际上宣告，为反法西斯战争取得胜利，中国人民付出巨大的牺牲，应该举行国家级的公祭，来告慰死难者，教育年轻人。"

江苏省社科院历史研究所所长王卫星认为："以立法的形式设立南京大屠杀死难者国家公祭日，是对近期日本右翼势力谬论的回击，也是以'国'之姿态告诉每一个人：远离战争，珍爱和平。"

曾任中国细菌战受害者诉讼原告团团长王选说："一个历史事件的纪念日成为国家公祭日，要走很长的一段路：该事件必须在社会上形成历史共识基础。只有把历史做实，才有可能，所以设立南京大屠杀死难者国家公祭日不容易。"

全国人大代表、南京艺术学院院长邹建平是国家公祭日建议案的提出人，他当时正在北京开会，他在接受记者采访时连说了3个"真高兴"。他说："我高兴，不是因为我们江苏人连续几年的建议眼看要成为现实，而是作为中国人，为这样有历史意义的决定而由衷赞叹高兴！"他告诉记者："南京大屠杀那段惨绝人寰的历史，不仅仅是南京一个城市的悲剧和灾难，还是中华民族的悲剧和灾难，也是一场人类的浩劫。通过设立国家公祭日的形式悼念当年的遇难同胞，体现了对这段历史史实的尊重，能更好地教育青少年了解认识历史、传承历史，充分激发国人的爱国主义情怀，凝聚民族复兴的伟大力量。"

日本铭心会访华团团长松冈环在接受中新社记者专访时表示："中国设立南京大屠杀死难者国家公祭日很有必要，有助于让日本政府早日认清侵华战争的历史史实。"

国家公祭案提案人、全国人大代表、南京艺术学院院长邹建平在新闻发布会上

英国广播公司 (BBC) 报道称，中国人大将每年的 9 月 3 日确定为 "中国人民抗日战争胜利纪念日"、每年的 12 月 13 日定为 "南京大屠杀死难者国家公祭日"，是为了 "表明中国人民坚决维护国家主权、领土完整和世界和平的坚定立场，弘扬以爱国主义为核心的伟大民族精神"。

美联社发表题为《中国称日本为 "麻烦制造者"》的报道，报道了中国拟设抗战胜利纪念日与南京大屠杀死难者公祭日的消息。美联社引述新华社的报道称，这项决定目的是揭露日本在二战中的暴行，同时纪念中国人民抵抗侵略的精神。

法新社发表题为《中国拟设立抗战胜利纪念日与南京大屠杀公祭日》的报道称，在与日本就历史问题与领土争端关系紧张之际，中国正在考虑设立抗战胜利纪念日与南京大屠杀死难者公祭日。报道指出，日本政要参拜靖国神社，使中日关系进一步恶化。中国领导人决定设立公祭日的做法，意在揭露日本领导人试图推翻二战结论的想法。

美国合众国际社的报道中，也介绍了设立中国人民抗日战争胜利纪念日和南京大屠杀死难者国家公祭日的历史背景。美国彭博新闻社的报道指出，一些日本右翼分子 "完全否认南京大屠杀"，报道称日本政府 2012 年宣布 "购买" 钓鱼岛是中日关系开始走向恶化的肇因。美国《华尔街日报》网站刊登了有关南京大屠杀的长篇报道。文章在谈到南京大屠杀时强调，日本 "犯下巨大的罪行是显而易见的"。

新加坡《联合早报》报道称，决定立法确定中国人民抗日战争胜利纪念日，是要 "集中反映中国人民的意志，以牢记历史，不忘过去，珍爱和平，开创未来"；设立南京大屠杀死难者国家公祭日，是为悼念死难者和 "揭露日本侵略者的战争罪行"，"牢记侵略战争给中国人民和世界人民造成的深重灾难，表明中国人民反对侵略战争、捍卫人类尊严、维护世界和平的坚定立场"。

从上述国际传媒来看，均是对中国设立 "两日" 予以肯定和正面报道。而日本官房长官菅义伟则在记者会上称："日方对中方为何在二战结束 69 年后才设立国家公祭日抱有疑问。" 对于菅义伟的 "疑问" 说法，外交部发言人华春莹说："日本内阁官房长官的言论，我觉得他是揣着明白装糊涂。在二战结束近 70 年的今天，日本国内仍不时出现领导人参拜靖国神社、否认甚至美化日本军国主义侵略历史，否认南京大屠杀的错误言论，日本极右翼势力的倒行逆施理所当然引起了包括中国在内的国际社会的强烈愤慨和坚决反对。由全国人大常委会专门作出决定，以立法形式确定中国人民抗日战争胜利纪念日和南京大屠杀死难者国家公祭日，集中反映中国人民的意志，使我们牢记历史，不忘过去，珍爱和平，开创未来。我们强调牢记历史，不是要延续仇恨，而是要在铭记历史的基础上，维护正义与和平，避免战争惨祸重演。我们敦促日本领导人本着对历史负责，对人民负责，对未来负责的态度，切实正视和反省军国主义侵略历史，停止反复伤害受害国人民感情的错误言行，以诚实态度和实际行动取信于亚洲受害国人民和国际社会。"

第二十章
我对国家公祭的解读

设立南京大屠杀死难者国家公祭日，就是将"城祭"上升为"国祭"。"决定"公布以后，得到了全国人民的一致拥护和坚决支持，也得到了世界爱好和平国家和人民的广泛回应和支持，正义之声不绝于耳。南京大屠杀的史实真相、国家公祭的对象、"公祭日"的重要意义、设立"公祭日"的背后花絮等成为社会各界人士热议的话题。

一、著文宣传公祭日

我是最早得知设立国家公祭日消息的人，也是被采访、被询问、被约稿最多的人。那些天我太激动、太忙碌了，激动得彻夜难眠，忙碌得一天工作10多个小时，是靠救心丸来支撑身体的。这是我担任侵华日军南京大屠杀遇难同胞纪念馆馆长20多年来第三次感到精神疲惫，身体严重透支，感到吃不消，但只要想到"第21次是国家公祭"，就觉得自己的心血没有白费。

自从2月27日全国人大通过"国家公祭日"的法案后，我一直没歇着。我一口气连写了四篇解读12·13国家公祭日的文章，题目是《12·13，何以成为国家公祭日》《国家公祭体现了人民主体性的宪法精神》《国家公祭是固化南京大屠杀史实的重器》《国家公祭是对和平的促进》，于3月1日至4日期间，连续在《南京日报》和南报网上公开发表。3月3日，《人民日报》第五版上刊登了我的文章《铭记伤痛才能超越历史》。

在这些文章里，我对设立国家公祭日从各个角度进行了详细的分析与解读，对于传播和扩大"国家公祭日"的影响起了一定的作用。

二、国家公祭的对象

在第十二届全国人民代表大会常务委员会第七次会议通过的《关于设立南京大屠杀死难者国家公祭日的决定》中，非常明确地界定："悼念南京大屠杀死难者和所有在日本帝国主义侵华战争期间惨遭日本侵略者杀戮的死难者。"在此，我对国家公祭的对象进行详细说明：

国家公祭的对象首先是在南京大屠杀中遇难的30多万同胞，南京大屠杀中遇难同胞是如何认定的？其30多万的数字出自何处？

在讲这个问题之前，我要声明的是，我本人作为侵华日军南京大屠杀遇难同胞纪念馆的馆长和历史研究学者，不需要也没有理由去夸大南京大屠杀30多万的数字。因为我认为只有真实的才是历史的，夸大这个数字本身是没有任何意义的。从另一个角度来说，不要说是屠杀30多万，哪怕是屠杀1万人、5000人、500人，甚至是50人，这也是对人类生命的践踏，因为人的生命是最为宝贵的！

南京大屠杀30多万数字来源于战后远东国际军事法庭和南京审判日本战犯军事法庭两个法庭的定论和判定，这不是当时的国民政府，也不是后来的中华人民共和国政府提出来的，更不是哪个中国学者研究出来的。我们可以从以下三个方面来论证南京大屠杀30多万的数字：

1946年1月19日设立的远东国际军事法庭，经过调查和严肃认真的审判，依据大量的人证、物证认定：在日军占领南京后的最初6个星期内，南京及附近被屠杀的平民和俘虏，总数达20万以上。

这个数字还没有将日军所烧弃的尸体或投入长江或以其他方式处理的人数计算在内。据史料可以考证，日军在进行凶残的大屠杀的同时，为了掩盖其罪行，采用纵火焚尸、抛尸长江等办法，迫不及待地对横陈在南京城郊的遇难者尸体毁尸灭迹，被处理的尸体总数达15万多具。将这两个数字相加，该法庭实际判定：南京大屠杀的人数不低于35万。

1946 年 2 月 15 日成立的南京审判日本战犯军事法庭的认定：日军在南京集体屠杀有 28 案，屠杀人数为 19 万余人；零散屠杀有 858 案，尸体经慈善机构掩埋有 15 万余具。该法庭判定南京大屠杀的人数不低于 34 万。

有必要在此强调指出，东京审判后，以美国为首的盟国于 1951 年 9 月 8 日同日本政府签订了《旧金山和约》，并于 1952 年生效。该《和约》第十一条明文规定："日本接受远东国际军事法庭和其他同盟国法庭在日本境内或境外之判决"，也就是说，日本政府承认远东国际军事法庭和南京审判日本战犯军事法庭对南京大屠杀案的判定，等于承认南京大屠杀，等于承认南京大屠杀 30 多万遇难者的数字。日本首相安倍晋三在讲话中明确表示《旧金山和约》仍然是有效和约。

当时，收埋尸体有四种途径，一是日军为了掩盖血腥暴行，动用部队毁

远东国际军事法庭内景

尸灭迹者共达 15 万余具；二是红卍字会、红十字会、崇善堂、同善堂、回民掩埋队等 5 家慈善团体埋尸约 18.5 万多具；三是其他汪伪政权共掩埋尸体 6000 余具；四是私人掩埋尸体 3.5 万余具，毁尸灭迹和掩埋总数大约 37 万具。

综合上述可看出，关于南京大屠杀遇难总人数有东京审判的约 35 万、南京法庭审判的约 34 万、埋尸记录的约 37 万等三组数字。所以，我们说，南京大屠杀 30 多万这个数字，来源是有可靠根据的。30 万是个下限的数字，30 万以上多多少，是可以讨论和进一步论证的。当然这里会有一定的误差，这个差距在历史研究中通常是允许的、正常的，也可以说是国际惯例。例如，广岛原子弹爆炸纪念馆简介上标示的 1945 年 8 月 6 日至 12 月 30 日原爆遇难人数为 14 万，注明正负 1 万，实际上是 13 万—15 万人之间，有 2 万人的差距；波兰奥斯维辛集中营关于遇难人数为 110 万—120 万的表述，有 10 万人的差距，等等。由于历史上的种种原因，我们不可能得出一个十分精确的数字，有误差是允许的。南京大屠杀 30 万人的数字既是约数，也是确数。所谓约数，是指 30 多万人，所谓确数，是不低于 30 万人。我们说 30 万以上，具体多多少我们没有注明，这样就更符合历史。

国家公祭的对象不仅仅是南京大屠杀死难者，同时也包括所有在日本帝国主义侵华战争期间惨遭日本侵略者杀戮的死难者，包括普通民众和中国俘虏。

那么，对"日本帝国主义侵华战争期间"一词如何解读？我的理解是，日本在近代形成帝国主义后所有对中国发动的侵略战争期间。它应该包括哪些侵华战争期间的死难者呢？

1. 1874 年日本武力侵台造成的死难者。5 月，日本西乡从道率领 2000 多个日军，7 艘舰船，以 54 名琉球岛民于 1871 年 12 月被台湾南部牡丹社原住民杀害为借口，武力攻击台湾，残酷杀害台湾土著民众。这是日本侵华的开端，也是日本成为帝国主义后首次杀害中国人的开始。日本阴谋割裂并占据中国领土达半年之久，最终清政府向日方付款 40 万两白银解决争端。

2. 1895 年甲午战争期间日本对旅顺大屠杀中的死难者。日军侵占旅顺后，如同野兽，不分男女老幼，见人就杀，把俘虏绑上屠杀，杀害平民，甚

平顶山惨案中的部分白骨

至妇女也不放过，中国百姓遇难人数多达 6 万，旅顺城只有 36 人活下来。

3．1900 年日本参与八国联军镇压并杀害许多义和团员。在八国联军中，日本成为镇压义和团、侵略中国的主力，成为侵华列强中唯一的亚洲国家军队。德军、日军、法军和俄军等组成的联军讨伐队在北京郊区血洗无数村镇，男子一律虐杀，妇女先辱后杀，手段残忍，无辜的老人被洋兵当作刺杀的活靶，开膛后的儿童尸体随处可见，老弱妇孺甚至被投入水井和河中。八国联军在北京屠杀中国人数十万，腐味弥漫全城。

4．1904 年日俄战争中的中国死难者。这次战争，日俄双方动员的兵力都在百万人以上，战争的规模之大，在世界历史上也是空前的。但这场帝国主义之间的不义之战，却是在中国的领土上进行的，给成千上万的中国人民带来了一场大浩劫，许多中国人在战争中丧失了宝贵的生命。

5．1931 年日本侵占东三省后的中国死难者。从 1931 年 9 月 18 日，到哈尔滨沦陷，日本军国主义侵略和掠夺山海关至黑龙江之间相当于日本国土 3 倍、110 万平方公里的中国东三省土地。在此期间，杀害了大量东北三省的同胞。

6．1937 年日本全面侵华后的中国死难者。以 1937 年卢沟桥事变为标志，日本发动了全面的侵华战争。在此之后的 8 年中，制造一系列惨案，杀害了无数的中国人民。

在抗击日本侵略的 14 年战争中，中华民族作出了巨大的牺牲。据不完全统计，死伤人数达 3500 万人，直接经济损失 1000 亿美元，间接经济损失达 5000 亿美元。这些死难民众主要包括如下受难群体：

1. 其他屠杀暴行中死难者。侵华战争期间，日军的暴行到处引发屠杀，绝不仅仅只发生在南京。这里仅举几例有代表性惨案中的死难者：

1932 年 9 月 16 日，为了报复中国抗日武装的行动，日本关东军以拍照为名，将抚顺煤矿附近平顶山等村的村民 3000 余人，骗至村外集中之后实施了灭绝人性的集体屠杀。

1937 年 9 月 12 日，日本关东军本间旅团和铃木旅团进入山西省天镇县境，连续 2 天实施灭绝人性的大屠杀，造成至少 2520 名无辜民众丧生。

1938 年 4 月 12 日至 14 日，日军在广东珠海三灶岛鱼弄村杀害 586 人，接着在全岛 36 个村庄同时放火，烧毁了 3240 座房屋，164 艘渔船。在这 3 天之内，遇难者竟达 2000 多人。

1941 年 1 月 25 日，日军在河北省丰润县潘家峪村，屠杀了全村 1537 人中的 1230 人。

1942 年 12 月 5 日，日本第 27 师团第 27 步兵团所属第一联队骑兵队，血洗了河北省唐山市滦南县程庄乡潘家戴庄，屠杀和平居民 1230 人，烧毁民房 1030 间。

1942 年夏秋之际，为报复浙江民众保护空袭东京后迫降在浙江的美军飞行员，日军在浙赣铁路沿线及周边地区展开"大扫荡"，屠杀了约 25 万浙江百姓。

2. 化学战中死难者。1942 年 5 月 27 日，日军在河北省定县北疃村对平民使用化学武器，无法忍受毒气的人们在冲出地道口之后被刺刀刺死或者被开枪打死。在此次事件中北疃村共有 800 余人遇难。据不完全统计，从 1937 年开始的 8 年全面侵华战争中，日军在中国大陆实施的化学战共计 2000 余次，造成中国军民直接中毒伤亡近 10 万人。而战后在中国已发现日军遗留的化学炮弹约 200 万枚，毒剂约 100 吨，分布在中国大陆的十几个省。此外还有大量化学武器未被发现，仍在继续危害着中国人民的生命安全和生态环境。

3．细菌战中死难者。日军公然违背国际法使用了细菌武器。日本是第二次世界大战所有的交战国中唯一在战场上使用细菌武器的国家。下面举例说明：

侵华日军 731 部队亦即关东军防疫给水部本部。731 部队把基地建在中国东北哈尔滨平房区，战争期间至少有 3000 名中国人、朝鲜人和联军战俘在 731 部队的人体实验中死亡。

1941 年 11 月 4 日，侵华日军 731 部队和总部设在南京的日军荣字 1644 部队联合作战，在湖南常德空投鼠疫跳蚤。这次细菌战以常德城为中心，波及周边 10 个县 30 个乡的 150 多个村。据调查，遭细菌戕害的有名有姓死难者为 7643 人。

1940 年 6 月间，日军参谋本部决定对浙赣沿线城市实施细菌作战。这次细菌作战给浙赣沿线人民带来了空前劫难，仅衢州城乡死亡约 2000 人以上，并传染到 50 公里以外的义乌县城，又造成数百人死亡。1942 年日军发动浙赣战役，同样把细菌攻击作为重要的战术组成部分，在战争中大规模实施。根据衢州地区统计，这阶段染病在 30 万人以上，死亡约 10 万人左右。此外，宁波遭细菌战受害人数达 1500 人以上。

4．劳工中死难者。日本军国主义在战争期间强征了数百万中国劳工从事各种繁重的体力劳动，还经常被暴虐的侵略者肆意杀戮。日军侵占大同期间，残酷掠夺大同煤炭资源，从各地抓来的劳工，在条件极其恶劣的矿井下每天服苦役 10 几个小时。遭受折磨而死的劳工被抛尸荒山野岭，其中仅南沟万人坑死难矿工就达 6 万多人。再如，日军入侵黑龙江东宁县之后，计划把东宁变成进攻苏联的最大军事基地，于是采取强征、欺骗等手段，征用了 17 万中国劳工修筑东宁要塞，这些劳工只有极少数生还，绝大多数都被残害致死。

在被强行掳至日本的 4 万中国劳工里，竟有 6 千多人惨死日本。仅花冈矿山中国劳工共有 418 人遇难。其中，在 1945 年 6 月 30 日，中国劳工深夜奋起暴动后集体逃跑，遭日本宪警的围堵和镇压，当场死亡 113 人。

5. "慰安妇"中死难者。"慰安妇"制度是二战期间日本政府大规模、有组织征召妇女充当日军随军妓女的制度。由于日军在战败时大量销毁档案，要准确计算出"慰安妇"的总量较为困难。尽管如此，一些研究人员依据已有的资料推断：日军在其侵占地区，前后共驱使 40 万左右的亚洲女性充当其性奴隶。在被害女性中，约 20 万为中国妇女。

性暴行往往与大规模的杀戮暴行如影随形。1943 年 5 月 9 日至 5 月 12 日，侵华日军在华中方面军司令官畑俊六的率领下，在湖南省洞庭湖区的南县厂窖镇屠杀了 3 万余名中国平民百姓，在此期间还强奸当地妇女 2000 多人，震惊中外，史称厂窖惨案。再如 1941 年 12 月 25 日，日军攻陷香港后，闯入当时被用作医院的圣士提反书院。在屠杀了英军伤员之后，又对医院里包括英籍护士在内的女性进行了集体性侵。

6. 无差别轰炸中的死难者。在侵华战争期间，日本军国主义严重地违反《海牙公约》，犯下了狂轰滥炸平民的战争罪行。对中国的城市进行夜以继日的轰炸，给中国平民造成了巨大的伤害。下面仅举几例：

1937 年 8 月 15 日至 12 月 13 日，侵华日军对中国首都南京发动长时间的连续轰炸。据不完全统计，南京遭日机空袭 118 次，仅日本海军航空队就动用飞机 1200 多架次。日本海军飞机投弹 1357 枚，在南京城内炸死中国平

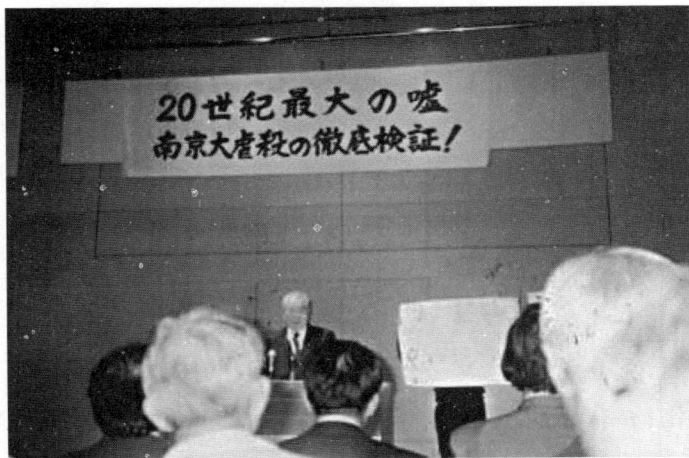

2000 年 1 月 23 日，日本右翼分子在大阪公然举行"20 世纪最大谎言——南京大屠杀彻底检证"集会，公然否认南京大屠杀

民 430 人，重伤 528 人。

1938 年 2 月至 1943 年 8 月，日本对战时中国陪都重庆进行了长达 5 年半的战略轰炸。据不完全统计，在这 5 年间日机共空袭重庆 218 次，出动飞机 9513 架次，投弹 21593 枚，炸死市民 11889 人，炸伤 14100 人，炸毁房屋 17608 栋，市区大部分繁华地区被破坏。

为了侵占广东，日军从 1937 年 8 月 31 日首次空袭广州起至 1938 年 10 月 21 日广州沦陷，共对广州市进行了长达 14 个月的狂轰滥炸。广东受日机侵袭死亡人数 14587 人，受伤人数 10166 人。

自 1938 年 11 月至 1944 年 11 月，在长达 6 年的时间里，日机轰炸成都前后历时 6 年，共侵入成都市上空轰炸 24 次，造成了近 4000 人死伤，财产损失难以统计。

应当指出，中国人民坚持了长达 14 年艰苦卓绝的民族抗战并最终取得了伟大的胜利。在此期间，中华民族付出了巨大的牺牲，其中包括无数死难的民众。毫无疑问，他们应当是国家公祭的对象。

电影《辛德勒名单》的导演斯皮尔伯格说过："我们不怕死亡，我们怕被遗忘。"这些国家公祭的对象，虽然在不同的时期，不同的场合，遭遇不同的戕害，但他们是我们的遇难同胞，不应该被今天的人们遗忘。

斯皮尔伯格还说过："一个民族怎样对待历史，决定一个民族的未来。"我曾经在《不要轻视悲剧文化》的文章中这样写道："不轻视和矮化悲剧文化，要从中汲取一种精神力量，这或许会永远促进我们的文化自省和自觉。"历史是最好的老师，它忠实记录下每一个国家走过的足迹，也给每一个国家未来的发展提供启示。不忘死者，可以激励生者；不忘苦难，正是为了避免苦难；不忘悲剧，正是为了不再让历史的悲剧重演。

三、固化史实的重器

在加害国日本，一直存在着南京大屠杀"虚构论"、南京大屠杀根本没有发生过、南京大屠杀是 20 世纪最大的谎言等种种奇谈怪论。因此，如何看待南京大屠杀的历史显得尤为重要。实际上，南京大屠杀惨案发生 77 年以来，已经两次对这段历史进行过固化。此次设立的南京大屠杀死难者国家公祭日法案，则是我国以法律的形式、国家的意志，第三次对南京大屠杀的史实进行固化。

战后，根据《开罗宣言》《波茨坦公告》《莫斯科外长会议》和《远东国际军事法庭宪章》等法律文件，相继成立了远东国际军事法庭和各同盟国军事法庭，分别对日本A级和B、C级战犯进行了正义的审判。其中，南京大屠杀作为特例，被远东国际军事法庭和南京审判战犯军事法庭同时设立专案审判。

由中、美、英等11个国家派出的大法官和检察官组成了远东国际军事法庭，根据大量的人证、物证，确认"日军在南京的暴行是现代战史上破天荒之残暴记录"，在长达1218页的远东国际军事法庭判决书中，用两个专章的篇幅，以"攻击南京"和"南京大屠杀"为题作出了庄严而详细的判决。与此同时，作为同盟国法庭之一的南京审判战犯军事法庭，也对在南京组织血腥大屠杀的B级战犯谷寿夫，以及杀人竞赛的刽子手向井敏明、野田毅、田中军吉等日本战犯进行了审判。上述"两个法庭"分别对南京大屠杀史实作出了法的认定，将松井石根、谷寿夫等南京大屠杀罪犯判处了极刑。

"两个法庭"对南京大屠杀的史实进行的第一次固化主要内容包括：

1．南京大屠杀时间的定论。其过程长达6个星期，即1937年12月13日到1938年1月。12月13日是南京大屠杀开始日，也是一个国难日、一个国耻日。

2．南京大屠杀死难者对象的定论。侵华日军残忍屠杀了无辜市民和俘虏，不包括两军在南京战役中伤亡人数。

3．南京大屠杀死难者人数的定论。南京大屠杀死难者30万人以上的数字间接出自远东国际军事法庭，直接出自南京审判日本战犯军事法庭。其中，南京审判日本战犯军事法庭判定，日军集体屠杀有28案，屠杀人数有19万多人；零散屠杀有858案，尸体达15万多具，死亡人数达30多万。

4．南京大屠杀地域范围的定论。以当时南京特别行政市政府管辖的地区为限。南京沦陷前，市政府共管辖城内7区，以及浦口、孝陵卫、燕子矶、上新河等4个郊区，还包括总理陵园区。

5. 南京大屠杀内容的定论。屠杀：人数达 30 万人以上；强奸轮奸：发生 2 万多起；焚烧破坏："半城几近灰烬"，"全市约三分之一的建筑被毁"；抢劫掠夺：无数公私财物被掠。

1982 年，发生了日本文部省修改教科书事件，即把侵略中国改为进入中国。此举激起了中国人民的无比愤怒，特别是南京大屠杀的幸存者及其遗属们，纷纷要求把南京大屠杀血写的历史铭刻在南京的土地上。南京市人民政府顺应了人民的呼声，于 1983 年 12 月 13 日，在南京大屠杀江东门集体屠杀遗址和万余名死难者丛葬地遗址上立下奠基碑，开始着手遇难同胞纪念馆的筹建。经过一年零八个月的努力，该馆于 1985 年 8 月 15 日日本投降 40 周年纪念日之际正式建成开放。后经 1994—1995 年、2005—2007 年两次扩建，如今的遇难同胞纪念馆年接待中外观众量约 600 万人次，成为国家一级博物馆和全国爱国主义教育示范基地，南京大屠杀死难者丛葬地遗址，也被国务院批准为"全国文物保护单位"。

与此同时，南京市人民政府先后在中山码头、草鞋峡、煤炭港、燕子矶、上新河、汉中门、清凉山、北极阁、太平门、花神庙、正觉寺、仙鹤门、东郊丛葬地等南京大屠杀集体屠杀或丛葬地遗址，建立了一批侵华日军南京大屠杀遇难同胞纪念碑，一些民间人士也在汤山等遗址自发建成了南京大屠杀遇难同胞纪念碑。

在南京，先后成立了侵华日军南京大屠杀史研究会、南京大学南京大屠杀史研究所、南京师范大学南京大屠杀史研究中心等一批学术研究机构，团结了世界上一批专家学者，并在国际范围内广泛征集一批有关南京大屠杀史料和文物，据此开展对南京大屠杀史学研究，形成了一批重要的南京大屠杀史学成果。

通过建馆、立碑和编史，将南京大屠杀的记忆予以保存、展示和传承，完成了南京大屠杀史实的第二次固化。以国家的名义对南京大屠杀死难者实行公祭，是对南京大屠杀史实的第三次固化。从全国人民代表大会常务委员会发表的关于设立南京大屠杀死难者国家公祭日的决定中，可以看出主要体现在以下几个方面：

第一，对南京大屠杀基本史实进行了再次确认。该"决定"认定："1937

年 12 月 13 日，侵华日军在中国南京开始对我同胞实施长达四十多天惨绝人寰的大屠杀，制造了震惊中外的南京大屠杀惨案，三十多万人惨遭杀戮。"

第二，对南京大屠杀历史进行了再次定性。该"决定"认为："这是人类文明史上灭绝人性的法西斯暴行。这一公然违反国际法的残暴行径，铁证如山，早有历史结论和法律定论。"

第三，对南京大屠杀死难者公祭的时间进行了确定。该"决定"规定："将 12 月 13 日设立为南京大屠杀死难者国家公祭日。每年 12 月 13 日国家举行公祭活动。"

第四，对国家公祭死难者的对象和范围进行了确定。该"决定"指出："悼念南京大屠杀死难者和所有在日本帝国主义侵华战争期间惨遭日本侵略者杀戮的死难者。"

第五，对为何要设立南京大屠杀死难者国家公祭日进行了说明。该"决定"强调：是为了"揭露日本侵略者的战争罪行，牢记侵略战争给中国人民和世界人民造成的深重灾难，表明中国人民反对侵略战争、捍卫人类尊严、维护世界和平的坚定立场"。

国家公祭是固化南京大屠杀史实的重器。它对于凝聚中华民族建设中国特色社会主义强国的力量，以及反击日本右翼势力否定侵略与加害史实的言行来说，不亚于一颗精神原子弹。

四、张扬人民主体性的宪法精神

为南京大屠杀死难者举行国家公祭，既是对逝者的尊重和缅怀，也是对生者的抚慰和教育。用立法形式确立国家公祭日，全面体现了我国宪法人民主体性的根本精神。

我国宪法规定："中华人民共和国的一切权力属于人民。"宪法是国家的根本大法，是我国法律体系的核心和统帅，任何法律的制定和执行，都必须遵循宪法。设立南京大屠杀死难者国家公祭法案，坚持人民主体地位，坚持以人为本的原则，这正是宪法的根本精神，体现了人民的共同意志和根本利益。我国自古以来就有以人为本的思想传统。如孟子提出的"仁者爱人，民为贵，君为轻，社稷次之"；孙中山先生提出"民族、民权、民生"的三民主义理论。这些思想无不体现出从人本立场出发，提倡重视民意、尊重人民基本权利的观念。设立南京大屠杀死难者国家公祭制度，正是符合我国传统的人本思想，并且符合当代的民心、民情和民意，突出了宪法规定的人民主体性地位。

国家公祭在古代称"国祀"，是国家的大典，从儒学的实践看，无论何种形式的公祭活动，为国运和人民祈福祛祸都是其核心内容。所谓"民为邦本，本固邦宁"，说的正是这个道理。法国思想家赫南指出："在人们的共同记忆中，灾难与伤痛比享乐或是光荣更重要，也更有价值，因为它更能紧密地结合民众，唤起患难与共的情感，进而使人民凝聚成为一个坚实的共同体。"设立南京大屠杀死难者国家公祭法律，拉近了个人与国家之间的精神距离，成为一项固化的国家性社会行动，有利于凝聚民族精神，同心协力地去建设中国特色的社会主义强国。

我国宪法修正案将"国家尊重和保障人权"写入宪法。实行南京大屠杀死难者国家公祭，正是基于宪法的这一原则。在人类享有的所有基本权利中，没有一项权利比生命权更为重要，它是其他一切权利的本源，是所有人权的基础。日本军国主义者当年在南京犯下的滔天罪行，是对包括生命权在内的各项人权的粗暴践踏。铭记这段历史，就是为了坚定地捍卫人的尊严和价值。

此次法定的国家公祭对象，不仅仅是南京大屠杀 30 多万的死难者，还包括其他在日军侵华期间遇难的民众，体现出对民众生命价值的尊重。通过国家公祭，既是对死者生命权价值的承认和尊重，更是对死难者遗属和幸存者的精神慰藉。抗战历史第一次以法定形式走入普通中国民众的内心深处，提醒民众不要忘记历史，维护和平，建设一个更美好的未来。

面对日本右翼势力南京大屠杀否定论甚嚣尘上并愈演愈烈的现状，实行南京大屠杀死难者国家公祭，就是以国家的意志，坚决维护抗日战争期间民众死难者的名誉权。以全国人大常委会的决定，要求国家有关部门每年必须组织南京大屠杀死难者国家公祭日活动，这是宪法基本原则得以贯彻落实的具体行动。

"12·13"作为一个历史文化符号，它所承载的中华民族受难历史的记忆，具有特殊的普世价值。人们在悼念南京大屠杀30多万死难者的同时，缅怀抗日战争中伤亡的3500万中国军民，而中国人民抗日战争又是世界人民反法西斯战争的重要组成部分，中华民族为世界反法西斯战争的胜利做出过巨大的牺牲和贡献。因此，南京大屠杀死难者国家公祭，所具有的人性和道德力量是全球性的。

南京大屠杀死难者国家公祭法案的设立和实行，既是对法西斯罪行的控诉，也是对人性和良知的呼唤，更具有人类的普世价值。最为重要的，是我国宪法中以人为本和人民主体地位思想观念的再次凸显、实践和强化。

五、对国际和平的再促进

通过国家立法的形式，使对南京大屠杀死难者，以及所有在日本侵华战争期间惨遭侵略者杀戮的死难者的祭祀，上升到国家层面公祭，成为一个举国关注的重大仪式，这体现了党和国家对和平的思考与对生命的尊重，充分彰显了中国人民维护和平的坚定意志和坚强决心，令中华儿女精神为之一振。

凤凰涅槃，浴火重生。和平是一个古老而常新的话题，对和平的渴望、思考和追求，是伴随着战争的产生、结束和反思而形成的。第二次世界大战战场遍及三大洲、四大洋，84个国家大约20亿人口被卷入战争，军民伤亡1亿多人，其中，中国军民伤亡达3500万人。饱尝侵略痛楚、历尽战火洗礼的中国人民，更懂得落后就要挨打和今天的和平与安康来之不易，弥足珍贵。和平主义的倡导者池田大作先生说得好："没有比和平更珍贵的！没有比和平更幸福的！和平才是人类向前迈进的根本。"

恩格斯曾说过："我们根本没想到要怀疑或轻视'历史的启示'，历史就是我们的一切。"自1994年起，江苏省暨南京市社会各界人士，连续20年举办祭奠侵华日军南京大屠杀遇难同胞仪式，各种来自民间自发祭奠的方式更是数不胜数，但始终是地方性的，或者民间性质的。此次国家公祭日的设立，表明了一个国家对历史认知的高度，表明了一个国家对历史认知趋向成熟。地方性城市公祭演变为国家层面重温历史的一个定格化的仪式，为人们提供了学习历史、传承历史的绝佳契机和更高平台，警示人们要深刻吸取历史教训，自觉维护和平生存和发展的环境。以国家公祭的形式悼念，决非止于历史和过去，而是在吸取这段历史教训基础上的一种超越。这种超越是建立在重温和记忆历史基础上自然而然的升华，表达了我国人民热爱和平的心声，同时也向世界传递了中国人民牢记历史、维护和平的坚定意志。

和平是追求其他价值的必要基础，是一种正能量，从来就不是一句空话。和平的基础是一个参与者的认知基础，是一个人性需要的基础，它建立在人类生活中普遍需要的心理诉求之上，它需要理念、制度和行动来体现。国家公祭则是以法律和制度的手段来捍卫和平，并且是一种对捍卫和平行动的丰富和范式的升级。国家公祭就是以最为庄重的形式缅怀逝者，体现了对死难者的哀思，对人的生命以及和平的应有尊重，藉以教育生者，警示今人和后人，勿忘民族曾经的苦难，勿忘苦难中逝去的生命，勿忘和平曾经的创伤。通过国家立法形式，确定南京大屠杀死难者国家公祭日，体现了一种国家意志，那就是用法律的手段捍卫公理与正义，维护和平，使之焕发出一种精神力量。12月13日南京大屠杀死难者国家公祭日的设立，将会使纪念活动形式国家化、法律化、制度化、固定化，不仅提升了纪念逝者的规格，也彰显了对和平活动的影响力。

侵华日军南京大屠杀遇难同胞纪念馆和平公园内的紫金花女孩

确认战争胜利日和设置国家公祭日，是一种国际惯例式的纪念法则，在现实层面也有助于我们与世界更好地沟通。维护和平需要国内外所有热爱和平人士的共同参与、共同构筑。国家公祭可以唤醒世人的良知，认清历史的真相，寄托对逝者的哀思，表达民族的真情，共同构筑维护世界和平的大局。当前，日本右翼势力和安倍政权的历史认知严重扭曲，否定侵略和加害历史的动作频频，实际上是对受害民族和受害者的二次犯罪，是一种文化暴力，实质上是妄图为军国主义招魂，其危险动向令人担忧，需要引起国际社会的高度警觉。这表明了维护世界和平、遏制战争还面临着严峻挑战，如何构筑更加牢固的和平堤坝是一个突出的时代课题。与民间或地方相比，从国家层面立法来设立国家公祭日，影响必然更大、更广，更为深远。它必将唤醒越来越多的国内外所有热爱和平人士的良知，塑造正确的历史认知，让后人特别是青少年认识到，为了保卫世界和平，我们必须共同努力，为实现持久的和平与安宁而奋斗。

第二十一章

筹备公祭的那些日子

2014 年 12 月 13 日的国家公祭日活动，因为是首次举办，并且今后每年都要在这一天举办，究竟如何公祭，海内外人士拭目以待。筹备好首次国家公祭日活动，成为摆在我们面前的一项重要的政治任务，一件"天大的事"。我的工作日程排得满满的，时间精确到每小时。每天工作十几个小时，仅仅休息四五个钟头就又投入新一天的工作。而遇难同胞纪念馆的全体干部职工，也与我一起并肩战斗，加班加点，没有休息日。

一、筹备活动高规格启动

由于是首次举办国家公祭，大家心里都没有底，不知道应该怎么办？不过，有一点是明确的，那就是与往常 20 年不同的是，不再由江苏省或者南京市主办和承办，而应该由地方性提升到国家层面来举办。问题是，由国家哪个部门、哪一级领导来负责筹备呢？谁来决定和拍板呢？

2014 年 5 月 27 日，星期二，我在侵华日军南京大屠杀遇难同胞纪念馆为到访的韩国大使权宁世讲解时，手机在口袋里不停地震动，出于礼貌和职业要求，我不能够接听。大约 10 时左右，送走贵宾后，我拿出手机一看，屏幕上显示有包括江苏省委宣传部领导、南京市委宣传部领导在内的 19 个未接电话。多年的经验告诉我，一定有急事。我赶紧接通了徐宁部长的电话，她要我马上打电话给王部长。

在电话里，王部长对我说："中共中央办公厅（以下简称：'中办'）下午在北京召开关于国家公祭等事项布置会，省委常委、秘书长樊金龙已经去禄口机场等你。"

我连忙驱车赶至禄口机场与樊秘书长会面，一起在机场吃了碗面条，赶紧上飞机。

到京后，我们乘上江苏省驻京办的车，径直进了中南海，到了西八会议室。一看，中央和国务院等有关部门的领导陆陆续续地坐满了。

会上传达了中央关于举办活动的部署，按照全国人大常委会的决定，从2014年开始，每年的12月13日举办国家公祭活动，由中共中央和国务院主办、中共中央宣传部（以下简称"中宣部"）和江苏省委承办。

这几句话，一下把谁是国家公祭日的主办和承办单位的谜底给揭开了，实际上也在某种程度上宣布了国家公祭活动的筹备工作由此起步。

随后，国家公祭日各项筹备工作紧锣密鼓地开展起来。我也因此跟着忙碌起来，先后多次到中宣部、国务院法制办等中央和国家有关部门开会，参与论证和研讨。我对同事开玩笑地说，过去我在搞遇难同胞纪念馆扩建工程时，曾经有过一个月三次到京办事，现在创造了一个星期三次赴京开会的纪录。

为了筹办国家公祭，不仅仅是我们地方上跑北京，中央有关部门的领导也从北京来到南京。在我的记忆中，中办及中宣部相关领导，也曾分别率领中央和国家有关机关的负责同志，来到遇难同胞纪念馆查看举办国家公祭的场地，听取汇报，研究和处理相关问题，有力地推动了筹备工作的进展。

作为承办单位之一的江苏省委，更是积极参加、全力投入。江苏省委成立了以省委书记为组长的国家公祭领导小组，江苏省委秘书长、省委宣传部部长等省委常委和副省长、南京市市长等领导担任副组长，我也破例成为省里领导小组的一名成员，有幸参加省委召开的专题会议。

此后，省委、省政府领导多次来到侵华日军南京大屠杀遇难同胞纪念馆现场，指导、检查和督促国家公祭的筹备工作。南京市也专门成立了国家公祭指挥中心，南京市委、市政府领导，更是多次来侵华日军南京大屠杀遇难同胞纪念馆召开协调会，布置国家公祭活动的筹备事宜，要求按照南京青奥会的模式和经验，场馆化、扁平化地开展筹备工作。其中，市委宣传部徐宁部长几乎每天下午 5 点来馆组织召开协调会，现场研究解决有关问题。这样的领导力度，在我担任 21 年馆长期间是从未有过的，充分说明了江苏省和南京市地方领导对国家公祭日的态度。

中央有关部门、省、市各级领导对待国家公祭日的态度和行动，使我想到了美国第 35 任总统肯尼迪的一句意味深长的名言："不要问国家能为你做什么，而应该问你能为这个国家做什么。"

这也许正是所有为了筹备国家公祭而忙碌的人们的共同驱动力。

二、南京市在行动

凡事预则立，不预则废。

作为国家公祭日主会场所在地的城市，南京市的态度更为积极。

态度决定一切。记得钱穆这样说过："一个公民对自己国家的历史应该具有温情及敬意。"何况一个城市对于自己历史的纪念提升到国家纪念的时候，更应该有它的作为。

为了迎接首次国家公祭日活动，南京市委进行全市性动员，提出了"大干 200 天，搞好环境整治和配套"，这比同年 8 月青奥会在南京召开前南京市委提出的"大干 100 天，搞好环境整治和配套"方案，整整多出了 100 天，从中也可以间接地说明国家公祭在南京的影响力。

南京市委、市政府专门邀请了遇难同胞纪念馆扩建工程的建筑设计者、华南理工大学的何镜堂院士，担纲设计纪念馆周边地块的规划控制和保护方案。10 月 15 日的《南京日报》刊载了一篇消息：

> 本报讯（记者江瑜）侵华日军南京大屠杀遇难同胞纪念馆周边地区将启动改造升级。记者昨天从市规划局获悉，纪念馆周边地块改造规划设计方案由参与纪念馆新馆设计的何镜堂院士操刀。
>
> 市规划部门介绍，侵华日军南京大屠杀遇难同胞纪念馆已经明确将

作为国家公祭日的公祭场所，南京大屠杀史料已经申报世界记忆遗产，因此其周边地区的城市功能定位将重新规划，立意更为严肃。"我们已经邀请了中国工程院院士、著名建筑师何镜堂进行规划方案的设计。"市规划局相关负责人说，何镜堂院士主持了纪念馆新馆和胜利广场三期的设计，因此对周边地块重新规划设计，他最权威。

据透露，初步规划设计方案中，纪念馆周边重新规划设计的范围，东到莫愁湖，西到滨江大道，北到汉中门大街，南到集庆门大街。整个设计以纪念馆为中心，分为内圈、中圈和外圈，内圈是纪念馆周边近距离区域内，将预留绿化空间，严格控制建筑量；中圈以绿地为主，兼顾一些展馆功能；外圈可以适当加入一些商业。周边地区尤其是以纪念馆为中心的东西方向地区，将严格控制建筑物的高度，原则上近距离内所有的建筑不得超过纪念馆最高建筑的高度，即18米，往外围可以适当放宽建筑物的高度，但最高不得超过32米。建筑物的色彩、外观也有严格要求。

为配合规划设计，纪念馆周边地块将启动拆迁，一些城中村危旧房将被拆除，比如茶西里地块将进行拆除。此外，规划部门还建议，对周边一些单位进行搬迁，建议搬迁的单位包括南京市公安局看守所，但目前尚未明确是否搬迁。

目前，纪念馆周边环境整治工程已经启动。上个月底，水西门大街环境综合整治市政排水规划许可证已由规划部门审批通过，工程将在12月前完成。据透露，侵华日军南京大屠杀遇难同胞纪念馆地块规划设计方案将于11月对外公示。

从这篇报道中，人们不难看出南京市对待国家公祭日的态度不可谓不积极，对侵华日军南京大屠杀遇难同胞纪念馆周边地块的整体规划和控制，更是着眼于长远考虑，提前布局，因为纪念馆所在地已经是南京市河西新城的中心地带，这些年不断地冒出来一些高楼大厦，如果再不进行规划控制，恐怕将来纪念馆会被淹没在楼栋之间，这样每年在此举办国际公祭日活动的环境效果就会削弱许多。

除了控制性地作长远规划设计，南京市对现有的街巷进行改造，也在同步设计和行动中。遇难同胞纪念馆主入口在水西门大街，这条街也是国家公祭来宾的必经之路——西起燕山路，东至凤台路，全长 3400 米。从 9 月 20 日开始，这条街工程改造的内容包括雨污水节点改造、杆管线下地、水电气管道改造增容以及绿化景观提升及路面出新等，历时两个月，整个改造工程在 11 月 20 日结束。

水西门大街的改造项目，只是南京市整体改造提升工程中的冰山一角。例如，遇难同胞纪念馆所在地建邺区，启动了对河西新城区的又一轮改造，特别是对纪念馆周边环境的提升和美化。为此，建邺区邀请设计专家进行专门的设计，并作了多次评估和论证，细致到对花草树木的品种、色彩、数量和摆放位置，都一一进行精心研究，然后再布置和施工，力求与整体环境和风格保持协调。

国家公祭的主会场设在侵华日军南京大屠杀遇难同胞纪念馆内，理所当然地成为被关注的重点。这里面重点的重点有三条：

一是公祭采用何种程序。尽管以前已经有 20 次在纪念馆公祭的先例，但此次的形式有哪些？过去地方性公祭的献花圈、撞和平大钟、放飞和平鸽等仪式是否保留？如果需要部分保留应该怎样提升？需不需要设计新的公祭形式？等等。此外，谁来设计，谁来拍板定论？除了需要智慧，更需要顶层设计和决定。

二是现场环境的设计和改造。我们根据集会广场的现有条件和过去的经验，请专业的公司设计出三维空间立体效果图，报请市委、省委以及中央有关部门的领导审定。其间，进行了多番修改和补充。此外，为了遮挡遇难同胞纪念馆周边的楼层，建邺区政府聘请华南理工大学何镜堂院士的团队，专门设计周边的整体环境，进一步营造庄严肃穆的氛围。经过改造，遇难同胞纪念馆周边焕然一新，显示了整洁、通畅的市容市貌。附近道路上布置了国家公祭日主题标语牌，如"前事不忘，后事之师""勿忘国耻，圆梦中华"等。

三是现场的安全保卫措施。参与集会的人员如何安检？现场的安全保卫如何布控？周围的高楼大厦如何进行安全防卫？供电、卫生、电讯、电视转播车等特种车辆以及相关设备等如何摆放？等等，都是需要周密考虑和落实到位的。

从12月10日起，南京交通安保全面"升级"。乘坐长途车到南京来的乘客，必须在规定的出口接受安检后才能出站。公祭日当天，侵华日军南京大屠杀遇难同胞纪念馆周边将进行交通管制。公祭仪式期间（12月10日0时至12月13日24时）南京行政区域内禁止使用轻型和超轻型固定翼飞机、轻型直升机、滑翔机等小型航空器和空中飘物的飞行活动。面对严格的安保，虽然有点麻烦，但热爱和平、关注公祭仪式的南京市民们都表示出理解与配合。

三、筹备工作紧锣密鼓

要办好首次国家公祭日活动，光有硬件的提升和改造是远远不够的，还要有软件配套。其中，最重要的是公民的参与程度，因为国家公祭的目的不在于形式，而在于过程中对公民的教育和在国内外的影响力。为此，江苏省委常委、宣传部长王燕文和南京市委常委、宣传部长徐宁，亲自率领一帮人反复研讨、论证，设计出国家公祭一系列活动方案，先后上报市委、省委和中央有关部门审批。这些活动主要分为三个阶段四大板块：

第一阶段是预热活动起步阶段。这个阶段被称为"纪念全民族抗战开始板块"，主要由六项活动组成：

7月6日，由遇难同胞纪念馆和新华网共同筹办，中、英、日三种文字版本的"国家公祭网"（www.cngongji.cn）正式上线。这标志着"南京大屠杀死难者国家公祭日"相关纪念活动拉开序幕。

国家公祭网设计以血红、黑色与白色等三种色调为主，凸显了对死难者的哀思与祭奠。作为"国家公祭日"的重要依托，国家公祭网无论设计框架还是内容分类，均体现了权威性、即时性、学术性、国际性、知识性与互动性。

权威性，即国家公祭网由新华网承建，侵华日军南京大屠杀遇难同胞纪念馆负责内容把关；即时性，即随时发布相关新闻，并对重点新闻进行评论；学术性，即搜集整理各类以日军侵华历史、南京大屠杀历史为主题的专家言论、名人观点、学术论著等；国际性，即设计内容针对全球网民，既有多种文字版本，又按不同地区设立了公祭区域，如港澳台公祭、东南亚公祭、欧洲公祭、非洲公祭等；知识性，即国家公祭网本身承担了国家公祭知识的普及功能，设有专门板块介绍何为公祭、为何公祭等；互动性是国家公祭网的最大特色之一，为此，除了大量可供浏览、学习的信息外，国家公祭网还设置了"在线公祭"区块，便于全球网友参与祭奠。区块下设"公祭堂"等栏目，网友可直接进行祭奠，向遇难同胞点蜡烛、献花、植树、敲钟。生动的动态效果带来的庄重仪式感，让祭奠者感到肃穆、警醒。

"国家公祭网"与"侵华日军南京大屠杀遇难同胞纪念馆网站"实现无缝对接，形成互补，从而更好地实现历史教育和传递和平的使命。

为更好地传承南京大屠杀历史，教育后人牢记历史教训，7月6日，侵华日军南京大屠杀遇难同胞纪念馆启动了南京大屠杀死难者遗属登记活动，向社会公布南京大屠杀遗属认定标准和征集工作热线电话，将征集到的遗属名录登记在册，为首次南京大屠杀死难者国家公祭日活动中的"家祭"活动打好基础。

南京大屠杀暴行发生距今已经77年，幸存者大多已经80岁以上，已到耄耋之年，人数越来越少。据不完全统计，目前在世的南京大屠杀幸存者仅剩100多人。随着时间的流逝，这些幸存者也必然陆续逝去。我们在研究历史的过程中发现，一些南京大屠杀死难者的遗属、幸存者的后代对那段历史也较为熟悉，长辈们当年悲惨的受害史，往往随着他们的讲述，印入后人的记忆中，成为历史经历传承下去的又一重要途径。这直接促使遇难同胞纪念馆决定开展遗属登记活动。

《国家公祭》新书首发式也在这一天于遇难同胞纪念馆举行。这是国内第一本关于国家公祭的书籍。本次出版的第一分册，收录的内容包括"公祭日"法案及相关背景、"公祭日"法案公布后的社会反响、专家解读"公祭日"法案、国内新闻报道、国外新闻报道五部分。该书是南京大屠杀死难者国家公祭系列丛书的开篇之作，随着2014年12月13日首个国家公祭日

2014 年 7 月 7 日开始，侵华日军南京大屠杀遇难同胞纪念馆启动了"南京大屠杀死难者遗属登记工作"

的日益临近，各方将陆续对国家公祭相关内容进行整理，形成系列丛书陆续出版。

7 月 6 日这一天，侵华日军南京大屠杀遇难同胞纪念馆还举行了"侵华日军南京大屠杀遇难同胞纪念馆扩容工程新征文物史料成果新闻发布会"，向社会各界公布第一阶段征集的成果，吁请社会各界给予关注，扩大文物征集工作的社会影响，以期发现新的线索，为第二阶段的征集工作创造有利条件。

7 月 7 日，江苏省暨南京市各界"纪念'七七'全民族抗战爆发 77 周年学术座谈会"在侵华日军南京大屠杀遇难同胞纪念馆举行，由江苏省社科联和南京市社科联，省、市委党史办联合举办。专家学者们指出，在国家正式立法确定 9 月 3 日中国人民抗日战争胜利纪念日和 12 月 13 日南京大屠杀死难者国家公祭日这两个重要的日子以后，江苏省和南京市有关部门共同在此举行"纪念'七七'全民族抗战爆发 77 周年座谈会"，具有非常重要而又特殊的纪念意义。

7月7日上午，组织部分国家公祭筹备人员赴北京卢沟桥，参加并观摩北京市举办的纪念活动，为12月13日南京大屠杀死难者国家公祭活动积累经验。我在现场亲耳聆听了习近平主席的讲话："任何人想要否定、歪曲甚至美化侵略历史，中国人民和各国人民绝不答应！"这更坚定了我办好国家公祭活动的信心。

第二阶段是活动升温阶段。这个阶段由"庆祝全民族抗战胜利板块（9月3日）"和"纪念抗战爆发板块（9月18日）"两大板块组成，主要活动分两个步骤进行：

先行实施的是"庆祝全民族抗战胜利板块"活动。

69年前，日本宣布战败投降。69年后的8月15日，来自海内外各界爱好和平的人士在侵华日军南京大屠杀遇难同胞纪念馆举行"中日韩国际和平集会"。

和平集会在祭场举行，面对为逝去生命点燃的永不熄灭的长明火，日本铭心会南京第29次友好访华团、日本神户南京心连心第18次访华团、长崎日中友好希望之翼第12次访华团、韩国东北亚区域和平教育机构等代表人士一一走向祭台，敬献花圈，低头默哀。

从2002年起，这种和平集会已经连续举办了13次，亚洲和平离不开爱好和平人士的努力，此次由中、日、韩三国人士共同在这样特殊的日子举行和平集会，目的就是为了呼吁"反对战争、维护和平，以史为鉴、面向未来"。"吸取历史教训，反对战争与暴力，防止历史悲剧重演，为维护亚洲与世界和平而努力奋斗！"和平集会上，中、日、韩三方与会人员共同发出这样的和平宣言。

为配合国家公祭日活动的开展，加强青少年学生南京大屠杀历史教育，南京市教育局、侵华日军南京大屠杀遇难同胞纪念馆与南京出版传媒集团共同组织有关专家、教师，共同编写了青少年公祭读本，我是发起人之一。8月31日，"江苏省暨南京市《南京大屠杀死难者国家公祭日读本——血火记忆》（小学五年级版）首发式"在北京东路小学举行。该书采用"时间为线，点面结合"的叙述方式，以南京大屠杀历史事件中的关键人物为切入点，在总体概述基础上重点选编 10 个人物小故事，有侧重地介绍南京大屠杀的基本史实，引导小学生初步形成正确的历史认知和对国家公祭的认识。作为一门地方课程，南京市教育局要求各小学科学合理地安排国家公祭读本课程的实施。该书作为重要的学习资源，课堂学习时间应不少于 3 课时，社会实践活动不少于 1 课时。

"9·1"是二战爆发纪念日，75 年前的这一天，德国大举进攻波兰。

9 月 1 日，在侵华日军南京大屠杀遇难同胞纪念馆临时展厅举办了"二战中的国际大屠杀与民众受难"展览开幕式。展览用近 200 幅历史照片、10 余部影像资料、100 余件文物实物真实再现了二战给全世界民众带来的灾难。中国人民抗日战争是世界反法西斯战争中的重要组成部分，当日军在中国施暴的同时，亚欧非的其他地方也经历着人类的浩劫。此次专题展旨在让海内外观众了解侵略战争的危害，声讨法西斯的残暴，缅怀死难者的亡灵，尤其是警示世人铭记历史教训、防止悲剧重演，尊重生命、捍卫和平，强烈谴责

2014 年 9 月 1 日，"二战中的国际大屠杀与民众受难"展览在侵华日军南京大屠杀遇难同胞纪念馆举行开幕式

那些歪曲历史、美化战争的错误言行。

"9·3"是全民族抗战胜利日。2014年2月27日，十二届全国人大常委会第七次会议经表决通过，"9·3"作为中国人民抗日战争胜利纪念日与"12·13"国家公祭日一起以立法的形成确定下来了。

9月3日，中国人民抗日战争暨世界反法西斯战争胜利69周年纪念活动在北京的中国人民抗日战争纪念馆举行。同在这一天，在侵华日军南京大屠杀遇难同胞纪念馆内悼念广场上，举办了"百校学生纪念中国人民抗日战争暨世界反法西斯战争胜利宣誓大会"。

9月9日是中国战区受降69周年纪念日，"胜利在1945——世界反法西斯战争中国战区胜利69周年专家学者座谈会"在侵华日军南京大屠杀遇难同胞纪念馆召开。会议由中国抗日战争史学会、中国日本史学会日本侵华史专业委员会、侵华日军南京大屠杀史研究会主办。我在会上发言，如果说9月2日是日本向同盟国投降的重要历史时刻，那么9月9日，中国战区的受降仪式也同样值得纪念。因为它让我们国人感到，中国历史上不仅仅有南京大屠杀这样的悲剧，更有见证胜利的伟大时刻。日军对中国战区投降，正式宣告了中国战区抗日战争的最终胜利，值得记忆和纪念。其他30多位专家学者也共同回顾了受降历史，并呼吁进一步彰显中华民族抗战在世界反法西斯战争中的突出作用，大力弘扬中华民族的伟大抗战精神。9月10日至16日，我和南京市委宣传部副部长曹劲松、宣传处副处长曹传志和本馆秘书科副科长王山峰等一行4人，前往以色列维雅沙姆大屠杀纪念馆、德国柏林犹太人纪念碑（馆）、慕尼黑达豪集中营旧址陈列馆、纽伦堡大审判纪念馆，学习国外举行国家公祭的经验，以及举办类似展览的一些成功做法。其间，还在柏林拜谒了拉贝墓地。

九一八事变是中国人民耳熟能详的历史事件，1931年的这一天，日军制造军事冲突与政治争端，突然向中国军队发动进攻。不久东北沦陷，东北的父老乡亲们沦为亡国奴。因此，"纪念抗战爆发板块"活动在"9·18"前后开展。

9月17日，"日军侵华暴行与中日关系学术研讨会暨中国日本史学会日本侵华史专业委员会第二届年会"在盐城新四军纪念馆举办，会议由中国日本史学会日本侵华史专业委员会主办，盐城新四军纪念馆和侵华日军南京大屠杀遇难同胞纪念馆承办。20 多位与会代表分别来自北京、上海、江苏、黑龙江、山东、辽宁等 6 个省 (市) 的 14 家单位。与会专家学者围绕日军"侵略暴行""经济掠夺""文化侵略"等主题进行了研讨。我首先作了题为《甲午殇思与南京大屠杀死难者国家公祭》的报告，我在报告里讲到，甲午战争的屈辱虽已过去 120 年，南京大屠杀惨案发生也已 70 多年，但历史不能忘记，应当深入发掘和利用其悲剧文化、警示文化、和平教育文化的价值，在殇思和公祭中学习与传承历史文化。7 月 8 日，《参考消息》用一个整版的篇幅，发表了我的这篇文章。

南京大屠杀过去了 77 年，幸存者已不足 200 人，保存历史证据刻不容缓。遇难同胞纪念馆从 1984 年以来通过寻访、调查，共整理出 4176 份南京大屠杀幸存者、目睹者和受害者的证言档案。遇难同胞纪念馆从 2014 年 9 月 17 日起，每天在国家公祭网和纪念馆官方网站上公布一位南京大屠杀幸存者的口述证言，连续 100 天，共公布 100 位幸存者证言。这一举措引起了强烈的社会反响，市民们表示，幸存者口述证言让他们更加深刻地体会到战争的苦难，深知和平来之不易。

9 月 18 日上午，"'勿忘九一八'南京青少年诗歌朗诵会暨'勿忘国耻·圆梦中华'朗诵比赛"启动仪式在遇难同胞纪念馆悼念广场举行。"今天，让我们再次唱响这支歌，就是要我们牢记历史、不忘过去、珍爱和平、开创未来"，来自晓庄学院的 34 名同学深情演绎了《松花江上》《勿忘国耻振兴中华》和《南京！南京！》等 6 首震撼人心的诗歌，触动心弦。青少年们从今天的视角回望、反思历史和展望未来，表达出中国人民珍爱和平、开创未来的伟大胸襟以及实现中华民族伟大复兴的坚定信念。

9 月 18 日下午，在遇难同胞纪念馆学术报告厅举办"从 9·18 到 12·13——江苏省暨南京市社科界纪念九一八事变 83 周年座谈会"。此次会议由省、市委党史办，省、市社科院，江苏省近代史学会和侵华日军南京大屠杀史研究会主办。

所有深深镌刻在历史纪念碑上的抗战纪念日，不论光荣还是耻辱，都是今人应该深深追忆并研究思考的，这些日子与"12·13"一起，汇成了可歌可泣的中国人民的抗战历史。遇难同胞纪念馆抓住这些纪念日举办了相应的活动，目的在于促进社会对于国家公祭日的关注度逐渐升温。

第三阶段：系列活动显高潮。这个阶段的活动被列为"南京大屠杀死难者国家公祭日板块"。主要活动有：

继8月31日先期首发的国家公祭读本（小学版）后，11月13日，江苏省教育厅、南京市教育局组织社会各界人士及中学师生代表，在南京大屠杀死难者国家公祭日倒计时30天之际，在南京外国语学校举办《南京大屠杀死难者国家公祭读本》（初中版）的首发式。12月1日，《南京大屠杀死难者国家公祭读本》（高中版）在金陵中学举行首发式。值得指出的是，三个版本、三次首发式，省委常委、宣传部长王燕文都亲自出席，这在一般的教材和书籍中是不多见的，充分说明了江苏省委对此套教材的重视程度。

8月31日下午，《南京大屠杀死难者国家公祭读本》（小学版，又名：血火记忆）在南京市北京东路小学正式发布，并发放给小学生

2014 年 12 月 1 日下午,《南京大屠杀死难者国家公祭读本》(高中版) 首发式在南京市金陵中学举行。图为作者陪同江苏省委常委、宣传部长王燕文(右三)等领导向学生代表赠书

　　本人也有幸应邀参加,并在三次首发式上发言,分别介绍这套有教育意义、有特点、有价值的公祭读本。中国未来的高度必将由这些孩子们创造,现在这些孩子未必完全明白"勿忘国耻"背后沉重的历史内涵,未必深刻了解那段被侵略历史的残酷和悲壮,但课堂上对于历史的严肃宣讲,将深深地刻在他们心中,让他们铭记一生,并用这种强大的集中记忆去反抗健忘和拒绝遗忘。

　　此后,江苏省教育厅和南京市教育局为了推广和使用好公祭读本,专门组织了两场培训会,均邀请我参加并分别作了 1 个小时的讲座。11 月 18 日,南京市教育局面向全市中小学校长、教师 1000 多人,在中华中学河西分校举办"读本"使用培训班。28 日,江苏省教育厅再次组织全省历史教师,在江苏议事园开培训班,对全省中小学普及国家公祭读本进行部署和培训。12 月 1 日起,"读本"进入江苏全省中小学课堂。

　　国家公祭读本的编写和推行具有开创性的意义,我们对青少年的历史教育要毫不犹豫地强化下去,要让南京大屠杀的史实一代代传承下去,让青少年们在心中树立牢记历史、热爱祖国、反对战争、拥护和平的崇高信念。

我曾特别焦虑于不少人，尤其是一些年轻人对历史的淡漠甚至遗忘，随着那段历史离这代年轻人越来越远，随着时间的冲淡，历史似乎成了一种抽象、虚无和跟自己无关的东西，如何铭记历史成了一个社会问题。青少年是祖国的希望与民族的未来，他们是历史责无旁贷的传承人，对青少年进行南京大屠杀的专史教育非常重要。

其他各项活动从 12 月 1 日开始，作为国家公祭的主要活动陆续开展。

上述三个板块的活动一共有 20 多项，时间跨度为 6 个月，有力地烘托了首次国家公祭活动的精彩纷呈。后来，中央有关部门通知江苏和南京负责筹办的领导，国家公祭活动的主办单位由党中央和国务院，调整为中国共产党中央委员会、全国人民代表大会常务委员会、中华人民共和国国务院、中国人民政治协商会议全国委员会、中国共产党中央军事委员会，这个消息给大家增添了莫大的动力，我们感到压力更大、责任更重、劲头更足。

四、浇铸国家公祭鼎

首次国家公祭日要不要留下点什么纪念物？这是江苏省、南京市筹备国家公祭日活动的一行人员于 7 月 7 日在卢沟桥参加"纪念'七七'全民族抗战爆发 77 周年"仪式时，看到北京有关方面在中国人民抗日战争纪念馆铸造了一个"独立自由勋章"雕塑后提出来的一个共同思考题、一桩共同的心愿。

做什么器物能够与国家公祭日相适合、相配套呢？

我提出做一口国家公祭鼎的设想，但没有把握，不知道是否合适，不知道能否获得社会各界认同，更不知道能否得到上级部门和领导的批准。

我开始恶补相关鼎的知识。通过学习，认识到鼎是中国传统文化中的重要礼器和祭器，在古代被视为立国重器，是国家和权力的象征。汉代经学家许慎在《说文解字》解释"鼎"字为"三足两耳，和五味之宝器也"，可见"三足鼎"的器型具有代表性。著名美学家李泽厚认为，中国鼎的形制中，"三足鼎沉雄厚实、庄重大方，是核心代表"。三足鼎形制中，我国目前出土的"大克鼎"（现藏于上海博物馆）、"大盂鼎"（现藏于国家博物馆）、"毛公鼎"（现藏于台北"故宫博物院"）和"楚大鼎"（现藏于安徽省博物院）为代表器型。

我把自己的想法向省市领导汇报后，想不到很快得到支持，并指示我进一步组织专家论证。于是，我邀请了北京、天津、上海、江苏等地的专家们，对能否铸鼎进行论证。

专家们认为在国家公祭仪式上可以使用"国家公祭鼎"，主要有以下理由：

一是体现国之祭。中国社科院汤重南教授认为，党和国家为南京大屠杀死难者举行国家公祭是体现国家意志的最高规格的祭祀仪式，按照传统礼制应当使用鼎这一国家重器。

二是体现史之痛。南京大屠杀是日本侵华战争中诸多暴行中最集中、最典型、最有代表性的一例，是中华民族历史上的巨大创伤，是中国人永远无法忘记的史之痛。古之以鼎记事，今之铸鼎铭史，以此表达铭记历史、警示未来之意。南京博物院院长龚良认为，鼎作为祭祀尤其是国家公祭的重要礼器，公祭时置鼎于活动现场，有利于突出祀祭主题，营造庄重气氛，无论对历史记事，还是凝固社会记忆，都会起到积极作用。

三是体现民之愿。自大禹铸鼎象征九州以来，鼎的意义便是双重的，既代表天意，又代表民意。上海师范大学苏智良教授认为：按照中国儒家代表人物孟子"民为重，社稷次之，君为轻"的思想，民众是国家基础，民众受难即为国家受难。南京大屠杀的发生是民之难和国之耻，是国家贫弱使百姓遭殃的典型案例，为南京大屠杀死难者举行国家公祭理当用鼎这一最高规制的礼器。

我们把初步论证结果报告给省委宣传部，并且请南京青铜研究所按照"大克鼎"的样式，初步设计了图纸，暂定名为"国家公祭鼎"。王部长批示上报给中宣部。中宣部也很重视，先后组织专家在京举行三次论证会，我有幸参加过其中一次。会上，专家们提出了一系列建议。其中，北京大学教授朱凤瀚提出，国家公祭鼎的形制最好不采用目前国内"庆祝"常用的"大克鼎""毛公鼎"等样式，建议采用造型简洁的"楚大鼎"形制。

朱教授的建议很有建设性，在从北京返宁的高铁上，我拨通了安徽省博物院负责人的电话，向其了解有关"楚大鼎"的情况。遂得知，那是安徽省博物院的镇馆之宝，1935 年在安徽寿县楚幽王墓葬中出土的青铜大鼎，重达 400 公斤，圆口平唇、圆底、修耳、蹄足、耳饰斜方格云纹，腹饰蟠虺纹，犀首纹膝。"楚大鼎"以其气势雄伟、铸造精湛、花纹富丽、铭文书体典雅，为海内外人士所瞩目。1958 年 9 月 17 日，毛泽东主席视察安徽省博物馆，当他来到"楚大鼎"跟前时，围绕鼎转了一圈，不禁感叹道：好大一口鼎，能煮一头牛呵！

次日一早，我便商请南京青铜研究所所长王丰陵赶到了合肥，等安徽省博物院一开门就去拍摄和现场研究"楚大鼎"。该院保卫人员上前阻挠，对此我完全理解，毕竟是"镇馆之宝"啊！我连忙请博物院负责人帮忙，请求给予支持。当听说计划为南京大屠杀死难者铸造一尊"国家公祭鼎"时，博物院破例特批，还要求相关人员积极给予协助。

王燕文部长一直认为铸鼎是件大事，在筹备国家公祭所有活动中占有最为重要的位置，因为它是要留给历史，必须经得起后人检验。这位当过县长、市长、市委书记的"一把手"，多次参加过建设工程的论证和决策，对此次铸鼎设计方案要求特别高，心特别细，对鼎的尺度大小、样式形制、纹饰图案、底座材质形状、铭文撰写，包括鼎的名称、摆放位置的论证、国家公祭活动时如何揭鼎等细节，都一一亲自把关，无形中成了铸鼎工程总指挥长。她先后召开过 10 多场论证会，每次她都到场，听取专家的意见。除了南京青铜研究所外，她还邀请了南京艺术学院设计学院、东南大学建筑设计研究所、华南理工大学建筑设计院等国内一流的高校设计团队，调动一大批教授参与设计，并多次听取齐康、何镜堂两位院士的指导意见，设计图也先后修改了 10 多稿，国家公祭鼎的设计方案正是在这样不断的锤炼之中逐步地趋向成熟。可以说，国家公祭鼎的设计过程，正是各级领导、各方面专家的智慧之集大成。

其间，包括江苏省委宣传部宣教处长公永刚、南京市委宣传部副部长曹劲松、侵华日军南京大屠杀遇难同胞纪念馆办公室王山峰等人在内，我们这些具体办事者，虽然不断地挨批评、被否定，不断地跑腿请教，不断地加班加点，但始终任劳任怨、无怨无悔、分秒必争，在过程中学到了不少新的知识，认识和结交了新的朋友，更重要的是，为筹备国家公祭日活动作出了新的贡献。

该鼎脱胎于"楚大鼎"，但与母鼎不完全一样，主要体现在纹饰和鼎身形态两个方面。在多次论证会上，专家们认为"楚大鼎"与其他古鼎相比，其优点在于两耳向外伸展、三足形态优美、鼎身纹饰细腻三个方面，其缺点是鼎身下部过于坍塌冗赘，因而设计国家公祭鼎时对其下部进行了改造，并对鼎的纹饰云纹进行了重新设计，变成了以南京市树为基本素材的设计图案；将底座上的铜纹饰设计成古城墙图案，体现出南京市的地域文化性。考虑到国家公祭现场的环境，还将鼎的尺度增大，由原来的外径 0.93 米增加至 1.226 米，高度 1.13 米增加至 1.65 米，鼎耳高 0.498 米，鼎足高 0.915 米，底座高 0.45 米。此外，其名称最终定为"国家公祭鼎"，邀请东南大学建筑设计院张宏教授设计底座，选用黑金砂花岗岩，在福建惠安雕刻成 1.9 米见方、厚度达 30 公分的稳重基座，用篆字标出，贴上金箔。铜质的鼎身和铜质的底座重 2014 公斤，石质的底座重 1213 公斤，象征 2014 年 12 月 13 日举行首次国家公祭。

国家公祭鼎铭文的书写一波三折。开始时，我只是用直白的方式描述了全国人大常委会关于设立南京大屠杀死难者国家公祭日的一段文字，结果上报中央有关部门后，被打回，要求用"骈文"表达。南京市委宣传部找到南京师范大学文学研究所所长、中国韵文学会会长钟振振教授，写了初稿上报后，经过反反复复修改，最终形成了如下共 20 句的四字铭文：

泱泱华夏，赫赫文明。仁风远播，大化周行。
洎及近代，积弱积贫。九原板荡，百载陆沉。
侵华日寇，毁吾南京。劫掠黎庶，屠戮苍生。
卅万亡灵，饮恨江城。日月惨淡，寰宇震惊。
兽行暴虐，旷世未闻。同胞何辜，国难正殷。
哀兵奋起，金戈鼍鼓。兄弟同心，共御外侮。
捐躯洒血，浩气干云。尽扫狼烟，重振乾坤。
乙酉既捷，家国维新。昭昭前事，惕惕后人。

国行公祭，法立典章。铸兹宝鼎，祀我国殇。

永矢弗谖，祈愿和平。中华圆梦，民族复兴。

这段国家公祭鼎铭文没有标题，也没有落款，使用简体字、魏碑体，被刻在鼎的正面。我觉得最有意义的是最后四句32个字，实际上对为何设立国家公祭日和铸鼎作出明示。在鼎的背面，用楷体字刻录了一段"纪事"，对国家公祭鼎作了说明：

> 一九三七年十二月十三日，侵华日军在中国南京开始对我同胞实施长达四十多天惨绝人寰的大屠杀，制造了震惊中外的南京大屠杀惨案，三十多万人惨遭杀戮。这是人类文明史上灭绝人性的法西斯暴行。……二〇一四年十二月十三日，中国共产党中央委员会、中华人民共和国全国人民代表大会常务委员会、中华人民共和国国务院、中国人民政治协商会议全国委员会、中国共产党中央军事委员会在南京市首次举行公祭仪式。

这则"纪事"虽然形式上没有落款，实际上铭刻了中国最高级别的组织单位在南京参与了首次国家公祭。有了这几个"名字"，这个鼎必将成为侵华日军南京大屠杀遇难同胞纪念馆的镇馆之宝，必将留传千秋。

接着就是在南京青铜研究所制模。在一个多月的时间内，要做出一件能够流传后世的大鼎，并非易事。其间，省、市委宣传部王燕文部长、徐宁部长、曹劲松副部长、葛莱主任、公永刚处长等多次来到南京钢铁集团车间查看和督促。我先后跑了6趟，一次次验模看纹饰，一字一句校对铭文与说明文字，保证国家公祭鼎的铭文正确无误。在时间紧、要求高的情况下，南京青铜研究所所长王丰陵带领一班工人，在南京钢铁集团机械制造公司车间里，24小时加班加点，终于胜利完成了制模任务。

11月26日，天气晴好，是原定浇铸国家公祭鼎的日子。我与《南京日报》和南京电视台的几位记者赶到了浇铸现场，准备中午12时浇铸。谁知到了11时30分，熬铜材料的中频炉突然出现渗漏现象，铜水顺着炉壁流了出来，无奈只得中止作业，首次浇铸宣布失败。

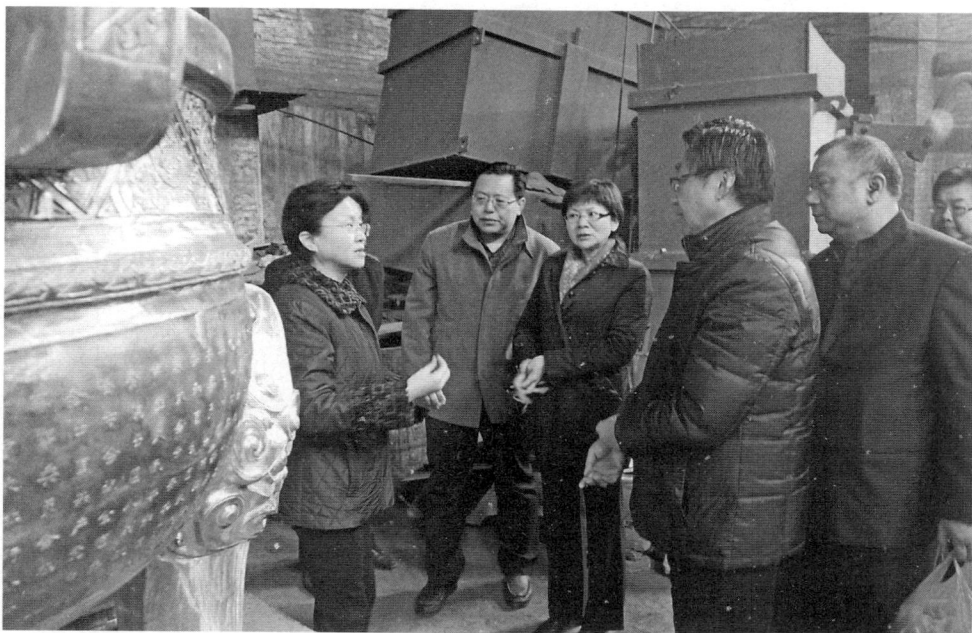

2014 年 12 月 3 日，作者（右三）陪同江苏省委常委、宣传部长王燕文（左一），南京市委常委、宣传部长徐宁（左三）一行在南京钢铁集团车间验收国家公祭鼎

　　这可急坏了我们，因为时间太紧了，距离 12 月 13 日国家公祭日还有 10 几天，不允许出差错。我一边及时向领导如实汇报，一边督促工人连夜修炉子。辛劳的师傅们几乎一夜没有合眼。

　　南京青铜研究所和南京钢铁集团机械设备公司的技术人员有着丰富的经验。此前，他们已经成功浇铸了中国政府赠送联合国的庆祝联合国 50 周年的"世纪宝鼎"，设计过江苏省政府赠送给南京大学、南京师范大学、南京农业大学等院校 100 年校庆的纪念大鼎，还曾经浇铸过侵华日军南京大屠杀遇难同胞纪念馆的"和平大钟"、静海寺纪念馆的"警示钟"等，他们应该是能够做好鼎的。

　　次日恰逢感恩节。真是选日子不如撞日子，我们竟然在感恩节里浇铸国家公祭鼎，的确是带着感恩的心铸国之重器。为了及时赶到南钢车间，我们不敢走车水马龙的长江大桥，改走长江隧道和江北大道，一路畅通无阻，预示着此次浇铸一定能够顺利。

　　上午，国家公祭鼎的浇铸再次开始。面对通红的铜水，我把从遇难同胞纪念馆里带来的 30 张南京大屠杀遇难同胞遗像，以及三本印有 10000 多个南京大屠杀遇难同胞名录的书籍，一起放了进去。我认为，这是为纪念南京大屠杀遇难同胞而铸的大鼎，应该有南京大屠杀遇难者的相应史料，这样铸出来的鼎，才会有灵魂，才会有历史价值。

　　以防万一，南钢同时启动了两只电炉生产。上午 10 点零 5 分，盛满铜水的钢斗被门式吊车吊装到大鼎模子上空，通红的铜水像倾泻而下的瀑布一样流进了模具内，车间里弥漫着一股热浪，很快在模具的上方和四周开始冒出蓝色的烟气。王所长对此解释说，这是模具内的氢气被排出来了，属于正常现象。正说话间，听到"嘭"的一声响，我们吓了一跳。王所长却高兴地笑了起来说，这个声音非常重要，它标志着浇铸完成了，铜水与模具融合到位。功夫不负有心人，在场的人们兴奋地鼓掌祝贺。

　　就在这时，天空突然下起了牛毛细雨，并且越下越大，还"轰隆隆"地打了两声雷。

　　冬天打雷？这是个很奇怪的现象，使我想起当年在南钢浇铸和平大钟时，天空也是突然下起了大雨。王所长说，下雨空气湿漉，对于浇铸是个好事，是个好兆头，大鼎必将浇铸成功。

　　我及时将国家公祭鼎顺利完成浇铸的喜讯向省、市委领导作了汇报。他们得知后很高兴，纷纷回信表示祝贺。

　　的确，为了浇铸这尊国家公祭鼎，几个月来，许多人为之绞尽脑汁，贡献智慧，加班加点，群策群力，个中经历真是不易。想到此，我在回侵华日军南京大屠杀遇难同胞纪念馆的路上，有感而发地写了一首小诗：

> 感恩节里响冬雷，
> 天水洗礼逝者泪，
> 国家公祭铸大鼎，
> 神州重器千载垂。

　　结果正如人们所期待的那样，28 日下午，王丰陵所长向我报喜，国家公祭鼎开模后，铭文、纪事说明文、纹饰等均十分清晰，完美无缺，浇铸非常成功。

12月8日，天气晴好，是国家公祭鼎起运的日子。上午9时，大鼎离开南京钢铁集团的车间，被工人们戴上大红花，精心地包装后吊上卡车，从江北沿江北大道，穿越长江隧道，运抵侵华日军南京大屠杀遇难同胞纪念馆时，已经是中午12点。经过我们现场一番忙碌，借助红外线测绘仪等仪器的帮助，专家们精确地计算安装位置，最后用吊车将国家公祭鼎吊装在已经安装到位的基座上。

同日晚上6时，一套揭鼎装置同样用卡车从北京起运，长途跋涉运抵侵华日军南京大屠杀遇难同胞纪念馆。为了保证仪式感，这套揭鼎装置的设计和制作过程可谓煞费苦心，曾经过帐篷式、充气式、布罩式等诸多方案反复比选，电动、手动到最后的手动加电动方案，反反复复地修改后，才终于选定。

负责设计制作的北京天图艺术设计总公司，曾经成功地设计制作了2014年7月7日习近平主席在中国人民抗日战争纪念馆为独立自由勋章揭幕的装置，因而被邀请为国家公祭鼎设计揭鼎装置，以该公司总经理王凯、副总经理宋战武为首的一班人马，为此精心设计方案，不厌其烦地修改，制作成形后，派5个人随车押运并到现场安装，又在现场反复调试，直到升降自如，确信是万无一失后，才让它顺利过关，等待在国家公祭仪式上隆重亮相。

五、八项活动为"国祭"热场

时间进入了12月份，南京大屠杀国家公祭高潮阶段的系列活动，在南京拉开了序幕。

死难者遗属家祭活动。12月1日上午9时，在侵华日军南京大屠杀遇难同胞纪念馆冥思厅入口处，悬挂着一条蓝底白字的横幅，上面写着"30户家庭南京大屠杀死难者遗属家祭活动启动仪式"，夏淑琴、李素芬等幸存者和遇难者遗属们扶老携幼，一清早就来到家祭现场。

冥思厅门内的黑墙上，新增加了刻有30户遇难者家庭共108位遇难者名单，黑墙正中还用中、英、日三国文字刻着"30户家庭南京大屠杀死难者名单"。

"聂佐成、聂周氏、夏庭恩、夏聂氏、夏淑芳、夏淑兰、夏淑芬……"冥思厅内新安装的扩音器里，一遍遍地用男低音呼唤着部分遇难者名字。

上香、献花、跪拜、诵读祭文或家信，首批 10 户南京大屠杀死难者遗属，在侵华日军南京大屠杀遇难同胞纪念馆冥思厅前举行家祭。民之痛，国之殇，这是纪念馆首次以家庭的名义进行悼念活动，它也是即将到来的首个国家公祭日的有力补充。

外公外婆、爸爸妈妈、姐姐和小妹们，你们好吗？

多少次在梦里与你们相遇，我多么渴望再吃一串外公外婆给我买的糖葫芦；我多么渴望再次聆听爸爸妈妈的声音，哪怕是爸爸您对我严厉的训斥声；与姐妹们互相打闹嬉戏的声音似乎还飘荡在耳边，无尽的思念只是为了将心中残存的记忆保留得更多一点、更久一点。

为什么？为什么那个叫"军国主义"的魔鬼要将这个温暖的家庭瞬间摧毁？失去了亲人的疼爱，失去了童年的欢笑，作为孤儿的我只能在这面冰冷的墙上感受你们的存在。

最爱的亲人们，现在我生活得很好，子孙满堂，其乐融融。我很骄傲，因为我是战后第一位踏上日本国土控诉南京大屠杀暴行的幸存者；我很自豪，因为控告日本右翼名誉侵权 8 年后终于获得了胜诉。从今年起，每年的 12 月 13 日，国家都要为你们在内的南京大屠杀死难者举行国家公祭。外公外婆、爸爸妈妈、姐姐和小妹们，请安息吧！希望你们那里的冬天少一点寒冷，和煦的阳光将照耀在每个人的心上。

——摘自夏淑琴所写祭文

南京大屠杀幸存者夏淑琴的外孙女夏媛代表全家诵读了祭文和家信，而在她身后站着的则是她 4 岁的儿子李玉瀚。"带他来就是为了让他从小记住这段历史。"夏媛噙着泪望着身边的儿子说。

90 岁的老人杨翠英在女儿的陪同下也来到家祭现场，老人在大屠杀期间被日本兵打聋了左耳，听力几乎丧失。戴着助听器的老人表示，悼念活动上升到了国家公祭和家庭祭祀的高度，她感到欣慰宽心，"这是国家对我们的关心!"因为情绪激动而嗓子嘶哑的她反复强调："一定要记住历史,维护现在的和平!"

这次家祭活动是南京大屠杀死难者遗属登记活动的延伸和拓展。自2014年7月起,纪念馆面向全球征集遗属名录,至今已有270多个家庭共计近3100位死难者遗属进行了登记。他们来自全国各地,也有来自海外的。一些居住在美国、加拿大、新加坡、丹麦等国家的遇难者遗属也拨打热线或前来纪念馆进行问询及登记。

南京大屠杀不仅是城市蒙难,还是一户一户家庭的破碎,一条一条鲜活生命的陨落。家国本是一体,每一个人都应铭记国家的屈辱、一起悼念在大屠杀中的死难者,尊重生命的尊严,从而砥砺成建设国家的信心、振兴祖国,不再让历史的悲剧重演!

为了做好死难者家祭的相关活动,纪念馆展陈在过去宏观叙事历史表达的基础上,新增家庭受难和个人受难表达方式。

史料陈列厅序厅里,将征集到的部分死难者的遗像挂到黑墙上,同时也精选部分遇难者的照片,悬挂在"万人坑"遗骸陈列室,供观众悼念。为什么要在冥思厅入口选择30户家庭共108位南京大屠杀死难者名单镌刻在黑墙之上,并在遇难者名字的下面用一条白色的直线将每一户家庭内遇难者的名字连接为一个整体?因为每一个名字镌刻的地方都曾是一条美好鲜活的生命,每一条直线连接的背后都曾代表一个美满的家庭。诚如法国历史学家伯纳·布立赛所言:"记住历史是一种义务。"这座墙寄托的是死难者遗属几代人的牵挂与哀思,承载的是中华儿女铭记历史的"记忆责任"!

同时,我们还在遇难同胞名单墙上新刻上2014年度新发现的87个死难者名录,使得这座墙上的名单增加至10505个。

随着时间的流逝,南京大屠杀幸存者已经越来越少,一些南京大屠杀死难者的遗属、幸存者后代通过长辈们的介绍,对南京大屠杀的历史也较为熟悉,他们将成为将历史经历传承下去的重要群体。

向联合国人权组织发公开信活动。12月10日是世界人权日,上午,"南京大屠杀死难者遗属致联合国人权机构公开信新闻发布会"在侵华日军南京大屠杀遇难同胞纪念馆正式召开。中国受害者及其遗属向联合国人权组织发起申诉，控告日本在侵略战争中的反人类、反人权、反和平的罪行。发布会由江苏省委宣传部副部长、省政府新闻办主任司锦泉主持，我作为该公开信的发布人，在会上发布了由 3361 名南京大屠杀遇难者遗属和幸存者联合起草的公开信。

南京大屠杀死难者遗属致联合国人权机构公开信全文如下：

1937 年 12 月 13 日，日军侵占南京后，公然违反国际公约，大肆屠杀放下武器的中国士兵和手无寸铁的平民百姓，时间长达四十多天，遇难者总数达三十万人以上。这一惨绝人寰的法西斯暴行，是对人性、人权的公然践踏，将永远印记在人类的文明史上。

国际社会对南京大屠杀早有定论，战后，设在东京的远东国际军事法庭和设在南京的中国审判日本战犯军事法庭均对南京大屠杀专案审理，明确进行了法律的判定，战犯松井石根、谷寿夫等人也得到了应有的惩处。作为南京大屠杀遇难者遗属和幸存者，我们对南京大屠杀的记

2014 年 12 月 13 日中午，作者在"南京大屠杀死难者遗属致联合国人权机构公开信新闻发布会"上发布公开信

忆有着更为深切的体会，是亲人被屠杀、家园被烧毁、妻离子散、颠沛流离的切肤之痛。

战争的硝烟早已过去，生活在和平年代的我们本应抚平战争的伤痛，以更饱满的热忱拥抱新的生活。然而，多年来，日本右翼势力总是不断挑战历史，一而再、再而三地否认南京大屠杀铁一般的事实。有些日本政治家不断参拜供奉包括南京大屠杀罪魁松井石根在内的日本甲级战犯的靖国神社。他们的行径对于遇难者遗属和幸存者而言，是极大的伤害！是对我们人权的再次践踏！不仅如此，他们的言行将会影响日本公众尤其是青少年正确的历史认知，对两国人民的友好交往和亚洲乃至世界和平带来无穷后患。

作为南京大屠杀遇难者的遗属、幸存者，我们深感和平来之不易，我们热爱和平，因为我们知道战争意味着流血和破坏，我们深知铭记历史不是为了延续仇恨，只有在尊重历史事实的基础上，中日两国人民才能达到真正的和解，为此，我们3000多名南京大屠杀遇难者遗属和幸存者强烈呼吁联合国人权组织，以你们的国际影响力，站在维护人权、公平和正义的立场上，敦促日本政府履行人权义务，对侵略和加害中国人民的历史进行深刻的反省。

3361 名南京大屠杀遇难者遗属、幸存者

南京大屠杀死难者遗属致联合国人权机构公开信有中、英、日、法、德、西、俄等 7 种语言的版本，并已于 11 月 28 日以中国人权研究会、南京大屠杀死难者遗属名义分别寄达联合国秘书长潘基文、联合国人权理事会主席波德莱尔·恩冬·艾拉和联合国人权事务高级专员扎伊德·拉阿德·侯赛因。

联合国作为维护世界和平及安全的国际组织，为促进人类人权和基本自由作出了积极贡献。3000 余名南京大屠杀遇难者遗属和幸存者选择这个时机寄送信件，就是希望引起国际社会的关注，期待联合国人权机构站在维护人权、公平和正义的立场上，促使日本政府对侵略和加害的历史进行深刻反省，以史为鉴，面向未来。

抗日战争历史其实并不远，有些问题还没解决，仍对我们有启发和教育

意义，所以应加强历史教育，在这个基础上诉求和平。现在中国已经强大起来了，不再是 77 年前的中国了，但我们千万不要因此患上"和平麻痹症"，我们还要提防日本右翼势力和法西斯分子。这封公开信代表了中国人民的心声：只有中日双方共同站在尊重历史事实的基础上，两国人民才能达到真正的和解。

11 项文化活动逐一开展。

——12 月 4 日下午，5 集纪录片《1937·南京记忆》在南京大屠杀遇难同胞纪念馆举办首映仪式，并在央视播出。该片由中央电视台和江苏省广播电视总台联合出品。

——12 月 5 日下午，举行"拒绝遗忘——首次国家公祭文学行动新闻发布会"。《扬子江诗刊》将出版中韩诗人作品特刊，分别邀请舒婷、吉狄马加等 14 名中国著名诗人和黄东奎等 15 名韩国著名诗人共同抒写，并邀请韩学家、汉学家互相翻译为两国文字。《不可磨灭的记忆》——《雨花》杂志报告文学、纪实文学专刊，采用多种艺术形式，多维度、全方位控诉日本法西斯暴行。中国作协副主席何建明创作的长篇报告文学《南京大屠杀全纪实》由江苏凤凰教育出版社出版。

——12 月 5 日和 12 月 12 日晚，由中国国家交响乐团和江苏省演艺集团的 130 名乐手与 100 名合唱队员共同演绎的大型交响音乐会《永不忘却》分别在南京人民大会堂和北京国家大剧院隆重举行。

——12 月 6 日晚，舞剧《金陵十三钗》在南京文化艺术中心演出。该剧根据美籍华人作家严歌苓同名小说改编，曾经被著名导演张艺谋搬上过银幕。

——12 月 8 日至 10 日晚，话剧《中山码头》在省文联艺术剧场演出。该剧讲述了 1937 年秋在中山码头做生意的吴老板，重金购得小火轮一艘，没想到日寇铁蹄步步逼近，发生了征船、炸船等一连串故事。

——12 月 9 日至 10 日晚，话剧《二月兰》在南京紫金大戏院演出。该剧是我国第一部反映"慰安妇"题材的话剧。通过"慰安妇"幸存者兰馨以及日本老兵岩太郎的回忆展开剧情。

——12 月 10 日上午，"铭记历史珍爱和平·南京大屠杀死难者国家公祭"摄影书法展在省文联现代美术馆开幕。

——12月11日至12日晚，歌剧《秋子》在南京市文化艺术中心演出。1939年，剧作家陈定写成同名剧本，后经臧云远、李嘉作词，黄源洛作曲，最终于1941年完成剧本，1942年首演引起轰动，被称为中国歌剧"肇始之作"。这个特别的故事复排，既是为了强化人们对战争灾难的历史记忆，也从更高的人性、道德意义上高扬反对战争、珍爱和平的时代主题。

——12月12日晚，话剧《沦陷》在南京理工大学剧场演出。该剧以1937年日本侵占南京为背景，刻画不同国籍、不同阶级地位的人在残酷的战争面前截然不同的人性体现。

——12月12日晚，在南京河西保利大剧院音乐厅，再次响起《和平颂》——民族交响音乐会的旋律。赵季平先生邀请原南京民乐团团长雷建功和我现场观看演出，并在演出结束后登台，三人手拉手向全场观众鞠躬致意，向全体演奏人员鞠躬致谢。赵季平和雷建功两位音乐行家的评价是，那晚的演出最为成功，原因是为了首个国家公祭日演出，演员们十分卖力。

——江苏电视台、南京电视台还播放电影《南京！南京！》《拉贝日记》《张纯如——南京大屠杀》《东京审判》、专题片《1937·南京真相》《城殇》《证言》、歌曲MTV《永不忘却》等一批反映南京大屠杀题材的影视作品和音乐作品。

上述文化活动形式多种、内容丰富，从不同角度带领人们回望历史，不让那些记忆随着时间淡去。

新编图书首发式。12月7日，遇难同胞纪念馆举行国家"十二五"重点图书出版规划项目《南京大屠杀辞典》（第一卷）新书首发式，这是世界上首部以南京大屠杀专史为内容的辞书，也是一部兼具学术和科普双重功能的工具书。同日首发的还有《南京保卫战史》《南京大屠杀幸存者说》《血腥恐怖金陵岁月》等5本新书，分别从不同角度解读了南京大屠杀历史，叙述南京大屠杀故事。

《南京大屠杀辞典》由侵华日军南京大屠杀遇难同胞纪念馆、侵华日军南京大屠杀史研究会和南京出版社，汇集来自中国第二历史档案馆等众多科研与档案部门，以及日本、美国、俄罗斯、德国等10余个国家的60多位专家学者参与，共同编撰而成。该书正文采用辞典条目式结构，内容依照时间发展的顺序分为一、二、三、四卷，拟收录 8000 多词条。

第一卷为"大屠杀前"，包括历史背景、日机轰炸南京与南京空战、日军攻击南京、南京安全区及难民营成立、南京保卫战、南京沦陷等 6 部分内容，历时 4 年编撰、收录 2600 多词条。

作为主编，我在忙碌之中硬是挤出时间，从 6 月到 10 月，每天上班后，先处理侵华日军南京大屠杀遇难同胞纪念馆的一些急事，然后躲进编辑部，从头一字字、一句句、一段段地审校每一个词条，看得眼睛发胀、模糊不清，但还是坚持不懈。因为要抢在首个国家公祭日来临之际出书，因为该书的出版具有重要的历史和现实意义，它固化了南京大屠杀历史，促进了南京大屠杀史实的传播，同时也是对歪曲和否认南京大屠杀言论的有力驳斥。

《南京大屠杀辞典》的第二、三、四卷，计划在 2015 年中国人民抗日战争暨世界反法西斯战争胜利 70 周年之际陆续推出。

新征史料文物新闻发布会。12 月 8 日，在侵华日军南京大屠杀遇难同胞纪念馆举办"史料新证——2014 年度新征文物新闻发布会"。发布会公布了 7602 件新征文物史料，这些史料来自中国、美国、日本、英国、德国等 14 个国家，内容涉及南京大屠杀、性暴行、毒气战等日本侵华罪行，以及世界反法西斯战争等主题。工作人员按照文物史料类、音像图片类、口述史料类三个大项及枪械、军用品、军用装备、史料等 15 个小项，对新征文物史料进行分类。据初步统计，文物史料大项中的军用装备小项共有 626 件；口述史料大项共征集 486 件，包括抗战老兵实物 151 件，抗战老兵手印 335 件。

这些文物史料不仅揭露了日本军国主义的侵略罪行，也见证了中国抗日战争和世界反法西斯战争胜利的历史。

学术研讨会。12 月 9 日，"国家公祭视域下的南京大屠杀史研究学术研讨会暨侵华日军南京大屠杀史研究会 2014 年学术年会"，在侵华日军南京大屠杀遇难同胞纪念馆学术报告厅召开，来自南京师范大学、中国第二历史档案馆、江苏省档案馆、南京市档案馆、江苏省社科院、南京市社科院等单位的专家学者，侵华日军南京大屠杀史研究会会员，以及纪念馆的相关人员

60 多人参加了会议。

本次研讨会上，与会专家学者围绕国家公祭、历史记忆等热点问题进行了热烈的交流与探讨。我作了题为《国家公祭与南京大屠杀史第三次固化》的学术报告，认为国家以立法的形式设立公祭日，使悼念南京大屠杀死难者成为一项彰显国家意志的重要活动；国家公祭悼念的对象是南京大屠杀死难者和所有在日本帝国主义侵华战争期间惨遭日本侵略者杀戮的死难者；国家公祭是继"两个法庭"关于南京大屠杀案审判、1985 年前后建馆立碑编史后，以国家立法的形式，第三次固化南京大屠杀的历史。它对于凝聚建设中国特色社会主义强国的力量，以及反击日本右翼势力否定侵略与加害史实的言行来说，均具有重要的意义。

侵华日军南京大屠杀史研究会理事、南京炮兵学院费仲兴教授作了题为《南京大屠杀：关于汤山西岗头的民间记忆》的报告，通过汤山西岗村民自费筹建"侵华日军南京大屠杀西岗头遇难同胞纪念碑"这一行动，探讨了南京大屠杀的民间记忆问题。侵华日军南京大屠杀史研究会顾问、南京师范大学经盛鸿教授作了题为《南京大屠杀死难者国家公祭日解读》的报告，论述了设立南京大屠杀死难者国家公祭日的意义。此外，来自江苏省档案馆的徐立刚研究员作了题为《国家公祭的必要性与价值所在》的报告，南京师范大学社会发展学院考古专业博士季晨作了题为《国家公祭与灾难博物馆的功能发挥——以遇难同胞纪念馆为例》的报告。

本次学术年会紧扣国家公祭与南京大屠杀史学研究主题，适逢首个国家公祭日来临之际召开，具有特殊意义。与会学者纷纷指出，近年来南京大屠杀史研究的重大进展，为通过特定仪式将历史事实转化为中华民族共同的历史记忆奠定了坚实的基础。而南京大屠杀死难者国家公祭日的设立，也必然对南京大屠杀史研究产生积极而深远的影响。一方面表现在公众乃至官方更加关注、关心南京大屠杀史研究，研究成果走向大众、走向国际；另一方面，史学工作者也应当理解公祭日设立的目的及意义，积极思考在国家公祭视域下如何开展南京大屠杀史研究。此外，作为侵华日军南京大屠杀史研究会会长，我还在会上总结了一年来的研究会工作，提出了 2015 年研究会工作的设想。

颁发特别贡献奖章。12 月 9 日的学术研讨会前,南京市委领导同志给南京大屠杀幸存者夏淑琴等 11 人颁发了"侵华日军南京大屠杀遇难同胞纪念馆特别贡献奖章"。这是遇难同胞纪念馆第五次颁发此类奖章,前四次已颁发给高兴祖等 23 位海内外人士,至此共有 44 人获得这一荣誉。

侵华日军南京大屠杀遇难同胞纪念馆自 1985 年开馆以来,得到了社会各界及一大批海外友人的帮助。为向所有关心纪念馆发展,以及维护南京大屠杀历史的海内外人士表达敬意,号召更多的人投入到维护和平的事业中,我借鉴国外纪念馆的做法,提出了从 2005 年起颁发"特别贡献奖章",设计制作了直径达 8 公分,并有侵华日军南京大屠杀遇难同胞纪念馆馆名和标志碑图案的精美铜质奖章。

此次获得奖章的 11 人分别是:原民建江苏省委主委赵龙、中国音乐家协会主席赵季平、南京市政协副主席邹建平、日本真宗大谷派僧人山内小夜子、南京师范大学历史系教授经盛鸿、南京医科大学教授孟国祥、南京大屠杀幸存者夏淑琴、江苏法德永衡律师事务所律师谈臻、美国内布拉斯加大学教授陆束屏、民间收藏家张广胜、美国华侨鲁照宁。

这 11 人都通过各自的努力,以不同的方式,为南京大屠杀的史实传播和纪念馆事业的发展作出过卓越贡献。如赵龙、邹建平是国家公祭日立法的倡导者与推动者;赵季平精心创作大型民族交响乐《和平颂》;山内小夜子从 1987 年第一次到南京至今,一直为寻找和传播南京大屠杀与日本侵华真相而奔走,并在 2014 年参与了状告日本首相安倍晋三参拜靖国神社违宪;夏淑琴历经磨难并为历史作证;陆束屏、经盛鸿、孟国祥教授对南京大屠杀史进行研究;谈臻律师为李秀英、夏淑琴诉讼案奔走中日两国法庭,为正义而与日本右翼势力作斗争;民间收藏家鲁照宁、张广胜为纪念馆捐赠 1000 多件文物史料。

举办千名官兵主题宣誓仪式。12 月 10 日,1213 名解放军官兵来到侵华日军南京大屠杀遇难同胞纪念馆,冒雨在和平公园举行"勿忘国耻,圆梦中华"主题宣誓仪式。官兵们来自陆军指挥学院、海军指挥学院、南京政治学院、解放军理工大学等驻宁军校。

　　抗战老兵、南京大屠杀幸存者李高山在"勿忘国耻，圆梦中华"主题宣誓仪式上发言。官兵们雄壮的宣誓声音，在和平公园的上空激荡，也感动了在场的每一个人。

第二十二章
首次"国祭"永载史册

首次国家公祭活动是具有历史意义的重大事件。这一交织着历史悲情与现实激情的特殊纪念日，是中华民族自强不息、艰苦奋斗精神之体现，是当代中国人民矢志于和平、追求正义的愿望表达。从南京延伸至江苏乃至全国，人们将视线集中于南京的这一天。

一、公祭日到来前夕

2014年12月12日，全国各大媒体转发了一条新华社北京11日电："今

2014年12月10日中午，1213名解放军官兵在侵华日军南京大屠杀遇难同胞纪念馆参加隆重举行的"勿忘国耻，圆梦中华"主题宣誓活动

年 12 月 13 日是首个南京大屠杀死难者国家公祭日。当天上午，党和国家领导人将出席在侵华日军南京大屠杀遇难同胞纪念馆举行的国家公祭仪式。中央人民广播电台、中央电视台、中国国际广播电台将进行现场直播，人民网、新华网、中国网络电视台、中国网也将同步直播。"

这条百来字的电讯稿，首次公告世人，党和国家领导人将于 12 月 13 日出席在侵华日军南京大屠杀遇难同胞纪念馆举行的首次国家公祭仪式。同日，《人民日报》以"新论"的名义，发表了我的一篇署名评论文章，题目是《重温历史记忆，不忘砥砺前行》，全文如下：

把家殇、城殇变为国殇，就是为了表明中国人民牢记侵略战争曾经造成的深重灾难，表明中华民族从来没有忘却苦难的历史，表明中国人民反对侵略战争、捍卫人类尊严、维护世界和平的坚定立场。

12 月 13 日，我们将迎来首个国家公祭日。全国人大常委会设立国家公祭日，是站在国家的高度，以立法的形式，公祭南京大屠杀死难同胞。为了配合国家公祭活动的开展，一系列活动也早以各种方式呈现。这一切，都是为了重温家庭和国家的历史记忆。

国家公祭首先是对人权的维护和捍卫。尊重个体人的生命，是现代人类和各个国家共同的价值取向。南京大屠杀 30 多万死难者绝不是一个冰冷的数字，它意味着一个个曾经鲜活的人的生命权遭到法西斯任意的剥夺，人的尊严受到肆意的凌辱。

1937 年 12 月 13 日至 1938 年 1 月，短短六周，日本侵略者置人类道德标准和国际公法于不顾，在南京残忍屠杀了 30 多万平民和俘虏，平均每 12 秒就杀害一名中国人。日军少尉向井敏明和野田毅，竟残忍地进行杀人比赛，从无锡的横林镇，杀到常州的火车站、镇江的句容城、南京的紫金山下，一个杀了 106 人，另一个杀了 105 人。由于分不清谁先杀到 100 人，于是以杀 150 人为新的比赛目标。

每每回忆这些惨痛的历史，便会强烈谴责侵略者对人权野蛮的践踏，也对无辜死难同胞和受伤害的幸存者们抱以深深的同情和悲愤。

南京大屠杀的历史，也是百姓家庭受难的真实记录。侵华日军南京大屠杀遇难同胞纪念馆新增设了 30 户南京大屠杀家庭受害者名单，最多的一户有 7 位亲人遇难，最少的也有两人死亡，共 108 个死难者。加上日前新刻上的 87 个南京大屠杀死难者名字，那面遇难同胞名单墙上，死难者姓名已经增加至 10505 个。客观地说，个人受害史和家族受害史，是和国家、民族受害史连在一起的。国家不强、国防不强，就易于受到外敌的侵略和加害，百姓的生命也就得不到保障。

随着当年留在南京的德国人拉贝、美国人马吉、丹麦人辛德贝格等国际人士的书信、日记、影像资料陆续被发现，南京大屠杀的真实性成为世界上越来越多国家和研究者的共识，侵略者的暴行，也激起了世界范围内爱好和平的组织与人士共同的义愤和谴责。把南京大屠杀开始的这一天作为国家公祭日，不仅是为了追忆南京大屠杀死难者，也是为了悼念所有在日本帝国主义侵华战争期间惨遭杀戮的死难同胞，揭露日本侵略者制造的化学战、细菌战、三光政策、性暴行、无差别轰炸、强掠劳工等战争罪行。

国家公祭，意味着公祭活动将从个体记忆、家庭记忆、城市记忆，上升到国家记忆、民族记忆、世界记忆。南京大屠杀是一个国耻，是中华民族的创伤，也是世界现代文明史上人道主义的一场灾难。惨绝人寰的空前浩劫，给中国人民留下了不能忘却的灾难记忆。把家殇、城殇变为国殇，就是为了表明中国人民牢记侵略战争曾经造成的深重灾难，表明中华民族从来没有忘却苦难的历史，表明中国人民反对侵略战争、捍卫人类尊严、维护世界和平的坚定立场。

今年 3 月，习近平主席在德国演讲时引用了一句名言："谁忘记历史，谁就会在灵魂上生病。"历史直通现实又指向未来，缺失了历史感，不仅会模糊对当下的认知，还有可能贻误对未来的预判。历史的经验告诉我们，所有重蹈覆辙都是从忘却开始的。通过国家公祭，重温国家的悲惨记忆，铭记历史，警钟长鸣，才能避免灵魂生病，更加珍视和平，激励国人以自强不息的姿态走向未来，永远不让历史悲剧重演。

这篇文章是我的老朋友、《人民日报》评论部主编曹鹏程提前向我预约的，想不到能够发表在国家公祭日的前一天，算是提前发声和预热吧。记得 7 月 6 日，在"纪念'七七'全民族抗战爆发 77 周年学术座谈会"的前一天，《人民日报》也在第一版的显著位置上发表过我的一篇题为《牢记历史，捍卫人类尊严》的文章。更早的 1 月 16 日，《人民日报》在第 22 版发表过我的一篇长篇论文，题目是《承载历史记忆　弘扬民族精神——中国抗战类博物（纪念）馆建设与作用一瞥》，这 3 篇文章在内涵上是一致的，就是历史记忆与民族精神的融合，从某种意义上说，国家公祭正是要光大这种内涵与精神。12 日和 13 日，《解放军报》《中国国防报》《南京日报》等报刊，也分别刊登了我的几篇文章。

　　这一天，国家公祭仪式现场，威武的三军仪仗队进行了最后一次排练。这群身高在 1 米 90 左右的帅小伙们，12 月 9 日从北京抵达南京，当天就来到仪式现场，熟悉地形，设计动作并反复训练，3 位旗手、18 位行持枪礼、16 位负责敬献花圈。仪式中，仪仗队员们走多少步、步幅多大、到达什么位置、行进节奏及时间都是按秒掐算的。

2014 年 12 月 13 日第一次国家公祭日现场　新华社照片

12 月的南京，寒风凛冽。排练现场，身穿军礼服的仪仗队队员一个个精气神十足，伴着响亮的口令，挺胸、昂首，整齐地走正步，每一步、每一个动作都一丝不苟。政委刘海明一遍又一遍地指挥调度，对每个队员的动作认真"找茬"，私下里对队员们表示心疼："穿少了穿少了，他们要冻着了。南京真是比北京冷多了。"为了让这批国家仪仗队小伙子能够在训练之余有一处休息的场所，我们硬是想办法挤出了一间地下室，专门为他们铺设了一条通道。

来南京之前，队员们已经在北京模拟现场集中训练了 20 多天。虽说三军仪仗队已经历过很多大场面，但这次国家公祭仪式给他们出了个难题——集会广场上主要是碎石子路面，特别是持枪礼兵上场时无法避免要经过一段碎石子路。如果按常规踢正步前行，落地不稳不说，皮鞋一抬难免会带起石子乱飞，看上去显然不够庄重。经实地演练、反复研究后，最终决定不再走正步上场，而是以统一的齐步体现仪式感。

军乐团一遍遍排练着仪式上演奏的乐曲。为了做好演奏，此前军乐团的领导曾经几次来到南京磋商。往年我们在"12·13"悼念仪式上用的《安魂曲》，是南京作曲家秦敏群在 1994 年创作的，主要用箫、埙等民族器乐演奏的。军乐团演奏有困难，但他们还是保留了原来《安魂曲》的基本曲调，量身定做出新的《安魂曲》。

77 名来自南京市第一中学的高中生为朗诵《和平宣言》准备了将近一个月，每天排练 2 个小时。今天是最后一次排练了，因此他们十分投入。孩子们身着白色中装、胸前佩戴黑花，在低沉庄重的配乐中，饱含深情的诵读让这 240 字宣言震撼人心。

《和平宣言》由 73 岁的南京老作家冯亦同撰写。年轻时代喜爱"新文化"的冯亦同，自 2002 年第一次撰写《和平宣言》之后，连续 5 年间的《和平宣言》，都由他以散文体来撰写；此后 7 年的《和平宣言》均由我来撰写。

冯亦同受邀创作首个国家公祭日的和平宣言，对于有可能是他晚年创作生涯中最重要的这次创作，冯老决定按照自己的想法来完成，使用自己晚年愈发专注和喜爱的古诗经体来创作。

选择诗经体，冯亦同更多地是出于对整个国家公祭的考虑。这是一次国家层面的公祭，以举国之礼来祭奠亡者，这样郑重的场面只有古诗经体才能显出其端庄、郑重。以四字一句，两句一节，采用韵文体，句句押韵，朗朗上口，由多人吟诵，格外体现了"国之大事，在祀与戎"的国家之礼仪。

全篇《和平宣言》最为亮眼，也是创作者思想最为核心的一段，是"大道之行，天下为公，大德曰生，和气致祥"。

对于这段分别汲自儒学精髓"四书五经"当中的四句话，冯亦同是这样解释的："大道之行，天下为公"两句来自《礼记》，表达的是中国民众自古以来就渴望的世界大同、世界和平的愿望，这也是一个放之四海而皆准的大道理。

后一句"大德曰生"取自《周易》，即"天地之间最伟大的道德是爱护生命"，这样的涵义放在为南京大屠杀死难者所设立的国家公祭上，也是最为合适的一句和平呼唤；而语出《汉书》的"和气致祥"四字，则表达了中国人最为推崇的对人谦和、家和万事兴的简单民间智慧。

自幼生长于南京城南秦淮河畔的冯亦同，对南京的山山水水有着别样的感情。他说，以中华民族最古老而美好的诗歌题材，以中华先贤流传千年的遗训，来表达中国民众对战争的痛恶、对亡者的哀痛和对和平的期待，作为一位诗人，他感到莫大的荣幸。

从早上9点开始，20名精心挑选出来的插花高手动手制作仪式上献祭的花圈，我们特意为他们安排了紧靠遇难同胞纪念馆附近的场地。国家公祭用的花圈是特制的，与每年用的花圈都不同。每个花圈直径1.4米，以白、黄、绿三色菊花和松枝组成，共分为5层，最中间的圆形全是直径三四厘米的绿色菊花，其外面一圈由3层、200朵黄色菊花组成，第三圈由3层、200多朵绿色菊花组成，第四圈由6层、550朵白色菊花组成，最外面一圈则环绕着碧绿的松枝。白、黄、绿三色都有特别的寓意，白色代表哀思，黄色表达长存的希望，绿色则是和平的象征，周边特别配上松枝还有一层意思，雪松是南京的市树，又可体现南京是博爱之都。整个花圈层次分明，庄严肃穆之中又让人看到生机和希望。

为扎制这些花圈，真是动了不少脑筋。开始时，我请南京的一家文化公司专门派人在网络上搜找，设计花圈的形制，先后做了 10 多个品种，均不理想。后来还是国家仪仗队来南京现场踩点时介绍，北京崇文门有家花店，专门制作仪式用花篮。我们专门把这家花店的负责人请到南京，经过他的介绍，又认识了江苏省插花艺术专业委员会会长唐梅英等人，他们一起忙碌了大半个月。

扎制要求更高。首先是花圈架子，要方便国家仪仗队小伙子能够抬得有精气神，并且不影响他们动作的规范性，最后在广州定制了可以伸缩自如的杠杆，用特制的铝合金作支架，终于做出了让仪仗队满意的花圈支架。为力保上国家公祭台的 8 个花圈能够一模一样，特地挑选有着 10 年以上插花经验，有的还得过各级比赛金奖的插花能手，尽管如此，进展速度却很慢——一个花圈 1200 多朵鲜花，要一朵一朵地插上。更重要的是，为了减少抬动花圈时花瓣散落的情况，当天每一枝花的花头还要使用专用的鲜花胶水固定。每个花圈背后，都凝聚着一群插花艺人的辛劳。天气寒冷，但没有人喊苦，大家已经形成共识，这是一项代表国家形象的任务，务必做到精益求精、尽善尽美。

一切准备工作就绪，等待着国家公祭日的到来。

二、首次"国祭"隆重举行

2014 年 12 月 13 日，首个国家公祭日。

是日，天气格外晴朗。冬日里的太阳照在人身上暖洋洋的，我感到一点儿都不冷。在我的记忆里，往年这个日子里气温通常都有拔凉拔凉的感觉。

昨晚没有回家，留在馆里为 30 多万南京大屠杀遇难同胞守灵，这已经成为我保留多年的一个习惯。为了万无一失，为了筹备半年多的首次国家公祭仪式能够圆满成功，我和陈俊峰、侯曙光副馆长，以及芦鹏等其他一批纪念馆员工自发地留在馆里，慎之又慎，细之再细，忙到夜里两点多钟，才在办公室里和衣小睡了一会儿，早晨 5 点多就起来了，迎着一缕晨光，提前做好各项准备工作。

　　早晨 6 点 40 分，侵华日军南京大屠杀遇难同胞纪念馆员工全部集中在国家公祭广场上，我一看，员工们全都精神抖擞，数月来昼夜忙碌而导致的疲劳一扫而光。6 点 58 分，国家仪仗队 3 名护旗手簇拥着一面鲜艳的五星红旗，迈开正步从南京大屠杀史料陈列厅门口走向新安装到位的国旗杆边。7 时整，嘹亮的国歌声响起，五星红旗徐徐升起到 22.50 米的顶端后，又缓缓降至 15 米处。中共南京市委常委、宣传部长徐宁等领导和纪念馆全体员工，参与和见证了第一次在国家公祭日里降国旗仪式，这项由国家仪仗队执旗、具有国家性质的礼仪，是经过国务院批准的礼仪，也是共和国第一次以降半旗的形式，为南京大屠杀死难者和所有在日本侵华期间遭杀害的死难者祭祀的礼仪，经由中央电视台全程实况现场直播，亿万人民收看到了这一庄严肃穆的仪式。

　　与此同时，负责引导和接送国内外嘉宾的联络员及其车辆陆续到达状元楼、古南都、喜来登、万达希尔顿、虹桥饭店、凤西宾馆、锦江之星等各家旅馆，准备接嘉宾们来纪念馆参与国家公祭活动。而此时的国家公祭广场四周，2.4 米高、4 米宽，一共有 282 面蓝底白字的国家公祭幡排成矩阵，迎风猎猎招展；黑色的灾难之墙上，一排 1.6 米见方的白色黑体主会标——南京大屠杀死难者国家公祭仪式，显得特别醒目；灰色的国家公祭台呈梯形，前面长 50 米、后面长 40 米、宽 9 米、高 0.45 米，中间位置上罩着一个 1.9 米见方的蓝色布幔装置，迎面有"国家公祭鼎"5 个大字，正等待着被揭开面纱展示真容。万事俱备，只欠东风。

　　8 时许，开始有嘉宾陆续进场。

12 月 13 日清晨，在侵华日军南京大屠杀遇难同胞纪念馆内举行降国旗仪式，首次为南京大屠杀死难者降国旗致哀

俄罗斯大使等驻华使节，中、日、韩僧侣，日本东铁路工会，日本铭心会，日本劳动者交流协会，美国、俄罗斯、丹麦、韩国等国家的博物馆及国际友好人士代表，国内抗战类纪念馆馆长代表，抗战老战士和南京大屠杀幸存者、遇难者遗属代表等，以及南京市社会各界人士约 10000 人，陆续向纪念馆集中，齐聚国家公祭广场内，等待着首次国家公祭那一神圣、庄严和肃穆的时刻到来。

9 时 56 分，习近平等党和国家领导人步入现场，站立在群众方阵前。

18 名中国人民解放军三军仪仗兵齐步行进至公祭台两侧，持枪伫立。

10 时整，公祭仪式开始。军乐团奏响《义勇军进行曲》，全场高唱中华人民共和国国歌，嘹亮的歌声响彻云霄。国歌唱毕，全场向南京大屠杀死难者默哀。公祭现场拉响防空警报。军乐团奏响低回空灵的《安魂曲》，曲调委婉，如泣如诉，令现场每一个人都揪了心。

16 名礼兵抬起 8 个巨大的花圈，缓步走上国家公祭台，将花圈安放在"灾难墙"前。77 名南京市青少年饱含深情地宣读《和平宣言》：

2014 年 12 月 13 日，南京大屠杀死难者国家公祭仪式在侵华日军南京大屠杀遇难同胞纪念馆隆重举行。当日是首个南京大屠杀死难者国家公祭日

巍巍金陵，滔滔大江，钟山花雨，千秋芬芳。

一九三七，祸从天降，一二一三，古城沦丧。

侵华倭寇，掳掠烧杀，尸横遍野，血染长江。

三十余万，生灵涂炭，炼狱六周，哀哉国殇。

举世震惊，九州同悼，雪松纪年，寒梅怒放。

亘古浩劫，文明罹难，百年悲叹，警钟鸣响。

积贫积弱，山河蒙羞，内忧外患，国破家亡。

民族觉醒，独立解放，改革振兴，国运日昌。

前事不忘，后事之师，殷忧启圣，多难兴邦。

七十七载，青史昭彰，生生不息，山高水长。

二零一四，国家公祭，中外人士，齐聚广场。

白花致哀，庄严肃穆，丹忱抒写，和平诗章。

大道之行，天下为公，大德曰生，和气致祥。

和平发展，时代主题，民族复兴，世代梦想。

龙盘虎踞，彝训鼎铭，继往开来，永志不忘。

10 时 13 分，在南京大屠杀死难者国家公祭仪式上，中共中央总书记、国家主席、中央军委主席习近平搀扶着南京大屠杀幸存者代表夏淑琴和遇难者后代、少先队员代表阮泽宇一同走上公祭台，为"国家公祭鼎"庄严揭幕。

晴空暖阳下，随着藏青色丝带的拉动，帷幕缓缓移开，深古铜色的"国家公祭鼎"跃现人们眼前。

古之以鼎记事，今之铸鼎铭史。这尊高 1.65 米、重 2014 公斤的三足圆形铜鼎将永久设立在遇难同胞纪念馆集会广场上。"国行公祭，法立典章。铸兹宝鼎，祀我国殇。"160 字铭文记叙了南京大屠杀史实和国家公祭日的设立。

习近平总书记在讲话中表示，今天，我们在这里隆重举行南京大屠杀死难者国家公祭仪式，缅怀南京大屠杀的无辜死难者，缅怀所有惨遭日本侵略者杀戮的死难同胞，缅怀为中国人民抗日战争胜利献出生命的革命先烈和民族英雄，表达中国人民坚定不移走和平发展道路的崇高愿望，宣示中国人民牢记历史、不忘过去、珍爱和平、开创未来的坚定立场。

习近平指出，日本侵略者制造的南京大屠杀惨案震惊了世界，震惊了一切有良知的人们。第二次世界大战胜利后，远东国际军事法庭和中国审判战犯军事法庭，都对南京大屠杀惨案进行调查并从法律上作出定性和定论，一批手上沾满中国人民鲜血的日本战犯受到了法律和正义的审判与严惩，被永远钉在了历史的耻辱柱上。历史不会因时代变迁而改变，事实也不会因巧舌抵赖而消失。

习近平强调，我们为南京大屠杀死难者举行公祭仪式，是要唤起每一个善良的人们对和平的向往和坚守，而不是要延续仇恨。中日两国人民应该世代友好下去，以史为鉴、面向未来，共同为人类和平作出贡献。忘记历史就意味着背叛，否认罪责就意味着重犯。一切罔顾侵略战争历史的态度，一切美化侵略战争性质的言论，不论说了多少遍，不论说得多么冠冕堂皇，都是对人类和平和正义的危害⋯⋯

习近平指出⋯⋯今天的中国，已经成为一个具有保卫人民和平生活坚强能力的伟大国家，中华民族任人宰割、饱受欺凌的时代已一去不复返了，中国人民正意气风发地沿着中国特色社会主义道路，为实现"两个一百年"奋斗目标、实现中华民族伟大复兴的中国梦而奋斗。中华民族的发展前景无比光明。

习近平强调，此时此刻，中国人民也要庄严昭告国际社会：今天的中国，是世界和平的坚决倡导者和有力捍卫者，中国人民将坚定不移维护人类和平与发展的崇高事业，愿同各国人民真诚团结起来，为建设一个持久和平、共同繁荣的世界而携手努力。

6名来自工、农、兵、学、商、企等社会各界人士代表，连续3次共同撞响"和平大钟"，每次间隔5秒，第一次钟声响起时，放飞3000羽和平鸽。和平鸽振翅飞翔，寓意着对30万死难者的深深追思和圆梦中华的雄心壮志。

6名撞钟人是经过挑选的社会各界代表，他们是：工人阶级的代表、中国人民解放军5311厂高级技师、劳模创新工作室带头人程军荣；农民代表、高淳区武家嘴村党支部书记武继军；企业界的代表、全国政协委员、苏宁集团董事长、中国民间商会副会长张近东；知识分子代表、南京大学校长、中国科学院院士陈骏；解放军代表、陆军某连连长、优秀士官周亮；学生代表、南京外国语学校高一学生王笑奕等。

中共中央政治局常委、全国人大常委会委员长张德江主持公祭仪式，马凯、刘奇葆、许其亮、韩启德一同参加上述活动。

参加过抗日战争的老战士和老同志代表，中央党政军群有关部门和江苏省、南京市、南京军区负责同志，各民主党派中央、全国工商联负责人和无党派人士代表，港澳台同胞代表，为中国人民抗日战争胜利作出贡献的国际友人或其遗属代表，二战中国战区和遭受过日本法西斯侵略的亚洲国家驻华使节代表，南京大屠杀幸存者及遇难同胞亲属代表，江苏省各界群众代表等参加公祭仪式。来自中国、日本、韩国、美国、俄罗斯等国家和地区的200

2014年12月13日，6名社会各界人士代表共同撞响"和平大钟"。当日，南京大屠杀死难者国家公祭仪式在侵华日军南京大屠杀遇难同胞纪念馆隆重举行。这是首个南京大屠杀死难者国家公祭日。新华社记者 李涛 摄

余名中外记者在现场进行采访报道。

在仪式开始时的 10 点 01 分，"呜——呜——呜——呜——呜"为悼念侵华日军南京大屠杀遇难同胞而拉响的防空警报声回荡在南京上空。这一刻的南京，火车、轮船汽笛齐鸣，城市广场、大街、小巷，所有车辆停止行驶，司机们使劲按响了喇叭，行人停下了脚步，纷纷低头默哀。古老的南京城仿佛时间被定格一样，静止了，每一个人、每一辆车都在以这种特殊的方式，祭奠在 77 年前那场惨绝人寰的屠杀中死去的同胞。

在中山码头、北极阁、草鞋峡、煤炭港、花神庙、清凉山、五台山、上新河、汉中门、正觉寺、东郊丛葬地等南京大屠杀遗址上，人们分别举行悼念仪式，祭祀 77 年前死难的同胞。

南京各界人士 500 多人，齐聚南京抗日航空烈士纪念碑前，举行隆重公祭仪式，在沉痛悼念南京大屠杀 30 万遇难同胞的同时，悼念血洒蓝天的抗日航空烈士。

公祭仪式后，习近平总书记等党和国家领导人和各界代表走进纪念馆展厅，参观"人类的浩劫——侵华日军南京大屠杀史实展"。我作为侵华日军南京大屠杀遇难同胞纪念馆馆长，专门向习近平总书记作汇报讲解。习近平等仔细观看，在"南京保卫战""日军在南京的大屠杀""对日本战犯审判""南京大屠杀历史见证""前事不忘后事之师"等展区，不时驻足，详细了解有关情况。

参观结束时，习近平、张德江在签字簿上签名。随后，习近平等亲切会见了参加仪式的南京大屠杀幸存者代表和遇难者遗属代表。

下午 2 点，我与来访的韩国 5·18 历史财团理事长吴在一一行，在贵宾接待室签订馆际合作协议。馆际合作协议的签订，将增进与韩国 5·18 历史财团的友好关系，并在围绕互办展览以及学术交流等层面开展合作。

当天下午 3 点，中、日、韩三国 150 名僧人、250 多名信众聚集南京大屠杀遇难同胞纪念馆前，庄严举行"南京大屠杀死难者国家公祭'世界和平法会'"。

此次法会，在中国佛教协会指导下，由中、日、韩三国佛教团体、僧侣联合举办，法会由江苏省佛教协会副会长、南京市佛教协会会长、栖霞寺住持隆相法师，江苏省佛教协会副会长、南京市佛教协会副会长、毗卢寺住持传义法师，江苏省佛教协会副会长、南京市佛教协会副会长、建初寺住持大初法师，南京佛教协会副会长曙光法师、传静法师等 10 位法师共同主法、诵经祷告、超度亡灵、祈愿和平。参加法会的日韩僧人有日本临济宗妙心寺派京都灵云院住持则竹秀南、日本真宗大谷派东本愿寺解放运动推进本部研究员山内小夜子、日本真宗大谷派圆光寺住持大东仁、日本青森县云祥寺住持一户彰晃、韩国曹溪宗国际传教师、群山成佛寺住持朴天焕（宗杰）等 10 名法师，他们按照佛教仪式超荐了南京大屠杀死难者。

在首个国家公祭日，由中、日、韩三国僧人共同参加"世界和平法会"，有着重要意义：一是超荐南京大屠杀死难者，警示后人以史为鉴，热爱生活，维护世界和平，共同建设我们的幸福家园；二是促进和推动中、日、韩三国的佛教界交流，秉承齐同慈悲的佛教理念，凝聚济世利人的佛教共识，为亚洲及全世界爱好和平的人民谋福祉。

下午 4 点，我与来访的韩国独立纪念馆馆长、著名抗日义士尹奉吉之孙女尹柱卿女士，在贵宾接待室进行了座谈与交流，并在办展协议上签字。该展览拟于 2015 年 9 月 15 日至 11 月 15 日期间，在韩国独立纪念馆 7 号展厅举办，展览名称拟定为"南京的记忆——南京大屠杀史实展"。首次赴韩展览，将进一步增进韩国民众对南京大屠杀历史的了解，增强二战期间日本军国主义对亚洲各国侵略加害的共同历史记忆，进而共同维护与捍卫来之不易的世界和平。

签字仪式后，韩国独立纪念馆尹柱卿馆长在题词中写道："世界和平是中国的梦，也是大韩民国的梦，也是连接两个国家的桥梁，铭记南京大屠杀的历史也是为了维护世界和平。"

下午 5 点，我陪同来自美国的张纯如父亲张绍进、母亲张盈盈，一齐在悼念广场西侧的张纯如铜像前献花，缅怀这位生前为西方人士了解南京大屠杀真相作过贡献的华裔故人。

18 点至 19 点，在侵华日军南京大屠杀遇难同胞纪念馆祭场举行了为南京大屠杀死难者守灵暨烛光祭活动。来自南京江东门小学、南京大学、南京中医药大学等的 100 多名青少年学生，中、日、韩三国僧侣及来自美国、俄

南京中医药大学学生捧烛守灵

罗斯、韩国、日本等的国内外友好人士约 150 人，为南京大屠杀死难者守灵祈祷。

在烛光仪式上，日本临济宗妙心寺派京都灵云院住持则竹秀南、日本京都府真宗大谷派东本愿寺日本僧侣山内小夜子、久米悠子，东亚佛教运动史研究会僧侣一户彰晃（日）、宗杰（韩）和南京毗卢寺住持传义携众僧及居士先后为南京大屠杀死难者祈祷。

俄罗斯卫国战争纪念馆馆长扎巴罗夫斯基将军一行、韩国独立纪念馆馆长尹柱卿一行、韩国 5·18 历史财团理事长吴在一一行、当年在南京鼓楼医院救助南京难民的裴瑞德医生外孙斯巴克夫妇、当年在南京江南水泥厂救助南京难民的辛德贝格外甥女玛丽安夫妇、日本铭心会访中团团长松冈环等外国友人，依次敬香，以示哀悼。

作为南京大屠杀死难者国家公祭系列活动之一，南京大屠杀死难者守灵暨烛光祭活动自 2009 年起，已连续 6 年邀请国内外爱好和平的人士一起悼念遇难同胞，祈祷世界和平。

烛光仪式上，中国人民抗日战争纪念馆、沈阳九·一八历史博物馆、上海淞沪抗战纪念馆、长春伪皇宫博物院、山西武乡八路军纪念馆、盐城新四军纪念馆、云南腾冲烈士纪念馆等馆长，以及当年审判日本战犯谷寿夫的大法官叶再增的儿子叶于康、孙子叶恕兵父子等纷纷点燃手中的红烛，祭奠遇难同胞。

这一天的中华大地，以国之名悼念平民死难者，凝聚民族信念和力量，举国上下深切悼念死于日寇屠刀下的同胞。

位于北京丰台区卢沟桥畔的中国人民抗日战争纪念馆，当日开馆前预约参观人数已逾万人。为方便群众祭奠，抗战馆提前半小时开馆，在大厅入口处布置了 3 个献花台，并为参观者免费提供祭奠用的鲜花。抗战馆的官方网页还开启了"南京大屠杀死难者国家公祭日"专题。

南京大屠杀死难者国家公祭日上海市公祭仪式在日军登陆地上海金山区金山卫抗战遗址纪念园举行，社会各界约 400 名代表向遇难同胞纪念雕塑敬献花篮，向南京大屠杀死难者和淞沪战役"十月初三惨案"遇难同胞

2014 年 12 月 13 日晚，来自丹麦的辛德贝格外甥女玛丽安夫妇和美国华侨刘祥等参加烛光祭

致哀。

九·一八历史博物馆展厅内，来自驻沈阳某部官兵、市内高校、中学及社会各界人士 200 多人，齐聚在此参加"勿忘国耻，圆梦中华""烛光纪念、祭奠在中国人民抗日战争中牺牲的先烈及死难同胞"主题活动。

重庆市从大轰炸惨案遗址到普通社区，再到中小学校，数千名市民、学生以多种形式参与国家公祭日活动。

香港特区政府 13 日在香港海防博物馆堡垒大堂举行南京大屠杀死难者国家公祭日纪念仪式，悼念南京大屠杀死难者和日本侵华战争期间的死难者。由遇难同胞纪念馆提供的南京大屠杀图片展在此举行隆重的开幕式。9 时开始，警察银乐队演奏国歌，主持人宣读祭词后，全体出席人士默哀两分钟，香港特区行政长官梁振英在哀乐声中敬献花圈，相关代表行鞠躬礼。

澳门特区政府 13 日在路环保安部队高等学校操场举行公祭活动。全国政协副主席何厚铧、澳门特区行政长官崔世安等以及社会各界代表约 200 人出席公祭活动。

台湾地区领导人幕僚机构 13 日晚发布新闻稿表示，直到今天，日本仍有部分人士对南京大屠杀抱持回避、淡化甚至否认的态度，令人遗憾。我们诚挚希望部分不愿正视南京大屠杀的日本人士，能够勇于面对二战历史的伤痛，展现思过与认错的勇气。台湾地区领导人马英九认为，历史的教训不能遗忘。我们要珍惜东亚和平的现况，尽力避免冲突与紧张的升高。"让我们的子孙不必再面对残酷无情的战争，让历史的悲剧不再重演。"

海南省三沙市驻永兴岛军警民在西沙永兴岛"日本楼"前举行集会，纪念我国首个国家公祭日，以此铭志。

在中国各地纷纷举行首个南京大屠杀死难者国家公祭日活动之际，美国、法国、俄罗斯等地的海外华侨华人也纷纷举办活动，发表感言，表达对国家公祭日的支持，对死难同胞的纪念和对维护和平的坚定信念。

三、我为习总书记汇报讲解 72 分钟

9 点 40 分，中央部委、全国工商联、各民主党派、无党派、驻华使节、

江苏省暨南京市领导等到达纪念馆。9点45分前,全国人大常委会委员长张德江、国务院副总理马凯、全国政协副主席韩启德、中央军委副主席许其亮等领导到达纪念馆,省委常委、宣传部长王燕文和我上前迎接,引导各位首长进入贵宾休息室。

9点45分,一辆面包车驶入纪念馆三号门停车场,省委常委、宣传部长王燕文和我再次上前迎接。中共中央办公厅主任栗战书和江苏省委书记罗志军等领导从车上走下来后,高大魁梧的习近平总书记走近了我们。王部长向总书记介绍了我是遇难同胞纪念馆馆长朱成山后,总书记向我点了点头,一只大手伸向了我。我激动得赶紧用双手握住总书记的手,那是一双无比温暖的手,一股暖流立即传遍全身。几个月来筹备国家公祭的紧张、忙碌和疲劳,昨晚只有两个多小时休息的疲倦,全都一扫而光。

在国家公祭仪式上,习总书记这只温暖的大手,再次握住了南京大屠杀幸存者代表夏淑琴和遗属后代代表阮泽宇的手。按照原先的方案,我们计划青少年学生阮泽宇搀扶着86岁高龄的夏淑琴,陪同习总书记登上公祭台。当主持人张德江委员长宣布为国家公祭鼎揭幕后,习总书记走上前去,先后与夏淑琴和阮泽宇握手,并伸手搀扶着幸存者夏淑琴的胳膊,走上公祭台,三双手共同为国家公祭鼎揭幕。这一情景,感动了在场的每一个人,大家为此拼命鼓掌。

习总书记这双温暖的大手,还握过19名南京大屠杀幸存者和遗属代表的手。11点35分,在纪念馆史料陈列厅的后厅,10名南京大屠杀幸存者和9名南京大屠杀死难者遗属在此等候习总书记与其他党和国家领导人的接见。因为时间关系,我准备只向习总书记介绍幸存者代表夏淑琴和抗战老战士代表李高山两位老人。没有想到的是,习总书记不仅与19名代表一一握手,还与10位南京大屠杀幸存者代表一一交谈,关切地询问他们的年龄、身体状况、当年本人及其家族受害情况等,最后,还发表了重要讲话,叮嘱幸存者们保重。

习总书记的一次握手,一遍询问,一句保重,让幸存者和遗属们激动万分,心情久久不能平静。夏淑琴说,我本来有一肚子感谢的话要向习总书记说,但太激动了,什么话也说不出来了。

　　的确，习总书记的亲民形象，特别是对历史老人的关爱，让我们这些参与接待的人员感动不已。

　　从 10 时 33 分开始，习总书记等党和国家领导人参观纪念馆史料陈列厅。按照事先的安排，我在展厅门口迎候，并担任为习总书记等领导讲解的光荣任务。

　　14 日下午，新华社记者霍小光、蔡玉高和蒋芳，来到遇难同胞纪念馆，专门采访我接待习总书记的过程以及感受。16 日，新华社以《"提问最多、最专业的观众"——习总书记参观侵华日军南京大屠杀遇难同胞纪念馆说了些什么?》为题，播发了一条消息:

　　　　13 日出席南京大屠杀死难者国家公祭仪式后，习近平总书记走进侵华日军南京大屠杀遇难同胞纪念馆，参观"人类的浩劫——侵华日军南京大屠杀史实展"。据纪念馆馆长朱成山介绍，原定 45 分钟的参观行程，延长到了 72 分钟，总书记先后提出 68 个问题。

　　　　总书记关注的重点是什么? 当时说了些什么? 带着这样的问题，新华社记者专访了全程陪同总书记参观并讲解的朱成山。"总书记是我接待过提问最多、最专业的'观众'。"朱成山由衷感叹。

总书记与 20 位幸存者和遗嘱代表一一握手

　　13 日上午，朱成山是在纪念馆 3 号门迎接总书记到来的现场人员之一。在江苏省领导介绍了朱成山的身份后，总书记主动伸出手与他握手。

　　公祭仪式活动结束后，总书记步入纪念馆参观。

　　"听说你当了 20 多年的馆长了。"习近平对朱成山说。

　　"总书记竟然知道我当了多少年馆长。"朱成山说，总书记对纪念馆很是关注。

　　11 点 35 分，参观结束后，总书记步入后厅，接见南京大屠杀幸存者及遗属代表。考虑到时间紧张，原本工作人员只安排了幸存者夏淑琴和老兵代表李高山与总书记交流，但总书记与 19 位幸存者和遗属代表一一握手，逐一交谈，询问他们年龄多大了，当年家属和个人是如何受难的。他对大家说："现在南京大屠杀受难者、亲历者，还在的就 100多人了，你们当年见证了这段重要的历史，这样一段苦难的历史不能忘记啊。"

会见结束前，总书记反复叮嘱老人们要保重身体，希望他们用亲身经历教育后代，强调只有不忘苦难的历史，才能珍视和平、捍卫和平。

85 岁的幸存者夏淑琴当天同总书记一起为国家公祭鼎揭幕，随后又与总书记会面。夏淑琴说："总书记询问我当年多大年纪，听我讲述受难历史，还非常关心地问了我与日本右翼打官司的情况。"

13 岁的阮泽宇当天也与总书记一起为国家公祭鼎揭幕。他略带腼腆地说："'习大大'对我说'你好'，我当时就愣了，好激动！"

原定 45 分钟延长至 72 分钟、68 次提问

朱成山介绍，公祭仪式后，参观和会见活动原计划安排 45 分钟，

2006 年 6 月，作者与南京有关方面组织"应诉团"，陪同夏淑琴赴日本打官司　图为夏淑琴等人进入东京地方法院

但由于总书记对这段历史和幸存者特别关心，不断提问，时间延长至72分钟。

"我仔细回忆，总书记一共问了我68个问题。"朱成山说，当了22年馆长，给无数国内外政要、专家学者讲解，但习总书记是提问最多、最专业的，显然，总书记对这段历史的了解是有长期积累的。

朱成山回忆，总书记参观过程中不时驻足，每次都有提问。其中停留时间最长、听取讲解最多、提问最细的集中于"遇难者名单墙""遗骨坑""零散屠杀展板"和"日本老兵展板"，时间都在3分钟以上。

"这里有多少（名单）？""能不能再多收集了？""当时那些军队的建制有记录吧？""这些人是军人还是百姓？"……在遇难者名单墙前，总书记提出一连串问题，并提及以色列对奥斯维辛集中营的研究。

他指着"杀人比赛"展板前展示柜中的一把军刀问："这是他们用的刀吧？"他又指着"杀人比赛"中的日军刽子手问："他们被处决了吗？"

在南京大屠杀主战犯谷寿夫被判处死刑的展板前，朱成山向总书记介绍说，谷寿夫临刑前两腿发软。总书记说："这个家伙也有怕的时候啊！"在看到"百人斩"两名战犯被执行死刑的照片，总书记说："好，害怕了吧！"

对于国际人士救助南京难民的情况，总书记十分关心。他特地问到了国际安全区内拉贝、魏特琳等人和后代的情况。

最让朱成山惊讶的是，总书记不仅知道松井石根，还知道武藤章、柳川平助等参与南京大屠杀的日军指挥官的情况。"很多专业人士对此都不见得了解。"朱成山说。

重托与责任

在会见了幸存者和遗属代表后，总书记对朱成山说，你现在是研究南京大屠杀的权威专家了，以后你准备怎么去做？是不是还有一些课题要再发掘？

朱成山回答："过去从宏观层面去发掘南京大屠杀的历史真相，现在我增加了从微观层面的研究，包括家族史和个人的受害史，因为国与家是连在一起的，没有国家的强大，老百姓的生命就没有保证。"

听到这里，总书记说："这个很好！"

朱成山回忆说，临别前，总书记叮嘱大家：这次举办了国家公祭仪式，以后每年都要举行。这个馆建到现在这样，做了很多努力，硬件、软件还可以，但需要进一步完善。

"总书记的提问，对纪念馆的关心，对国家公祭的关心，对南京大屠杀史学研究的关注……对我个人而言，是重托也是责任。"朱成山说，我一定按照总书记的嘱咐，将南京大屠杀的历史记忆传承下去。

新华社电这篇报道，很快被新华、新浪、搜狐等各家网站列为头条新闻，有的用新华社电原讯题目，有的则以《习近平参观南京大屠杀遇难同胞纪念馆提问 68 次》为题刊登了出来。次日，各家报刊也纷纷转发了这条消息。

四、习总书记讲话鼓舞民心

习近平总书记在公祭仪式上发表的重要讲话在社会各界引起热烈反响。12 月 14 日上午，江苏省暨南京市在侵华日军南京大屠杀遇难同胞纪念馆召开社会各界座谈会，学习领会贯彻习总书记重要讲话精神，进一步凝聚思想共识，进一步肩负时代重任，更好地开创中华民族伟大复兴的辉煌征程。中共江苏省委常委、省委宣传部部长王燕文主持了会议，并与江苏省及南京市社会各界代表和专家学者代表一起深入座谈。

在会上，我发表了题为《倍感亲切与自豪 牢记重托与责任》的学习体会，我结合自身工作谈了几点认识：

一是继续深入扎实地开展南京大屠杀史学研究。南京大屠杀惨案铁证如山、不容篡改。正如习总书记指出的："任何人要否认南京大屠杀惨案这一事实，历史不会答应，30 万无辜死难者的亡灵不会答应，13 亿中国人民不会答应，世界上一切爱好和平与正义的人民都不会答应。"习总书记的讲话给我们史学工作者提出了更高的要求，因为扎实的史学研究是纪念馆展览和对外宣传的重要基础。今后我们的展览将在原有宏观叙事历史表达的基础上，新增家庭受难和个人受难表达方式，作为南京大屠杀史研究会的会长，今后一定在加强南京大屠杀史学研究的基础上注重微观史学研究，加强史料的征集和利用，利用多学科方法和手段介入南京大屠杀史研究，将南京大屠杀史学研究推向深入。

二是将南京大屠杀民众受难历史与弘扬伟大抗战精神有机结合，渗透到纪念馆的爱国主义教育中。习总书记在讲话中提到，"中国人民和中华民族历来具有不畏强暴、敢于压倒一切敌人而不被敌人所压倒的英雄气概。面对极其野蛮、极其残暴的日本侵略者，具有伟大爱国主义精神的中国人民没有屈服，而是凝聚起了同侵略者血战到底的空前斗志，坚定了抗日救国的必胜信念。"南京保卫战虽然失败了，但是中国守军们表现出来的英勇不屈、浴血奋战的精神值得我们铭记；在南京大屠杀中，手无寸铁的南京人民在强暴、凶残的日军面前并没有一味地屈服，他们奋力反抗，不畏强暴的抗争和拼搏精神值得我们纪念和弘扬。今后，纪念馆的展陈内容会将南京大屠杀民众受难历史与弘扬伟大抗战精神进一步紧密结合，将其渗透到场馆的爱国主义教育中。如我们正在筹备中的新馆扩容工程的展陈内容，将大力弘扬先烈用生命和鲜血铸就的这种伟大的抗战精神，突出胜利的主题，展示中国人民抗日战争暨世界反法西斯战争胜利的历史事实。

三是继续扎实推进纪念馆的和平事业。习总书记在讲话中23处提到了"和平"，将和平比喻为阳光和雨露，强调有了阳光雨露，万物才能茁壮成长。有了和平稳定，人类才能更好地实现自己的梦想。多年来，纪念馆积极拓展历史题材的内涵，创新场馆建设方向，拓宽场馆发展道路，开展了一系列和平活动，在国际上展示了我们爱好和平的良好场馆形象、城市形象乃至国家形象。如近些年来我们推广和平学方面的书籍，以讲解员组成南京和乐团，每年100多场次去社区、中小学校、部队公益演出。最近我们组织编写的南京大屠杀死难者国家公祭读本，开设南京国际和平学校，对中小学生进行南京大屠杀历史、和平知识的教育等。习总书记的讲话更坚定了我们的信心，将历史与和平的事业往更深、更广处去做。

2014 年 9 月 9 日，南京国际和平学校第一期培训班开班仪式在侵华日军南京大屠杀遇难同胞纪念馆举行

四是总书记的讲话鼓舞了人心，提振了民族自信，可以说是发出了中国人民实现伟大复兴中国梦的最强音。近代以来中国落后挨打、受人欺辱的历史教训刻骨铭心，南京大屠杀就是其中最深刻的一例。今天的中国在中国特色社会主义道路上，正在为实现民族伟大复兴的中国梦而奋力前行。正如总书记在讲话中说到，今天的中国，已经成为一个具有保卫人民和平生活坚强能力的伟大国家，中华民族任人宰割、饱受欺凌的时代已一去不复返了；今天的中国，是世界和平的坚决倡导者和有力捍卫者，中国人民将坚定不移地维护人类和平与发展的崇高事业，愿同各国人民真诚团结起来，为建设一个持久和平、共同繁荣的世界而携手努力。作为纪念馆人，我们一定要以习总书记的讲话为己任，继续努力工作，积极打造一座集扎实的学术研究、国际水准的展陈、广泛的国内外交流等为一体的高水准纪念馆，将南京大屠杀的历史记忆传承下去，以此提振民族之气，为实现中华民族伟大复兴的中国梦而努力奋斗。

座谈会上，南京大屠杀幸存者和遗属代表夏淑琴回忆起参加国家公祭仪式并与习总书记一起为国家公祭鼎揭幕那一幕时，连声说，作为南京大屠杀幸存者代表参加国家公祭仪式，她既激动又很感动。她能感到国家对老百姓的关爱，这也是国家对在南京大屠杀中被日本人杀害的死者的尊重和爱护！更没有想到的是，她还可以与习总书记一起为国家公祭鼎揭幕。习总书记还十分关切，要他们保重身体。这是她参加过的历次纪念活动中最难忘的一次经历。今后，她要一如既往地讲，讲她自己的亲身经历，告诉日本人以及全世界上的人：南京大屠杀是真的历史，真的假不了，假的真不了！

向全国人大提出南京大屠杀死难者国家公祭建议的提案人代表邹建平坦言，作为举行南京大屠杀国家公祭活动的提案者，与长期以来为推动这项议案作出不懈努力的专家学者、受难者家属和幸存者一样，对我们的祖国举行这样高规格的公祭活动，宣示中国人民牢记历史、不忘过去、珍爱和平、开创未来的坚定立场，感到由衷高兴！

南京大屠杀死难者国家公祭仪式参与者代表、南京大学校长陈骏与其他5位代表一同撞响了和平大钟。他表示，习总书记在国家公祭日的讲话更是极大地激发了南大全体师生的爱国情怀，广大师生也势必担负起历史重任，进一步弘扬以爱国主义为核心的伟大民族精神，为实现中华民族伟大复兴的中国梦而共同奋斗。

以最古老的诗体撰写南京大屠杀死难者国家公祭《和平宣言》的冯亦同动情地表示，12月13日属于南京！我们要把这个日子高高地举起，30多万人生命啊，因为这30多万人的生命，南京才长出了市树的挺拔和市花的坚贞！他还有很多话想说，但用一个字就可以充分表达，那就是"爱"：爱南京、爱中华、爱世界、爱和平。

南京大屠杀史研究的史学专家、中国第二历史档案馆副馆长马振犊说，档案作为历史的凭证，可以将不能忘却的国家记忆都一一保存。作为历史档案工作者，要将这些珍贵的档案保管好、利用好，依据档案史料揭示历史真相。尽管任重道远，但也将有计划、有步骤地精心整理，系统发掘，使民国档案的独特价值充分体现出来。

南京大学历史系主任张生在发言中认为，维护这一史实，是全世界的责任。他说，同日军在华制造的大多数惨案不同，南京大屠杀发生时，有不同身份的外国侨民身处南京，与中国人民守望相助，多人目击了惨剧，做了大量的第三方记录，把日本军国主义分子钉在历史的耻辱柱上。南京大屠杀的史实，是全人类的遗产，维护这一史实，是全世界的责任。

南京档案馆研究员夏蓓认为，习总书记在公祭仪式上的讲话充分阐述了中国人民向往和平的意愿，而实现这一切则需要我们每一个人的艰苦努力！历史悲剧绝不能重演，这是世界主流社会的共识，习总书记站在历史高度的重要讲话，让大家看到了国家繁荣、人民幸福的美好未来，更加憧憬自己的梦、人民的梦、中国的梦！

南京社会科学院院长叶南客提出"和平是南京国际交往中的新名片"的观点。他说，在新的历史条件下，要认真学习习总书记在国家公祭日的讲话精神，赋予"和平"一个深刻的内涵。对历史、现实、未来要有清晰的认识。铭记历史，缅怀先烈，面向未来，圆梦中华，这也是对抗战时期死难同胞的最好纪念。

共青团江苏省委书记万闻华在会上指出，伴随第一个国家公祭日的设定和首次国家公祭活动的举行，如何学习贯彻总书记重要讲话精神，让更多的普通群众，特别是广大青少年，警醒在心，和平在心，奋斗在心，是我们共青团和少先队组织的职责所在。我们准备充分发挥共青团系统网站、微博、微信等载体作用，采取青少年喜闻乐见、便于接受的方式开展学习宣传，引导青少年，将仪式上的沉默与哀悼，将瞬间的感动与触动延续到除特定公祭之外的平常日子里。

王燕文部长在和与会各界代表深入交流后讲了话。她说，首次国家公祭活动举世瞩目、影响深远。为贯彻落实总书记在国家公祭仪式上的重要讲话精神，首先，要以史为鉴，用好历史这本最好的教科书。教育引导人们直面文明之殇、民族之痛，自觉抵制形形色色历史虚无主义思潮的侵袭，以史为鉴、察古知今，在铭记历史中砥砺前行；其次，要坚定信念，弘扬伟大爱国主义精神。我们以国家名义进行公祭，就是为了进一步弘扬爱国主义精神，更好地凝聚"勿忘国耻，圆梦中华"的向心力。要继续把爱国主义教育作为培育和践行社会主义核心价值观的重要任务，不断维系团结一心的精神纽带，激发共同的精神信仰，守护共有的精神家园；此外，要珍爱和平，开创民族复兴中国梦的美好未来。"国家富强、民族振兴、人民幸福"的中国梦，和世界各国人民热爱和平、繁荣和幸福的美好梦想相通。我们要倍加珍视来之不易的和平稳定局面，抓住重要战略机遇期，一心一意谋发展，聚精会神搞建设，不断让人民群众享受和平发展带来的红利，不断汇聚亿万人民同心共筑伟大中国梦的磅礴力量。

15 日上午，江苏省和南京市人大常委会邀请部分人大代表座谈，认真学习领会习近平总书记重要讲话精神。全国人大常委会法制工作委员会副主任郑淑娜、省人大常委会常务副主任张卫国等代表一起座谈。

赵龙、丁荣余、窦希萍、史双凤、傅浩、夏清瑕、孙如林、滕勇等 8 位全国、省、市人大代表先后畅谈了各自的学习体会，表达了牢记历史、不忘过去、珍爱和平、开创未来的共同心声。代表们说，习近平总书记在讲话中向全世界宣示了中国人民反对侵略战争、捍卫人类尊严、维护世界和平的坚定立场，表达了亿万中华儿女为实现"两个一百年"奋斗目标、实现中华民族伟大复兴而团结奋斗的坚强决心。讲话思想深邃，充满情感和力量，发人深思、令人警醒、催人奋进。

代表们表示，要认真学习领会总书记重要讲话精神，深刻认识举行南京大屠杀国家公祭活动的重大意义，深刻认识日本侵华战争给中国人民带来的深重灾难和中国人民为民族解放付出的巨大牺牲，深刻认识走和平发展道路、实现和平崛起的重要性，深刻认识每一位中国人，特别是人大代表肩负的历史担当和时代责任。要以举行国家公祭活动为契机，进一步坚定理想信念、砥砺民族意志，在中国共产党的坚强领导下更加紧密地团结起来，大力弘扬以爱国主义为核心的伟大民族精神，凝聚起中华民族伟大复兴的精神力量。要深入贯彻落实以习近平为总书记的党中央作出的一系列战略部署，全面深化改革，全面推进依法治国，加快全面建成小康社会的进程，把祖国建设得更加强大和美好。

张卫国在座谈会结束前讲了话，他说，各级人大和人大代表肩负时代重任、人民重托，要深入学习领会习近平总书记讲话精神，将悲愤之心、缅怀之情转化为图强之志，以强烈的政治责任感和历史使命感，密切联系群众，依法履行职责，与广大人民群众戮力同心、胼手胝足，为实现"两个一百年"奋斗目标、谱写好中国梦江苏篇章而团结奋斗。

郑淑娜副主任介绍了全国人大常委会通过《关于设立南京大屠杀死难者国家公祭日的决定》的立法过程，阐述了设立国家公祭日的重大意义。

"和平像阳光一样温暖，像雨露一样滋润。有了阳光雨露，万物才能茁壮成长。"习近平总书记12月13日在南京大屠杀死难者国家公祭仪式上的重要讲话，在江苏教育系统产生强烈反响。15日上午，江苏省教育厅举行高校师生座谈会，深入学习领会习近平总书记重要讲话精神，铭记历史，继往开来，发愤图强。

江苏省教育厅厅长、省委教育工委书记沈健，南京大学党委副书记朱庆葆，南京大学历史学系教授、博士生导师张宪文，河海大学党委书记朱拓，南京邮电大学党委宣传部部长徐雷，东南大学土木工程学院辅导员张华，南京农业大学教师汪浩，南京晓庄学院新闻传播学院学生邱阳等纷纷在座谈会上发言，指出当前日本右翼势力仍然十分嚣张，而且不断变换花样，企图维护其错误谬论，坚持否认南京大屠杀，要严防日本重新走上军国主义老路。因此，与日本右翼势力的斗争还将长期继续下去。"只有人人都珍爱和平、维护和平，只有人人都记住战争的惨痛教训，和平才是有希望的。"习总书记这句话，将激励着我们更好地为和平而努力，勿忘国耻，圆梦中华。

不仅仅是江苏和南京，全国各地乃至海外都赞许习近平公祭日讲话。日本共同社报道说，中国把以往由地方政府主办的南京大屠杀死难者追悼仪式升格到国家公祭，显示中国领导人在历史问题上不会让步的鲜明姿态。习近平在讲话中强调"30万同胞惨遭杀戮，无数妇女遭到蹂躏残害"，是对日本（否定南京大屠杀言论）的强烈牵制。日本时事通讯社报道说，习近平在讲话中强调坚决反对美化侵略，显示了中方对安倍首相历史认识的戒心。另一方面，讲话也强调国家公祭的目的不是为了"延续仇恨"，呼吁"中日两国人民应该世代友好下去"，显示中方愿意改善两国关系。韩联社报道说，习近平的讲话包含了对企图美化侵略历史的日本当局的批评。值得一提的是，习近平将军国主义、美化侵略历史的右翼势力同日本民众加以区分对待。报道援引分析人士的话说，中国举行国家公祭矛头直指日本右翼势力。

　　面对成功圆满举办了首次国家公祭仪式带来的正效应，面对习总书记等党和国家领导人的殷切期望，面对媒体大幅度报道造成的积极影响力，遇难同胞纪念馆领导和员工在感激、感谢的同时，不忘肩头沉甸甸的重任和社会巨大的压力，不顾半年多来的紧张筹备造成的疲惫，来不及喘口气、歇歇脚，又以全新的姿态投入到大流量的观众接待服务之中。

　　14 日是国家公祭日之后的首个开放日，侵华日军南京大屠杀遇难同胞纪念馆提前半小时开馆、推迟一个小时闭馆，全天共接待参观者达 10.35 万多人次，为平日观众的数倍。有不少南京市民，也有许多人来自外省，甚至是外国人，以各种方式表达自己的祈祷心愿。现场有一个细节，一群孩子在国家公祭鼎前，朗诵诗歌《南京，我们没有忘记》，之后，敬献白花，集体默哀，这是镇江文化之旅网站自发组织的一次亲子活动。为了前来表达悼念，孩子们早上 7 点就从镇江出发。社会公众踊跃表达哀思，祭奠逝者的场景让我们看到，虽然首个国家公祭日已经过去，但对遇难者的悼念，对和平的祈愿却在南京市民乃至更多的人们心中延续，唤起每个人对和平的向往和坚守。

第二十三章
"国祭"效应成动力

在首次国家公祭举办之时，我在江苏省文化厅李慧的竭力帮助下，在江苏人民出版社出版了长篇纪实文学《第 21 次是国家公祭》。该书对 20 次地方公祭进行了回顾与小结，介绍了"国家公祭日"出台的前后经过，抒发了第 21 次是国家公祭的强烈感受。

首次"国祭"圆满完成，在海内外产生深远影响，我久久地沉浸在成功的激动与喜悦之中。但是，对于 30 多万遇难同胞的祭奠，对于遇难同胞纪念馆的事业，我觉得还有很多事情要做。

一、新扩容工程新添"胜利"主题

遇难同胞纪念馆自 1985 年建成开放以来，几乎每隔 10 年就有一次较大的发展和变化。经过三期建设，该馆已经成为在国内国际颇具影响力的国家一级博物馆。但我一直不满足现状，想办法创造条件，再谋求新的进步、拓展新的主题。

2013 年春天，南京市"两会"在位于中山陵的南京国际会议中心举行，我作为连续三届的南京市人大代表再次参会。会上，我提出在南京建造一座中国人民抗日战争胜利纪念碑的建议。从文化的多元性来看，南京作为历史文化名城，既是南京大屠杀惨案的发生地，也是侵华日军投降的见证地，中国战区抗战的胜利地。1945 年 9 月 9 日，盟军中国战区受降签字典礼在当时的南京国民政府中央陆军学校大礼堂（现南京军区大礼堂）举行，包括美、苏、英、法在内的 47 名盟军代表和中外记者、国民政府文武官员、仪仗队共约 400 多人出席，见证了在南京举行的胜利受降仪式。

抗战胜利，是中国人民近百年来第一次取得反对帝国主义的完全胜利，是中华民族由危亡走向振兴的历史转折点。抗战胜利，大大增强了全国人民的自尊心和自信心，提供了一个弱国战胜帝国主义强国侵略的经验和范例，也促进了民族觉醒，唤起了民族团结的巨大力量。中国的抗日战争是世界反法西斯战争的重要组成部分。中国人民坚持抗战，牵制和削弱了日本大部分军队，使其不能北攻苏联，又大大减轻了日军在太平洋战场对美英的压力，有力地配合和援助了世界各国人民的反法西斯战争。

因此，在南京建设一座以世界反法西斯战争中国战区的胜利为陈列主题的遇难同胞纪念馆具有重大的历史与现实意义。我的建议成为 10 名市人大代表的共同提案，很快得到南京市委主要负责同志的肯定和支持，并提上南京市主要领导的议事日程。

2014 年 11 月，侵华日军南京大屠杀遇难同胞纪念馆扩容工程施工现场

该项工程于 2013 年 12 月 31 日正式启动,在遇难同胞纪念馆北侧新征土地 48 亩,与现有场馆连成一片,成为新的扩容工程(四期工程)。我被南京市委、市政府任命为展陈工程指挥部指挥长。此次扩容工程的总体定位是,在现有的"历史"与"和平"的两大主题基础上,扩展"胜利"的主题和内容。

在遇难同胞纪念馆扩容工程中加入胜利的元素,是彰显南京文化多元性的需要,是见证中国战区胜利的光荣需要,是对记忆创伤的"遇难同胞纪念馆"的提升,与北京的中国人民抗日战争纪念馆形成南北呼应,诠释中华民族的复兴所走过的艰难而伟大的历程,也是对以安倍为首的一批日本当权者在历史问题上开倒车、破坏东亚稳定、企图挑战战后国际秩序的有力回击。

当时遇难同胞纪念馆的馆藏,以"胜利"为主题的文物、资料很少。2014 年新年刚过,我就组织了 7 个征集小组,每组负责 3 个省(市),奔赴全国 21 个省、市、自治区的 60 座城市,走访抗战胜利遗址,采集当年参与抗战胜利老兵的证言,征集有关抗战的文物。经过半年多的征集,一共征集了 9160 件文物和史料,其中有许多都是第一手珍贵史料。包括国民政府授予 1937 年 12 月 12 日在南京保卫战中阵亡将士臧寿泉的"荣哀状"、1945 年美国城堡影片公司发行的第二次世界大战日本投降实况影片、印有"来华参战洋人军民一体救护"中文字样的飞虎队"血幅"等。

与此同时,我组织力量,着手编辑扩容工程新馆陈列大纲,召开专家论证会,对新展陈的主题词、陈列名称、陈列目的、大纲的架构进行反复论证和研讨,先后修改 10 多稿,形成了初步的展陈大纲,为新馆建成开放打下了坚实的基础。

2015 年 12 月 7 日,侵华日军南京大屠杀遇难同胞纪念馆扩容的新展馆,以"和平必胜、正义必胜、人民必胜"主题向社会开放,简称"三个必胜"新展馆。新展馆位于纪念馆和平公园北侧,共展出图片 1100 余幅、文物 6000 余件(套)。至此,侵华日军南京大屠杀遇难同胞纪念馆已拥有"历史""和平""胜利"三大主题馆区。

"三个必胜"新展馆建成开放后,纪念馆总占地面积 10.3 万平方米,建筑面积 5.7 万平方米,展陈面积达 2 万平方米。分布有 7 处广场、23 座单

"三个必胜"新展馆　吴俊　摄

体雕塑和 1 座大型组合雕塑、8 处各种形式的墙体、17 座各种造型的遇难同胞纪念碑。融建筑、雕塑、展陈、遗址、文物、档案、人文景观于一体。

二、分馆南京利济巷慰安所旧址陈列馆建成

2015 年 12 月 1 日，中国第一座以"慰安妇"为主题的博物馆——南京利济巷慰安所旧址陈列馆开馆了。这是亚洲目前保留最为完整、规模最大的侵华日军慰安所遗址群，在社会各界的呼吁、帮助和支持下，揭开了它的神秘面纱。笔者作为最早呼吁保护利济巷旧址的人士之一，同时作为利济巷修复工程的专家组组长，亲历了该工程的全过程。

南京利济巷慰安所旧址陈列馆由 8 幢民国时期的历史建筑组成。原由国民党少将杨春普于 1935 年至 1937 年间陆续建造，名为"普庆新村"，占地

面积 3680 平方米，建筑面积达到 3412 平方米。日军侵占南京后，将此处改造为"东云慰安所"和"故乡楼慰安所"。据调查，至少数十名中朝籍"慰安妇"，在此惨遭侵华日军的蹂躏虐待。

2003 年 11 月 21 日，在中日学者的努力下，朴永心老人来到南京，指认利济巷 2 号就是当年的"东云慰安所"。1939 年，朴永心被诱拐来做了 3 年"慰安妇"，利济巷 2 号楼上第 19 号房间正是她当年被拘禁的地方，楼梯旁的售票口，以及她们当年使用过的洗脸间、洗澡间都原样保留着。此事引发世人高度关注。

2013 年，南京 5 位学者以普通南京市民的身份，正式提出将"利济巷民国建筑群"认定为文物建筑，由专家参与对该旧址保护的研讨、论证和评审工作。

2014 年 6 月 7 日，南京市人民政府下发文件，增补"利济巷慰安所旧址"为市级文物保护单位。不到 20 天时间里，文物标志碑就落成了。速度之快，在南京文物保护史上是空前的。同时，联合国教科文组织正式受理侵

南京利济巷慰安所旧址陈列馆

华日军南京大屠杀和强征"慰安妇"历史档案和文献申报世界记忆名录，利济巷慰安所遗址成为市级文物保护单位，将促进这项申遗工作的开展。

世上的人和事，原本是有一定缘分的。不管你信还是不信，有些事只要与你有缘，沾上了，推都推不掉。我与南京利济巷慰安所旧址陈列馆建设工程，就是具有代表性的一例。

记得利济巷旧址尚由白下区管辖的时候，区长曹永宁曾经找到我，说是利济巷位于南京市规划的重点历史文化街区长白街，与科巷菜场相交的8幢二层砖混结构民国建筑，2008年后一直空置，垃圾成堆，房屋破损严重，影响市容观瞻，白下区政府准备修复，建设成为慰安所旧址陈列馆。后来在区划调整中，该地块划入秦淮区管辖，该区常务副区长薛凤冠找到我，说秦淮区计划修建慰安所陈列馆，请我作历史顾问，我愉快地答应。再后来，南京市领导一度要求市文广新局负责筹建，副局长颜一平请我支持，我岂有不从之理。没有想到一波三折之后，南京市领导最终将任务直接交给我，并且明确指示建成后，要成为侵华日军南京大屠杀遇难同胞纪念馆（下简称"纪念馆"）的分馆来运行。说实话，当时我正从事纪念馆扩容工程、《南京大屠杀档案》申报世界记忆名录以及筹办首次国家公祭，我以任务繁重为由，婉言表达了推辞之意。但南京市委和市政府的主要领导，既批评又鼓励我说，大家都忙，忙是好事，你牵头负责，同时可以委托代建。

面对组织上和领导的信任，2014年10月，我在任务超负荷的情况下，接下了复建利济巷慰安所旧址工程的重任。

这组见证"慰安妇"血泪史的建筑群历经沧桑、命运多舛，是控诉日军侵略历史的重要物证。怎样对利济巷慰安所旧址进行修复呢？

以我的性格，只要接下了任务，就会全心全意并且想方设法出色地去完成。接受利济巷工程后，我主要做了5件事：

首先，我找到南京大学建筑设计院（下简称"南大设计院"）的赵辰教授和冷天老师，委托他们尽快拿出利济巷修复工程的建筑设计方案。其实，我在白下区和秦淮区的多轮有关利济巷修复工程的研讨会上，听到并研讨过他们的方案，当时我只是配角和旁观者，但对于他们的设计理念和基本定位有所了解，容易上手，事半功倍。果然，当我与侯曙光副馆长向他们说明意图后，一拍即合。不仅方案很快得到市领导充分肯定和有关部门的批准，而且在修复工程期间，双方抱着对工程负责的态度，密切配合，反复修改，集思广益，精益求精，作为学术研究与探讨的实践项目，成为强强联合、充分信任与合作的好伙伴。需要特别强调的是，对纪念性场馆特别是旧址陈列馆来说，建筑艺术与陈列艺术是相辅相成、相得益彰的。换句话说，没有好的有特色的建筑艺术设计，展陈艺术就没有立足之基和充分拓展的空间。

二是组织了撰写展陈大纲的团队，挑选了一批年轻学者，要求他们尽快拿出好的展陈脚本。考虑到对纪念馆研究人员锻炼和培养，我特意有选择地组织了4位年轻人，即研究保管处副处长袁志秀，研究科副科长曹林，研究科两位硕士研究生张国松、刘广建，还抽调保管科副科长孙红亮和硕士研究生秦逸等人负责相关文物挑选，由我亲自牵头负责和修改统稿。经过一番讨论，确定了用6个展览组成完整的展陈架构，即1个基本陈列、1个原址陈列、4个专题陈列。将A区小楼辟为基本陈列展厅，定名为"二战中的性奴隶——日军'慰安妇'制度及其罪行展"；将B区小楼辟为原址陈列，定名为"金陵梦魇——南京日军慰安所与'慰安妇'史实展"；将C区4幢小楼辟为专题陈列展厅，分别定名为"沪城性奴泪——上海慰安所与日军'慰安妇'制度罪证展""遍布中国的日军慰安所——中国'慰安妇'血泪记忆展""伤痛记忆与控诉——来自朝鲜半岛的日军'慰安妇'受害史实展""众多国籍的性奴隶——太平洋战争与日军'慰安妇'制度罪行展"。结构确定后，进行分工负责，几名年轻的学者分头找资料、撰写所承担的展陈文字、寻找图片和文物，然后交我修改把关，再发回补充修订，反反复复几个回合下来，大纲趋向成熟，再请来上海师范大学苏智良教授、南京师范大学经盛鸿教授、城建集团陈永战总工程师、南大设计院赵辰教授等专家，有针对性地提出修改意见，最后报请有关部门和领导审批，终于形成了一份具有鲜明特色的展陈大纲。

三是奉命挑选代建施工单位，委托南京市城建集团项目工程公司（下简称"项目公司"）组织工程建设。"项目公司"曾参与南京火车站、南京火车南站、模范马路、龙蟠路等大项目建设，是南京市属的一支能打硬仗、大仗，能攻难克艰和善于合作的建筑公司。他们还曾出色地完成了纪念馆二期扩建工程的代建任务，"项目公司"原董事长陈永战、现董事长李祥、书记林光凯等对纪念馆较为熟悉，是能干事、会干事、干成事的主力军。

"项目公司"招聘了玄武园林古建筑公司（下简称"古建公司"）等修复施工单位，与"南大设计院"合作，在建筑群的科学保护上开动脑筋，提出了"危房变钢屋"的施工方案。这8幢民国时期的建筑物，均为砖混机构，它的寿命就是70年。经过80年左右的岁月风霜，已经全部成为危房，有的墙塌了，有的房顶被火烧掉了，有的小楼整体出现晃动，特别是房屋居民迁走后搁置10多年时间，垃圾遍地，甚至屋里长出的大树刺破了屋顶。作为对公众开放的公共场馆，安全是第一位的，这些建筑群统统属于危房，对于建设者来说，最重要的是要对其进行加固。修复工程采取了从下到上的钢结构加固，将房屋和墙体的受重力转移至钢支架和混凝土地基上。

修复工程在修复如旧上下足了功夫，比如在墙体外立面粉刷和门、窗油漆的工序上，不仅反复研讨，而且在现场多次试验，不厌其烦地返工，直到取得各方满意的效果为止。他们还将整修过程中拆下的旧门旧窗、旧砖旧瓦、旧梁旧椽、旧物旧件，细心地保留下来。有的直接补充到房屋的修复中，有的移交给展陈设计与制作公司用于旧址遗物陈展，丰富了展览内容，增强了可看性。

A幢有一个楼梯立柱，就是从拆下的废材料堆中找出的，安装后发现，虽然有些细微裂痕，但旧物的恰当利用为旧址陈列增色不少。大家共同认为，对于旧址修复工程来说，建筑群和内外环境的塑造，本身就是重要的展陈现场，修复以旧，往往正是检验旧址型陈列馆成功与否的关键所在。

四是精心塑造主题雕塑，委托著名雕塑家吴显宁创作有关"慰安妇"的主题雕塑。吴显宁是无锡灵山大佛和山东曲阜孔子雕像等大型雕塑的设计师，也是纪念馆二期工程建设中《古城的灾难》组合雕塑，以及《历史证人的脚印》铜版路的设计师。他最初设计的"慰安妇"群雕体积较高大，裸露较多，与现场的比例不够协调。我们在现场用木棍搭起了几个不同高度的框架，从不同的视角反复比较，定出了合适的雕塑尺度。市委常委、宣传部长徐宁在审查雕塑底稿时提出，希望能以朝鲜籍"慰安妇"朴永心历史照片为依据，重新创作一组"慰安妇"群雕。朴永心曾经在利济巷"东云慰安所"充当 3 年日军的性奴隶，后来跟随日军转战到云南龙陵，成为孕妇出现在战壕里，被中国军队救出并留下历史照片。我们多次到江宁区方山艺术营的吴显宁工作室，反复修改琢磨，最后安装在利济巷慰安所旧址陈列馆的大门入口处的雕塑，成为现场最具震撼力的雕塑艺术作品，为整个展陈的效果增色不少。

五是通过邀标、竞标的方式找到了江苏爱涛文化产业有限公司（下简称"爱涛公司"），委托其进行展陈设计与制作。该公司隶属于江苏省国有企业苏豪控股集团，算得上是省内一流的展览设计与制作专业公司，有过多项成功的业绩，曾经出色完成南京博物院、上海世博会江苏馆、米兰世博会中国馆等重大项目的展陈设计与制作。但我对爱涛公司的投标设计并不满意，认为方案存在着过度设计，太优美但没有特色，没有很好地与旧址风格相协调。我要求他们先去附近的总统府和梅园新村学习旧址陈列经验，然后重新设计。方案经过多轮次修改，最后才被采纳和通过。实践证明，一个好的展陈方案，一定要与场馆风貌、环境特点和表达主题相协调，能够融为一体者为要为妙。

我始终坚信，反复修改，自我的否定之否定，对于成就好作品是不可或缺的经历。在布展期间，我们与爱涛公司一起，经历了对旧址环境、氛围、格调不断磨和调整的过程。

譬如说序厅的布展，其设计方案是两个不对称的如一卷卷书状的薄钢板制品，上面刻着展览前言和诸多慰安所的名字。为了把握它的体量，以及安放到恰当的位置上，爱涛公司先行制作了同比例的木制模型，放置在现场一看，感到中间位置太小了，既不利于观众流畅地通行，也使得现场气势不足。我们在现场反复挪动模型，直到比例合适为止。制作成品后，发现钢板上的文字用黑色字不够突出，于是人工描写成为白色字前言。最后发现房屋上部比较空洞不够协调，又在四周增加一圈灰塑板，贴上国内外各个慰安所的历史照片，与下部钢板上的慰安所名字相对应，使得上下呼应，层次错落，效果较好。

再说展架、展板和文物柜样式，爱涛公司预先制做了展览的支架机构和展板小样，放到展厅内让大家点评。综合意见后，修改了多余的装饰性线条和不必要的底图，放大了说明文字，加大了展板尺寸，改变了展板悬挂的高度等。使得展架、展板与文物柜等，均能与展厅的尺度、展品的色彩、展出的效果，更为协调，不留和少留遗憾。

利济巷的民国二层小楼，原是国民党少将杨春普于上世纪 30 年代陆续建造的私宅，主要用于居家和旅馆商住，房间狭小，楼道狭窄，一共有 84 间大大小小的房间，非常零碎，不太适合办馆，观众通行不畅，展陈流线和布局比想象中还要困难许多。为此，我们与爱涛公司、项目公司、南大设计院等有关人员，除了反复在图纸上作业，还多次在现场实地讨论，研究一幢幢建筑物的特点，化解房间大小和形态不一的布局难题，解决一层层楼梯道难连接的困惑，为比选最佳方案不厌其烦，为求得最好的效果，多次推翻原方案重来。

朝鲜籍"慰安妇"朴永心在利济巷现场指认的房间，无疑是展陈的重中之重。她回忆中住 2 号楼二层的 19 号房间，布展人员将整座楼的 30 个房间逐一标上房号，她所指认的房间正好是 19 号，现场验证了她受害经历证言的准确性。

在时间紧、任务重、要求高的情况下，布展人员发扬不怕苦、不怕累的精神，连续加班加点。记得有一天，从中午 1 点开始，我会同纪念馆几位年青学者袁志秀、曹林、孙红亮、张国松、刘广建等人，与爱涛公司陈国欢总经理、陈思宁副总经理和任睿、高伦、周紫金、赵烽晨、朱春梅、王斯元、陶晓杰、陈西铭、汪燕、宋颂、孙莹、邱莹、李涛等设计师与施工人员，在利济巷旧址的一幢幢小楼、一间间展室里过堂，一件件展品调整，就这么进进出出，上上下下，走走停停，走着转着，边转边议，边议边调，直到晚上 8 时 30 分结束，整整耗费 7 个半小时，大家没有坐下休息一分钟。完成后，才感到腰酸腿痛，精疲力竭，但没有人喊苦叫累。正是有了这种敬业、精细的意识和不怕苦累的精神，使得展陈方案在布展施工的过程中不断地被优化，变旧址陈列的劣势为优势，一个个展陈亮点被陆续发掘和展示出来。

建筑物是一个壳，怎样让利济巷慰安所名副其实，成为展陈"慰安妇"主题的博物馆，这是摆在展陈设计者面前的一道难题。承担布展的侵华日军南京大屠杀遇难同胞纪念馆，与江苏爱涛艺术总公司共同研究商量，展陈方案逐渐成熟。

我们在陈列布展的过程中，始终思考寻找到类似"人类的浩劫——侵华日军南京大屠杀史实展"中"12秒"（如果把南京大屠杀经历的6个星期时间，以秒来计算，并除以30万死难者的数字，平均每12秒就有一条生命消失）的点睛之笔，能够给观众留下不能忘却的创意。

一天凌晨，我在家修改利济巷外景观方案时，脑海中突然冒出"泪"的设想。我仿佛看见，当年的"慰安妇"们抹着眼泪哭泣，泪珠洒在慰安所的墙上、路上、地上，虽然随着时间的推移泪水已干，但好像在旧址里并未消失。沿着这条思路，我想到了以"泪"为主线，串起内外展览，以泪为魂，形成特色。于是，在外景展区刻意设立泪洒一面墙（泪墙）、泪滴一条路（泪路）、泪湿一块地（泪地），在展厅内的基本陈列尾厅里设立"流不尽的泪（泪流）"，即塑造一尊"慰安妇"幸存者的半身铜像，安装在墙上。那天早晨，我将这些设想以短信的方式发给了徐宁部长，向她汇报。没想到很快得到领导的赞同，说给我一个大大的"赞"！不仅如此，南大设计院、项目公司、爱涛公司一致赞成我的创意，大家都在考虑如何表现这些泪滴，争取做出最好的效果。

南大设计院与古建公司负责设计"泪路"。利济巷慰安所旧址内道路上有众多窨井盖，他们在窨井盖上阴刻一大两小"三滴泪"，既美化了馆内道路，又为外展区的参观指示了方向性。项目公司和爱涛公司合作建设"泪地"，在展馆入口墙面上用铝塑板制作了"慰安妇"幸存者们的面孔，在该墙下暗装了自动喷水系统，使那块地面始终保持潮湿状态。在展馆入口处迎面墙上，爱涛公司负责做泪滴，但用什么去做，做成什么形状，多大的体积为好，一时间都没有可参考的标准。后来，他们先用玻璃球做成了"泪滴"，我觉得用透明的玻璃材质效果较好，但体积显得太小，形状也不够理想。后来我在洋河酒瓶商标上得到启发，给"泪滴"加一个长长的"泪线"，效果一下出来了，而且我们决定尽量放大"泪滴"尺度，对其进行夸张性的艺术处理，使之产生震撼的效果。

外景展区的3处"泪滴"，只是给观众一个印象、一个铺垫、一个伏笔的话，而展厅内的 2 处"泪滴"则是点明主题、高度概括、集中提炼，更应该精心做好。实事求是地说，序厅里的"无言的泪团（泪团）"在原设计方案中是没有的，爱涛公司的设计师们在序厅天花板中间垂下一团铁丝网，网里面横七竖八地挂着大大小小的"慰安妇"幸存者的照片，显得凌乱，而且我觉得这种方式对幸存者们也不够尊重。我建议他们用细钢筋扎成一个个圆圈，上面挂满"慰安妇"幸存者的照片，并且圆圈越向下越小，照片则越向上越大，最后收缩到中间，变成"泪团"。由于时间来不及，他们先用有机玻璃块代替，开馆后再用玻璃制作成圆形状的"泪团"，悬挂在观众的头顶上，形成强烈的震撼力。尾厅的"流不尽的泪"雕塑初稿设计并不理想，其形象做得太美了。我提出要选一张布满沧桑的"慰安妇"幸存者的面容来作原型，并且让其眼眶里一直噙着泪花，让观众帮助拭去眼泪，形成互动。最后选定林石姑那张痛苦、悲怆、皱纹密布的脸，在雕像的眼眶后面穿了两个小洞，使用了一台微型小水泵，并安装上调控水流的开关，其效果得到观众的广泛认可和称赞，成为该馆展陈中最大的亮点。中国人民抗日战争纪念馆原副馆长于延俊在参观利济巷慰安所旧址陈列馆后评价说："当我给老妈妈擦拭眼泪时，她的眼角里流出眼泪来了，边擦我也跟着流泪了"。她评价整个展陈是"创新，震撼，令人耳目一新"。

2015 年 12 月 1 日，南京利济巷慰安所旧址陈列馆建成开放后，遇难同胞纪念馆新增加了一处分馆。

陈列馆共展出了 1600 多件文物展品、400 多块图板、680 多幅照片。该馆以"泪"为主线，设计了"泪洒一面墙""泪湿一片地""泪滴一条路"，以及 A 区展览厅序"无言的泪"及"流不尽的泪"五大部分，串起整个展陈，以此刻画"慰安妇"受害者的这段历史。

三、纪念馆 30 周年庆

2015 年 8 月 15 日，是遇难同胞纪念馆 30 岁生日。我向全馆干部职工发表了一篇感言：

30 年前，日本文部省修改历史教科书，将侵略中国改为进入中国，激起了南京大屠杀幸存者、受害者遗属们和部分历史研究者的愤怒，他们纷纷要求把血写的历史铭刻在南京的土地上，遇难同胞纪念馆遂即应运而生。这艘承载着历史使命的航船，低沉鸣笛起航。

30 年，弹指一挥间，却留下了遇难同胞纪念馆逐渐成长壮大的足迹。遇难同胞纪念馆馆史记录中有这样的记载，每 10 年进行一次大规模的扩建。南京大屠杀是南京城市之殇，更是中华民族之殇，要深入人心并引起反思，才能提振民族精神，才能警示国人去圆梦中华。鉴此，建设一座具有国际水准和影响力的纪念馆，不忘历史，启迪未来，是一项神圣的使命担当，也是事业发展的不竭原动力。数字是遇难同胞纪念馆事业发展的最好证明，建馆之时占地面积仅为 2.5 公顷，发展至现在的 10.3 公顷；展览面积由过去的 800 平方米扩展至目前的 1.8 万平方米；观众量由最初的每年约 10 万人次，发展到 2014 年的 803 万人次。遇难同胞纪念馆从一座默默无闻的地方小馆，迅速成长为蜚声海内外的一座大馆和名馆。

30 年，为了佐证历史，遇难同胞纪念馆人为建馆、扩馆、强馆拼搏前行，留下了许多难以忘怀的记忆。遇难同胞纪念馆人懂得博物馆建设的真谛，是广为征集和收藏文物与史料，是深入的学术研究与交流，是持续有效的展示与传播，立志打造一座能够承载这段民族灾难的实证性、遗址型、软硬件一流的专史纪念馆。遇难同胞纪念馆人从海内外广为征集，有针对性地收藏，花大气力整理，从建馆之初不足 100 件文物，如今已经拥有 17 万多件馆藏品和 16000 多份遇难者、幸存者、加害者、第三方作证者的多个层面史料档案，为国家和民族抢救性地征集并保存了大量的有物、有形、有声的历史记忆。纪念馆人创办了国内第一个南京大屠杀史研究学会、南京大屠杀幸存者援助协会和国际和平研究所，多次组织召开南京大屠杀史国际学术研讨会，编辑出版了 100 多部有关南京大屠杀史料书籍，许多出版物和学术研究课题先后在国家、江苏省和南京市有关评比中获奖。纪念馆人具有建设"国际一流大纪念馆"的视野和胸襟，始终有一种责任驱使，自加压力，敢于创先，用不断的创新拓展成就了许许多多的第一：即在全国博物馆行业率先实行免费开放；在全国率先实行为幸存者口述史司法公证；在全国率先拉响警报、放飞和平鸽、20 年持续举办悼念遇难同胞仪式。2014 年 12 月 13 日，首次国家公祭仪式在遇难同胞纪念馆举行，习近平总书记出席仪式并发表重要讲话，在世界范围内引起强烈反响。

30 年契合了遇难者 30 万的数字，用 30 年时间为 30 万遇难同胞建构了一座多功能的纪念性场所，赢得了社会方方面面的赞誉。遇难同胞纪念馆先后被评为全国文明单位、全国首批爱国主义教育示范基地、首批抗战遗址单位、首批国家一级博物馆、全国重点文物保护单位、全国红色旅游经典景区、国家 AAAA 级旅游景区、世界十大黑色旅游基地等一系列殊荣。

30 年，在历史长河中只是一朵小小的浪花。但遇难同胞纪念馆人在 30 年中间建设而成的硬件和软件业绩广受赞誉，为事业的发展夯实了基础，为继续前行积攒了后劲及动力。我们有理由相信，遇难同胞纪念馆这艘和平之舟将会乘风破浪，高调远航，明天将更为出色，愈加引人注目，为人类的和平事业作出更大的贡献。

四、挥手作别纪念馆工作岗位

2015 年 10 月 16 日，我正式退休，继任者为曾任南京市委宣传部新闻处处长，时任南京市委宣传部部务委员的张建军。

那天早晨 7 时，我特意西装革履，提前一个半小时就到了单位。想独自举行一个特别的仪式：拜馆！也就是向南京大屠杀遇难同胞告辞。

我清楚地记得，1992 年 5 月 26 日，我从南京市委宣传部调任侵华日军南京大屠杀遇难同胞纪念馆工作，整整度过了 23 年零 5 个月，一共 8458 天。这里的一草一木，一物一件，我都太熟悉了，都有难以割舍的感情。

这是我以馆长的身份在纪念馆工作的最后一天。

我从东边入馆，仰望并抚摸高高翘起的"和平之舟"的船头，遇难同胞纪念馆二期扩建工程的点点滴滴，一幕幕又浮现在眼前。

2005 年，扩建工程面向国际招标建筑设计方案，有 13 个海内外著名高校建筑设计团队报名投标。最后，中国工程院院士何镜堂率领的华南理工大学建筑学院团队一举中标。

作为馆长和新馆展陈指挥部的副总指挥，我和何镜堂院士诚挚合作，创造了一个个令人拍案叫绝的成果。比如，在挖掘新展厅的基础时，新发现了遇难同胞的遗骸。我们一致认为，必须保护现场，即使工期受到影响也在所不惜。后来，在新展厅即将封顶时，我注意到新发现的遗骨上方，恰好就是新展厅建造过程中的运料口，便找到何镜堂院士，要求变更设计方案，将顶上留下一个"天窗"，并由展陈公司负责做一个成"喇叭状"的聚光槽，得到了他的同意。这个"天窗"被命名为"苍天有眼"，与展厅后厅的"一道天光"呼应，浑然一体。此两处特殊的自然采光，与整个展厅大面积的人工采光，形成了强烈的反差，成为展览的一大亮点。至于船形造型展厅的船头尖角处"12 秒"的设计，更成为展览最大的亮点，一举获得了"全国十大精品陈列"奖和江苏省"精品陈列艺术奖"。后来，我为此还特地撰写了长文《何镜堂院士和他在遇难同胞纪念馆的建筑设计》，留下了两人合作 33 个月的珍贵记忆。

往前，我在大型群雕前一一静立、默哀。在这组群雕创作过程中，我和著名雕塑家吴为山反复讨论，有时，凌晨一两点，谁有了什么想法，也会马上通电话。吴为山的主雕塑《家破人亡》一开始准备做 30 米高，我感觉和纪念馆主建筑不协调。大家在现场搭起木支架，反复测试，最后做成高 12.13 米的作品，达到最佳艺术效果。最终，纪念馆的群雕被评为建国 60 年中国城市雕塑最高成就奖第二名，仅次于天安门人民英雄纪念碑浮雕。

再往前，我来到祭奠广场。这里有一条"历史证人的脚印"铜版路，由 222 块南京大屠杀的幸存者和重要证人的脚印铜板，以及 178 块光铜板相间铺设而成。当年，我受好莱坞"星光大道"的启发，萌发了这个创意。我找到了无锡灵山大佛设计者、雕塑家吴显林，他立即答应免费设计，晨光机械厂应诺免费制作，铜材材料费 30 万元是由江苏省教育工会发动全省 30 万名教师捐赠的。他们在 40 米长、1.6 米宽的铜版路上寄托了一个共同的愿望：每人捐一元钱，为历史证人留下永久的证据。

再往前，走到"万人坑"遗址。

建馆之初，由于条件所限，原址原貌的保护意识不够，只对发掘出的遗骨现场进行了录像保存。1997年，我到日本做南京大屠杀报告，有右翼分子污蔑纪念馆里展陈的遗骸是假的。我很气愤，回到南京便组织新的发掘工作，很快便有了重要发现。遇难同胞纪念馆聘请专业考古队伍，按照考古发掘标准展开工作，并组织了严格的考古鉴定、法医鉴定、医学鉴定、史学考证，最后发表了科学完善的考古报告。在这之后，日本右翼分子再也不敢在这一问题上泼污水了。我认为，江东门"万人坑"遗址的发掘、考证、保护与展示这件事，是我担任纪念馆馆长23年中做的最有意义的一件事。

再往前走，就是和平公园，那里有和平女神雕塑、紫金草女孩铜像及其花园、南京——辛德玫瑰花园、和平鸽广场、国际友好人士植树林、和平宣言墙，等等。历史与和平，成为纪念馆陈列的两大主题。

我觉得，江苏省暨南京市在全国率先举办悼念遇难同胞活动，并坚持20年，上升为国家公祭；通过8年努力，《南京大屠杀档案》入选世界记忆名录；经过3次大规模扩建，遇难同胞纪念馆由一个小馆成为具有广泛国际影响的大馆——这些，都值得我用一生去回忆。

"'侵华日军南京大屠杀遇难同胞纪念馆'，文字表述时，一个字都不能少！"在多个场合，我都如此强调，郑重其事。作为一名专家学者，我20多年来笔耕不缀，由我独著、合著、主编并公开出版的书籍达168部，先后在《求是》《人民日报》《光明日报》《中国近代史》《文物》等报刊上发表400多篇各类文章。

…………

一路走，一路拜，一路想，不知不觉走了90分钟。9时，市委常委、宣传部长徐宁一行来到纪念馆开会，新旧馆长完成交接。

我生于1954年，已经"超期服役"两年多了。这一刻，我算是正式退休了。但是，第三次大规模扩建尚未完成，市委领导决定，"三个必胜馆"和利济巷慰安所旧址陈列馆的建设工作，仍由我负责完成。

我很清楚，即使退休了，等着我做的事情还有很多，我不会停下自己的脚步……

一个月后的 2016 年 1 月 28 日,《南京日报》记者朱彦采访了我并以《守护国家记忆 8545 天后,"文化名人"退而不休——朱成山:将走进 300 户受害家庭,从细节还原历史真相》题目,发表了一篇通讯,全文如下:

"年逾花甲,退是常规。我见冬日湖景,已无春天花艳桃红,夏季荷青柳绿,秋期硕果金黄,而满眼素色淡雅,何尝不是生命一抹颜色?潇洒写意在天地之间,皆有价值。"这是朱成山近日在微信上的一段文字。

春播、夏种、秋收、冬藏。四季更替中,冬藏并不是谢幕,而是在孕育另一次绽放。

2015 年 10 月 26 日,朱成山卸下了当了 23 年零 5 个月的侵华日军南京大屠杀遇难同胞纪念馆馆长职务。此次被评为南京文化名人的他说,"工作可以退休,但是事业却不会结束,南京是一座历史文化名城,她是由多元文化元素组成的,需要有人为其发掘、传承、发展贡献智慧,作为南京的文化人之一,过去我做了一点,将来要继续贡献自己微薄的力量。"

(1)8545 天中,三件事最有意义、对两个人印象深刻

从 1992 年 5 月 26 日,至 2015 年 10 月 26 日,一共 8485 天!朱成山脱口而出自己当馆长的天数。他还清晰地记得 23 年前,被调到侵华日军南京大屠杀遇难同胞纪念馆的日期。那时,有人挖苦他成了"守灵人",朱成山却不以为然,这个馆长一当就是 23 年。

说起当馆长的 8545 天中,朱成山认为有三件事情最有意义。第一,在连续 20 年的地方层面的悼念活动后,实现了国家公祭;第二,用了 8 年时间,《南京大屠杀档案》被联合国教科文组织正式列入世界记忆名录;第三,纪念馆馆藏品从不到 100 件发展到 17 万多件,另有遇难者、幸存者等史料档案 1.6 万多份;年接待量由不到 10 万人次发展到近千万人次,侵华日军南京大屠杀遇难同胞纪念馆有望升格为国家馆。朱成山认为,这三件事情都是把"南京大屠杀"放到了国家层面和世界记忆的高度。

　　从当馆长的 23 年中，有两个人令他印象深刻，一是美国的张纯如，二是日本的东史郎。去年 12 月 31 日，海外首座南京大屠杀主题的常设性史料馆，在美国洛杉矶伟博文化中心举办开馆仪式和展览开展式，展览名为"永远铭记——在南京浩劫期间的 22 位美国证人"。朱成山说，这种适应美国人解读历史的方法，正是从张纯如那里得到的启发。在他与张纯如的 5 次会面中，这种印象特别深刻。张纯如去世后，朱成山在《人民日报》上发表了名为《痛忆张纯如》一篇文章，介绍了他的感受。朱成山还提到了东史郎，从抵触、反感到成为忘年交的过程，正是因为感受到对方从战争中的魔鬼，变成用于反省历史的勇士。他认为，在历史上，无论国家和个人都有可能会犯错误，但是要有勇气承认错误、改正错误。

　　（2）开启南京大屠杀微观史研究，走进 300 户受害家庭

　　走进侵华日军南京大屠杀遇难同胞纪念馆冥思厅，一堵黑墙引人注目。黑墙中间用中、英、日三国文字刻着"30 户家庭南京大屠杀死难者名单"，周边刻着一连串名字，每户死难者名字下面用一条细线标出。

　　"我曾说过，南京大屠杀不是一个空洞的数字和概念，而是一个一个区域的掠杀，一个一个家庭的破碎。历史是真实的，那就需要拿出真实的东西出来。因此，我首先准备对 300 户家庭逐个做调查，从微观角度来呈现那段历史。"朱成山说要从今年开始，要用 3 至 5 年的时间走进 300 户受害家庭。此外，他正在与南京电视台和一些专家学者筹备，准备拍摄一部"慰安妇"主题的电视片，名叫《国家犯罪》。为何叫《国家犯罪》？"全球没有一个国家、军队从制度上将'慰安妇'合法化，而战时的日本就是这么做的。"朱成山说，根据他的研究，日本部队到南京后，军部正式推行制度化的慰安所，最先建的两处，一个在傅厚岗，一个在铁管巷，此后他们又在南京建了 40 多所慰安所。朱成山说，由于时间比较久远，证人越来越少了，他们将立即启动赶往全国各地，乃至韩国，将这些历史资料抢救下来。

（3）悲剧的文化更能教育人，胜利的文化可以激励人

城南有雨花台、城东有中山陵和明孝陵、城西有侵华日军南京大屠杀遇难同胞纪念馆，有人说南京市是座"悲情的城市"，而朱成山认为，我们不应该轻视和矮化悲剧文化，这或许会永远促进我们的文化自省和自觉。尽管时事流转、沧海桑田，但有些悲惨的历史也许几百年之后仍有强烈的纪念意义，对于提升国家意识和民族精神是一本教科书。与此同时，每一个城市都有自己独特的历史，而南京悲剧文化史，对于提升南京市民的历史文化素养，以及扩展国际和平的视野，都会起到特殊的教育作用。

去年底，历时2年多的侵华日军南京大屠杀遇难同胞纪念馆三期扩容工程竣工开馆，这个馆的主题是"胜利"，这也是朱成山于2013年春在南京市人代会的一份提案中的呼吁，也是他作为展陈指挥长率领团队用两年多时间的辛勤付出。朱成山认为，历史文化是多元化的，作为历史文化名城的南京，文化资源是厚重的，既有悲剧文化的遗存，也有胜利文化的内涵。1945年9月9日，作为二战史上四大战区之一的中国战区投降典礼在南京举行，是中国人民抗日战争暨世界反法西斯战争取得胜利的一个重要节点，胜利的文化也需要发掘、传播和弘扬，用以作为南京城市的文化名片之一，因为胜利的文化可以激励我们奋力前行。

"退而不休"的朱成山，如今变得越来越忙，一个个课题等着他调研，国内外一份份邀请等着他答复，一天只睡5个多小时，时间不够用。对他而言，这20多年钟情的事业曾经使他忙碌不停，不会随着离任而结束。

第二十四章

永远的"国祭"事业

　　我于 2015 年 5 月办理退休手续后（因新任馆长未到任等原因继续在岗位工作至同年底），继续致力于对南京大屠杀史、国际和平学和以爱国主义教育为核心的红色文化的研究与传播，做一些力所能及的事情。为"南京大屠杀遇难者及其所有在日本帝国主义侵华战争期间惨遭日本侵略者杀戮的死难者"而"祭"，是我永不停歇的事业。

一、第一座海外南京大屠杀常设"史料馆"开馆

　　2015 年 12 月 31 日上午 10 时，我国在海外举办的第一座有关南京大屠杀历史主题的常设性资料馆——洛杉矶和平与人权资料馆，在美国洛杉矶伟博文化中心开馆。

　　为什么要在海外建立一座以南京大屠杀历史为主题的常设性资料馆呢？

　　我退休后，秉承"中和厚德，公益圆梦"的理念，旨在世界范围内传播世界和平思想和促进人权教育，还原二战历史真相，弘扬和平与正义精神，创办了世界和平与人权教育基金理事会，隶属于共青团江苏省委主管的江苏省青少年发展基金会。

　　在 2015 年，中国人民抗日战争暨世界反法西斯战争胜利 70 周年之际，由世界和平与人权教育基金理事会、美国纪念南京大屠杀联合会、美国南加州大学纳粹大屠杀基金会"三会"合作共建，在美国洛杉矶筹建该馆。

11月17—24日，世界和平与人权教育基金理事会秘书长徐康英赴美国洛杉矶与美国纪念南京大屠杀联合会、美国南加州大学纳粹大屠杀基金会签订合作意向书，邀请相关人员12月中旬来南京。

于是，世界和平与人权教育基金理事会开始启动编辑展览大纲、收集展出文物和艺术品、制作展板和展品等各项工作，为赴美筹建"洛杉矶和平与人权资料馆"的展览做准备。

我们邀请美国纪念南京大屠杀联合会会长刘祥先生、美国南加州大学纳粹大屠杀基金会主任斯蒂芬·史密斯与凯伦·荣布鲁特女士，于12月13—15日来到南京，参加第二次南京大屠杀死难者国家公祭仪式，筹建"洛杉矶和平与人权资料馆"新闻发布会，出席"世界和平与人权教育基金理事会成立仪式"，并采访了部分南京大屠杀幸存者。

12月14日上午9—10时，在南京钟山宾馆会议室，举办筹建"洛杉矶和平与人权资料馆"新闻发布会，邀请国内外媒体参加。

12月31日，在美国洛杉矶圣盖博谷区伟博文化中心举办"洛杉矶和平与人权资料馆"开馆仪式，世界和平与人权教育基金理事会负责布展工作，南加州大学纳粹大屠杀基金会负责邀请媒体，美国纪念南京大屠杀联合会会长刘祥先生邀请华人社团代表及驻洛杉矶总领事馆要员参加。

美国加州爱满地市安哲·甘德乐市长，中国驻洛杉矶总领事馆副总领事王雷、侨务组组长王学政，美国华人社团联合会荣誉主席团主席张素久、共同主席团主席郭颂，美国华人联合总会监事长、中美人才交流协会会长顾衍时，美中广东总商会会长张铁流，美国四川总商会会长陈慧碧以及中美战略研究学会、中美二战军民合作纪念碑委员会、中美论坛社、美国书画艺术研究院、美国江苏经贸文化联合会、洛杉矶佛教协会、洛杉矶南京同乡会、上海海外联谊会、南通海外交流协会等社团侨领及各界代表近200人应邀出席。当年坚守在南京鼓楼医院、曾亲手医治和救助南京大屠杀幸存者李秀英等人的美国医生罗伯特·威尔逊的女儿玛吉·威尔逊和女婿史蒂夫·盖瑞特夫妇参加了开展式，并接受了朱成山理事长赠予的"感谢状"。

作为"基金理事会"理事长、侵华日军南京大屠杀遇难同胞纪念馆原馆长，我在开展仪式上说：世界和平与人权教育基金理事会是隶属于共青团江苏省委主管的江苏省青少年发展基金会，成立该理事会的目的在于坚持"中和厚德，公益圆梦"的宗旨，在世界范围内传播和平思想和促进人权教育，弘扬传播和平、人权与正义精神。理事会具有民间性、草根性特点，代表中国民间向世界发出维护世界和平与人权的呼声。世界和平与人权教育基金理事会的成立得到香港爱国实业家陈君实先生在资金上的大力帮助。基金理事会确定在美国筹建"洛杉矶和平与人权资料馆"，这是迄今为止我国在海外举办的第一座有关南京大屠杀历史的常设性纪念馆。尽管侵华日军南京大屠杀遇难同胞纪念馆先后在美国、日本等国举办过有关南京大屠杀史实的展览，但都是临时性的。这次我们与美国纪念南京大屠杀联合会、南加州大学纳粹大屠杀基金会共同举办展览，选择美国人容易接受的方式来反映南京大屠杀的史实。筹建"洛杉矶和平与人权资料馆"是落实习近平总书记倡导的"铭记历史、缅怀先烈、珍爱和平、开创未来"思想的具体措施，是进一步扩大南京大屠杀历史在国际上的影响力的重要方式与途径，同时也在美国南加州和江苏省青少年之间搭建起交流沟通的平台。这对于世界了解南京大屠杀、巩固二战胜利果实，反驳日本右翼势力、传播中国和平思想具有重要意义。

中国驻洛杉矶副总领事王雷代表洛杉矶总领馆参加了仪式。他说：对海外首座南京大屠杀资料馆在洛杉矶开幕，中国驻洛杉矶总领事馆表示热烈祝贺。在洛杉矶设立资料馆，有助于让更多的人，特别是美国人了解他们的国家曾有这样一群英雄，这是一种让美国人乐于接受的教育角度。通过讲述这些美国人在南京大屠杀中的故事，也能够由此反映出南京大屠杀期间那一段残酷、悲惨的历史。这个展览让大家了解战争的残酷，更加增强了保卫世界和平的坚定决心。讲述美国英雄救助中国老百姓的故事，能让大家体会到78年前就有这样的美国朋友，为了救助中国人，甘愿冒着生命危险，证明了中美友好源远流长。现在，中美两国对维护世界的和平与推动人类社会的发展扮演着非常重要的角色，也承担着非常重要的责任。回顾中美友好交往的历史，让我们对中美关系的发展更有信心，也激励大家团结一致，化解分歧，扩大共识，加强合作，为世界和平、人类的进步、全人类的福祉共同努力。

该展览共展出历史照片335幅，历史证物94件，展出洛杉矶画家李自健和常州大学艺术学院院长迟连城捐赠的油画作品2幅，南京大屠杀史料书籍和音像115本（盘）。

"洛杉矶和平与人权资料馆"的开馆得到社会各界的广泛认可。新华社、中新社、人民日报海外版、中国日报、台湾时报、扬子晚报、南京日报、央视网、凤凰网、新浪网、搜狐网、新华网、东森电视台、洛杉矶记事报等30多家国内外媒体进行了相关报道，进一步扩大了南京大屠杀历史在国际上的影响力和传播度。

三年多来，洛杉矶馆接待了拍摄"钓鱼岛真相"美国好莱坞著名导演克里斯蒂·里比先生一行，专程参观并赠送1000盒光盘给洛杉矶馆作为纪念品。2016年7月7日全民族抗战纪念日时，美国圣地亚哥历史真相维护委员会组织了200多人，专程参观并组织的纪念活动。2016年10月23日87岁的南京大屠杀幸存者夏淑琴，应邀专程从中国到洛杉矶，在"洛杉矶和平与人权资料馆"向各界人士细述当年全家在南京遭受日本军队屠杀的惨烈过程，感谢当年在南京参与救援的美国人民。当天的活动全场座无虚席，由公益组织北美职通车和美西南学生学者联谊会协助招募来自南加州地区多所大学的留学生们在现场担任义工。义工中还包括来自南京的华人母子和曾经在南京读书的同学。同时，洛杉矶馆还接待了来自云南省滇西抗战赴美考察团一行；江苏省淮安市侨联主席周翔率队的"张纯如纪念馆"赴美考察代表团一行；江苏电视台赴美拍摄"南京大屠杀期间美籍人士"记者团一行等国内团体。基于上述主要活动，基金会正在编印《洛杉矶建馆轶事——建立海外首座南京大屠杀史料馆图集》。上述活动进一步扩大了南京大屠杀历史在国际上的影响力和传播度。

为进一步扩大影响，应"洛杉矶馆"的邀请，理事会在南京专门制作"洛杉矶和平钟"一尊。该钟由南京金陵古艺术青铜研究所设计，中国抗战史学会副会长、侵华日军南京大屠杀遇难同胞纪念馆原馆长、理事会理事长朱成山先生，为"洛杉矶和平钟"撰写了128字的铭文，中国书法家协会会员、首都博物馆艺术总监徐伟先生题写了钟名。该钟钟体顶端刻盘绕的和平鸽祥云，寓意全世界祥和，钟体中部为铭文与中英文钟名。该钟重约200公斤，已经运抵美国并被洛杉矶馆永久收藏与展出，并用于该馆在美国学校、社区等场所组织开展各项与和平相关的活动，以表达对维护人权、促进世界和平的美好愿望，为扩大共识，推动世界和平与人类共同进步而增光添彩。

二、走进央视讲述南京大屠杀史实

2015 年是中国人民抗日战争暨世界反法西斯战争胜利 70 周年，由中宣部、教育部和中央电视台联合制作的大型公益节目《开学第一课》的主题为"英雄不朽"，以"铭记历史、缅怀先烈、珍爱和平、开创未来"为主线，串联起"爱国、勇敢、团结、自强"四节，选取适合青少年的独特视角，讲述了一个个抗日英雄的故事。

我也参加了节目的录制，现场讲述了南京大屠杀期间拉贝的故事，感动全场。让我印象深刻的是，许多抗战老战士、南京大屠杀幸存者、老艺术家们，从全国各地赶来，为孩子们奉献上一道精神大餐。历史需要铭记，也需要一代代人传承。传承抗战记忆和抗战精神，重在教育国民特别是青少年，把历史作为教科书，从中获得民族复兴的精神动力。

2017 年是南京大屠杀发生 80 周年，我应邀走进了《百家讲坛》。

在央视众多的品牌栏目中，《百家讲坛》无疑是最受百姓欢迎最具影响力的栏目之一，许多名家在这里精彩讲授博得众人好评，甚至许多人士通过该讲坛一举成名。

但我觉得该栏目的宗旨"让专家、学者为百姓服务"更为重要，目的在于普及中国的传统文化，铺设一座让专家通向百姓的桥梁。我有缘涉足《百家讲坛》栏目，并不是为了成名成家，而主要基于三点理由：

一是为了纪念南京大屠杀 30 多万同胞遇难 80 周年。1937 年至 2017 年，光阴荏苒，岁月悠悠，时间一晃过去了 80 年。随着时间的推移，许多记忆逐渐模糊，不再清晰。有些东西可以淡忘，但像南京大屠杀这样的民族灾难，绝对不能忘记。借助《百家讲坛》这样的名牌栏目讲述南京大屠杀的历史，让更多的人了解这段国耻国难国殇，提振民族精神和强化国际和平的教育效果，也是一种责任。尤其是在 2016 年 12 月我亲身经历去日本长崎、熊本、福冈、广岛、冈山、名古屋、大阪、京都、神户、金泽、东京等 11 座城市，并在东京、名古屋直面日本右翼势力的骚扰后，更加感到维护和传播南京大屠杀历史的责任重大。

二是受到央视的热情邀请。为了配合纪念南京大屠杀死难者 80 周年"南京大屠杀死难者国家公祭仪式"的开展，作为国家级传媒，中央电视台科教频道（10 套）的领导派人与我联系，并且主动向我退休前的中国南京市委宣传部、组织部和现在供职的常州大学发出书面函件，邀请我在《百家讲坛》栏目讲述南京大屠杀史相关的内容。特别还有央视著名导演阎东的鼓励，他成功执导过十多部大型系列电视专题片，如《科教兴国》《改革开放十二年》《共产党宣言》《李大钊》《长征》《港珠澳大桥》等。前些年他在拍摄《1937·南京记忆》5 集电视纪录片时，曾经邀请我作为该片中 5 位主人公之一，立足于对南京大屠杀历史的时代反思，讲述在追踪南京大屠杀历史真相的过程中所发生的故事。在该电视片拍摄的过程中，阎导与我成为可敬可亲可信的挚友，他热情地邀请并鼓励我一定要上《百家讲坛》栏目，指导我怎样做好这一档节目。可以说，如果当时没有阎导的诚心劝导，我上这一档名牌栏目的信心是不足的。

三是新供职的常州大学的要求。2015 年 12 月，我从服务了 20 多年的侵华日军南京大屠杀遇难同胞纪念馆馆长的岗位上退休。2016 年 1 月，我应国务院参事室的邀请，赴京在中国国学研究与交流中心担任顾问和展陈指挥部常务副总指挥。2017 年 5 月，我从北京到常州大学并被特聘为教授，从事红色文化研究。到常州大学工作后，学校的领导要求我以常州大学教授的名义，在《百家讲坛》栏目开讲，恭敬不如从命，我下决心完成这一艰巨而繁重的任务。

在准备《百家讲坛》节目的过程中，我深深地体会到名牌栏目之所以能够成为名牌，一定有它的个性与特色，也一定有其难度、高度。虽然此前，我曾经受央视诸多名牌栏目的邀请接受过访谈，如《东方时空》《新闻调查》《开学第一课》等，但没有哪一个栏目有《百家讲坛》的要求高、压力大、折磨人，我甚至几近崩溃。现在回想起来，有三大难关：

一是撰写讲稿难。开始时，我按照要求打算写 10 集，并在侵华日军南京大屠杀遇难同胞纪念馆研究处的艾德林处长、袁志秀副处长、张国松和王立等几位研究人员的帮助下，利用业余时间写成了初稿。他们都是我的老同事，在一起合作和研究南京大屠杀史多年，比较熟悉这一段历史。然而央视的编导对初稿不太满意，要求作大幅度地修改和整合，改成 6 集。我在此基础上进行了改写，每集从原来的 4000 字左右扩写成大约 15000 字。后来，编导又要求压缩提炼成 8500 字左右，并按照电视节目的规律与语言习惯要求，如头尾要有接续词，故事与情节要写得精细动人，要有情境感和节奏感，要朗朗上口避免生硬词汇等等。经过反反复复的打磨，最多的一集改了 10 多稿。真正体会到"玉不琢不成器"。

二是通过讲稿难。稿件磨出来了，仅仅是迈开了第一步。其后经历了严格地审查，刨根问底，非常地折磨人。编导说，凡是节目中提到的每张照片、每段引文、每个数字，一定要标明出处，并复印底稿留存备查。对历史人物、历史事件的定性与定论，一定要客观准确，有明确的权威地来源。又经过频道和台领导审查，有时一集文字和图片说明就反复写了好几稿、许多遍。最后，还要再请原中共中央党史研究室、中国社会科学院的专家审看修改，报送国家影视节目重大题材审查组审查批准。经过一道道关卡，一次次修改，真的不容易，比登泰山还难。

三是背稿演讲难。好不容易等到要去央视演播室去录节目，我一度自恃经常接受国内外媒体采访，经常到机关、高校、部队去演讲上课，为各种各样的人群做过讲解服务，久经锻炼，从来不怯场，表达能力还是比较强的。但面对空空如也的演播室和摄像机，连续不断地讲述 45 分钟，还真的不习惯。特别是导播从节目质量角度出发，提出脱稿讲述的要求。这对于年逾六旬的我来说，的确是个不小的挑战，也有很大的压力。一段时间，我每天早起晚睡背诵稿件，熟悉讲述的内容，虽然把其他的事抛在一边，一门心思作准备，但仍然感到力不从心、度日如年。

世上无难事，只怕有心人。经过几个月的努力，在央视编导和导播的帮助指导下，终于成功地录制完了 6 集节目，经历了一个过程，了却了一桩难事，完成了一项任务。

2017 年国家公祭日前后，央视 10 套从 2017 年 12 月 11 日至 15 日，每天在黄金时段播出一集。由于正好是从周一至周五，而周六、周日《百家讲坛》栏目没有播出时段，剩下一集放到下周一再续播效果不好，央视领导决定将最后的第五集和第六集合并播出，留下了一点点遗憾。

尽管如此，还是要感谢央视和科教频道的领导，感谢《百家讲坛》节目主编那尔苏和编导林屹屹、王琛、王黛，感谢南京市委宣传部和组织部的帮助，感谢常州大学领导和老师们的支持，感谢侵华日军南京大屠杀遇难同胞纪念馆老同事的协助。正是有方方面面的支持与协力，才能完成这项难度较大但有重要意义的项目。

三、微观史实调查传后人

南京大屠杀微观史学的调查与研究的被提起，是受到了一件事的启发。2014 年 12 月 1 日，为了迎接首次国家公祭的举办，侵华日军南京大屠杀遇难同胞纪念馆在其冥思厅入口处的墙上，公布了"30 户受害家庭南京大屠杀遇难者名录"。这份名录，是在对遇难者家庭分户进行微观研究，将每一户受害者进行梳理后，发现一户家庭有 5—7 人等不同数量成员遇难，由此进行的有针对性和关联性的公布，这受到了学界、媒体和观众的充分肯定。

对于南京大屠杀这段历史研究来说，做 30 户遇难家庭受害史微观研究显然是不够的。我想，为什么我们不能做 300 户呢？我以任侵华日军南京大屠杀遇难同胞纪念馆馆长、侵华日军南京大屠杀史研究会会长的身份，创新地提出了南京大屠杀微观史研究的课题，并且正式开始申报国家社会科学基金项目。

2016 年初，《基于微观史学的"南京大屠杀"研究》国家社会科学基金项目，被国家社科办公室列入国家级抗日战争史研究重点课题（项目批准号：16KZD016），并被新成立的南京大屠杀史与国际和平研究院定为重点资助的课题之一。我作为这一课题的首席专家，具体负责的《南京大屠杀 300 户家庭受害研究》课题组计划用 5 年时间，完成 300 户南京大屠杀受害者家庭的微观史调查研究，其最终成果将出版为系列书籍，调查采集的数据将纳入遇难同胞纪念馆和中国社科院的数据库，留予后人。

何为微观史学研究？微观史学是相对于宏观史学而言的历史研究。微观史学关注细节，注重对一个事件、一个人物、一种组织或制度等所作考证、比较、叙述性的历史研究。历史学的微观研究是宏观研究不可或缺的基础。

随着 1982 年发生的日本文部省修改历史教科书事件，以及 1985 年侵华日军南京大屠杀遇难同胞纪念馆的建成与开放，南京大屠杀史学研究引起史学界高度的重视和关注，30 多年来成果丰硕，但大多数集中在宏观叙事的层面，仍然缺乏对微观史学的深入研究。

南京大屠杀微观史研究，就是通过对南京大屠杀受害者及其关联群体、区域的叙事性书写，充实南京大屠杀的历史叙事，形成包括个人记忆、集体记忆、国家记忆的多层次的历史记忆。说得明白一些，就是过去从宏观层面去发掘南京大屠杀的历史真相，现在需要增加从微观层面的研究，包括家族史和个人的受害史。

该项研究将从 2016 年开始，至 2020 年结束，耗时 5 年，与国家"十三五"计划同步。具体通过 4 个子课题展开。与我一起共同承担这一课题研究的有中国第二历史档案馆馆长马振犊研究员团队、南京大学历史学院院长张生教授团队与南京师范大学宣传部长张连红教授团队，4 个团队合力开展这一重大社科课题研究，其研究力量是雄厚的。

一是《南京大屠杀 300 户家庭受害研究》子课题组，对南京大屠杀期间最具典型意义的 300 户受害家庭进行案例研究。综合这些家庭的受害情况和记忆，揭露南京大屠杀期间侵华日军的暴行，还原南京大屠杀期间南京民众的家族受难历史。

二是《南京大屠杀档案中的个人与家庭》子课题组，按南京大屠杀发生时的南京区域建制重新编辑、整理史料，整合分存于不同机构的同类型档案，并适当补充过去由于某些原因未公布开放的档案，从而较为全面地、长时段地反映出各街道、里弄的人员伤亡（包括失踪）及财产损失情况，并相互佐证，还原南京大屠杀期间个体（个人、家庭）的历史记忆与所处的历史现场。

三是《南京大屠杀期间的难民所研究》子课题组，通过挖掘大量档案资料和开展口述调查，对南京大屠期间各难民所的运行管理机制，包括南京安全区国际委员会对各难民所的管理、各难民所难民结构和难民人数的变化、各难民所内部的管理运行以及各难民所最后关闭等情况进行深入调查研究。揭露南京大屠杀期间侵华日军在各难民所的暴行，揭示南京大屠杀期间各难民所难民的不屈抗争、同胞互救和艰难生存的历史。

四是《南京大屠杀期间西方在宁人士生活史》子课题组，将理清南京大屠杀发生前后，西方人士在宁的日常生活，他们人身安全及财产受日军损害的情况，日军对西方人士的态度与实际作为，以及西方人士对日军暴行的制约及其限度。

各子课题组在推进资料调查的过程中，微观史研究方法也在不断摸索中得到提升。以《南京大屠杀300户家庭受害研究》子课题组为例，具有如下几个方面的特点：

第一，组织聘请了中国第二历史档案馆、南京市档案馆、南京炮兵学院、南京晓庄学院、南京中学、北京经贸大学、日本广岛大学等单位专家学者、教师及博士生、硕士研究生等研究团队，综合调动和运用各方面的力量，群策群力地进行南京大屠杀微观史的研究。新的研究者参与到调查研究中，增加了微观史研究的视角。

第二，大学生志愿者的参与，突显出在历史传承维度下的微观史研究。2017年3月25日，"南京大屠杀300户家庭受害研究"课题组对来自晓庄师范学院大一、大二共16名志愿者进行了调查方法的培训。同年4月，题组成员徐康英、王南对南京大屠杀幸存者张智福的女儿张腊云进行采访时，大学生志愿者全程参与，并进行提问。当天采访结束后，还就采访录音、照片整理等相关具体技术问题进行了座谈与交流。目前已经登门入户调查过的南京大屠杀幸存者近百户，形成了一批最新的调查报告和资料。

第三，在调查过程中南京大屠杀幸存者家属成为课题成员参与调查，丰富了研究的"当事人"的视角。如南京大屠杀幸存者常志强的女儿长期陪同父亲参加证言活动，不仅熟悉幸存者常志强的受害经历，同时能以女儿的角度理解当事人的心理、情感，从内而外诠释幸存者常志强的个人记忆。此外，她作为家庭成员还参与了父亲的生活史，如拍照记录了幸存者常志强每次的绘画（及其构思）。这样的碎片化、经常性、及时性的记录与收集，有利于构成更加完整地受害者家庭史，丰富了受害者个人为主体的历史解释。更为重要的是，这样的探索对微观史研究中的"当事人"采访提供了新的视角。

根据目前所掌握和调查的资料，编辑出版一套丛书，呈现这个国家级课题的成果是有必要的。首先准备出版的一套4卷本书籍的内容与特色有：

一是编辑出版《微观史学研究——百户南京大屠杀受害家庭调查》书籍。本书从南京大屠杀300户受害家庭的调查中选取100户受害家庭调查记录，通过受害人或者其子女的讲述，以受害家庭及受害者在南京大屠杀发生之前、期间及受害后为一条时间轴心长线，努力实现点、线、面的统一与结合。通过个人及其家庭的受害情况及南京大屠杀对家庭、个人生活、精神造成的影响，进一步展现南京大屠杀暴行发生前、期间、发生后的历史全景。

二是编辑出版《汤山调查·南京大屠杀受害地区的纵深研究》书籍。本书主要反映汤山地区军民的战前活动、中国守军在南京城东抵御日军的英勇战斗、广东部队的南京突围、日军在汤山地区的暴行、城东百姓惨痛的跑反经历和沦陷时期的悲惨遭遇等方面情况，是南京大屠杀部分地区受害史的典型案例，也是一本阅读性很强且地方文化色彩浓厚的读物。

三是编辑出版《夏淑琴口述史——南京大屠杀幸存者的述说与诉讼》书籍。本书收录了自1994年夏淑琴首次访日至2016年访美，以及以幸存者的身份参加的各种类型的纪念活动、证言集会、国家公祭等方面的图片，展现了一位南京大屠杀幸存者，为惨遭杀害的家人和30多万死难同胞诉说那段历史的经历，收集整理了夏淑琴名誉案的中日全部档案资料及国内外媒体对其胜诉的各种报道，力图反映幸存者典型的个案，来记录他们为维护历史的真相而作出的努力与贡献。

四是编辑出版《常志强生活史——我的父亲是南京大屠杀幸存者》书籍。本书从常志强及家人生活经历的视角，讲述了他作为南京大屠杀幸存者普通而又不平凡的一生。讲述了常志强作为一个年仅9岁的战争孤儿，如何担起家庭生活的担子，包括他在青年时期如何奋发向上、成家立业，而老年的常志强，又为何把侵华日军南京大屠杀遇难同胞纪念馆作为一个精神寄托，以及为了让后人铭记这段历史，如何向海内外人士讲述那段让他悲痛且刻骨铭心的史实。特别是通过常志强在家庭生活中一个个平凡且生动的小故事，给读者展现南京大屠杀幸存者日常和精神生活史。

南京大屠杀微观史调查研究将在记录受害者整个家族记忆、外籍人士记忆、档案中的历史人物记忆、发生在难民收容所里的记忆等方面，以及汇成不容置疑的南京大屠杀史立体证据链方面发挥重要作用。

四、对日交流增进共识

2016 年 12 月，我应日本日中协会等友好团体的邀请赴日本交流，先后访问了日本长崎、熊本、福冈、广岛、冈山、大阪、神户、京都、名古屋、金泽、东京等 11 座城市，作了 11 场关于南京大屠杀历史的演讲，并与多方友好人士进行和平友好交流对话，增进了历史与和平共识。但在名古屋和在东京，曾两次遭遇日本右翼势力的骚扰，10 多个右翼分子在会场外拉起横幅，用大喇叭又喊又叫。场内混进 3 个右翼分子，他们本来在网络上扬言要在会场上与我较量，但在正义与事实面前，他们最终败下阵来。

对这一次我赴日本的活动，《人民日报》连续发了两篇文章予以报道和介绍。

12 月 14 日，《人民日报》第三版"国际论坛"栏目，发表了我结合在日本期间所见所闻所思所想而撰写的一篇评论文章，题目是"有良知的日本人也深为忧虑"，全文如下：

> 南京大屠杀已经发生 79 年，当今的日本人对待南京大屠杀的历史认知仍然有很大的差距。
>
> 当今的日本人怎样看待南京大屠杀历史？笔者作为侵华日军南京大屠杀遇难同胞纪念馆原馆长，20 多年来从事南京大屠杀史、中日关系及和平学的研究，受日本和平友好团体的邀请，从 12 月 2 日至 16 日，先后访问日本的熊本、长崎、福冈、广岛、冈山、大阪、神户、名古屋，还将继续访问金泽、东京。每到一地，都与日本社会各界人士进行广泛交流，并就南京大屠杀历史先后发表 11 场演讲，亲身感受到当下日本人对南京大屠杀历史的不同态度。

日本中国友好协会、日中协会等中日友好组织在日本各地的分会以及日本南京大屠杀60周年全国联络会、日本市民思考和平会等诸多民间组织，多年来一直热心从事南京大屠杀真相的传播与交流。从1994年起，连续21年邀请南京大屠杀幸存者来日本各地作证言集会，讲述南京大屠杀受害的史实，控诉侵华日军的暴行。由于南京大屠杀幸存者年事已高，今年是第一次没有邀请南京大屠杀幸存者来日本，京都、大阪、神户等地的和平友好组织，改用放映幸存者夏瑞荣、侯占清等人的证言录像；广岛集会上在日韩国人朴曜子着一身素服，跳起了祭灵舞；京都证言会上日本青年用钢琴弹奏了《和平颂》；神户与会者集体唱起了《紫金草，和平的花》歌曲……不少日本人把历史与和平紧密联系在一起思考和传播。但也有不少日本人对南京大屠杀历史表示漠然。长崎的中学女教师奥山忍举例说，她教的学生中有人由于看了右翼势力编辑出版的《大东亚战争的总结》一书，不相信发生过南京大屠杀。日本青年人的这种状况，令正直和有良知的日本人深为忧虑。

当今的日本人看待南京大屠杀历史的心态较为矛盾和复杂。据《产经新闻》10月15日的报道，日本政府对南京大屠杀记忆遗产成功申遗表示不满，向联合国教科文组织再次提出抗议。对于中国进行南京大屠杀国家公祭，有的日本人表示理解和赞同，有的日本人却认为是反日的行动。与日本各地民间组织纷纷举行南京大屠杀历史听证会、放映南京大屠杀历史录像片相比，日本官方和媒体面对这一历史惨剧却是集体失声。

在日本，笔者还感受到了一种非常令人担忧的新动向。部分日本人不仅不承认侵略战争与南京大屠杀等加害史，而且也不愿再提二战中的受害史，甚至不让自己的孩子去广岛、长崎原爆资料馆参观。他们热心于关注战后史，宣扬日本对世界和平的贡献。种种偏颇的教育动机，不能不引起邻国的警惕和忧虑。

另一篇是《人民日报》驻东京记者田泓、贾文婷采写的消息，题目是"为传递真实的历史努力——纪念南京大屠杀79周年证言集会在日本举行"，于 12 月 17 日发表在《人民日报》第三版"要闻"栏目中。他们这样写道：

（本报东京 12 月 16 日电）"南京大屠杀死难者超过 30 万人，既是法律的判决，也是历史的定论，不可能改变。"12 月 15 日晚，侵华日军南京大屠杀遇难同胞纪念馆前馆长朱成山在东京向日本普通市民讲述了自己从事史料征集数十年的艰辛，以详尽的资料有力反驳了日本右翼势力企图否认史实的质疑。

纪念南京大屠杀 79 周年证言集会由日本一个叫"决不让南京大屠杀重演"的民间团体主办。渴望了解历史真相的东京市民不畏天气严寒在下班高峰期赶来。可容纳百余人的会场座无虚席，记者在现场看到甚至还有坐着轮椅赶来的残障人士。

集会首先播放了大屠杀亲历者侯占清、石秀英两位老人的证言视频资料。侯占清在证言中提到，他的妻儿在日军空袭中遇难，自己遭受日本士兵的虐待。日本兵逼迫其在冬天下河抓鱼，上岸后又扒了他的衣裤，玩起了所谓"烤全猪"的游戏。侯占清全身被烫起了水泡，疼痛不已。

石秀英在视频资料中讲述了父母为躲避侵华日军，带着兄妹 5 人四处逃难的情景。在前后 8 天时间里，父亲被日本兵刺死，19 岁的哥哥被掳走失踪。

1994 年，朱成山和南京大屠杀幸存者夏淑琴应日本民间团体铭心会邀请，访问日本东京、横滨和广岛等城市，并举行南京大屠杀问题演讲会和证言集会。自此，日本民间团体每年都邀请南京大屠杀幸存者到日本各地访问，并和当地居民进行面对面交流。朱成山介绍说，截至 2015 年，共有超过 60 名南京大屠杀幸存者到访日本，以亲身经历向日本民众讲述历史真实。目前登记在册的南京大屠杀幸存者仅 107 人，平均年龄超过 85 岁。由于健康原因，从今年起证言集会不再邀请幸存者亲临现场，而采用播放证言视频的方式。

朱成山还在会上分享了他担任侵华日军南京大屠杀遇难同胞纪念馆馆长期间，多次赴海外调查取证的经历。史料记载，南京大屠杀发生后，慈善团体掩埋了 18.5 万余具尸体，私人掩埋 3.5 万余具，日军毁坏灭迹的尸体数达 15 万具，各种埋尸记录共计 38 万具。朱成山认为，大屠杀遇难者肯定超过 30 万人，而且"只会多，不会少"。更重要的是，数字问题不是衡量南京大屠杀性质的尺度，肆意屠杀 1 个人都要受到谴责。但数字问题关系到屠杀的规模和程度，因此有必要科学地、根据史料实事求是地去考证。

日本政府始终不肯承认侵华日军杀害 30 多万南京同胞的事实。朱成山表示，日军在南京屠杀我同胞 30 万人以上这个数字，经过了远东国际军事法庭与南京审判战犯军事法庭的认定。日本右翼篡改数据，将当时南京安全区的面积当作整个南京市的面积，将整个安全区的人口当作南京市的人口，偷换概念，以达到不可告人的目的。

朱成山还讲述了南京大屠杀史料搜集工作的艰辛。由于日军故意销毁档案，加上社会动荡、战火频仍，南京大屠杀证据的搜集相当不易。纪念馆工作人员多次赴海外寻找当时的外国教师、传教士、记者或他们的后代，搜集纪录片与照片。2002 年 10 月，美国摩根银行副总裁大卫·马吉向纪念馆捐赠了其父约翰·马吉当年在南京大屠杀期间拍摄日军暴行所用的 16 毫米家用摄影机，后又捐赠了 4 盘当年的拷贝原件。

1937 年，约翰·马吉与当时留在南京的德国友人拉贝等 20 多位西方人士一起开设国际难民区，参与了救援 20 多万名南京难民的行动。他冒着生命危险，用一台"贝尔牌"16 毫米摄影机现场拍摄了日军在南京的残酷暴行和当时南京人民的悲惨状况。影片中的许多画面之后在美国《生活》周刊上公开披露。约翰拒绝了当时有人以 1 万美金收购其影片的要求。1946 年，约翰携带自己拍摄的纪录片，在远东国际军事法庭为南京大屠杀作证。

朱成山告诉本报记者，自己从去年起退休，但向世界宣讲南京大屠杀的历史真相是其一生的事业。12 月以来，他先后在大阪、神户、名古屋等地举行了 11 场讲演，每次集会都吸引了当地众多民众的参与。"日本社会是由多方面构成的，否认和抹杀历史的右翼固然存在，但是承认历史、愿意倾听历史和共同吸取教训的日本人也非常多。"

活动组织者甲野信夫向本报记者表示，有不少日本人正在为传递真实的历史努力。曾经做过高中历史老师的甲野信夫在搜集历史资料时发现，当时的日本普通人入伍后，一旦踏上战场，瞬间变为魔鬼，进行惨无人道的杀戮，但很多日本人并不清楚这些情况。因此，甲野信夫多次主办"南京大屠杀证言集会"，希望日本民众了解历史真相。铭记历史是为了不再重蹈战争覆辙。

日本听众金本对本报记者说，这是他第一次听到南京大屠杀证人讲述自己的亲身经历，是学习历史的好机会，证言将历史更清晰地呈现在眼前。

对于日本首相安倍晋三即将访问夏威夷珍珠港一事，朱成山说，第二次世界大战的亚洲战场起点并不是珍珠港，而是从1931年日军侵占我国东北以及1937年日本发动卢沟桥事变全面侵华开始的。安倍最应该到南京谢罪，而不是去夏威夷做一场"政治秀"。

《人民日报》作为中国共产党的机关报，对于我这样一个退休的文博干部访问日本，连续发表两篇文章进行及时报道，这是不多见的。

2018年是中日和平友好条约缔结40周年，我申报的《我的100位日本朋友》，荣幸地入选为江苏省作协2018年度"重大题材文学作品创作工程"文学项目。

我为什么要写这本书？

我为什么要写这100多位日本人？

坦率地说，主要是基于对当前中日关系的忧虑。

2018年是《中日和平友好条约》缔结40周年，对中日关系来说，面临进一步改善发展的重要机遇。但是，现实状况并不那么令人乐观。据两国媒体调查和披露，中日友好关系已经降到1972年中日邦交正常化以来的冰点。前几年显现的中日两国"政治冷、经济热；政府冷、民间热"不正常局面，又有了新的恶化，不仅政治冷、政府冷，而且民间交往也趋向冷淡，经济热也受到一定的影响，或多或少地正在走下坡路。这不能不引起中日两国有识之士的共同关注。

这个中原因究竟是什么？值得人们去深究！

日本人说，这是中国人多年来搞爱国主义教育的结果。

中国人说，那是你们日本人顽固坚持皇国历史观的结局。

这种说法对不对？究竟是谁的错？

作为曾经担任过侵华日军南京大屠杀遇难同胞纪念馆 23 年馆长，作为一名对日军侵略暴行历史和日本当今现状有着 20 多年专门研究的学者，作为一个去过日本几十次又在中国接待过几十万日本人的亲历者，我觉得此时理性和冷静尤为重要。

我认为，其实很多中国人并不了解日本人，至少是对日本人了解不够全面。

譬如，有这么一种说法，"日本人不好！"这就过于笼统和绝对化。俗话说："不要一棍子打死天下所有的人！"这话语中就有哲理。对日本人的看法，也应该有此理性：即不要一概排斥所有的日本人。

当然，中国人之所以对日本人产生偏激一点的看法，责任主要在日本。这是因为，战后日本不仅不深刻反省自己曾经加害他国的历史，而且日本政要执意参拜供奉有战犯灵位的靖国神社，日本政府再三篡改历史教科书，日本右翼人士不断否定历史的反华活动愈演愈烈，日本还有政客图谋染指我国台湾，等等。我们要旗帜鲜明地反对这些日本人的言行，永远和他们作斗争，绝不退让半步。

与此同时，我还要特别指出的是，对上述问题，有许多日本人的立场和态度与我们中国人完全一样，甚至立场比我们更坚定，态度比我们更鲜明，他们在日本国内一直与各种各样形式的反华势力作斗争，付出了许许多多的代价，为东亚和平及中日友好事业做出了不可磨灭的贡献。在他们中间，有教师、律师、记者、僧人、艺术家、企业家，也有战争时代的老兵；有普普通通的工人，甚至也有国会议员和职业政治家。

我要介绍给各位读者的，正是这样一些具有正义感和热衷于中日友好的日本友人，以及他们周围的一批日本人。

我是中国作家协会会员，曾经编辑出版过 100 多本书籍。我退休后最想写的书只有两部，一是《我当馆长 20 年》，一是《我的 100 位日本朋友》。

目的是想以文会友这种更积极的方式，保存我曾经有过的记忆。

我想，每一段记忆，好像都有一个密码。只要时间、地点、人物组合正确，无论尘封多久，那些人那些景都将从遗忘中被重新拾起。

您也许会说："不是都已经过去了吗？"其实，过去的只是时间，有些经过就像大树的一圈圈年轮，是清晰存在且难以割舍的。譬如，我与一些日本朋友的经历值得回味，值得时常想起，值得写下来与他人分享。

我清楚地记得，2017 年 12 月 16 日，我在北京万豪酒店参加第十三届北京-东京论坛。中日两国政府"重量级"的官员，与 500 多位中日各行各业的专家学者们济济一堂，纷纷登台亮相，为当下和长远的中日关系把脉、研讨和献计献策。

这次论坛的主题是"中日共建更加开放的世界经济秩序与维护亚洲和平"，并设置有"双边政治与外交分论坛：世界政治经济秩序变化中的中日战略互信与合作""媒体分论坛：改善中日两国舆论环境的必要举措——对舆论结构与媒体变化的思考""经贸分论坛：自由贸易与全球化的未来以及中日合作方式""安全分论坛：东北亚和平秩序与中日两国应发挥的作用""特别分论坛：中日邦交正常化在今天的意义与中日关系的未来"。

我被安排在特别分论坛上发言，事先作了思考和认真的准备，还做了PPT，试图从微观的视角谈中日民间交流的重要意义、价值与发展路径，题目是"民间交流是破解中日对立的良药——来自侵华日军南京大屠杀遇难同胞纪念馆的启示"，举证了中日两国民间团体围绕南京大屠杀历史交流与互动的 5 个典型案例，剖析了中日两国民间交流互动的效果，谈到了未来加强中日两国民间交流的路径及其打算。

在会场上，有日本学者提出 2018 年是《中日和平友好条约》缔结 40 周年，我们不能坐而论道，参会的中日两国学者，人人都应该思考和回答应该做些什么时，我的回答是出一本书，题目是《我的 100 位日本朋友》。

我的话一出口，立即得到与会的中日两国多位专家学者的支持与好评。在一片赞同声中，我担任侵华日军南京大屠杀遇难同胞纪念馆馆长 23 年期间的一个个日本友人的示好形象，一场场中日民间交流的热烈情景，一幕幕中日民间友好的感人画面，如同过山车似的浮现在我的眼前……

激励与鼓劲，记忆与想象，有时也会成为一种动力。它们促使我迅速拿起了笔，开始了这本书的写作，并且下决心一定要在 2018 年秋天奉献给读者。

五、致力弘扬红色文化

我 2015 年退休离开遇难同胞纪念馆工作岗位后，于 2016 年 1 月至 2017 年 5 月期间，应国务院参事室的邀请，担任中国国学研究与交流中心顾问兼展陈指挥部常务副总指挥，帮助筹建中国国学馆，在北京市鸟巢附近工作了一年多时间。

2017 年 5 月，我成为了常州大学的一名教授。到常州大学工作后在思考，我应该做什么样的学术创新呢？常州的红色文化资源非常厚重，比如常州三杰瞿秋白、张太雷和恽代英，比如溧阳的新四军江南指挥部，等等。我认为，常州是一座有着众多红色基因的城市，也孕育了不少优秀的共产党员，常州的红色文化特色明显、类别丰富、分布广泛、教育作用强，是培养和践行社会主义核心价值观的生动教材和课堂。如果能够在常州大学成立近现代史与红色文化研究院，以红色文化为学术研究新方向和目标，依托于常州大学的教授团队，那将能为常州的红色文化建设添砖加瓦。

习近平总书记关于"把红色资源利用好、红色传统发扬好、红色基因传承好"的重要指示，成为江苏人在新时代努力的方向和不竭追求的动力。省委、省政府高度重视红色文化的传承工作，高度重视红色文化资源的保护、发掘与利用，高度重视爱国主义教育基地的建设与发展，于 2017 年 12 月下发了《关于加强革命历史类纪念设施、遗址和爱国主义教育基地工作的实施意见》，明确了革命历史类纪念场馆在传承弘扬革命文化中的工作内容和要求，发出了努力把全省革命历史类纪念场馆建成红色文化的资源宝库、革命历史的形象鉴证、宣传教育的实景课堂、共产党人的精神高地的号召。

我把所有的工作重心放在常州，开展了一系列围绕红色文化的活动：

2017 年 7 月 6 日，在常州大学成立了全国第一个近现代史与红色文化研究院，11 月 22 日在常州大学举办成立仪式，全国政协外事委原主任、国务院新闻办原主任赵启正，江苏省委宣传部副部长、省文明办主任杨志纯，江苏省委党史工作办公室副主任吴逯隆等领导，以及来自江苏省内的雨花台烈士陵园管理局、淮海战役烈士陵园管理局、新四军纪念馆等 12 座爱国主义教育基地的负责人应邀参加，新华社、中央文明网、澳门日报等 100 多家媒体对此作了报道，百度还在当天上了一条专门的词条——全国首座红色文化研究院在常州成立。

12 月 20 日，在张太雷纪念馆举办红色文化资源大数据库采集建设启动仪式，此举采取校企合作、校馆联合的方式，开启了红色文化大数据库的建设之旅。一批教授团队参与对爱国主义教育基地各类数据的采集与储存，力争让常州成为全国第一个有红色文化资源数据库的城市，成为特色文化载体之一。现初步收集江苏、上海、安徽、山东 100 多家纪念馆近 100 万字、近万张图片进入红色文化资源数据库。

4 月 16 日至 18 日，受江苏省委宣传部委托，我组织常大红院 11 名教师先后专程赴苏南地区的常州、苏北地区的盐城、苏中地区的淮安 3 座地级城市，开展"深化革命文化的研究阐释及宣传教育的思路与对策研究"的专题调研活动，在 3 所党校、4 所高校、6 所中小学校、9 座纪念场馆召开了 24 场座谈会，发放 3 万张调查问卷，撰写了 4 份调查报告，圆满完成了任务。

5 月 14 日，我在常州大学组织召开"传承红色文化与赓续红色基因研讨会"，由中共常州市委宣传部、中共常州市委党史工作委员会、常州大学马克思主义学院、常州大学近现代史与红色文化研究院联合主办，来自北京、天津、上海、福建、辽宁、山东和江苏七省十市的天津战役纪念馆、上海淞沪战役纪念馆、锦州辽沈战役纪念馆、苏州沙家浜革命纪念馆、新四军江南指挥部纪念馆、常州瞿秋白纪念馆等 12 座革命纪念馆馆长，围绕新时代下如何发挥纪念场馆在传承红色文化中的主力军作用进行了探讨，并签订了深入交流合作的意向书。

7 月 4 日至 6 日，常州大学近现代史与红色文化研究院受常州市委宣传部的委托，举办了为期 3 天的"常州市爱国主义教育基地负责人培训班"，对常州市所属的市、区、街道（乡镇）三级爱国主义教育基地 70 名负责人进行了培训，上了 3 堂红色文化课，观看了上海、嘉兴和常州的 4 座纪念馆，受到了一致好评。

我所在的常州大学近现代史与红色文化研究院，还与江苏人民出版社达成合作意向，组织编写《讲好红色文化故事系列丛书》，包括"革命先烈人物故事""新四军纪念馆故事""烈士陵园故事""改革开放中纪念馆故事"4个系列，其中，《革命先驱张太雷故事》已经于9月中旬正式出版面世。

2018年伊始，新创办了《红色文化研究动态》（内部刊，苏新出准印JS—D249，季刊）杂志和申请开设了"红院红库"公众号。在此基础上，目前已经出版两期，分别寄赠中宣部、国家文化旅游部、国家红办、国家教委、团中央、江苏省委、江苏省委宣传部、省教委、团省委、常州市委、常州市委宣传部、全国部分高校、科研院所、博物馆、纪念馆、图书馆等单位，得到中宣部和省委宣传部等部门的好评。5月份，创办开通了名为"红院红库"公众号，每天发布有关红色文化研究的动态消息，架设了与其他研究单位交流沟通的渠道。

从5月份开始，我先后应邀在常州大学信息工程学院、南京市委党校和常州市委宣传部等单位，开设红色文化主题讲座，扩大红色文化宣传与教育面。

6月17日，是张太雷同志诞辰120周年，我不仅应邀参加了张太雷纪念馆新馆展陈设计、布展的修改与审定，而且先后应邀参加江苏省和常州市组织的"纪念张太雷同志诞辰120周年学术研讨会"，在会上分别作了《张太雷革命精神初探》和《张太雷革命精神蕴含的红色基因透析及其新时代价值》的交流发言。

经过一年多来的实践，我越来越感到红色文化是当下最火热的文化，也是学校做好人才培育、科学研究、服务地方、文化传承主要任务的抓手之一。我在围绕《开展红色文化研究是新时代赋予的责任》文章中说到，伟大新时代需要红色文化的精神力量来引导前行，弘扬红色文化是要守住中国特色社会主义文化的根基，红色文化始终具有坚定文化自信的丰厚底蕴，传承红色文化与赓续红色基因在新时代有着重要的价值。

尾 声

　　2014年首次国家公祭隆重举办，特别是习近平总书记等党和国家领导人亲自到馆里参加国家公祭仪式，使侵华日军南京大屠杀遇难同胞纪念馆声名远扬、观众激增。

　　新华社记者蔡玉高、蒋芳于2015年4月5日发出消息，专题报道了遇难同胞纪念馆清明采访见闻：

　　自2014年12月13日首个国家公祭日以来，侵华日军南京大屠杀遇难同胞纪念馆接待观众已超过150万人次，同比增长近一倍。清明节期间，记者连日在该馆蹲点采访发现，前来参观和悼念的观众持续增多，仅4月1日—4日，日均参观人次就达到近5万。纪念馆馆长朱成山等专家分析，首个国家公祭日正效应明显，为今年抗战胜利70周年纪念活动打下了坚实的民意基础。公众呼吁，继续保持公祭日纪念规格与规模的连续性，进一步放大公祭日效应，为抗战胜利纪念活动画上圆满句号。

　　3月31日—4月4日，记者连续5天在纪念馆采访。尽管上午8点半才正式开馆，但每天不到7点，纪念馆1号门前便排起了长长的参观群众队伍。记者采访获悉，参观群众主要包括四类人群：

　　一是学生群体。公祭日后，来馆参观的学生团体达到6万人次。在纪念馆采访，记者每天都遇到若干批学生团，既有南京市内的，也有外地来宁的，如扬州树人中学、安徽萧县中学、南京东山外国语学校等。扬州树人中学一位班主任老师介绍，去年2月设立国家公祭日后，学校就开始加强南京大屠杀历史教育。清明期间集体组织学生前来参观，就是为了让他们实地感受历史，更深体会"落后就要挨打"的道理。

二是外地群众。记者采访发现，在纪念馆的六七个出口处，都会排满外地牌照的大巴车，一度造成交通堵塞。纪念馆的观众统计表显示，今年一季度，包括北京、上海、浙江、新疆等26个省、市、自治区，80多个城市的团队前来参观。南京市中旅导游吴丹丹告诉记者："我的感受是，国家公祭日大大提高了南京大屠杀历史的普及程度。以前是南京周边的团队，如安徽、浙江、上海来得多，现在全国各地的游客都有，许多人会在旅游过程中提出很多相关的问题。"

三是南京本地群众。清明节前夕，玄武区大影壁社区的50名党员代表手捧菊花，在参观纪念馆后在国家公祭鼎前合影留念。社区主任连瑾说，虽然很多人都不止一次到这里参观，但每次参观都会对历史有更深的感悟。作为这个城市的主人，更需牢记当年的灾难历史。

四是外国观众。据不完全统计，公祭日以来，包括美国、日本、韩国、捷克、新加坡等52个国家和地区的4210人次外国公众前来参观，其中日本团队有9个，人数超过100人。4月3日，日本悼念南京大屠杀遇难者植树访华团第30次来到侵华日军南京大屠杀遇难同胞纪念馆举行植树悼念活动，表达日本国民对侵华战争的反省和忏悔。访华团中年龄最大的团员已经83岁高龄，最小的刚满18岁。他们中既有曾经参加过侵华战争的老兵，也有教师、公务员、医生和学生等。

"这是国家公祭日带来的效应。"纪念馆馆长朱成山介绍，自去年2月设立国家公祭日后，来馆参观人数便大幅增长，即使因准备公祭仪式闭馆一个月，去年全年的参观人数仍然超过了800万人次，在世界博物馆中排名第二。尤其是去年12月13日，习近平总书记出席首个国家公祭仪式并讲话，参观人数更是成倍增长。以往一季度属于淡季，但现在却呈现出了"淡季不淡"的局面，今年一季度，参观人数达到147.9万人次，同比增长一倍。仅春节长假参观人次就有近40万人次。

朱成山分析，参观人数的跳跃式增长，进一步表明公祭日的设立深得民心，高规格的公祭仪式产生了极强的正能量，促动民众关注这段中华民族灾难历史的同时，也进一步凝聚了全民族奋发向上的力量。

我国首个国家公祭仪式的举行在国际上尤其是在日本产生了非常深远的影响。日本植树访华团副团长八木雪雄表示，中国将悼念活动升格为国家公祭仪式，习近平主席也亲自来到南京，这对日本人而言是很大的警醒，也更让他们觉得有必要坚持把中日世代友好的心愿带到南京，通过植树等形式予以表达。丹麦首都大区主席安德森参观完后表示，中国为死难者举行国家公祭，让他更加关注这段历史。

朱成山以及南京师范大学历史教授经盛鸿等人表示，更为重要的是，国家高规格祭奠遇难同胞，非常鲜明地向公众传递出了"不忘历史，面向未来"的强烈信号，高度实现了中央意图与百姓民意的统一。今年恰逢抗战胜利七十周年，首个国家公祭仪式的举行为今年的系列活动打下了坚实的基础。目前我国已经向世界宣布在胜利日举行盛大的阅兵式，赢得了国内外民众的一致好评。这进一步表明了中央不忘历史、纪念胜利的做法是切合民意的。

鉴于首个公祭日带来的巨大效应，采访中，无论是参观者还是专家，他们都呼吁今年能继续保持公祭日的纪念规格，以进一步实现对内凝聚民心，对外树立大国形象。具体有三方面的建议：

首先，将第二个国家公祭日纪念仪式纳入我国纪念抗战胜利70周年系列活动中通盘考虑。朱成山表示，纪念抗战和反法西斯战争胜利有几个重要的节点，包括7月7日、8月15日、9月3日、9月18日、12月13日。9月3日是胜利日，必然会是纪念活动的高潮，12月13日则可以成为全年纪念活动的"收官之作"，隆重的纪念仪式定会再次凝聚全民族的力量，在掣肘日本的同时，也向世界传递中国的和平发展理念。

　　第二，参照国际惯例，继续保持公祭日的纪念规格与纪念规模。专家们表示，首个国家公祭日在国内外均产生如此大的反响，与习近平总书记的出席密不可分。按照国际惯例，建议今后的公祭活动能同样保持与首个公祭日相当的纪念规格。

　　第三，在海内外举行国家公祭专题展览。朱成山说，纪念馆参观人群的激增，说明公众对南京大屠杀历史的关注程度非常高。可借力首个国家公祭带来的正效应，再进行相关主题的展览，一方面宣扬中国为二战做出的巨大牺牲及贡献，另一方面也可让国际社会更广泛地了解日本侵略罪行，令日本"入常"之举陷入"失道寡助"的困局之中。

　　第四，进一步加大对学生群体的历史教育力度。朱成山介绍，设立公祭日后，江苏省和南京市着手编写了针对学生群体的专史教材，收到了很好的效果。目前从参观人群来看，外地很多学校都组织学生前来参观。今年是纪念抗战的重要年份，希望能借此契机，参照南京和江苏的相关做法，有针对性地开展专史教育工作，这将会收到事半功倍的效果。

如我所愿，每年国家公祭日，不仅是南京的、江苏的，也是属于全中国人民的。这一天里，人们"以国之名"缅怀"南京大屠杀死难者及其所有在日本帝国主义侵华战争期间惨遭日本侵略者杀戮的死难者"。

按照全国人大常委会通过的国家公祭法案的规定，每年 12 月 13 日，都要在侵华日军南京大屠杀遇难同胞纪念馆举行南京大屠杀死难者国家公祭仪式。每年这一天上午 10 时，在现场奏唱《中华人民共和国国歌》之后，南京市主城区范围内道路上（不含高速公路、绕城公路、高架、隧道）行驶的机动车（正在执行紧急任务的特种车辆除外）应当停驶鸣笛致哀 1 分钟，火车、船舶同时鸣笛致哀，道路上的行人和公共场所的所有人员（正在从事特种生产作业的人员除外）也同时就地默哀 1 分钟，致哀 1 分钟。

每年公祭仪式现场，有参加过抗日战争的老战士老同志代表，中央党政军群有关部门负责同志，各民主党派中央、全国工商联负责人和无党派人士代表，港澳台同胞代表，为中国人民抗日战争胜利作出贡献的国际友人或其遗属代表，南京大屠杀幸存者及遇难同胞亲属代表，江苏省各界群众代表等参加公祭仪式。

与此同时，在南京 17 处南京大屠杀遇难同胞丛葬地、12 个社区和 6 家反映抗战主题的爱国主义教育基地，与国家公祭仪式同步举行悼念南京大屠杀死难者活动。

公祭日当天，由中国博物馆协会纪念馆专业委员会组织中国人民抗日战争胜利纪念馆、沈阳九·一八历史博物馆、上海淞沪抗战纪念馆等国内 20 家反映抗战主题的纪念馆同步举行悼念活动。

2015 年、2016 年都举行了国家公祭，党和国家领导人及有关方面的领导出席了公祭仪式。

2017 年是南京大屠杀惨案发生 80 周年，也是第四个南京大屠杀死难者国家公祭日。在这个沉痛的日子里，中共中央、全国人大常委会、国务院、全国政协、中央军委在侵华日军南京大屠杀遇难同胞纪念馆举行第四次南京大屠杀死难者国家公祭仪式。中共中央总书记、国家主席、中央军委主席习近平出席公祭仪式。

3 年前的首次"国祭"，习近平总书记发表讲话，表达了中国人民坚定不移走和平发展道路的崇高愿望，宣示中国人民牢记历史、不忘过去、珍爱和平、开创未来的坚定立场。3 年来，中华民族的发展前景无比光明，中国人民维护和平的决心坚定不移。

"国家公祭"以国之名，激励中华儿女在铭记历史中砥砺不忘初心、牢记使命的坚定信念，在缅怀同胞和先烈中凝聚以爱国主义为核心的伟大民族精神！

"国家公祭"以国之名，呼唤中华儿女勠力同心为建设社会主义现代化强国、实现中华民族伟大复兴的中国梦作出新贡献！

　　"国家公祭"以国之名，呼吁世界各国共襄构建人类命运共同体的伟业，努力建设一个持久和平、共同繁荣的世界！

　　珍视和平，矢志复兴。80 年时光流转，这永不忘却的纪念，构筑起捍卫正义的国家记忆，在新时代，推动着人类文明拥抱更光明的未来。

后 记

应该承认，这不是一部新作，称它为再版或修订版更为贴切与合适。问题是，为什么要有再版或修订版呢？

我很相信"机缘"和"磋商"这两个词。

"机缘"何意？它是指机会和缘分恰好吻合，正巧一致。

何为"磋商"？它表示双方仔细商量和研究，交换意见。

本书再版或修订版，就是源于"机缘"和"磋商"。

记得是在 2017 年 11 月 16 日，我去位于南京市湖南路的江苏人民出版社社长室，与徐海社长探讨合作出版常州大学近现代史与红色文化研究院图书时，热情而又睿智的徐社长首次向我提出了此想法，并当即提出修订版的书名可改为《从城祭到国祭》。其理由是，2017 年是南京大屠杀惨案发生80 周年，同时也是第四次举办南京大屠杀死难者国家公祭仪式，还有 2015年和 2016 年的第二次、第三次国家公祭仪式情景，如果能够再版，补写上这一段才够完整。

对徐海社长的建议，我当场觉得是有道理的。随后，就与我曾经合作的搭档李慧通了电话，她完全同意。此事被提上了议程，开始了合作的初步筹划。

12 月 5 日，第四次国家公祭日前夕，我与江苏人民出版社编辑部主任汪意云及其助手一起，具体磋商再版此书的方案。3 年前编辑出版《第 21次是国家公祭》一书时，汪主任就是该书的责任编辑，我们有过愉快密切的合作，相互间熟人熟事，开门见山，很快就达成了合作的意向。

12月21日，第四次国家公祭仪式结束之后数日。在南京市闹市区新街口的一家茶社内，李慧处长约了我与汪意云主任，再次商谈合作再版本书事。两个才女与我一起相谈甚欢，一拍即合，就修订的内容、合作与分工、截稿的时间等具体事宜，一一作了商定。

12月30日、31日和新年元旦，我充分利用了3天节假日，完成了我补充写作的任务。扶窗远眺，思绪连篇，脑海里不禁回想起最初创作时的情景。

4年前，我终于完成了这项特殊而有意义的写作，完成了一桩心愿，即在首次国家公祭日之际，向广大读者报告20次地方性公祭变为第21次国家公祭的过程，以及在这一过程中，遇难同胞纪念馆不断地成长和发展的方方面面、林林总总。当初这部书的写作过程，仍然历历在目。

写这部书的念头起源于全国人大常委会通过设立南京大屠杀死难者国家公祭日决定之后，一时间，我成了众多媒体追踪的对象，应接不暇的访谈，诸多报刊的约稿，使我感到全社会对南京大屠杀历史的关注，突然间高出不止3倍、5倍，应该是10倍以上。忙碌中有快乐，有感动，有思考，这不正是我多年来为之奋斗、求之不得的效果吗？

2014年2月份，我及时赶写了4篇解读南京大屠杀死难者国家公祭日的论文，在《南京日报》上连续刊发。3月份，《人民日报》《环球时报》《求是》《时事报告》《紫光阁》等国家级报刊连续约稿并刊发我的文章。3、4、5、6月份，我不断收到来自全国各家报刊的约稿函、约稿电话。我感到，应该对广大读者有个交代，有个汇报，于是下定决心，写一部纪实文学，真实地报告关于南京大屠杀国家公祭日形成背后的故事，以飨读者。

万事开头难。写作品难就难在立意，难就难在谋划一个满意的架构，难就难在选中一个好的题目。说实在的，此次写作是个例外，几乎在我下决心写作的同时，一个鲜亮的题目就在我脑海中迸发出来——《第21次是国家公祭》。因为从那年起，前面20年的江苏省暨南京市地方性质的公祭活动，将上升为国家公祭，就这么简单，这么单纯，这么直接，但简单不简约，这里面有许许多多为之奋斗的人可写，有大大小小的生动故事可发掘，有遇难同胞纪念馆20年的发展轨迹可追寻。

　　开头我的确写得很顺利，一气呵成，连续写成序章、第一章、第二章、第三章，但再往后卡壳了，停下了，甚至怀疑我能否接着写下去，能否按计划出版，能否实现初衷？原因何在？不是黔驴技穷，不是计划出现差错，更不是没有内容可以接着写，而是没有时间。进入 5 月份后，首次国家公祭日筹备活动开始启动，加之《南京大屠杀档案》向联合国教科文组织正式申报世界记忆名录、遇难同胞纪念馆三期扩容工程三件"天大的事"一齐压来，我开始十二分地忙碌起来，工作量一下增加了 10 多倍。记得 2007 年在北京办展时，我曾经一个月内跑北京三次，想不到会在 2014 年又创下了新的纪录，一周内跑北京三次。我成了时间的奴隶，时间逼着我放下自己手中的"私活"，放下自己的爱好，自己的计划，去顾大局，去谋大事，去适应快节奏工作的要求。

　　我是个不轻言放弃的人，认准的事九头牛也拉不动，想方设法也要干下去，并且不见成效，绝不收兵。我开始了"晨练"，即每天早晨五点半左右起床，写作一个半小时。尽管如此，还是感到困难重重，心有余而力不足。我找到老战友、南京军区政治部一级作家徐志耕，希望他能帮助我，与我合作完成这部著作。徐说他正在赶写一部《幸存者说》的书籍，可以推荐一位南京军区的作家给我。我又转而找到著名散文学家艾萱的女儿艾涛，她丈夫储福金是职业作家，希望给我帮助。不巧的是，他也有一部作品在手。但热情的艾涛向我推荐了她的同事、江苏省文化厅的李慧，说她写过散文，人很机灵，可以试试。

　　我与李慧萍水相逢，既不相识，更不相知。与李慧第一次在遇难同胞纪念馆见面时，她给我留下的第一印象就是说话爽直。我喜欢与诚实的人打交道，做人做事贵在诚实。庆幸的是，小李不仅仅是诚实可信，而且的确聪明有智慧，名如其人。应该承认，她对南京大屠杀历史、对遇难同胞纪念馆情况、对我本人的事情了解甚少，知之不多，要写这部作品是有一定困难的，但凭着她的勤奋好学，很快进入角色。她像变戏法似的从我的博客上，从我的 100 多本书籍里，从众多媒体对我以及遇难同胞纪念馆的报道中汲取营养，找到佐料。于是乎，一段又一段文字被她搬到著作里，一件又一件素材被她找进作品内，一篇又一篇文章被她整理进书籍中，她真行！我暗暗地为她叫好，为自己找到一个满意的合作伙伴而高兴。

李慧这个年轻人的确有才，而且也很用心。她的许多建设性意见，都被我吸纳进书稿中。例如，我原来的写作提纲是13章，后来她建议扩容，写24章，并加了"尾声"，我觉得有道理，并且有内容可写，完全同意了她的要求。后来，我在写"确立公祭"这一章时，由于放得较开，一下写了3万多字，与其他章节相比，有点不对称。她建议我变成"'公祭日'法案喜获通过"和"我对国家公祭的解读"两章；我在最后一章"永远的国家公祭"也写了3万多字，她建议改为两章，即"'国祭'效应成动力"和"永远的'国祭'事业"。多好的建议，我岂有不同意之理呢？

一部纪实文学作品，一定要写真实的人，写人在其中的所作所为，因为文学即人学。在这部作品中，我力求多角度地写一些熟悉的或者不熟悉的人的故事。其中，有名有姓的、有具体事迹或言论的达200余人。他们其中有南京大屠杀的亲历者、幸存者，也有研究南京大屠杀的专家学者；有进行历史题材创作的文艺工作者，也有国内外的政要显贵；有国际和平友好人士，也有爱国侨胞；有省、市、区支持遇难同胞纪念馆工作的各级领导，有多年来与我一道默默奉献的遇难同胞纪念馆的员工，也有众多没有留下姓名的社会各阶层人士。

这些中外人士值得留下一笔，他们为了南京大屠杀的历史真相，为了慰藉和祭祀30多万魂灵，为了遇难同胞纪念馆的建设与发展，付出了诸多心血和不同贡献，藉此向他们表示敬意，表达我的感谢之情。

除了介绍人物的活动，文学作品中还应该记事，记录真实发生的事。在这部作品中，我详细介绍了公祭活动涉及到的大大小小事件内幕，揭示个中由量变到质变的全过程，披露其中的一些鲜为人知的故事。

当然，这部作品的最大特色是纪念性，通篇用24个"祭"字，引出24章的叙事主题，如"烛光里的祭奠""缪斯女神的祭拜""大洋彼岸祭悼金陵""献给祭坛的申遗之举""首次'国祭'永载历史""永远的'国祭'事业"等等。可以说，离开了"祭"字，就没有这本书，理解了"祭"字，就找到了解读这部书的钥匙。

说到"祭"，其实就是纪念，这个词在生活中经常被使用，如纪念碑、纪念堂、纪念馆之类，然而，到底什么叫纪念？纪念的意义在哪儿？什么值得纪念？却未必都很清楚。古今中外，关于纪念的意义，人们通常多有误解。按楚庄王的说法，给后代人留下纪念物，必须有两方面的内容：一是有德，值得子孙纪念、学习；二是惩罚罪恶，可以给后代留下警戒。建立遇难同胞纪念馆、设立国家公祭日大抵属于后者。

国家公祭是一项史无前例的国家级祭祀南京大屠杀死难者仪式，以国家立法的形式确立，体现的是国家的意志，凝聚的是民族的精神，固化的是南京大屠杀以及日本侵华加害的历史，表达的是和平的诉求。国家公祭与所有的纪念性活动不一样的是，公祭的对象是民众，不仅仅是南京大屠杀 30 多万死难者，而且包括所有在战争期间被日本帝国主义屠杀的普普通通老百姓，这在中国历史上是不多见的。虽然孟子早就有"民为重、君为轻"的教诲，孙中山先生也在 100 多年前提出"民权"的思想，但在社会公众中铲除封建意识，在现实生活中真正体现和落实谈何容易？此次开了一个好头，尊重普通老百姓死难者的生命，慰藉在战争中遭外敌戕害的死难者魂灵及其遗属情感，就是为了激励广大民众牢记历史遗训，振奋民族精神，更好地报效国家，圆梦中华。

借此机会，我真心实意地感谢那些为了设立国家公祭日奔走呼号、参与论证、给予鼎力支持的人们，感谢那些多年来站在我们身后，给予许多鼓励、支持与合作的各级领导和社会各界人士，感谢 20 多年来为了遇难同胞纪念馆建设与发展作出努力的所有人员，正是方方面面的给力与扶持，像涓涓细流、汇流成河，像聚沙成塔，促成了国家公祭日的实现，造就了遇难同胞纪念馆人的今天和明天。

我要感谢全国政协外事委员会原主任委员、中央外宣办和国务院新闻办原主任赵启正先生，他是我最为敬重的长者与智者，也是我事业上的挚友与坚定支持者，我从内心深处充满了对他的感激之情。我要感谢江苏人民出版社社长徐海和编审汪意云，是他们的用心、辛劳和杰出才能，才使得本书付梓出版，实现了我的一桩夙愿。我要感谢才女李慧再次的合作与联手，通过半年多时间的多次磋商，反复沟通，字斟句酌，终于将这本著作完成，了却了一桩心愿。

日月如梭，光阴似箭。转眼间，我们的脚步已经行走在 2018 年的光阴里。虽然我已经卸去了遇难同胞纪念馆馆长的重任，但对南京大屠杀历史的关注和研究，仍然是我的一项未竟的事业与使命。从 2016 年起，我作为首席专家和课题主持人，承担了国家社科基金抗日战争研究专项工程项目《基于微观史学的"南京大屠杀"研究》，该项目被列入国家十三五社科发展规划。我还具体负责《南京大屠杀 300 户家庭受害研究》分项目，目前已经调查了 100 多户受害家庭，留下了新的调查与研究资料。为配合第四次南京大屠杀国家公祭仪式，我应中央电视台的邀请，在名牌栏目《百家讲坛》录制了《南京 1937》节目，在国家公祭日前后的 12 月 11 日至 15 日期间，在央视 10 套播出，并在《人民日报》《参考消息》《中国社会科学报》《新华日报》《群众》《南京社会科学》《日本侵华史研究》等诸多报刊上发表理论性、学术性、评论性文章，继续为南京大屠杀历史真相呐喊，为和平鼓与呼。

由于时间仓促，水平有限，书中有可能出现差错，衷心地希望方家不吝赐教！

朱成山顿首于 2018 年 7 月 9 日